Dello stesso autore in edizione Garzanti:
Eppure cadiamo felici
Tutta la vita che vuoi
Più forte di ogni addio
Dormi stanotte sul mio cuore
L'arte di sbagliare alla grande

ENRICO GALIANO

FELICI CONTRO IL MONDO

Garzanti

Prima edizione: giugno 2021
Prima ristampa: giugno 2021
Seconda ristampa: luglio 2021
Nuova edizione: maggio 2022
Prima ristampa: luglio 2022

ISBN 978-88-11-00329-8

Printed in Italy

www.garzanti.it

FELICI CONTRO IL MONDO

A Enrico «Bepi» Lionello
che c'era fin dall'inizio

«*Vindica te tibi.*»
«Rivendica te, a te stesso.»
SENECA, *Lettere a Lucilio,* I, 1

«Ma più bello di averti è quando ti disegno:
niente ha più realtà del sogno.»
ROBERTO VECCHIONI, *Per amore mio*
(*Ultimi giorni di Sancho P.*)

«*Quid pro quo.*»
HANNIBAL LECTER

Perché c'è sempre un po' di odio dentro ogni amore?

Forse non tutti lo sanno, ma esiste in giapponese una parola che significa, contemporaneamente, amore e odio. Si dice *aizō* e si scrive così:

愛憎

L'*aizō* è un'emozione strana: ci sono dentro tutti e due gli estremi dello stesso sentimento. È come quando ci sono le eclissi di sole, che fa buio a mezzogiorno, o come quando la luna è talmente chiara che ti sembra ci sia luce nel bel mezzo della notte. Estremi che si toccano e vivono insieme nella stessa parola, che in italiano si potrebbe tradurre "amodio" o "odiamore".

È un'emozione che tutti conoscono, ma perché solo i giapponesi l'hanno trasformata in una parola?

Anche questo è strano. C'è sempre almeno un milligrammo d'odio dentro ogni amore – se non molto di più – e sempre un po' d'amore dentro ogni odio: e allora com'è che quasi nessuna lingua ha sentito l'esigenza di trovare una parola per qualcosa di così comune?

Sarebbe come se al mondo ci fosse solo una lingua per dire la parola «casa», o «mare», o «sole»: apri i vocabolari e non la trovi, eppure tutti sanno cos'è una casa, il mare, il sole.

È lo stesso con l'*aizō*: tutti sanno cos'è l'amodio o l'odiamore, ma solo i giapponesi hanno avuto il coraggio di trovare un suono per descrivere questo sentimento.

Forse la ragione è proprio lì: nel coraggio che ci vuole. Forse manca una parola per questo sentimento perché è in assoluto quello che più ci fa paura. Ci spaventa a morte ammettere a noi stessi che odiamo almeno un po' coloro che amiamo e che amiamo almeno un po' coloro che odiamo. Ci spaventa riconoscere le macchie di buio dentro la luce e ci terrorizza l'idea che ci sia una luce a baluginare nel fondo di ciò che detestiamo, di ciò che per noi è il buio.

Non solo: ci fa paura guardare in faccia l'*aizō*, perché quel suono così breve è lì a dirci che è proprio quando amiamo di più, che pulsa più forte il battito di un odio misterioso, così come quando odiamo davvero, nel fondo più nascosto di quel sentimento oscuro, risuona l'eco di una canzone d'amore.

PRIMA PARTE
Oggi

Żal (polacco):
la rabbia e insieme la malinconia che scaturiscono
da una perdita irreparabile

1.

«*Din! Din! Din!*»

Il campanello suona il capolinea, ed è come una sveglia.

Sono le sette del venerdì sera più freddo dell'anno e Gioia Spada è seduta agli ultimi posti dell'autobus che sta lentamente entrando nel piazzale delle corriere.

Diciotto anni compiuti da poco, capelli rossi che hanno decisamente bisogno di una sistemata, cappellino bianco sulla testa appoggiata al vetro del finestrino.

C'è un sacco di mondo, là fuori, ma lei da un po' non lo vede neanche più: preferisce concentrarsi sulle gocce della pioggia appena passata che tremano sulla superficie del vetro. Se potesse, anzi, neanche scenderebbe dall'autobus, che negli ultimi tempi è diventato un po' la sua seconda casa. Ci passa ore intere, da quando non ha più il problema di studiare per un compito o preparare un'interrogazione. Cuffie nelle orecchie, si siede lì e ciao. Il modo migliore che ci sia per diventare invisibile senza diventare invisibile.

Ora però il bus sta facendo manovra per raggiungere l'area di sosta, e così Gioia toglie la testa dal finestrino.

Ed è lì che lo vede.

All'inizio non sembra neanche lui, perché la barba gli è un po' cresciuta. Ma poi l'autobus curva e così, cambiando prospettiva, non ci possono essere dubbi: è proprio Lo.

Sono mesi che non lo vede.

È seduto su una panchina, appena fuori dalla stazione degli autobus. Cappellino con visiera, cappuccio della felpa sopra il cappellino – se li è tolti per un secondo per passarsi le mani fra i capelli, ed è così che Gioia l'ha riconosciuto.

Adesso però li ha rimessi e tiene la visiera bassissima, mani dentro le tasche a ripararsi dal freddo. Sembra concentrato sulle assi della panchina, forse intento a leggere le scritte sopra, i cuoricini con le iniziali dentro, i numeri di telefono di quelli che cercano sesso, i «ti amerò per sempre» che poi figuriamoci se è davvero per sempre.

L'autista dell'autobus ha spento il motore e le persone iniziano a scendere colte da una strana fretta, che Gioia si chiede sempre se è vera fretta di andare da qualche parte o più che altro scena, per far vedere che si ha qualcosa di molto importante da fare. Lei, fretta, ormai non ce l'ha più da un pezzo, e così anche se l'autobus è fermo Gioia rimane lì, a guardare quel ragazzo seduto sulla panchina che è stato per lei la cosa più vicina alla felicità.

È successo tanto tempo prima, però. L'ultima volta che l'ha visto era in camera sua, a casa di lui, nella penombra. E l'ultima cosa che gli ha detto è stata: è finita.

Tecnicamente parlando quindi sarebbe il suo ex, ma Gioia non sa nemmeno se si può dire così, visto che sono stati insieme per un tempo così breve che tutto sembra essere successo solo nella sua testa.

Un vecchio gli si avvicina, ora. Dai vestiti e dall'aspetto sembra uno che vive per strada. Gli chiede degli spicci. Lo li tira fuori, glieli dà. Il vecchio gli sorride e lo abbraccia, e Lo ricambia.

«Che facciamo, scendiamo o no?!»

La voce dell'autista costringe Gioia a distogliere gli occhi da quella scena, mentre lo sguardo minaccioso è già da solo un invito ad alzarsi dal suo posto e raggiungere l'uscita.

«Mi scusi, buona serata!» gli dice, con lui che la guarda facendo un eloquente no con la testa.

Appena Gioia esce fuori nella sera, dall'altoparlante della stazione dei treni arriva la voce computerizzata che annuncia l'arrivo di quello da Venezia. Stazione degli autobus e dei treni sono una attaccata all'altra, così fra poco frotte di studenti universitari di ritorno a casa usciranno dalle porte automatiche, e i genitori sono già lì fuori nel parcheggio con le macchine accese ad aspettarli.

«Merda, i guanti», sussurra scendendo e pensando che lei quel treno non lo prenderà mai. Gioia soffia dentro le mani per scaldarle, guarda verso la panchina di prima e con gli occhi cerca un viso che non trova, mentre il treno arriva e una fiumana di persone si riversa sul marciapiede poco lontano. Voci si sommano a voci, macchine vengono messe in moto, clacson suonano a pochi metri da lì. E Lo? Sembra sparito, adesso. Gioia si ferma, si guarda intorno: non vuole correre il rischio di incrociarlo.

Niente da fare, è proprio svanito nel nulla. Tipico suo, in effetti.

Gioia dà una scrollata di spalle e riprende a camminare verso casa. Meglio così: in questo modo non deve cambiare strada per evitare di trovarselo di fronte. Il tempo di qualche passo e già quasi non ci sta più pensando quando, svoltando oltre un cartellone pubblicitario, se lo vede proprio davanti, a una decina di metri.

Lui è di spalle e guarda verso la stazione. Con quel cappuccio sarebbe perfetto per le foto che Gioia faceva un tempo, prima di chiudere in una scatola di cartone la macchina fotografica: quelle in cui prendeva di spalle le persone. Ma è un pensiero che dura solo un attimo, perché poi lui si gira. Istintivamente Gioia guarda da un'altra parte, provando a far finta di non averlo riconosciuto, ma la distanza è così poca che la finta non può reggere.

Ora non sa cosa fare, è la prima volta che sono così vicini dopo tantissimo tempo. E di sicuro non sa che per lui, invece, non è così: l'ha rivista più o meno ogni giorno, da un paio di mesi. È stato bravo a non farsi mai riconoscere, a nascondersi tra la folla. E poi il cappuccio calato sulla testa aiuta.

Adesso però è proprio a un metro e gli occhi di lei incrociano quelli di lui.

Una frazione di secondo è sufficiente: Gioia capisce che lui l'ha vista perché i suoi occhi si spalancano in un attimo. Ma non c'è nessuna reazione in lei. Niente di niente. Lo continua a tenere gli occhi nei suoi per un istante che sembra non finire più: l'ha riconosciuta anche lui, adesso non ci può essere più nessun dubbio. E lì Gioia fa una cosa che proprio non si aspettava di avere la forza di fare: gli passa vicino senza dire niente e se ne va, come fosse passata di fianco a un estraneo.

Lo resta immobile, incredulo per quello che è appena successo. Lei dietro di lui continua a camminare nel freddo della sera.

Si danno entrambi le spalle.

2.

Le chiavi entrano nella toppa. Gioia apre la porta e accende la luce di casa.

Se la chiude alle spalle: un grande silenzio regna sovrano, rotto solo dalle voci dei condomini del piano di sopra. Sono quelli nuovi, litigano un giorno sì e l'altro anche.

«C'è nessuno?» chiede. No, nessuno. Sua madre oggi ha il turno di sera. Meno male.

Si asciuga il naso con un fazzoletto e intanto passa davanti allo specchio nell'ingresso, ma senza nemmeno buttarci l'occhio. Con la faccia che ha da qualche tempo, meglio evitare.

«Ehi, ma... è successo davvero?» dice a bassa voce, togliendosi il berretto di lana e assaporando un po' di tepore dopo tanto freddo. Guarda per un secondo in basso, come a ripercorrere la scena, come se solo ora Gioia si ricordasse di cosa ha appena visto fuori dalla stazione dei treni. O meglio: *di chi.*

In quei mesi è successo di tutto, proprio di tutto, tranne che rivederlo.

Si era chiesta spesso come avrebbe reagito, quel giorno. Il giorno in cui Lo le fosse riapparso davanti. La città è piccola, doveva accadere prima o poi. Gioia si stupisce, ma non del fatto che finalmente ha rivisto un ragazzo che, a essere precisi, è stato anche l'unico che abbia mai avuto. No, Gioia è sorpresa, anzi attonita, perché si rende conto di una cosa del tutto inaspettata: *non ha sentito niente.*

«Ma non sento niente perché sono diventata più forte, o perché sono diventata insensibile?» si chiede mentre si toglie il cappotto. È una domanda che si fa spesso, ultimamente. Risposte, per ora, neanche l'ombra.

Il cellulare vibra nella tasca di Gioia. È sua mamma.

«Ehi, dimmi.»

«Sei tornata?»

«Ora, adesso, in questo preciso momento.»

«Ah bene. Se vai sul tavolo, ti ho messo una lettera. Ti è arrivata oggi. È di quel tuo vecchio professore tanto simpatico», le fa sua mamma.

Gioia è già lì, la vede appoggiata al vaso al centro del tavolo, la prende in mano.

«Non è la prima volta che ti scrive, vero? Sarà la quinta o sesta che vedo! Ma perché non te le dà a scuola, queste lettere? Non è un po' strano?»

Sul mittente c'è il nome, scritto con quella sua grafia tutta precisa che sembra antica:

Professor F. Bove

Gioia non la apre neanche, cammina verso la cucina, apre il cestino della carta e ce la butta dentro come se fosse un volantino pubblicitario.

«Poi? Altro?» chiede alla madre, mettendo in bocca mezzo cracker che trova sul tavolo.

«Stasera che fai? Esci con quella tua amica, Sara?» le chiede la madre. Gioia ha un secondo di esitazione, che dipende essenzialmente da una rapida ricerca nel proprio data-base mentale. Non vuole correre il rischio di usare una bugia già usata. Alla fine va sul sicuro.

«No, Sara non può stasera, deve studiare. E anch'io. Serata super-eccitante in arrivo, con tre capitoli di storia e una bella serie di funzioni matematiche. Poi magari se mi avanza tempo anche una traduzione di inglese, ma non vorrei esagerare con l'adrenalina!»

Gioia sciorina materie immaginarie da studiare che è una meraviglia, ma forse deve affinare un po' la sua tecnica come attrice, perché all'altro capo del telefono la madre non sembra convinta: «Studi un sacco ultimamente, eh?

Ma com'è che non è ancora arrivata la pagella? Di solito non arriva in questo periodo dell'anno?».

Tre domande consecutive sulla scuola: probabilmente sua mamma non gliene ha mai fatte così tante tutte insieme, pensa Gioia. Solo che adesso non sa più cosa rispondere.

«Ehm... sì, ma mi pare che quest'anno la pagella arrivi solo sul registro elettronico, senza copia cartacea», fa Gioia, sapendo benissimo che effetto fa su sua mamma solo sentir parlare di registro elettronico.

E infatti: «Ah, quel coso! Non me ne parlare neanche! Che non ci capisco niente di computer, io!».

Gioia tira un piccolo sospiro di sollievo. È il momento migliore per cambiare discorso.

«Quindi stasera lavori?» le chiede.

«Eh sì, anche stasera turno fino alle dieci. Ti ho lasciato qualcosa in frigo, se vuoi.»

Gioia apre il frigo mentre è al telefono: c'è del formaggio con piccole chiazze di muffa, una porzione di lasagne non esattamente invitante e un barattolo di yogurt di cui non ha il coraggio di guardare la data di scadenza. Gioia richiude il frigo.

«Ah Gioia, cosa devo fare con quella roba che mi hai lasciato nell'ingresso?»

Gioia si volta e sospira: di fianco alla porta ci sono tre scatoloni chiusi con lo scotch da pacchi che non dovrebbero essere lì.

«Ma se ti ho lasciato anche un biglietto! Dovevi buttare tutto!»

«Gioia ma... perché?»

«Come perché! Ho provato a vendere qualcosa, ma nessuno vuole niente!»

«Ma Gioia! Tutte le foto che hai fatto! Ti piaceva così tanto fare foto! In una scatola c'è persino la tua macchina fotografica!»

Gioia riapre per un secondo la scatola, prende in mano la macchina fotografica. C'è ancora la piccola scheggiatura che le aveva fatto quando se l'era lasciata cadere, mentre cercava Lo, poco meno di un anno fa.

«Mamma, è una macchina *digitale*. Chi lo vuole quel pezzo di antiquariato?»

«No, voglio dire: devo buttare anche quella? Sei riuscita a vincere un concorso a scuola con quella, no?»

«E… quindi?»

«No dico, nel caso ci volessi ripensare, pensavo che magari fra qualche giorno ti torna la voglia e…»

Gioia butta la macchina fotografica dentro la scatola destinata al cassonetto dei rifiuti e poi, prima di mettere giù la chiamata, fa: «Pensavi male».

3.

Gioia apre la porta della camera.

Da quella stessa porta, solo un'estate prima, aveva visto il suo ragazzo disteso sul letto, quando ormai pensava di averlo perso per sempre.

Il suo *ex* ragazzo, a dire il vero.

Che impressione le fa, quel ricordo. La felicità incontenibile di vederlo lì, nel momento in cui credeva fosse finito tutto. La notte passata insieme, la sensazione che niente sarebbe finito mai. E invece, poco dopo, era finito tutto.

Ci sarebbe anche una parola, per descrivere questa sensazione: *anagapesis*, che in inglese significa "quando ti rendi conto che non ami più qualcuno che una volta amavi".

Basterebbe andare a vedere dentro il suo quaderno con le parole, se non fosse che Gioia lo ha buttato via lo stesso giorno in cui ha visto Lo per l'ultima volta. L'ultima prima di oggi.

Quel giorno aveva sentito dentro di sé che aveva sbagliato tutto, che tutto quello in cui aveva sempre creduto era una bugia, un errore, uno stupido correre dietro a favole che non stanno in piedi, e così aveva fatto volare il quaderno in un cassonetto, vicino a un mucchio di cartacce e di immondizie. E insieme a *una noce*.

Gioia Spada era una ragazza che ci credeva, una volta. Adesso è diventata la notte di quel giorno che era un tempo. Succede. La vita ti fa anche questo, a volte.

È una faccenda complicata: quando era bambina era sicura che da grande avrebbe avuto tutte le certezze che cercava. Adesso che è cresciuta, si è resa conto che ne aveva molte di più, da piccola.

Il mondo era un posto diverso, prima di entrarci per davvero: era possibilità, era un foglio bianco da scrivere, una pellicola tutta da impressionare con la sua luce. Le sono bastate poche foto per vedere che la maggior parte escono sfocate, mosse, scure. Un po' come quell'altra parola, *Brillenbrillanz*, che in tedesco significa "l'improvvisa sensazione di vederci chiaro dopo che indossi un paio di occhiali nuovi". Ecco, Gioia prova la *Brillenbrillanz*, ma al contrario: da un po' di tempo, è come se le avessero tolto gli occhiali. Vederci, ci vede: ma non riesce più a mettere a fuoco le cose.

«Meglio che mi metta a fare qualcosa di utile, va'», dice, buttando i vestiti sulla sedia.

Gioia si siede sul letto, prende un pennarello rosso e un giornale e inizia a leggere gli annunci.

«Cameriera con esperienza, commessa con esperienza, addetta alle pulizie con esperienza...» legge a fil di voce. E guardando quegli annunci con la penna fra le labbra dice: «Ma come cavolo fai a fare esperienza, se nessuno ti assume senza esperienza?».

Una volta a questa domanda avrebbe sentito una voce rispondere. Non solo, avrebbe visto una ragazza coi capelli corti e la faccia simpatica aggirarsi per camera sua sproloquiando: la faccia della sua amica immaginaria Tonia. Da un po' è sparita anche lei, nel nulla, e la cosa a Gioia non è nemmeno dispiaciuta tanto: si sentiva davvero troppo strana a parlare da sola in una stanza con una ragazza che c'era solo nella sua testa. Era ora di crescere, di diventare grandi. Darci un taglio con quella Gioia che viveva per il novantacinque per cento del tempo nel mondo della sua fantasia e il restante cinque in quello della realtà. Perché ad andare dietro alla sua iperattività immaginativa aveva trovato solo guai, e l'unico vantaggio che la sua fervida fantasia le aveva dato era la capacità di inventare bugie e renderle credibili.

Gioia intanto si rimette alla ricerca di un annuncio che le dia almeno lo spiraglio per fare una telefonata.

"Però potrei sempre chiamare quel posto da cameriera e

fingere, no? Dire, che ne so, che ho lavorato nel bar di mio zio o cose così!" pensa, ma prima ancora di buttare l'occhio sul telefono si risponde da sola: "Certo, e poi con le mie solite mani a saponetta faccio cascare dodici bicchieri in cinque minuti e passo da assunta a licenziata in un attimo!".

Gioia dà uno sguardo alla finestra, perché le sembra di scorgere qualcosa: sotto la luce del lampione, infatti, vede scorrere come una foglia minuscola, bianca, che dondola piano.

Sembra neve. Anzi, lo è. Ma Gioia non si alza. Probabilmente, se ci fosse Tonia, la prenderebbe con la forza per farla andare alla finestra a perdersi davanti a quello spettacolo che tanto le piaceva quando era bambina, quando poteva stare ore a guardarla, lasciandosi cullare da infiniti sogni su sfondo bianco. Ma lei le risponderebbe comunque: "Appunto. Da bambina", rituffando la testa nella pagina degli annunci e non degnando di uno sguardo il cadere sempre più copioso dei fiocchi, là fuori.

Gioia sbuffa. Ormai li ha già letti tutti e non ce n'è uno di appetibile. Inoltre ha notato che nessuno fa i salti di gioia quando dice che, be', come titolo di studio ha solo la terza media, visto che ha lasciato il liceo a metà dell'ultimo anno. La gente tende sempre a pensare male di chi ha mollato la scuola: come se fosse un buono a nulla, o peggio una persona in cerca di guai. Nessuno si chiede mai se magari puoi averlo fatto per un buon motivo. E lei, di buoni motivi per non tornarci più, ne aveva molti più di uno.

Uno di quelli, e neanche il più importante, lo ha rivisto proprio stasera. Anche se non è riuscita nemmeno a salutarlo.

"Ma non ci sono riuscita perché lo volevo troppo, o perché non lo volevo affatto?" si chiede. Siccome non sa rispondere, capisce che forse la risposta è: tutte e due.

Poi va alla finestra. Alza un pochino le tapparelle per guardare meglio la neve che cade.

Le torna in mente quella vecchia storia che gli eschimesi

hanno più di cinquanta parole per dire «neve», e si ricorda che, fra queste, ce n'è anche una che descrive la neve quando diventa subito pioggia, sporca e poltigliosa. La parola, lei, sarebbe *salagok*, ma non sfoglia il suo quaderno da troppo tempo. Però si ricorda bene la sensazione come di disillusione che ti viene a guardare quel bianco farsi grigio scuro, e lo scalpiccio dei piedi quando la calpestano, perché è così che nevica qui dove vive lei, in questa parte del Friuli: una notte al massimo, e poi al mattino è subito acquazzone. E quando è così, i sogni di bambina su sfondo bianco, basta un attimo, diventano subito fango.

Lo sguardo puntato sulla neve però dura solo pochi istanti, perché poi c'è un'altra cosa che distoglie del tutto l'attenzione di Gioia. E quella cosa non è in cielo, ma nel vialetto sotto casa.

«Ehi ma...» dice, e un piccolo alone di vapore si appoggia sul vetro della finestra.

È lui. Lì sotto casa sua, c'è Lo.

SECONDA PARTE
Sei mesi prima

Kaukokaipuu (finlandese):
la nostalgia di un posto in cui non siamo mai stati

1.

Gioia è nel bagno di casa sua. È sera, ed è estate.

I suoi dormono di sotto. Lei si guarda allo specchio. Rumore di grilli da fuori, acqua che sgocciola dal rubinetto dentro.

Da poco ha ricevuto una lettera da parte di un ragazzo di nome Luca, che tutti chiamano Lo. Era una lettera d'addio o qualcosa del genere. E lui era, fino a prima di leggerla, il suo ragazzo. O qualcosa del genere.

Le viene anche il dubbio di essersi immaginata tutto. Lei con la sua fantasia iperattiva, la stessa che le ha fatto creare un'amica invisibile: magari alla fine anche Lo è stato solo una creazione della sua mente. Le freccette, i sassi, il grattacielo, il lago con la città fantasma, tutto è successo solo nella sua testa?

«No, non è possibile», fa Gioia chiudendo il rubinetto. Nel farlo butta l'occhio sulla scritta sul suo braccio: *Wenn ein Glückliches fällt*, c'è scritto, a penna. È l'ultimo verso di una poesia molto lunga. Gioia lo ha sempre amato perché è intraducibile in italiano, ma ora le viene in mente che forse un modo per tradurlo c'è: «Quando una cosa cade felice».

"Ma si può cadere felici?" si chiede. Per un attimo, finché Lo è stato con lei, ha creduto di sì. Adesso le viene il dubbio di essere, in realtà, solo caduta. Senza felice.

«Meglio se vado a dormire», dice. E poi si asciuga le mani e spegne la luce.

Quando apre la porta del bagno per andare in camera, sente che giù in soggiorno la TV si spegne e la casa piomba nel silenzio più totale. Neanche il frigo fa più rumore.

Poi, dopo un paio di passi nel corridoio, sente sotto i piedi qualcosa, come se qualcuno avesse lasciato cadere delle perline e non le avesse raccolte. Accende la luce e scopre che sono sassolini, piccolissimi pezzi di ghiaino. Ne raccoglie uno, lo guarda in controluce: nella busta di Lo che ha ricevuto c'erano alcuni sassolini come quello.

Perché il corridoio è pieno di quei sassolini, adesso?

Gioia aggrotta le sopracciglia, non capisce bene cosa succede. Muove ancora un paio di passi, lentamente, e intanto cerca di tendere l'orecchio verso un qualsiasi rumore.

Ma niente: solo silenzio.

Spegne la luce del corridoio, apre la porta di camera sua, e un raggio di luna illumina il cuscino.

C'è qualcuno appoggiato sul letto. Qualcuno che ha le mani dietro la testa e un barattolo di sassi appoggiato sul comodino. Che le dice, sorridendo: «Ciao, Cosa».

2.

Gioia resta immobile, come avesse visto un fantasma.

«Che fai, non mi saluti?» le dice lui. «Non è educato, lo sai?»

«Sei davvero tu, o sei solo nella mia testa?» gli fa lei.

«Non sento un senso di vuoto, quindi non credo di essere nella tua testa», dice lui, sorridendo.

Gioia resta in piedi sulla soglia. La tentazione sarebbe quella di correre da lui a riempirlo di pugni e di baci, tutto insieme. Fargli *gigil*, come dicono i tagalog delle Filippine. Una parola che significa "la voglia di far male a qualcuno, da quanto desideri stringerlo".

"Ma come si permette di comparire così dal nulla, dopo avermi già detto addio?" pensa, però alla fine resta lì, in piedi. Si sente felice come non ricorda di essere mai stata, però allo stesso tempo non ha una bella sensazione. Non sa cosa sia, sa solo da che parti sta: e sono le parti della paura.

«Tu non dovresti essere su un aereo?» gli chiede alla fine.

Gioia, la sua lettera, l'ha buttata via. Ci ha fatto un aeroplanino e l'ha lanciato dal tetto del grattacielo dove andava sempre con lui: però si ricorda perfettamente che cosa c'era scritto. E cioè che lui non voleva trascinarla nel suo buio. Non voleva costringerla ad avere a che fare con una persona con tutti i suoi problemi. Soprattutto che stava per andarsene: mentre era a Firenze in vacanza coi suoi genitori, Lo sarebbe scappato e sarebbe andato in Irlanda. Nero su bianco gliel'aveva messo.

«Sì, be', il piano era quello. Ma poi è successa una cosa.»

«È successa una cosa», ripete Gioia, sedendosi sulla sedia davanti al letto. Allunga una mano e gli tasta la caviglia.

«Be'? E adesso che fai?» le chiede lui.

«Niente, controllavo solo che fossi vero. Sai, qualche dubbio ti viene, dopo un po'.»

Lui sorride per la seconda volta, il che complica un sacco le cose. Sarebbe tutto molto più facile se non lo facesse, e soprattutto se Lo non avesse un sorriso *così*. Quel tipo di sorriso che ti sembra quasi che ti spogli. Esiste una parola anche per questo: *gymnophoria*, ed è inglese. La sensazione che qualcuno ti spogli a livello mentale. E se è vero che le piace, al tempo stesso anche no: perché sente di non essere mai del tutto padrona di sé, quando lui fa quel sorriso lì. È piuttosto seccante rendersi conto che abbiamo dato a qualcuno così tanto potere.

«Comunque, dicevi: è successa una cosa», gli fa.

«Presente quando succedono le cose?» ribatte pronto lui.

«Più o meno», gli risponde, mentre sente sorgere dentro di sé come una vocina la speranza che lui le dica: "Sai, ho deciso che non parto più. Voglio stare qui". Certo, se aggiungesse anche "perché mi sono reso conto di non poter stare senza di te" sarebbe il massimo del massimo. Ma Gioia non arriva a chiedere così tanto.

Coi desideri bisogna starci attenti, perché poi potrebbero farti lo scherzo di avverarsi. E finché non si è davvero felici non si ha mai abbastanza idea di quanta paura faccia, la felicità.

Lui intanto parla spigliato, con quel solito modo di fare che sembra sempre tutto normale, tutto tranquillo, come se si fossero visti la sera prima. E soprattutto come se non le avesse scritto nessuna lettera d'addio. Il che le fa sia rabbia sia dolcezza. E in generale, comunque, le fa sentire anche una cosa nuova, quasi un senso di familiarità, che finora aveva provato solo per i suoi nonni e per Gacco il gatto fantasma: mai per qualcuno di estraneo, e soprattutto per qualcuno che fosse un ragazzo. Come se circostanze, tempo, incidenti, tutto ciò che si può mettere in mezzo fra due persone, non possano in realtà cambiare niente, fra loro.

Insomma, che qualunque cosa succeda, loro due saranno sempre loro due.

È successo di tutto, ma è come se fosse niente. Niente distacco, niente mesi trascorsi da Lo in clinica, niente lettere d'addio. Lui è appena entrato dalla finestra, arrampicandosi sull'albero fuori. Si prendono in giro, si insultano sorridendo, e più si insultano più è forte quello che provano, perché nel loro linguaggio è il modo per dirsi che sono due pezzi dello stesso intero. O, meglio ancora: due interi che, senza, perdono un pezzo.

«Dunque, io ero già salito sul taxi», inizia a raccontare Lo, «sapevo già che volo prendere, tutto quanto. Avevo anche preso un bel po' di soldi.»

«Sì, questo lo so. A tuo padre.»

«Lo sai?»

«Primo, me lo hai detto tu, o meglio *scritto*. Nella tua lettera, ricordi?»

«Ah, giusto. E... secondo?»

«Secondo, tuo papà ha chiamato qui, giusto oggi pomeriggio. E ha detto tutto a mia mamma. Infatti ti immaginavo già in volo verso una nuova vita», gli dice, mimando sarcasticamente il volo con una mano.

Lo adesso sorride, quasi imbarazzato. Così Gioia va dritta al punto: «Allora, Articolo Determinativo, si può sapere che cosa ti ha distolto dai tuoi propositi di fuga?».

«Be', Cosa, è un po' complicato. Sai com'è.»

«No, non so com'è. Non sono mai scappata di casa. Dimmelo tu.»

Gioia si sorprende di riuscire a essere così tranquilla, almeno apparentemente. Certo, dentro le stanno più o meno deflagrando bombe, ma fuori riesce a mantenere la calma, in attesa degli eventi. C'è uno stranissimo corto circuito dentro di lei: ed è tutta colpa di Lo. Sì, è la sua presenza lì, è questo che la calma e le dà la forza di non agitarsi. Fra poco forse lui se ne andrà, stavolta davvero per sempre. Ma i suoi occhi, ora così vicini, le bastano a non sentire la nostalgia di saperli già lontanissimi.

Gioia si sofferma per mezzo secondo su questa constatazione, e riesce quasi a cogliere in modo distinto la voce di Tonia che le dice: “Tu non sei normale, cocca”. Intanto, però, Lo continua il suo racconto: «Ti spiego, Cosa. Ero lì in quel taxi, e poi ho messo una mano in tasca».

«Un po' magro come colpo di scena: mi aspettavo almeno un attacco terroristico o qualcosa del genere!»

«Brava, hai detto la parola giusta: colpo di scena. Perché con la punta del dito ho sentito una cosa.»

«Un fazzoletto sporco?»

«Cosa, possiamo essere seri per dieci secondi?»

«Va bene. Promesso, faccio la seria.»

«Ecco, allora, dicevo: metto la mano in tasca, e sento con la punta del dito un sassolino.»

«Un sassolino.»

«Sì, un minuscolo pezzo di ghiaino. E mi sono subito ricordato dove lo avevo preso.»

«Da casa mia. Da qua sotto.»

«Brava. Ma come fai a saperlo?»

«Forse perché me li hai versati su tutto il pavimento, qui fuori?»

«Sai che mi piacciono le sorprese scenografiche, no?»

«Ho notato. E poi?»

«Poi mi sono ricordato di quello che ti avevo scritto.»

Gioia deve trattenersi, adesso, per non rispondergli male. O meglio, per non dirgli quello che le passa per la testa. Che è, più o meno: “Vuoi arrivare a un cazzo di punto, che non ci sto capendo niente e sto per impazzire?”.

«Dunque, fammi ricapitolare», gli fa alla fine, deglutendo, «tu stavi andando in aeroporto coi soldi presi a tuo papà, avevi anche già il biglietto e tutto, pronto a salire su un aereo e andartene.»

«No, il biglietto lo avrei preso là.»

«Ok, lo avresti preso là. Comunque eri su quel taxi, hai messo una mano in tasca e ti sei ricordato di quello che mi avevi scritto. Cioè in pratica di avermi appena detto addio per sempre, se non sbaglio.»

«Ecco, vedi? È qui il punto.»

Adesso Gioia si va a sedere davanti a lui, sul letto. Il suo respiro accelera, quando se lo vede così vicino. *Ma cosa sta cercando di dirle?*

«Vedi, Cosa, ci ho pensato, e mi sono reso conto che forse non sono riuscito a esprimere bene quello che volevo dirti. Cioè: credo di non essermi fatto capire fino in fondo.»

«Fidati, Lo: ti sei fatto capire benissimo.»

«Ce l'hai qui la lettera?»

«No.»

«Come no!»

«Sai com'è, mi dava talmente tante emozioni positive... che l'ho lanciata dall'ultimo piano del grattacielo!»

«Ah.»

«E comunque non mi serve averla qui, per ricordarmi cosa c'era scritto. E cioè che volevi ricominciare daccapo da un'altra parte, e volevi farlo senza di me. Giusto?»

Lo, adesso, le prende la mano.

«Non farlo», gli dice lei. Ma non riesce a guardarlo in faccia.

«Che cosa devo non fare?»

«Questo», risponde lei, indicando la mano e cercando di toglierla, ma non abbastanza forte da riuscirci. Anche perché, proprio mentre ci sta provando, le si appoggia sul palmo una coccinella. Rossa, puntini neri. Lei se ne accorge, lui no.

«Cosa, io ero già sull'aereo, praticamente. Se sono venuto qui rischiando di farmi beccare dai miei è per un motivo, non ti pare?»

«Sì, mi pare», fa lei, osservando la coccinella diventare una pallina, per poi rotolare giù sul letto e infine volare di nuovo via. «È solo che...»

«Solo che?»

Gioia toglie la mano da dentro la mano di Lo. Poi lo guarda, e dice: «È solo che ho troppa paura di saperlo già».

3.

Gioia ha sette anni.

È solo una bambina nella cucina dei nonni. Tutto deve ancora succedere.

Ha appena visto una coccinella appoggiata sull'antenna della TV. La prende nel palmo della mano, la osserva attentamente. È rossa con i puntini neri.

«Ciao, coccinella», le dice. L'insetto, impaurito, si chiude a riccio e adesso sembra una pallina.

«Non devi aver paura, io sono buona!» sussurra. La coccinella però non sembra convinta, e rimane a forma di pallina.

«Nooo, non fare così! Io non faccio male alle coccinelle. Ti va di essere mia amica?»

La coccinella non si fida.

«Facciamo così. Io ti appoggio qui sul tavolo, poi tu ti apri e giochiamo un po'!»

Niente da fare, non si apre. Alle sue spalle appare nonna Gemma. Ha in mano il cesto della biancheria appena lavata.

«Con chi parli?» le chiede.

«Con la mia amica», fa Gioia, che ha la testa inclinata e non stacca gli occhi dalla coccinella.

«Quale amica?»

Senza neanche pensarci, la bambina risponde, come se fosse la cosa più ovvia del mondo: «Cocci, la mia amica coccinella!».

Gemma appoggia il cesto sul tavolo, poco vicino alla coccinella, rischiando di schiacciarla.

«Attenta nonna! Non vorrai mica uccidere Cocci!»

La nonna si siede a fianco di Gioia. Inclina anche lei la

testa, la abbassa, mette a fuoco la vista e alla fine riesce a vedere l'insetto. Sorride.

«Qua qualcuno non vede l'ora di avere un fratellino con cui giocare, mi sembra!»

«No.»

«Come no! Se fino a ieri non parlavi d'altro! Non mi dire che hai già cambiato idea!»

«No, nonna. Sarà una *sorellina*!»

«E tu come fai a saperlo?»

«Lo so perché lo so. Me l'ha detto lei!»

«Lei chi, il fagiolino che c'è nella pancia di tua mamma?»

«Lei... *lei!*» fa Gioia, indicando la coccinella.

«Ah, lei! La tua nuova amica!»

«Sì. Così io e la mia sorellina possiamo giocare con Cocci.»

«E questo te l'ha detto sempre lei. La coccinella.»

Ma Gioia non ascolta più. La coccinella infatti adesso si è aperta, ha messo le zampine fuori. E sembra proprio che guardi verso la bambina, che avvicina un dito come per accarezzarla.

«Buongiorno, Cocci, ben svegliata! Vuoi la colazione?»

«Sai, dicono che le coccinelle portino fortuna», fa sua nonna, alzandosi e riprendendo in mano il cesto della biancheria.

«Davvero?» fa Gioia, che adesso ha messo l'insetto sulla punta del proprio dito.

«Sarai una bambina fortunata, e anche tua sorella lo sarà, ad avere te!» sente la voce di sua nonna dire, mentre si allontana.

Proprio quando dice così, però, la coccinella si alza in volo, e in un attimo non c'è più.

4.

«Cerco di fartela breve, Cosa.»

«Oh, finalmente ragioniamo.»

Gioia e Lo seduti uno di fronte all'altra, sul letto. La luna adesso filtra dalla finestra e illumina proprio in mezzo a loro.

«Però tu non devi interrompermi.»

«L'abbiamo già fatto questo gioco, una volta.»

«Ecco, rifacciamolo. Io parlo, dico quello che ti devo dire, e poi se hai delle cose da chiedermi me le chiedi solo alla fine, se no perdo il filo.»

Lui si alza in piedi, come dovesse fare un discorso. Lei rimane lì e ha un solo dubbio: perché diavolo è venuto fin lì? Non poteva lasciare tutto così com'era, senza il regalino di questo batticuore che le sta bucando il petto?

«Ok, però...» gli fa.

«Però?»

«Posso alzare la mano e fermarti, se dici qualcosa che mi fa stare male?»

Dal viso di Lo sparisce il sorriso che aveva un secondo fa, e poi risponde: «Ok, ci sto».

Gioia si alza e si va a sedere per terra, con la schiena appoggiata alla porta chiusa. Primo perché così riesce a sentire meglio se i due che dormono di sotto si svegliano, e secondo perché da quel punto si fa prima a scappare fuori, nel caso Lo dovesse dire qualcosa che le fa alzare la mano.

«È che mi sono ricordato di una cosa che ho imparato a scuola», fa lui, camminando su e giù per la stanza. «Sai, te l'ho detto, io a scuola andavo bene fino alle medie, e poi ho incasinato tutto, mi sono fatto bocciare un sacco di volte, sì, insomma, lo sai. Però questa cosa me la ricordo: era una lezione di grammatica, sui verbi, e la prof ci spiegava la differenza sui modi, no, hai presente? I modi dei verbi, l'indicativo, il congiuntivo, quelli lì!»

Gioia fa sì con la testa.

«Bene. Ho sbagliato modo, nella lettera.»

«Cioè?»

«Cioè a un certo punto ti ho scritto che *verrei* da te, o una cosa del genere.»

«Ah, vuoi dire quella parte in cui dici: *Da te verrei solo il giorno in cui avrei la certezza assoluta di non poterti più fare del male*? Quella?»

«Ehi, non avevi detto che l'avevi letta solo una volta?»

«Sì, ma ho la sfiga di avere una buona memoria.»

Lui si avvicina di qualche centimetro. Sufficiente per far arretrare lei, o meglio schiacciare verso la porta. Poi le dice: «Be', è questo il discorso, Gioia. Ho sbagliato modo».

«Volevi dire "da te venissi"? Guarda che non si può, non ha senso!»

«No, volevo dire *verrò.* Indicativo.»

Adesso Gioia sente davvero male, più o meno nella zona della pancia. Male, ma anche bene. E per questo, anche se vorrebbe tanto alzare la mano e uscire dalla stanza, non lo fa.

«Gioia.»

«Ahia, mi hai chiamato Gioia. Devi dirmi qualcosa di brutto, vero?»

«Un po'.»

Gioia prende un bel respiro e poi: «Ok, vai» gli dice.

«C'è una cosa che non ti ho scritto, nella lettera.»

«Ah.»

Lui si avvicina al muro, quello dove ci sono tutti i poster con le copertine degli album dei Pink Floyd.

«Belle queste foto», fa.

«Non ci provare», lo blocca subito lei.

«A fare che?»

«A cambiare discorso. Giuro che se lo fai finisci all'ospedale. Che cos'è che non mi hai scritto?»

Lo continua a fissare il muro ed esita per un secondo o forse due, prima di rispondere. È pochissimo, ma è sufficiente a Gioia per capire che ci sta pensando troppo: come volesse fare una scelta delle cose che può dire e di quelle che non può dire. Due secondi in più che bastano a farle venire il dubbio che lui non stia dicendo proprio tutto.

«Va bene, te lo dico. In pratica non è solo un'idea mia, quella di staccarmi da te. È stato anche il medico che mi ha preso in cura, insieme alla psicologa. Hanno cercato di farmi capire che, finché non sto davvero bene, può essere... ecco, *rischioso* per me avvicinarmi così tanto a qualcuno come mi sono avvicinato con te. Perché potrebbe farmi stare molto meglio, se tutto va bene. Ma se qualcosa va storto potrebbe farmi stare molto, molto peggio.»

Gioia resta un attimo in silenzio. Ripensa a quello che ha capito, finora, del problema di Lo. Che è pochissimo, in effetti. Sa solo che è qualcosa di grande, ma che si fa vedere in modo intermittente. Ogni tanto Lo si trasforma, diventa l'«Altro Lo». Un Lo convinto che qualcuno ce l'abbia con lui, che voglia fargli del male. E spesso questo qualcuno è suo padre. Non si è capito ancora bene perché gli succeda, ma c'entra il fatto che quando era piccolo Lo ha scoperto che il suo vero papà è venuto a mancare prima che lui nascesse, e che quello che lui ha conosciuto è l'uomo che sua mamma ha incontrato poco dopo.

«Così ti hanno detto», gli fa alla fine.

«Sì. Hanno anche detto che tu sei una ragazza davvero molto cara, che ho avuto una fortuna pazzesca a trovarti: ma mi hanno fatto un po' ragionare, e ragionandoci tanto ho capito che la mia paura è che tu te ne vada, quando le cose potranno farsi davvero difficili.»

«Perché, fino adesso come sono state, *facili*?»

«Cosa, adesso ascoltami bene: io l'ho riletta un po' di volte, quella lettera, ma solo dopo un bel po' di giorni, quando ormai ce l'avevi tu, mi sono accorto che quella frase era tutta sbagliata, che il *modo* era tutto sbagliato, perché io non voglio dirti addio, e adesso uso l'indicativo per dirti che lo so, io non sto bene, e ho bisogno di tempo, forse anche tanto tempo, ma quando starò bene è da te che verrò, questo ho capito toccando quel sassolino, che non potevo salutarti con una lettera, non dopo tutto quello che c'è stato, e di sicuro non potevo andarmene, sapendo che non mi ero fatto capire.»

Gioia lo guarda, con la bocca leggermente aperta.

«Perché adesso mi hai capito... vero?»

Eccome se ha capito. Eppure fa no con la testa, perché vuole sentirglielo dire ancora.

«Cosa, io ti chiedo di aspettare, per favore. So che ti chiedo tantissimo, e tu sei libera di dirmi di no, di prendermi a schiaffi e di cacciarmi da qui, e avresti tutte le ragioni del mondo per farlo, ma io non ne riesco a trovarne neanche mezza per non dirti che, tra tutti questi congiuntivi, tu per me sei l'unica cosa certa.»

Voglio piangere oddio.

5.

Gioia ha sette anni.

È seduta sulla poltrona di suo nonno, da sola. Sta guardando la TV. Danno l'ennesima replica di *Mamma ho perso l'aereo*. Le piace tanto vedere Kevin, il protagonista, specie in quei primi euforici momenti in cui scopre di essere rimasto a casa da solo.

È da un bel po' di giorni che è dai nonni, e a Gioia piace stare lì. Un po' perché tendono a viziarla, un po' perché così non è costretta a vedere i suoi genitori litigare tutto il tempo.

Sente qualcuno batterle sulla spalla sinistra: si volta, ma dietro non c'è nessuno. Poi sente lo stesso tocco anche sulla spalla destra. Di nuovo: nessuno.

«Nonno!»

Quando si volta, invece del viso del nonno, trova una mano, con dentro un biscotto.

«Per me?»

«E certo, per chi se no!»

Gioia lo arraffa e se lo mangia in un solo boccone.

«Attenta a non ingozzarti!» le fa lui uscendo dalla stanza, mentre dal corridoio dell'ingresso arriva lo squillo del telefono.

«Pronto?» dice la voce di sua nonna Gemma, che fino a un attimo prima stava chiacchierando con il postino, dal terrazzo. Gioia intanto riprende a guardare i salti di gioia di Kevin sul letto dei genitori, e un po' lo invidia. Però poi il televisore si spegne, proprio sul più bello.

«Ehi nonna! Perché hai spento? Stavo guardando!»

«Gio, era tua mamma.» Nonna Gemma la chiama sempre Gio.

«Oh no, devo già andare?» fa lei, con sguardo supplice.

«Eh sì, Gio. È da una settimana che sei qui. Ti sarai anche stufata di due vecchi come noi!»

«Ma cosa dici nonna!» fa Gioia alzandosi a malincuore.

Poi infila la giacca e intanto chiede: «Come mai adesso?».

«Adesso cosa?»

«Di solito la mamma mi viene a prendere dopo che ho mangiato. Perché devo andare a casa adesso, che è appena pomeriggio?»

Gemma sistema il tavolino davanti al televisore, prende un bicchiere sporco e fa per portarlo via.

«Nonna?»

«Sì?»

«Mi dici come mai vado via così presto?»

Gemma sorride, ma gli occhi vanno da tutt'altra parte, perché si fanno più bui, quasi tristi. E alla fine le dice: «Credo che tua mamma e tuo papà ti vogliano parlare».

6.

Gioia e Lo sono distesi sul letto, ora.

Hanno entrambi le mani intrecciate appoggiate sulle rispettive pance e guardano il soffitto.

È un po' difficile capire cosa pensa Lo in questo momento, ma di sicuro Gioia sa a cosa pensa lei. E, come spesso fa, pensa per parole.

La prima è *kekau*. Una parola indonesiana che significa "svegliarsi da un incubo". È stata quella la sensazione che ha provato aprendo la porta, più o meno un'ora fa.

Un'altra parola che le viene in mente è *basorexia*: dovrebbe essere inglese, anche se Gioia non è sicura. Quello di cui è sicura è che si tratta di quella roba che ti prende quando provi il desiderio irrefrenabile di baciare qualcuno. Che poi è quello che prova lei adesso, forte anche più di quando loro due stavano davvero insieme.

Il che è abbastanza strano, visto che di fatto lui le ha appena detto che fra cinque minuti se ne andrà.

Poi, chissà perché, le viene in mente *karelụ*, una che si usa in India e che si scrive con uno strano puntino sotto la *u*. I *karelụ* sono quei segni sulla pelle che ti vengono quando indossi qualcosa di troppo stretto. Non sa spiegarsi il motivo, ma Gioia sente che Lo adesso è proprio quello, un *karelụ*. Solo che, a differenza dei *karelụ* dei vestiti, non sa se Lo sparirà così facilmente.

Ma, più di tutte, la parola che le frulla in testa è *clinamen*.

È stata una delle prime lezioni del suo professore di filosofia, quest'anno.

Gioia ha una specie di adorazione, per lui. Ci sono stati diversi momenti in cui nell'anno passato andava a scuola solo per sentire le sue lezioni: e, in un paio di questi, ha perfino pensato che la scuola probabilmente l'avrebbe mollata, se non ci fosse stato lui.

Comunque, in quella lezione si parlava di Epicuro e della sua teoria degli atomi. A un certo punto era saltata fuori quella parola: *clinamen*.

"Ma sei completamente rincretinita? Tu hai un ragazzo nel letto con te, e pensi a Epicuro e agli atomi?!" sente dirle la voce di Tonia.

Se fosse da sola, le risponderebbe ad alta voce che è proprio grazie a Epicuro che Gioia riesce a non saltargli addosso e a farsi sopraffare dalla *basorexia*. Ma sola non è, così si limita a dirglielo col pensiero. Tanto, Tonia la sente lo stesso.

«A che cosa pensi, Cosa?» le chiede lui.

Ahia, domanda difficile. Della *basorexia* meglio non parlare, così alla fine risponde: «A una lezione del mio prof».

«Quello figo che fa tutte lezioni strane?»

«Lui.»

«E che lezione era?»

«Sicuro che vuoi che te la dica? Cioè, non fa lo stesso effetto raccontata da me. Ci vorrebbe lui, e poi mi servirebbero circa duecento biglie.»

«Biglie?»

«Eh già.»

«Provaci, dai. Adesso mi hai messo curiosità.»

«Be', insomma, quel giorno siamo entrati in classe, era la prima ora, e lui non c'era.»

«Assente?»

«No, cioè… noi credevamo che lo fosse. Fatto sta che sul banco abbiamo trovato tutti un sacchetto di biglie.»

«Quelle di vetro, colorate?»

«Sì, una decina circa dentro ogni sacchetto, ferme lì. Alla lavagna c'erano scritte delle istruzioni. In pratica noi dovevamo prendere il sacchetto, tirare fuori le biglie e appoggiarle a terra.»

«E voi?»

«Be', lo abbiamo fatto. In fondo ce lo stava chiedendo lui. Solo che dopo neanche due secondi alcuni maschi della classe hanno iniziato a calciarle, e a farle finire da tutte le parti. E da lì poi hanno iniziato tutti.»

«E poi?»

«E poi ecco che mentre siamo nel casino più casino, entra lui, fischiettando, col suo bastone. Tra un passo e l'altro dava colpi alle biglie, come fosse una mazza da golf.»

«Che tipo...»

«Sì, era proprio buffo.»

«Ma scusa: la lezione qual era?»

«Era una lezione sul caso. In pratica ci ha spiegato che per Epicuro c'è questa cosa che si chiama *clinamen.* Vuol dire inclinazione, ed è una cosa che fanno gli atomi ogni tanto: deviano, cambiano direzione, un po' come facevamo fare noi alle biglie, coi piedi.»

«E tutto questo per dire che...?»

«Adesso non mi ricordo bene bene le parole che ha usato lui, ma era per farci vedere che se non ci fosse il caso, se non ci fosse quel punto in cui le cose deviano e prendono una strada diversa, be', non ci sarebbe nemmeno la libertà. Non saremmo liberi, perché tutto potrebbe andare solo in una direzione, senza mai deviare.»

Lo si volta verso di lei. Aggrotta le sopracciglia. E le fa: «Ah. E com'è che ti sei messa a pensare a queste cose filosofiche proprio adesso che me ne sto per andare?».

«Dai, non ti offendere! C'entra un sacco, perché lui, il prof, ci ha detto qualcosa tipo: "Ricordatevelo, che siete sempre liberi". Che ci sarebbe successo prima o poi di credere che la nostra strada sarebbe stata già segnata, zero *clinamen,* tutto dritto, senza deviazioni, vie d'uscita, tutto sempre una ripetizione, e che il mondo è pieno di persone convinte che non esista nessun *clinamen,* e vanno avanti, serene anche, senza scossoni, senza paure, ma al tempo stesso anche senza la libertà di poter prendere una strada diversa, di scegliersi un destino diverso.»

«E allora?»

«Allora... niente, facevo così per dire», risponde.

Come vorrebbe che lui capisse da solo, ora. Senza bisogno di altre spiegazioni. Che capisse che lei ha pensato al *clinamen* perché anche lui adesso è convinto di non avere scelta, di dover andare via, quando invece è libero, può ancora cambiare tutto, può fermarsi lì, e quanto vuole anche, perfino *dormire* lì, e domani mattina svegliarsi con lei e fare colazione insieme, magari al bar, e mentre camminano possono giocare a calciare i sassolini e darsi piccole spinte con la spalla, e salutare una vecchietta che passa di fianco, e possono andare al parco ad ascoltare musica e mangiare biscotti, e ricominciare a fare quello che hanno sempre fatto, a essere quello che sono sempre stati, perché non vuole capirlo? Perché vuole a tutti i costi andare fino in fondo, con la sua idea di scappare via?

È come se il suo vero male non fosse il suo problema con suo padre e tutto il resto. È come se Lo fosse malato di qualcos'altro: la stessa malattia che hanno tutti, in fondo. Quella che non li fa restare. Quella che, dopo un po', una notte al massimo, fa sciogliere la neve e la trasforma in fango.

Che se ci sono cinquanta modi per dire «neve», ci sono anche cinquanta modi per dire «andarsene». E uno di questi è il modo di chi se ne va ma resta lo stesso, dentro di te, non schioda neanche a cacciarlo via. Ed è forse il peggiore di tutti.

"Cocca, c'ero anch'io alle lezioni di Bove su Epicuro", le fa Tonia, da qualche parte dal buio della stanza.

"E... quindi?" le chiede Gioia, col pensiero.

"E quindi a me risulta che Epicuro diceva anche un'altra cosa."

"Che cosa?"

"*Carpe diem,* porca di quella zozza zozzissima!"

A Gioia scappa un sorriso nel buio. Tonia adesso alza la voce e prosegue: "Ce l'hai lì, nel letto, fra poco questo se ne va, e tu ti metti a fare la filosofa! Ma sei scema?!".

Proprio quando la sua amica immaginaria finisce la frase, Gioia sente che Lo inizia a muoversi.

«Allora io vado», le fa.

Gioia riesce quasi a vederlo, lo sguardo d'odio che le sta dedicando Tonia, ora.

«Aspetta!» gli dice, quando lui è già in piedi.

«Che c'è?»

«Ti devo chiedere un favore.»

«Che favore?»

Gioia prende un bel respiro, non sa come chiederglielo.

«Allora?»

«Vorrei che tu dormissi qui. Cioè, mi spiego: che ci mettiamo a dormire, e poi quando sei sicuro che sono crollata, solo allora, vai via.»

«Eh?» le fa lui

"Eh?" le fa Tonia.

«Sì, so che è una richiesta un po' strana, ma ti chiedo solo questo. Di andare via quando io sto dormendo.»

«E i tuoi? Se mi vedono qui?»

«Vai tranquillo, quando dormono non li sveglia nessuno.»

Lo la guarda perplesso: «Tu vuoi che ci mettiamo a dormire e poi, fra un po', quando ti sei addormentata, devo andarmene?».

«Esatto.»

«E… perché?»

Gioia non risponde, e non ha intenzione di farlo. Solo, mentre la sua amica immaginaria la guarda facendo no con la testa, gli dice: «Lo faresti?».

7.

Gioia ha sette anni, e le scappa forte forte la pipì.

È chiusa nella sua cameretta, in pigiama. Sono le dieci di sera, il che vuol dire che dovrebbe dormire da almeno mezz'ora. Ma con le urla che vengono da sotto è impossibile.

I suoi genitori stanno litigando da quando l'hanno riportata qui da casa dei nonni. Ma non potevano lasciarla là e continuare a dirsi tutte quelle brutte parole senza di lei e lasciarla tranquilla a guardarsi per la centesima volta *Mamma ho perso l'aereo*?

Così almeno adesso Gioia potrebbe andare tranquillamente a fare la pipì che le scappa da morire: passare davanti a loro per andare in bagno è l'ultima cosa che vuole. Odia quando si dicono quelle brutte parole. A volte si chiede proprio come sia possibile arrivare a dirle a una persona. Soprattutto come si faccia a dimenticarle, una volta che te le sei sentite dire.

«Beato te che sei di legno», dice al piccolo Pinocchio senza un braccio che ha sul comodino. «Sarebbe proprio bello diventare come te. Così se qualcosa ti fa male, non lo senti!»

Quei due, intanto, continuano a urlarsi contro. Solo che adesso la pressione della pipì è insostenibile, così Gioia decide di andare. Con movimenti lenti, impercettibili, apre la porta di camera sua. Prima non aveva capito bene il motivo del litigio, ma adesso che non c'è più il filtro del muro realizza che suo padre è arrabbiato con sua madre per via della sorellina che sta per arrivare.

«Dovevi stare più attenta!» le urla.

Gioia sa già come succede che nascono i bambini, però non ha ancora capito bene perché bisogna stare attenti, se non li si vuole far nascere. E soprattutto perché quella attenta dovrebbe essere la donna.

"Non è il papà quello che mette il suo coso dentro la sua cosa?" pensa fra sé mentre praticamente saltellando cerca di passare dietro il padre per raggiungere il bagno. Solo che quando è proprio dietro di lui, suo padre dice una cosa che è peggio di tutte le altre messe insieme: «Io non lo voglio un cazzo di altro figlio da te!».

Gioia si blocca. Non riesce a credere che lui lo abbia detto davvero. E senza neanche pensarci, le esce di bocca una frase che normalmente non avrebbe mai il coraggio di dirgli: «Papà, ma sei cattivo!».

Il padre però non è molto in sé: Gioia non lo sa, ma stasera ha bevuto più del solito e così lui, d'istinto, si volta, la vede sotto di lui e le rifila una sberla in piena guancia. La forza della sberla è tale che Gioia cade sul tavolino di vetro del salotto, rompendolo. Mille pezzi di vetro sono per terra e addosso a lei, e anche se la stanza è in penombra si vede che c'è anche un po' di sangue.

«Giorgio! Ma cosa fai! Sei impazzito!» gli urla la madre correndo verso Gioia e prendendola in braccio.

«Scusa, io...» prova a dire lui, ma madre e figlia sono già corse in bagno.

Fortunatamente, una volta lì la madre di Gioia scopre che è solo un taglio dietro l'orecchio, quello che si è fatta. Certo, è brutto, e forse servirebbero anche dei punti, ma per quello che è successo è andata anche bene.

«Mamma, ma perché papà ti ha detto così?» le fa la piccola Gioia.

«Perché tuo padre stasera non sta bene, amore mio», le risponde la madre, che ha gli occhi tutti rossi. Prova a tamponare il sangue con una garza, ma si rende conto che non basta.

Il padre, nel frattempo, ha prima chiamato madre e figlia dalla porta per sincerarsi che stessero bene e poi, quando la madre ha risposto: «Sì, dai, è solo un taglio», si sono sentiti da fuori la porta del bagno dei passi e poi la porta di casa che sbatteva.

«Dove è andato papà?» chiede Gioia, mentre la madre inumidisce un po' di cotone con il disinfettante.

«Spero lontano», fa la madre. Poi prosegue: «Gioia, mi sa che devo accompagnarti al pronto soccorso, sai? Qui forse servono due punti o qualcosa del genere».

«Eh sì», dice Gioia, «così gli fai vedere anche che cosa hai tu.»

«Eh?» chiede la madre, «che vuoi dire?»

«Quel sangue, guarda!»

«Quale sangue?!»

«Mamma! Non lo vedi? Quel sangue che ti esce dalle mutandine!»

8.

«Non riesci a prendere sonno, eh?»

La voce è quella di Lo, nel buio della stanza. Gioia ha gli occhi aperti e guarda il soffitto, e lo sa bene perché non riesce a addormentarsi: perché lui sta buttando via una cosa bella. Perché è così tremendamente *innaturale* che loro due stiano lontani. Come se ce l'avesse scritta addosso, Gioia capisce ora il significato della parola tedesca *Notwendigkeit*, che significa "ciò che non può essere altrimenti", perché Lo non può essere altrimenti che con Gioia e viceversa, è tutto così perfetto quando sono insieme che proprio non è possibile immaginare un motivo per tenerli lontani. E lei è disposta a prendersi anche tutto il peggio, tutto il suo buio per un solo grammo della luce che lui sa essere, quando Lo è luce.

«Tutto ok, Cosa?»

«No, non è tutto ok», gli dice.

«Ho fatto qualcosa che non va?»

Gioia si alza dal letto, senza rispondere. Va alla finestra, resta in silenzio.

«È una di quelle situazioni in cui il ragazzo deve capire da solo cosa c'è che non va, vero?» le fa.

«È una di quelle situazioni in cui, se non lo capisce, c'è già qualcosa che non va», risponde lei.

«Ok, allora ci provo. Sei incazzata.»

«Acqua.»

«Uhm... sei incazzata perché mi sono presentato qui senza preavviso.»

«Oceano.»

Lo si alza, va vicino a lei alla finestra.

«Allora non lo so. Dai, dammi un aiuto, Cosa.»

Gioia sospira.

«Non sono incazzata, Lo. Ti *odio.* È una cosa diversa.»

«Ah, fico. Quasi quasi era meglio incazzata. E... c'è anche un perché?»

Sì, certo che c'è, ma è difficile spiegarlo. Lo odia perché è così che funziona quando due persone stanno insieme, funziona che non vai via, tutto qua, perché la gente continua ad andare via? Cosa ha fatto, cosa succede che tutti se ne vanno, possibile che non capiscano che amare è *restare*, non è nient'altro, non è sorprese, sassolini, fiori, frasi dolci, sesso o chissà che altro, amare è restare e nient'altro, solo quello?

«Cosa, ci sei?»

Ci pensa su qualche altro secondo, se dirglielo o no, e poi conclude che tanto fra poco lui se ne uscirà da quella finestra, quindi tanto vale buttare fuori tutto.

«Ti odio perché amare è restare, e tu te ne stai andando.»

«Wow, Cosa», gli fa lui, annuendo leggermente, con gli occhi spalancati e stupiti, «mi sa che è la prima volta che con me usi quella parola.»

«Quale parola?»

«Eh, *quella*!»

Ha ragione Lo. Ed è ironico perché non ha mai usato parole come «amare» o «amore» con lui, e ora le ha usate per dirgli che lo odia.

Non ha mai detto amore, sì, ma non perché non l'abbia mai provato. Molti si fanno quella domanda – "è amore? lo amo?" – quando magari conoscono qualcuno e ci stanno bene, ne parlano con gli amici, si chiedono se ci siano tutti i sintomi; ma Gioia ora sa che non funziona così: funziona che se ti chiedi se è amore, non lo è. Se lo è, non hai bisogno di chiedertelo. Lo sai e basta.

No, non usa quella parola nemmeno perché è «troppo grande»: è che gliel'hanno sciupata. Come si fa a usare le stesse parole delle pubblicità degli shampoo o dei programmi trash della TV al pomeriggio; come fai a prenderle così ridotte, le parole, non sono come i soldi, che anche se li sporchi e li stropicci poi valgono uguale: se usi male le parole, chi viene dopo non le può più dire allo stesso modo, cambiano un po' di significato o ne perdono, e se usate troppo diventano banali, insignificanti. È per questo che Gioia ne cerca sempre di nuove: perché molte di quelle usate, quando le prende in mano, sono tutte già rovinate.

«Ah sì? Non me ne ero accorta...» gli fa, mentendo. E lì, lui fa una cosa che lei proprio non si aspetta: le prende il viso tra le mani. La guarda forse per mezzo secondo. Poi la bacia con tutta la forza che ha.

Ma non è solo un bacio, quello che si danno. Quasi subito diventa altro e sulle loro labbra si riversa tanta roba che non c'entra niente, o almeno che Gioia non pensava potesse c'entrare con un bacio, come per esempio una specie di rabbia – anche per questo c'è una parola nel suo quaderno, *abhiman*, una parola in sanscrito che descrive la rabbia che proviamo quando a farci del male è qualcuno che amiamo, eppure non riusciamo a fare a meno di amarlo. Ecco, sì, Gioia sente anche tanta *abhiman*, ora, di quella cieca e brutta, e quella stessa rabbia è come se mettesse sempre più voglia dentro quei baci che dà e che prende, una cosa mai vista prima; finora per lui ha provato desiderio, sì, però era sempre stato qualcosa di in fondo in fondo *tenero*, ma adesso sente che lo vorrebbe addosso – forte, lo sente forte – che vorrebbe proprio scoparlo – *oddio cosa mi succede, sto parlando come Tonia* – e più prova rabbia più prova piacere – *ma che cosa mi sta facendo* – più lo vorrebbe e più lo vorrebbe mandare via, più lo vorrebbe spingere dentro di sé e più vorrebbe spingerlo fuori da quella finestra per non vederlo più – *ma cosa* – tanto che adesso i baci non sono più solo baci, ma mani, e lingua e collo, e loro non sono neanche più alla finestra ma per terra, vicino al letto, e i jeans di lui che non si sa come sono già sbottonati – *sono stata io a sbottonarli?* – mentre i loro bacini si muovono uno contro l'altro e come dei piccoli flash di luce li attraversano, o delle scariche elettriche, e più lo sente e più lo vuole, ed è una cosa del tutto nuova per lei che, mentre lo bacia forte, contemporaneamente gli dice: «Sei uno stronzo! Io ti odio!».

E intanto lui le lecca il collo, le stringe i capelli, spinge con la sua mano il suo corpo contro il suo.

«Cazzo, io ti *odio*, lo vuoi capire?»

E più glielo dice più la cosa la eccita, più rabbia gli scaglia contro più il desiderio si fa vivo, e a quel punto il controllo salta, Gioia non sa nemmeno come, i loro vestiti non ci sono più, e lui è dentro di lei, in un attimo dentro di lei, e stanno facendo l'amore nel bel mezzo di un odio che nemmeno capisce, lo sta odiando più forte mentre lo stringe più forte a sé.

«Vattene!» gli dice. «Vattene via!» Lui sembra quasi smarrito, portato via dal vento, la guarda con pupille dilatate e ansima piano per non farsi sentire, mentre con la mano destra tappa la bocca di lei per evitare che un urlo più forte degli altri faccia svegliare i suoi, fino a che sia lei sia lui sentono qualcosa, come uno sparire l'uno dentro l'altra, una manciata di secondi non di più, ma un piacere mai provato prima passa da lui a lei e da lei a lui, fino a che non si bloccano, immobili, fermi, fermo anche il respiro, una specie di spasmo, e poi crollano, uno vicino all'altra, sfiniti.

9.

«Cosa?»

«...»

«Cosa, ci sei?»

«...»

«Stai dormendo?»

«Adesso no. Grazie a te, Lo.»

«Posso farti una domanda, allora?»

«Dipende. Mi farà arrabbiare?»

«No, non credo.»

«Allora vai.»

«Aspetta, ora che ci penso, sono *due* domande. La prima è: perché cavolo siamo qui distesi sul pavimento se il tuo letto è qui di fianco?»

«Perché abbiamo appena... be' insomma lo sai. E la seconda?»

«La seconda è: tu per caso sai cosa è appena successo?»

«No, io no. E tu?»

«Nemmeno io.»

«È stato come... boh, non saprei. Non ce l'hai una delle tue parole, per quello che è successo?»

«No, non credo.»

«Peccato. Ci stava.»

«Forse in realtà una c'è. Ma più che altro per descrivere il fatto che non c'è una parola.»

«Eh?»

«*Aimonomia*, si dice. È quando hai paura di dare un nome a qualcosa, perché senti che se glielo dai, poi un po' quella cosa sparisce. La metti dentro una teca di vetro, tipo quelle dei musei. Perde un po' della sua magia, ecco.»

«Bella, mi piace. Ci sta.»

Gioia si volta e mette la testa sul petto di Lo. Il sonno le sta tornando, con la consapevolezza che fra poco lui andrà via e che potrebbe non vederlo per molto tempo. Insomma sente che per un bel po' potrebbe non fargli la domanda che vuole fargli. Così anche se sa che rischia di rovinare il momento gli chiede: «C'è qualcosa che non mi hai detto, Lo?».

«Qualcosa cosa?» chiede a sua volta lui, sollevando la testa e guardandola.

«Non so. Forse è successo qualcosa, nel mese che sei stato via. O prima, o che ne so.»

Lui risponde subito, stavolta, ma senza guardarla negli occhi mentre lo fa: «No, non è successo niente». Così ora Gioia ne ha la certezza: c'è qualcosa che lui non le sta dicendo. Ma cosa?

Poi silenzio. Di quello che è meglio dire qualcosa, una qualsiasi cosa pur di non farlo durare troppo, perché a volte i silenzi sanno rovinare tutto. Sembra possano far niente, ma sono come vandali che ti entrano in casa di notte e sfregiano i dipinti più belli che hai. E la notte che hanno appena passato è un dipinto troppo bello, nonostante tutto.

«Ora dormiamo, però, che mi sta venendo sonno», le dice lui. Lei vorrebbe dire qualcosa, una di quelle belle frasi che restano, ma alla fine le esce solo un: «Anche a me».

Lui si va a stendere di nuovo, lei gli si mette di fianco. Lui chiude gli occhi. Lei no.

«Buonanotte, Cosa.»

«Buon viaggio, Articolo Determinativo.»

10.

Gioia ha sette anni.

Appena entrata in casa, ha fatto quello che fa tutte le volte, cioè correre a prendere la sua macchina fotografica giocattolo e mettersela al collo. Però si è accorta che l'atmosfera era di quelle pesanti. Le finestre, chissà da quanto tempo nessuno le apre. E gli occhi rossi di sua mamma parlano chiaro. È piccola, ma ormai ha imparato a capire subito quando sua mamma ha pianto. Cosa che ultimamente accade sempre più spesso.

«Vieni qui, micetta, dammi un abbraccio», le fa sua mamma. Gioia si sfila il cappottino e va da lei, al tavolo della cucina. Intanto sente dei passi nervosi provenire da camera dei suoi: rumore di cassetti, di ante che si aprono e si chiudono.

«Fammi vedere», le dice la mamma scostandole i capelli, per vedere la cicatrice dietro l'orecchio.

«Ahi!»

«Ti fa ancora tanto male, micetta mia?»

«No», fa Gioia. Anche se non è del tutto vero.

Ed è lì che lo vede. Suo padre, mentre esce dalla camera. Trafelato, con dei grossi nuvoloni grigi dentro gli occhi, si affaccia alla porta della cucina.

«Allora io vado», dice.

«Dove vai, papà?» gli chiede Gioia, i cui occhi cascano su due valigie che sono appoggiate ai suoi piedi, poco più indietro.

«Micetta, io e papà ti dobbiamo parlare», dice sua mamma.

Gioia non ha ancora capito cosa sta succedendo, ma sente il respiro farsi più affannato.

«Sai, è successa una cosa alla mamma, quel giorno che ti sei fatta quella cicatrice», le sussurra la madre, mentre il padre sembra impaziente di andare.

«Non possiamo dirglielo un'altra volta, *questo*?» fa il padre, dalla porta.

«Va bene, va bene, questo te lo dico un'altra volta.»

«E allora cosa mi dovete dire?»

«Che me ne sto andando, Gioia», taglia corto il padre. «Io e tua madre non ci amiamo più, e non possiamo più stare insieme.»

Gioia sente come uno schiaffo sulla guancia, tanto che un po' scosta il viso.

La madre di Gioia le stringe le braccia, non si capisce se per il male o la rabbia. Di sicuro lancia al marito uno sguardo d'odio che perfino quella bambina di sette anni riesce a interpretare.

«Eh, scusa, ma non c'è altro modo di dirlo», fa il padre, prendendo le valigie.

«Non vieni nemmeno a dare un bacio a tua figlia?» gli chiede la mamma.

Il padre riappoggia le valigie a terra. Rimane lì fermo, con il corpo a quarantacinque gradi, inclinato a metà fra la figlia e la porta d'uscita.

«Giorgio!» lo richiama la moglie. Il padre di Gioia allora entra in cucina e si piega sulle ginocchia. Gioia si avvicina e sembra che lui stia per farle un lungo discorso, o almeno prende la rincorsa come se stesse per dirle qualcosa di importante, ma alla fine tutto quello che riesce a dire è solo: «Ciao».

Dopodiché si rialza, prende le valigie, si annoda la sciarpa intorno al collo e se ne va.

Gioia corre alla finestra. Lo guarda allontanarsi a piedi, di spalle, lungo la strada. Aspetta per un tempo infinito che lui si volti e le mandi almeno ancora un cenno di saluto, anche solo con la mano.

Alla fine, però, lui non si volta mai.

Gioia allora prende in mano la macchina fotografica che ha al collo e inquadra con l'obiettivo il padre che se ne sta andando. Poco prima che diventi un puntino, gli scatta una foto. Di spalle.

11.

Sono le quattro del mattino. I grilli fuori fanno da colonna sonora con il loro frinire. C'è già un po' di luce.

Di colpo gli occhi di Gioia si aprono.

È stato tutto un sogno, o è successo davvero?

Con la mano inizia a tastare il pavimento, in cerca di Lo. Ma non sente nulla.

No, non può essere stato un sogno.

Gioia si alza e controlla sul comodino: il barattolo con i sassi non c'è più. Va alla finestra, allora: è leggermente socchiusa. Sul davanzale, un mucchietto di sassolini, piccoli pezzi di ghiaino. Allora alza lo sguardo verso il viale sotto il suo appartamento. La luna alta in cielo rischiara la strada e già si vede all'orizzonte l'*eheren*, che è come i tuareg del deserto chiamano la linea bianca che spunta all'orizzonte al termine della notte. Gioia intravede qualcosa, proprio là sotto in strada. O meglio: qualcuno.

Si stropiccia bene gli occhi e poi cerca di mettere a fuoco.

È Lo. Se ne sta andando via, di spalle.

Gioia ha gli occhi lucidi, non si sa se per la luce della luna o per cosa. Avvicina le mani agli occhi e poi, con le dita, fa come se avesse in mano una macchina fotografica.

Inquadra bene il ragazzo che se ne sta andando di spalle e poi, quando sente che è il momento, con le dita gli scatta una foto.

12.

Le valigie sono pronte, già vicino alla porta. La corrente è stata staccata, le imposte chiuse.

Il professor Bove guarda l'orologio: il suo aereo partirà tra due ore esatte. Infila le mani nelle tasche, tira fuori un indirizzo.

International School of Nantes
1, rue Marie-Anne du Boccage
44036 Nantes (France)

Lo esamina per un secondo poi lo rimette in tasca cercando le chiavi.

«Ma dove le ho messe?» dice grattandosi la testa. E proprio in quel momento sente il campanello suonare.

«Eh no, caro venditore porta a porta, mi spiace ma sono in partenza!» dice andando verso il citofono. Alza il ricevitore, ancora chiedendosi dove ha messo le chiavi.

«Sì, chi è?»

«Sono sempre io, professore.»

Conosce molto bene quella voce. Appartiene a una studentessa di quarta, futura quinta. Una nuova, arrivata quest'anno. Gli sta simpatica e in più è la migliore della classe nella sua materia, per il principio che ormai il professor Bove ha imparato a riconoscere e definito «legge della domanda»: gli studenti più intelligenti non sono quelli che danno più risposte, ma quelli che fanno più domande. E lei, la ragazza a cui appartiene quella voce, di domande ne fa tantissime, a volte pure troppe. Il professore, del resto, insegna filosofia.

«Signorina Spada! Non si ricorda che io dovevo partire?»

«Solo un minuto, professore, la prego!»

«Va bene, le apro. Si sieda sotto la veranda, arrivo subito.»

«E quindi alla fine è andato via per davvero?»

«Sì, prof. Mi sono svegliata all'alba e l'ho visto che si allontanava con in mano il suo barattolo di sassi.»

«E dove?»

«Dice che ha un amico in Irlanda. Tanto ormai diciotto anni ce li ha. Può andare dove vuole, in teoria.»

Il professore svita il tappo del thermos e versa un po' del contenuto nelle due tazze sopra il tavolino.

«Ma, prof… beve tè caldo a quest'ora, d'estate?!»

«Signorina Spada, il tè caldo lo bevono i beduini in pieno deserto, nell'ora più torrida. Non c'è niente di più dissetante, non lo sa?»

«Questa perla mi mancava.»

Gioia prova a berne un sorso, ma scotta troppo.

«Però, in fondo, non è del tutto chiusa questa porta, o mi sbaglio?» le fa lui.

«Lei dice?»

«Le ha promesso che tornerà, no? Che quando starà meglio verrà da lei. Giusto?»

«Sì prof, ma sa: non è tanto quello. Io lo posso anche aspettare, se è questo che lui mi chiede.»

«E cosa c'è, allora?»

«C'è che tutto questo mi ricorda quella storia del pasticcino. Si ricorda la lezione sui pasticcini, professore?»

Una volta il professore era entrato in classe con un vassoio pieno di pasticcini. La lezione di quel giorno consisteva proprio nel mangiare i pasticcini: o meglio, nel far osservare a ragazzi e ragazze che tendevano tutti a cominciare a mangiare il pasticcino dalla parte meno buona per lasciarsi la migliore alla fine. Il senso di quella lezione era far vedere che lasciare la crema alla fine, nella vita, voleva dire rischiare di non mangiarla mai.

«Certo. E che cosa la fa pensare ai pasticcini?»

«Lei quel giorno ci aveva detto che dovevamo puntare subito alla crema, partire dal meglio e lasciare il resto per dopo, perché… sì insomma ce lo ha spiegato lei, quindi se lo ricorda di sicuro.»

Il professore beve un sorso del suo tè, e intanto sorride, mentre Gioia parla a ruota libera: «Ecco, mi sembra che Lo si stia fregando la mia crema, non so se mi spiego. Cioè, la crema del *nostro* pasticcino, capisce? Lui la sta lasciando ferma lì e io mi sono trattenuta e non ho voluto fargliela pesare, ma la verità è che ho una paura fottuta che, a forza di aspettare, quella crema vada a male, capisce? E magari lui un bel giorno torna, mi dice: "Ehi, Cosa, dai, ci siamo, mangiamoci il nostro pasticcino!" e poi lo assaggiamo e fa schifo, e non fa solo schifo ma fa anche male perché c'è dentro la muffa o che ne so. Ecco cosa proprio non potrei sopportare. Non che faccia schifo, ma che faccia male».

Gioia si aspetta che il professore dica qualcosa, o almeno spera che tiri fuori una delle sue frasi illuminanti. Lui invece si alza, senza dire niente, ed entra in casa.

«Prof?» gli fa Gioia, allungandosi per vedere dove è finito. Siccome ci mette un po', Gioia si alza e va verso la porta d'ingresso.

«Tutto bene?» chiede, mettendo la testa oltre la soglia. Sente il rumore di lui che sta trafficando coi cassetti, come se cercasse qualcosa. Butta l'occhio sul muro del corridoio d'ingresso e vede, oltre ai libri che lo tappezzano per intero, tre pergamene incorniciate: sono tutte e tre lauree, una in filosofia, una in matematica, una in biologia. Tutte e tre con il massimo dei voti.

"Ma che genio è questo?" sente dire dalla voce di Tonia.

"Tre lauree col massimo dei voti, di cui una in matematica! Che storia!"

Sta per tornare a sedersi, quando l'occhio le cade su una foto incorniciata, appoggiata sopra un comodino. Le cade lì perché la foto dentro la cornice, che è delle classiche dimensioni delle cornici da comodino, è una fototessera. È la prima volta che vede una fototessera in cornice, e soprattutto dentro una molto più grande delle dimensioni della foto. *Che ritrae un viso di bambina.*

Gioia alza leggermente le sopracciglia e torna a sedersi: in effetti non sarebbe la prima volta che il suo professore fa qualcosa di un po' bizzarro.

Lui torna fuori dopo almeno un minuto con qualcosa in mano. Prima che lo mostri a Gioia, però, lei gli fa: «Io mi sa che non gliel'ho mai chiesto: ma lei non ha famiglia, vero?».

Sul viso del professore si appoggia una specie di ombra, a questa domanda. Gioia la vede subito: «Mi scusi mi scusi mi scusi!» gli dice. «Non sono affari miei, faccia come non abbia detto niente!»

Lui si schiarisce la voce, si siede dove era seduto prima e appoggia quel qualcosa che aveva in mano al tavolino.

È una *noce.*

«Anche questa serve a togliere la sete, professore?»

«No, signorina Spada. Mi serve solo a offrirle un piccolo complemento a quella famosa lezione del pasticcino.»

«Uh, sono tutta orecchi!»

«Vede, è vero: alcune cose nella nostra vita sono come quel pasticcino. Cose che bisogna fare subito, per cui il gesto più stupido non è l'audacia ma la prudenza, e la cosa più saggia non è esitare ma buttarsi. Andare fino in fondo, chiudere gli occhi e via. Perché, come vi ho detto io quel giorno, potrebbe accadere qualsiasi incidente, o la crema potrebbe andare a male, come dice lei ora.»

«Già.»

«Una cosa che non vi ho detto, però, è che la metafora migliore della felicità non è qualcosa di zuccheroso e dolce come un pasticcino. La felicità assomiglia molto di più a questa noce», dice il professore prendendola in mano e tenendola fra pollice e indice, davanti agli occhi di Gioia. Che gli chiede: «Perché quella noce?».

Il professore inizia a giocarci con la mano, sfiorandola.

«Perché lei, che ha questo bellissimo nome, deve sapere che ci sono gioie e gioie. Alcune sono un pasticcino, buone che devi solo metterle in bocca e gustarle, e poi ti lasciano quel sapore dolce e ti mettono di buonumore. Ma le vere gioie, quelle per cui vale davvero la pena vivere», e lì il professore mette la noce fra le due mani e prova a romperla, senza riuscirci, «le vere gioie da fuori sembrano qualcosa di perfettamente normale, quasi banale, e hanno una scorza dura. Nemmeno sembrano chissà che attraenti, da fuori: di sicuro non sono buone come un pasticcino, no? E poi ci vuole forza, tanta forza, per spaccare il guscio, e spaccandolo non è escluso che ci si faccia anche un po' male.»

Crac! Il guscio della noce si rompe fra le mani del professore, alcune piccole schegge gli restano attaccate alla pelle, poi lui le toglie via con le dita.

«Ma è l'attesa, la fatica che ci è voluta per rompere il guscio a far sì che, mentre dopo un paio di pasticcini ci stanchiamo...»

«Be' calma: un paio», lo interrompe Gioia, «io ne potrei mangiare anche dieci di fila!»

«Ah! Ah! Certo, ma prima o poi troppo dolce dà la nausea. Mentre di noci potremmo mangiarne all'infinito», fa, porgendone metà a Gioia. Lei la rigira fra le dita, mentre il professore già sgranocchia la sua metà.

«Ora io devo proprio andare, signorina Spada», le dice alzandosi e prendendo la sua valigia. «Ci vediamo a settembre, a scuola.»

Gioia rimane seduta sotto la veranda, con la noce in mano, guardando il professore andare verso il piccolo cancello.

«Ma io? Cosa devo fare?» gli chiede.

Il professore si ferma oltre la ringhiera, le lancia un oggetto che non si capisce cos'è. Gioia lo prende al volo, il che è un vero miracolo perché i suoi riflessi di solito fanno pena. Apre la mano, e scopre che quell'oggetto è un'altra noce. Prima di andarsene il professore le dice: «Solo capire se questa storia è una noce o un pasticcino. Perché se è una noce potrà passare anche molto tempo, ma avrà sempre lo stesso sapore».

13.

I giorni dell'estate senza Lo scorrono lenti e veloci allo stesso tempo per Gioia, che ha voglia e non voglia di tornare a scuola, perché da un lato non vede l'ora di finire, di lasciarsi alle spalle gli scherzi di Casali e le occhiate di Giulia Batta, le mattine in cui pagherebbe pur di farsi piccola e invisibile o quelle in cui invece non sopporta di essere per tutti piccola e invisibile, un fantasma che si aggira per i corridoi con le cuffie perennemente attaccate alle orecchie. Dall'altro ha anche una gran paura di quello che sarà poi, visto che non ha praticamente nessuna idea su cosa fare; o meglio, ce l'avrebbe ma è più che altro un sogno impossibile, e cioè entrare all'Accademia di Fotografia di Firenze. Ma forse è meglio andare subito a lavorare perché dove-vuoi-che-vada-una-come-me, e in più sa che un professore come il professor Bove non lo troverà mai più. Così i giorni vanno ma lei no, Gioia resta ferma al pensiero di un ragazzo che le ha fatto assaggiare la felicità e poi è andato via, e ogni tanto sfiora la noce che il suo professore le ha dato e che lei si tiene sempre in tasca, piccolo promemoria di un desiderio che esprime ogni giorno, e cioè a essere precisi che le sue mani possano finalmente spaccare quel guscio e mangiarsi il frutto che c'è dentro e che le sta sfuggendo da troppo, troppo tempo.

A casa i suoi genitori per fortuna ci sono poco, ma quel poco basta e avanza, perché da un po' hanno ricominciato a discutere, Gioia lo sapeva che non sarebbe potuta durare, da quando è su questo pianeta non ricorda periodi più lunghi di un paio di settimane senza litigate, senza scenate di gelosia di lui o senza rimproveri di lei, o serate in cui il bidone dei rifiuti non è pieno di lattine di birra vuote e l'aria di troppe parole brutte. Anche quella che finora era sempre stata la sua unica piccola luce in quella casa, nonna Gemma, piano piano si sta spegnendo. Il dottore ha detto che fra poco avrà bisogno di cure costanti e, dato che loro non si possono permettere una badante, l'unica soluzione sarà portarla in un posto dove possa essere tenuta d'occhio tutto il giorno; quindi per vederla dovrà andare in una casa di riposo dove Gemma dormirà con altri anziani, lontano dal suo letto, lontano da lei.

Allora Gioia passa il tempo quasi sempre fuori casa, scatta foto ai passanti, ascolta *Live at Pompeii* dei Pink Floyd, beve un tè a casa di Bove quando il professore torna dalla sua vacanza o da Giovanna, al BarA, a giocare con sua figlia Andrea e a sentirsi dire tutti i giorni la stessa frase: «Ma tu non dovresti stare un po' con quelli della tua età?».

«L'età è solo un numero», risponde sempre Gioia. Al che Giovanna replica ogni volta: «Sì, ma anche una prigione è solo una stanza!».

Giovanna è anche l'unica donna con cui Gioia possa parlare di Lo, però il più delle volte preferisce non farlo. C'è una parola anche per questo, e viene dal mandarino: si dice *huijiyi*, ed è un verbo che vuol dire "non andare dal medico per paura di scoprire di essere malati". In questo caso, la paura che ha Gioia non è di essere malata, ma di sentire Giovanna dirle che può anche esprimere desideri, sfiorare noci e credere alle favole, ma Lo non tornerà mai da lei. Questo perché Giovanna non vede di buon occhio questa storia, e glielo fa capire con un commento molto breve ma anche molto esaustivo un pomeriggio di inizio settembre, dopo che Gioia è stata a trovare il suo professore e passa da lei: «Mah, a me questa pare solo una grande stronzata!».

«Perché dici così, Giovanna?»

Al bancone c'è un uomo ubriaco che continua a fissarle. Giovanna allora si volta verso di lui e gli fa: «Ehi tu, ci tieni ad andare a casa con le tue gambe? E allora vedi di andarti a sedere a qualche tavolo e di metterti a fissare la tua faccia da culo!».

Giovanna non va mai molto per il sottile, con quelli che si comportano male nel suo bar. A dire il vero, neanche con quelli che si comportano bene. Forse anche per questo il bar è quasi sempre vuoto.

«Insomma, Giovi?»

«Insomma non ha molto senso, quello che ti ha detto lui. La mia esperienza mi dice che quando un uomo ti chiede di aspettarlo, che abbia diciotto o quarant'anni, è solo un altro modo per dirti che ti sta mollando.»

«Sì, ma perché venire a dirmelo a casa, quando me lo aveva già scritto!»

«Eh, Gioia mia. Ricordami un po': quanti anni è che c'hai, tu?»

«Diciassette, quasi diciotto. Perché?»

«Perché devi conoscerne ancora un bel po', di ragazzi, per farti un'idea di quante cose senza senso possono fare!»

Proprio in quel momento, l'uomo ubriaco pensa bene di emettere un bel rutto.

«Ecco, appunto», commenta Giovanna. A Gioia scappa da ridere, ma si chiede anche se non abbia ragione Giovanna: forse dovrebbe trovare qualcuno della sua età con cui parlare e passare il tempo, perché Giovanna è un'amica e la capisce quasi sempre, ma ogni tanto con lei è come quando guardi un film con qualcuno che, quel film, lo ha già visto un sacco di volte. Gioia ora ha voglia di guardare il film con qualcuno capace di sorprendersi e con cui condividere l'emozione di non sapere come va a finire.

«Vabbè», riprende Giovanna, «e quindi?»

«E quindi niente. Se n'è andato.»

«E poi? Più sentito? Basta? Neanche una telefonata? Ah già, che tu non ce l'hai neanche, un cellulare...»

Gioia tira fuori dalla borsa un coso che sembra il nonno di un telefono cellulare, e dice: «In realtà sì, da qualche settimana ce l'ho. Mamma ne ha preso uno per lei e mi ha dato questo reperto archeologico, però a lui non ho dato neanche il numero. Sono un genio, vero?».

«Sì, in effetti io ero un pochino più sveglia alla tua età. Dai, dallo almeno a me, il numero», le fa Giovanna, memorizzandolo in rubrica quando Gioia glielo dice. Mentre lo scrive, chiede: «Quindi lui sapeva che avevi un cellulare, giusto?».

«Sì.»

«E non ti ha neanche detto che ti avrebbe scritto o chiamato», fa Giovanna, dando il resto a una donna seduta al bancone. Gioia rimane per qualche secondo con la bocca aperta: non aveva fatto caso a questo dettaglio, e solo ora si rende conto che non è per niente un dettaglio. Poi rimette il cellulare in borsa e considera fra sé e sé: «Avevano ragione i miei compagni, quando hanno iniziato a chiamarmi Maiunagioia».

Giovanna le dà un piccolo buffetto sul naso con lo straccio del bar, e poi le dice a bassa voce: «E comunque, c'è anche un'altra cosa a cui forse i tuoi diciassette anni non ti hanno fatto pensare, sul tuo Lo».

«E che cosa?»

«Sicura che vuoi proprio saperla?»

«Be', ormai che me l'hai detto, direi proprio di sì!»

Giovanna mette una birra sul bancone e poi dice: «Che io nei miei quarant'anni ne ho conosciuti di uomini che dicono la verità. Sì, alcuni ce ne sono, te ne do atto».

«Ma...?»

«Ma ancora non ne ho mai visto nessuno che ti dice *tutta* la verità.»

14.

«San Roger Waters, aiutami tu», sussurra Gioia all'ingresso del liceo, prima di mettere il piede sul primo degli scalini.

La scuola è un vecchio edificio proprio di fianco a un cinema che si chiama Cinemazero. Zero, Gioia, vorrebbe fossero i giorni che la separano dall'esame, al contrario di tutti i suoi compagni già visibilmente in ansia.

Il copione sembra essere lo stesso dell'anno scorso: quando è arrivata, a malapena l'hanno salutata. L'unica differenza dal solito è che Casali, incredibilmente, non ha fatto né battute né l'ha chiamata Maiunagioia. Quasi quasi le dispiace: e oltretutto è pressoché sicura di averlo sentito, in mezzo alla folla, dire una frase tipo: «Però! La Spada è migliorata un sacco dall'anno scorso!».

Ma ora che ci pensa, non può proprio essere. O forse l'ha detto in tono ironico, visto che per tutto l'anno l'ha trattata come lo scarto degli scarti.

Gianluca Casali: capello sempre perfetto, guardaroba che da solo vale più di tutto quello che Gioia ha in casa. Fin dal primo giorno nella nuova scuola, a settembre dell'anno scorso, ha messo addosso a Gioia una specie di stigma: lei era quella strana, quella un po' fuori di testa. E poiché lui è visto un po' come un piccolo boss che organizza feste «da paura» e che gira con gente «che spacca», è bastato un attimo e tutti l'hanno bollata allo stesso modo.

All'inizio ci stava male, Gioia, ma ora non più così tanto: ha capito da un po' che non riesce a stare molto tempo nella stessa stanza con persone che ogni tre secondi dicono «da paura» e «spacca».

E così, per rispettare la tradizione, Gioia si fionda subito in bagno, dove almeno può stare un po' da sola. Per lei è un po' come prendere il respiro prima di una lunga apnea.

Almeno, questo è quello che crede.

«E così adesso ti credi la più figa di tutte, eh?»

La voce è quella di Giulia Batta e le arriva da dietro la porta del bagno dove Gioia si è chiusa.

Giulia è una compagna di classe. Magra, alta, capelli lunghi lisci: con il suo broncetto magnetico sempre appiccicato al viso è universalmente considerata una delle più belle ragazze della scuola. Anche con lei ha avuto degli screzi, l'anno passato, ma Gioia pensava fossero finiti. A un certo punto aveva spinto Giulia per terra, lei aveva montato un caso internazionale, Gioia si era scusata e da lì in poi erano diventate due rette parallele, indifferenti l'una all'altra.

E adesso perché tutto a un tratto fa così?

«Pensi di uscire o cosa?» le fa, sempre da dietro la porta.

Normalmente Gioia sarebbe rimasta dentro, avrebbe indossato le cuffie e alzato il volume al massimo, ma stavolta è curiosa di sapere perché Giulia è partita così all'attacco. Così apre la porta.

«Dimmi tutto, Giulia: quale dilemma ti assilla?» le fa.

Il fatto è che Giulia non è sola, ma ci sono con lei le sue due fide scudiere: due ragazze di un'altra quinta, che Gioia non ha ancora capito come si chiamino.

«Adesso che sei finita sul giornale perché hai fatto ritrovare quel tipo, arrivi qui a scuola, non saluti nessuno...» le dice.

È vero: quando Gioia aveva indicato ai genitori di Lo il luogo in cui si nascondeva, considerato che lo avevano dato per disperso, i giornali e le TV avevano fatto il suo nome, quello della scuola dove andava, perfino intervistato il preside che parlava di lei tutto orgoglioso. Avevano cercato anche Gioia per farle delle domande, ma lei si era sempre rifiutata.

«Cos'è, sei diventata troppo importante?» la incalza Giulia, avvicinandosi ancora.

Adesso comincia a capire, Gioia. È invidia, questa roba qua. Fino all'anno scorso le avevano reso la vita impossibile solo perché lei si rifiutava di far parte dei loro gruppetti, ma questo è un motivo del tutto nuovo.

E sì che il professor Bove le aveva detto che, se voleva liberarsi di queste situazioni, l'unica era cercare di volare alto, dove nessuno poteva venire a romperle le scatole. Qua invece le scatole arrivano a rompergliele benissimo.

«Mi pare che vi siete trovati, voi due», dice una delle due scudiere.

«Due fuori di testa come voi non potevano che mettersi insieme!» aggiunge l'altra, mentre un leggero sorriso soddisfatto si dipinge sul volto di Giulia.

Proprio come la campana che, in un incontro di boxe, salva il pugile ormai alle corde, in quel momento squilla il cellulare dalla tasca dei jeans di Gioia.

«Che fai, non rispondi?» le fa Giulia. «Magari è uno dei tuoi fan!»

Gioia allora sorride, sfila dalla tasca il suo telefono. Le tre ragazze lo guardano e scappa loro un risolino.

«Che bel telefono, Maiunagioia», dice una.

«Rispondo, allora», dice Gioia, schiacciando il tasto verde e sperando 1) che sia una di quelle chiamate commerciali, così la telefonata durerà un sacco e 2) che nel frattempo le tre streghe se ne vadano.

«Fai fai, noi ti aspettiamo», le fa una delle due scudiere, incrociando le braccia davanti a lei.

«Pronto?» fa Gioia, mettendo la mano davanti alla bocca.

Dall'altra parte però non risponde nessuno.

«Chi parla?» e ancora non risponde nessuno. Accidenti, quando servono, le chiamate commerciali non arrivano mai. E Gioia mette giù. Poi dice a Giulia, che la sta ancora fissando: «Senti Giulia, io non ho voglia di litigare, e poi non capisco perché...» prova a dire, ma non riesce a finire la frase, perché tutte e tre le ragazze adesso la accerchiano e le espressioni sui loro visi non promettono niente di buono. Forse sarebbe il caso di divincolarsi e uscire dal bagno, andare a rifugiarsi in classe. Perché se poi finisce a botte, coi precedenti che ha è un attimo che facciano ricadere tutta la colpa su di lei.

«Mi fareste passare, per favore? Sta per suonare la campanella», prova a dire allora, ma quelle le si fanno ancora più vicine. Ed è lì che succede.

«Che cazzo, Batta, non hai qualche selfie da fare nel cesso, come tuo solito?»

La voce è quella di una ragazza. Gioia non riesce a metterla subito a fuoco, anche perché all'ingresso del bagno ce ne sono due. Una è Sara Dal Ben, una tipa alternativa molto carina che frequenta la 5ªB, e l'altra dovrebbe essere la sua migliore amica, quella che gira sempre con lei, Marika o qualcosa del genere. Da quel che ha capito Gioia, sono considerate due specie di bulle: rimediano sospensioni e chiamate dal preside Spataro che è un piacere, e all'intervallo girano sempre insieme.

«Fatevi i cazzi vostri, voi due», risponde Giulia, senza neanche voltarsi.

Gioia non ha paura delle tre ragazze che le stanno addosso in questo momento. Cioè, se la stessa scena fosse successa alle medie, forse. Ma adesso prova qualcosa di molto diverso: le fanno pena, più che altro.

«Tesoro, quelli che sono cazzi nostri lo decidiamo noi!» fa l'altra ragazza, Marika, dall'ingresso del bagno, mentre entrambe iniziano ad avvicinarsi.

Giulia Batta non stacca neanche per un secondo gli occhi da Gioia. Non batte nemmeno le palpebre, e dentro di sé Gioia si chiede se sia una manovra studiata o se è proprio il suo modo di guardare le persone.

«Batta, non senti un po' caldo?» dice Sara da dietro le sue spalle.

«No, perché?» risponde lei, per la prima volta girandosi a guardarle.

«Perché ti stai coprendo un po' troppo di ridicolo, non ti pare?» le dice Sara. A Gioia scoppia da ridere.

Giulia Batta le dedica un ultimo sguardo senza sbattimento di palpebre e poi se ne va, senza dirle più niente, insieme alle due amiche.

15.

«Ragazze, scusate!»

Gioia esce dal bagno e raggiunge le due ragazze che l'hanno appena salvata dall'improvviso e un po' surreale scatto di rabbia della sosia di seconda media di Giulia Batta. Loro due si fermano e si voltano, ma non dicono niente.

«No è che... boh, volevo solo dirvi grazie», fa Gioia. In effetti, da quando è in questa scuola, è il primo gesto veramente gentile che qualcuno fa per lei. Qualcuno che non sia un professore, almeno.

«Grazie di che?» le chiede Sara, come se non capisse a cosa si riferisca Gioia.

«Be', grazie... grazie per essere intervenute. Cioè, me la sarei cavata anche da sola, ma comunque è stato gentile da parte vostra.»

Sara e Marika sono abbracciate. Marika ha un chewing gum in bocca e mastica senza parlare, mentre Sara si limita a sorridere per poi dire, solo: «Prego, ma non lo abbiamo fatto per te». Dopodiché Marika aggiunge, sempre masticando il suo chewing gum: «È che a noi sta troppo sul cazzo *quella*, tutto qua», e poi se ne vanno.

Gioia vorrebbe quasi quasi approfondire, seguirle, anche se non saprebbe bene cosa dire. In ogni caso non può, perché un evento inatteso la distoglie dal proposito: la mano del bidello Mario che batte sulla sua spalla.

«Spada?» le fa.

Gioia si volta.

«Sì, sono io. Che c'è?»

«Dal preside. Ti vuole vedere.»

«Ma sta per iniziare la prima ora! Cosa vuole da me il preside la prima ora del primo giorno?»

«Eddai, su, mi ha detto di venirti a chiamare, io non lo so cosa vuole! Non farmi perdere tempo!» taglia corto Mario facendo strada, e Gioia lo segue. Quando si volta di nuovo a salutare le due ragazze, loro non ci sono già più.

16.

Che cosa può aver combinato, Gioia, se la scuola non è neanche iniziata?

Ormai quell'ufficio lo conosce, perché è già stata convocata una volta. Era per via delle foto: il preside non voleva che le scattasse senza il permesso delle persone ritratte. Ma da allora, foto a scuola non ne ha più fatte. E quindi che cosa può volere da lei?

Il preside Spataro è al telefono e ogni dieci secondi fa cenno a Gioia che la chiamata sta per finire e poi non finisce mai.

"Non sarà mica per quello che è successo in bagno? Non è che la Batta è venuta qui a dire che sono stata io ad aggredirla?" pensa Gioia per un secondo, per poi rendersi conto che non avrebbe comunque fatto in tempo.

"Può essere che io abbia fatto qualcosa e non mi sia resa conto?" si chiede. C'è per esempio una parola norvegese, *fylleangst*, Gioia l'ha scoperta proprio pochi giorni fa sulla «Settimana Enigmistica». È la paura di aver fatto qualcosa che non sai cos'è, quando bevi troppo e non ti ricordi bene cos'hai combinato la sera prima. C'è solo un piccolo problema: Gioia neanche a sforzarsi riesce a trovare cosa possa aver fatto di sbagliato a scuola, dato che le lezioni sono iniziate da meno di cinque minuti. E poi è anche astemia.

«Si starà chiedendo come mai l'ho convocata», le dice Spataro, che ha un tono insolitamente amichevole.

"Ahia!" sente Tonia dirle. Come sempre, quando si mette male, appare all'improvviso.

«Sì, in effetti sì», risponde Gioia. "Soprattutto perché è

già iniziata la prima ora e io dovrei essere in classe", aggiunge mentalmente.

«Lo so, lo so, e mi scuso se l'ho chiamata proprio adesso che è iniziata la prima lezione, anche perché di sicuro le avrò fatto perdere la lotta per l'ultimo banco...» fa lui alzandosi e ridacchiando fra sé e sé.

"È vero, cocca", sente la voce di Tonia nella sua testa, "con questo scherzetto sicuro ti ritrovi in primo banco per tutto l'anno, sai che goduria!" Il preside intanto riprende a parlare: «Però ho un motivo valido, mi creda. Anzi: *due* motivi validi, signorina».

Gioia tace, in attesa degli eventi. Si limita ad annuire impercettibilmente e a concentrarsi sul colletto della camicia stropicciato del suo preside: "È uno di quegli uomini che se non c'è una donna a stirargli i vestiti poi se ne esce tutto in disordine?" si chiede. Lui intanto sposta un po' di carte dalla sua scrivania, e alla fine tira fuori dal mazzo un pacco di volantini. Glieli mette sotto gli occhi: sono tutti della stessa scuola di fotografia.

«Come prima cosa, ho da farle una proposta che lei troverà sicuramente molto interessante.»

Gioia lo guarda come se il preside avesse sbagliato persona. Poi dice: «A me?».

«E non mi guardi così, con quell'espressione come di chi è capitata qui per sbaglio! Se accetterà, quell'espressione sarà la prima cosa che dovrà togliersi di dosso!»

Gioia si concentra sui volantini. Sono dell'Accademia di Fotografia di Firenze: praticamente il suo sogno. Da qualche settimana, infatti, Gioia fa sempre più foto e non le fa più solo alle persone di spalle, ma piano piano comincia a riprendere anche i loro volti fra la folla, le mani, oppure gli oggetti che trova per terra, le cose che le persone buttano via, che per lei sono sempre soggetti interessanti. Per andare a quella scuola pagherebbe oro. Anzi: in effetti è quello che occorrerebbe pagare, visto che ha una retta annuale stratosferica. Così alta che Gioia nemmeno sa quant'è: ogni volta che ha aperto il sito si è sempre rifiutata di andare a vedere il costo effettivo, per non deprimersi.

«Il primo motivo è questo», prosegue il preside. «Visto il grande lustro che ha dato alla nostra scuola con il bellissimo gesto di quest'estate, quando ha permesso a quella famiglia di ritrovare il proprio figlio dato per disperso, ho pensato di premiarla.»

«Premiarmi.»

«Sì, signorina Spada. Premiarla.»

Gioia mantiene la tattica del silenzio: solo, in risposta, mette sul viso un sorriso tutto forzato, pieno di dubbi, che il preside invece interpreta come segno di assenso.

«Ecco, brava, così. E adesso mi stia a sentire: in accordo con i suoi insegnanti mi sono permesso di esplorare un po' di idee per la scuola che andrà a fare il prossimo anno. Non è una cosa che facciamo con tutti, lei mi capisce, vero?»

Il tono di voce del suo preside è morbido, quasi mellifluo: niente a che vedere con il piglio perentorio che ha di solito. Sia Gioia sia Tonia apprezzano, ma contemporaneamente fiutano l'inghippo: potrebbe trattarsi del tipico caso di *Drachenfutter* che è, in tedesco, il regalo che fai per farti perdonare qualcosa che ancora non hai confessato – come fa a volte suo papà che si presenta con i fiori e i cioccolatini e poi si scopre che si è appena fatto licenziare o ha ammaccato la macchina perché guidava un po' brillo. Forse anche il preside le vuole fare un regalino per poi incastrarla in qualcosa che ancora Gioia non sa.

«E... quindi?» prova a tastare il terreno Gioia.

«Quindi un uccellino mi ha detto che a lei interesserebbe l'Accademia di Fotografia di Firenze. Mi ha detto bene?»

Gioia sa chi è quell'uccellino: una volta ha accennato la cosa al professor Bove. Ma appunto solo accennato, quasi con noncuranza: come ha fatto lui a capire che invece è una delle cose che più la renderebbe felice al mondo?

«Sì, ma...»

«Sì ma il caso vuole che il rettore di questa prestigiosissima scuola sia anche un mio ex compagno di liceo. Un tipo che proprio non sopportavo, le dirò: ma per lei sarei disposto a fare una telefonata, *non so se ci siamo capiti.*»

Gioia guarda il preside. Il preside guarda Gioia. No, non si sono capiti.

«Ho già dato un'occhiata alle modalità di iscrizione e alle opportunità per gli studenti... diciamo gli studenti che non hanno la possibilità di pagare la retta annuale.»

Adesso il quadro comincia a farsi più chiaro.

«Che ammonterebbe a...?» chiede Gioia, rendendosi conto proprio mentre lo dice che è la prima volta in vita sua che usa questa parola.

«Settemila euro l'anno. Euro più, euro meno.»

Nel viso di Gioia, sbiancano perfino le lentiggini.

«Settemila», ripete.

«Ecco, appunto. Come tutte le università, questa scuola offre delle borse di studio. Se ne vincesse una potrebbe ridurre il costo di circa la metà. E il primo anno sarebbe gratis.»

"Che fa comunque tremilacinquecento euro l'anno, dal secondo in poi. Chi li ha mai visti tutti insieme, quei soldi?" si chiede Gioia.

«Ecco perché la mia proposta numero uno per lei è questa: lei mette insieme le cinque migliori foto che ha, come da istruzioni qui sul sito. Sempre da istruzioni, scrive una bella lettera in cui spiega perché vorrebbe iscriversi a questa scuola: qualcosa di molto personale e convincente. Spedisce il tutto a Firenze, e io allora faccio la mia bella telefonata. Non che questo possa cambiare molto, ma sono quasi sicuro di riuscire a combinarle un colloquio con lui», conclude.

Gioia guarda Tonia. Tonia guarda Gioia. Insieme guardano i volantini, poi il preside, poi di nuovo i volantini: non riescono a credere che qualcuno stia facendo qualcosa di così bello per loro.

«Poi quando il rettore la convocherà a Firenze per il colloquio, magari viene da me che scambiamo due parole, così le spiego un paio di cose su di lui. Che ne dice?»

«V-va bene. Anzi... grazie mille», risponde.

"Ok, Gioia", le fa Tonia, "il regalo è arrivato: adesso preparati alla botta!"

Gioia alza gli occhi dai volantini: «E la seconda proposta, cosa... ehm, sarebbe?».

Il preside si schiarisce la voce e si stende sulla sua sedia girevole. Poi le sorride e fa: «Signorina Spada, nel nostro liceo ormai da molti anni abbiamo una bella tradizione. Un incarico speciale... e quest'anno ho deciso di dare questo incarico proprio a lei! Congratulazioni!».

17.

Gioia corre su per le scale, in cerca della sua classe. Ora che ci pensa, nemmeno sa dove sia, perché di sicuro l'hanno spostata dall'anno scorso.

"Speriamo almeno che non mi abbiano fatto davvero lo scherzo di lasciare libero solo il primo banco!" dice a Tonia, mentre le sale.

"Sai che le possibilità sono circa zero su un milione, vero?" le risponde la sua migliore amica, sulle scale di fianco a lei.

Arrivata al piano, vede Mario seduto al suo banco. Sta guardando le formazioni di calcio sul cellulare. Nemmeno alza gli occhi dallo schermo, e col dito indica a Gioia di andare fino in fondo al corridoio.

Bussa e, quando apre la porta, sorpresa delle sorprese: il primo banco è occupato, sia quello della fila centrale sia gli altri. Incredibile: Tonia ha sbagliato il suo calcolo delle probabilità!

«Spada, che fa, pensa di entrare?» le chiede il prof. È quello di scienze, non esattamente la materia in cui Gioia fa faville.

«Mi scusi prof, è che mi ha chiamato...» dice Gioia ancora con un po' di fiatone.

«Lo so lo so, non si preoccupi. Vada al posto ora.»

E lì Gioia si accorge che c'è qualcosa che proprio non si sarebbe mai aspettata. Qualcosa di ancora più improbabile di trovare il primo banco occupato, tenendo conto che la corsa agli ultimi posti assomiglia ogni anno a una specie di guerra senza quartiere. Un posto libero c'è, sì: ma è quello vicino a *Casali.*

"Cosa diavolo può essere successo?" si chiede Gioia.

Sì, perché il fatto può essere tutto tranne che casuale: in classe Casali esercita una specie di potere feudale, per cui è stato sicuramente lui a esigere fosse lasciato libero il banco di fianco al suo.

«Che fa, Spada, non si siede?» le chiede il professore. Gioia si muove lentamente, come se stesse per avvicinarsi a una tagliola per orsi: c'è di sicuro una trappola sotto. Come se non bastasse, nel dirigersi al posto incrocia gli occhi di Giulia Batta: nel suo sguardo ritrova la stessa quantità di disprezzo di poco prima, con una punta di qualcos'altro che Gioia ancora non sa definire bene.

Alla fine, Gioia si siede.

«Ciao, Spada», le fa Casali, gentile e sorridente.

Ok, è ufficiale: c'è una trappola.

«Ciao», risponde Gioia, appoggiando lo zaino.

«Allora, che voleva il boss?» le sussurra il nuovo compagno di banco. Gioia lo studia per mezzo secondo, in cerca di qualche traccia dell'imminente trabocchetto.

«Non so, credo sia impazzito», risponde, tirando fuori i libri.

«Perché?» insiste lui. Gioia lo guarda e capisce che l'unico modo per farlo smettere con quelle domande, che sicuramente nascondono un doppio fine, è rispondergli: solo che dire una cosa a Casali equivale a postarla su tutti i social, così esita qualche secondo prima di parlare. La prima cosa, quella dell'Accademia di Fotografia, non gliela direbbe nemmeno sotto tortura, ma forse la seconda può. Così, senza guardarlo, gli sussurra la risposta: «Mi ha chiesto di essere io a pronunciare il discorso inaugurale dell'anno scolastico, davanti a tutti gli istituti».

18.

«Signorina Spada, cos'è quella faccia! Dovrebbe essere contenta!»

Il professor Bove è seduto di fianco a lei, in cortile. C'è un bel sole, adesso, che sembra ancora luglio. Ciononostante, il professore non rinuncia alla sua vecchia giacca color terra di Siena bruciata. Ha un libro appoggiato sulle ginocchia, nel quale tiene il segno con un dito.

«Insomma, professore. Io ho il *terrore* di parlare in pubblico!»

Della storia dell'Accademia non ha voglia di parlare. Quando era un sogno così lontano da essere irrealizzabile era tutt'altra faccenda. Adesso che esiste anche solo una possibilità che accada davvero, per Gioia è come un oggetto prezioso che non vuole far vedere a nessuno. Fa così fatica a crederci che perfino lei cerca di ripeterselo con parsimonia, come per non sciupare un pensiero così bello. È che ci sono cose che non puoi dire troppo ad alta voce, perché se lo fai poi ti scivolano dalle mani come la sabbia sulla riva del mare. Cose che se le dici anche solo a una persona, ti senti improvvisamente nuda, e quel segreto diventa un oggetto fragile nelle mani di qualcuno che, se non sta abbastanza attento, lo può rompere in un secondo.

In latino le chiamavano *tacenda*, le cose che non bisogna dire, mai, a nessuno. E al primo posto fra le *tacenda*, Gioia mette il suo sogno di riuscire, un giorno, a vivere facendo fotografie.

«Eh la capisco, signorina. Eccome se la capisco!» prosegue intanto Bove, accavallando le gambe: nel farlo, però, qualcosa scivola giù da dentro le pagine del suo libro. È un foglio piegato in due: Gioia si china e glielo raccoglie, e quando ce l'ha fra le dita riesce a intravedere anche che cosa c'è scritto dentro

Cara Stella,

Sono solo due parole, con la virgola dopo, proprio come ti insegnano a fare alla scuola primaria quando ti spiegano come si scrive una lettera. Ed è proprio quella virgola lì, dopo la parola Stella, con tutto quello spazio bianco dopo, a far capire a Gioia che quella che sta porgendo al professore è una *Schubladenbrief*, cioè in tedesco la lettera che scrivi e che non spedisci, quella che rimane nel cassetto, chiusa, non letta. In questo caso è una *Schubladenbrief* alla seconda, perché non è neanche scritta. È solo un attimo, ma tanto basta a Gioia per riuscire quasi a immaginarselo, il professore, chino sulla sua scrivania a cercare parole che non trova. Ma forse è solo una fantasia: forse quello è solo un foglio di brutta che il professore usa come segnalibro.

«Tenga», gli fa, porgendogliela. La voce di Tonia dentro di lei le dice di stare zitta, ma Gioia fa finta di non sentirla e aggiunge: «Che bel nome, Stella».

Di nuovo, sul viso del suo professore, la stessa ombra che ci si era posata qualche settimana prima, quando gli aveva chiesto se aveva una famiglia. Ora che lo osserva bene, è un po' cambiato, da quando è tornato dalla sua vacanza in Francia: come se le rughe sul volto si fossero approfondite, e come se nei suoi occhi fosse sceso un *tuča*, come i russi chiamano i grandi nuvoloni neri che annunciano pioggia. È ancora lui, ma un po' più spento. E infatti il professore prende il foglio e lo rimette frettolosamente dentro il libro, senza dire niente.

"Brava, complimenti", le dice Tonia, "adesso, mi raccomando, insisti con le domande, eh!"

Gioia non sa molto bene che dire, spera che sia lui a parlare, perché adesso ha la netta sensazione di trovarsi in un campo minato che, a ogni passo, potrebbe farle male.

«Mi scusi», gli dice alla fine, «non dovevo farmi gli affari suoi.»

«No, non si scusi signorina. Sono io che non dovrei portarmi dietro certe cose», risponde, per poi cambiare subito discorso: «Anzi invece, a proposito di cose da portarsi dietro: ha qui con lei quel suo quaderno con le parole, vero? Si segni questa».

Gioia lo tira fuori dallo zaino, in qualche modo sollevata. E intanto dice: «Esiste una parola per la paura di parlare in pubblico?».

«Sì, esiste, anche se non la conosce quasi nessuno.»

«Sarà sicuramente in tedesco: quella lingua ha una parola per ogni cosa!»

«No signorina, stranamente è una parola italiana. Anche se in realtà viene dal greco.»

Gioia toglie il tappo alla penna.

«E che parola è?»

«*Glossofobia.* Viene da *glossa,* che in greco vuol dire "lingua", e da *fobos,* che...»

«Che vuol dire paura, lo so. Molto bene. Ora so che sono affetta da *glossofobia.* Ma c'è un problema.»

«E qual è, signorina?»

«Che sapere come si chiama la mia paura non me la fa passare manco per niente!»

Il professore sorride e con il suo bastone sposta un paio di sassi.

«Su, professore, non c'è niente da ridere! Io sono onorata e tutto quanto, per la proposta. Ma non c'era proprio nessun altro a cui chiedere? Qualcuno che sia in questa scuola da più tempo, che sia un minimo apprezzato dagli altri studenti: e soprattutto che non abbia crisi di panico solo all'idea di avere un microfono davanti?!»

«Signorina, io non so se posso fare molto per questa sua particolare paura. Posso solo dirle qualcosa sulla paura in generale, e magari le potrà tornare utile tutte le volte che sarà spaventata all'idea di fare qualcosa.»

«Guardi professore: in questo momento potrebbe parlarmi anche di fichi secchi e mi sarebbe utile tutto!»

«E va bene, allora. Quello di cui volevo parlarle è proprio il mito di Fobos, da cui viene la parola "fobia".»

«Sono tutta orecchi, professore.»

«Come lei sicuramente sa, le storie degli dei greci erano un po' come le nostre soap opera di oggi.»

«Le nostre... soap, che!?»

«Soap opera! Le *telenovelas*, non so come le chiamate voi giovani oggi!»

«Ah, le serie TV!»

«Sì, ma queste serie TV assomigliavano un po' a quelle piene di intrighi, storie d'amore, tradimenti... ha capito quali?»

«Sì, direi che ho capito.»

«E gli antichi greci si divertivano particolarmente con le varie tresche fra gli dei, o fra gli dei e gli uomini e le donne.»

«Sì, questo me lo ricordo! Che tipo Zeus è quello che cerca di farsi tutte le ragazze che trova per strada, un po' come Casali.»

«Esatto, signorina. E una delle tresche più famose è quella fra Afrodite, la dea della bellezza e dell'amore, e Ares, che è il dio della guerra. Naturalmente la loro è una storia tutta clandestina, perché Afrodite è sposata a Efesto, mentre Ares non è sposato e, un po' come Zeus, tende ad andare di fiore in fiore.»

«Perfetto, ho capito. Ma questo tizio, Fobos o come si chiama? Lui che c'entra?»

«È qui che arriviamo: Afrodite e Ares hanno tre figli: Deimos, il terrore causato dalla guerra, che quindi aveva preso tutto dal papà; Armonia che, lo dice il nome, aveva preso tutto dalla mamma; e infine proprio Fobos, la paura, che aveva preso un po' da tutte e due.»

La campanella della fine dell'intervallo suona.

«Bene. Adesso arriva la parte della spiegazione, vero? Perché è suonata e non le perdonerei mai di lasciarmi andare senza dirmi quello che mi vuole dire!»

«Quello che le voglio dire, signorina, è che ogni volta che siamo spaventati, ogni volta che non vogliamo fare qualcosa perché abbiamo paura – e se mi va male? e se poi faccio una brutta figura? e se sbaglio? – dovremmo sempre ricordarci di questo, e cioè che Fobos è figlio di Afrodite e di Ares, quindi: la paura è figlia della guerra e dell'amore, della forza e della bellezza. Perciò, quando ce la facciamo sotto dalla paura di rischiare è un segno.»

«Un segno di... cosa?»

«Che quella, proprio *quella* è la cosa che dobbiamo fare. La paura è il primo segno che dobbiamo combattere per quello che amiamo.»

19.

Pomeriggio inoltrato, camera di Gioia. Ha preso sonno sul letto, sfinita, dopo aver finito di scrivere la lettera di presentazione che manderà all'Accademia, come le ha chiesto Spataro. Dentro ha dovuto metterci, oltre ai suoi dati personali, la risposta a questa domanda: perché ama fare fotografie?

La fa facile, il preside. È una delle domande più difficili che esistano: è come chiedere a Romeo perché ama Giulietta. Gioia si è sforzata, ce l'ha messa proprio tutta, mica le è venuto fuori qualcosa di sensato. Perché se avesse scritto quello che davvero pensa, quella lettera sarebbe stata incomprensibile.

È che ci sono cose che sono *contro*.

Le fotografie, per dirne una: il tempo scorre, va e niente e nessuno può fermarlo. Le fotografie vanno contro tutto questo. Le fotografie fermano il tempo – magari non per sempre – ma per il tempo che basta.

Anche l'amore, questa parola così difficile da dire, anche lui è sempre *contro*, perché fa la stessa cosa che fa una foto, trasforma un attimo, lo espande, Gioia lo sa adesso perché l'ha provato, e anche se il suo amore non c'è più ci sono certi attimi che ha vissuto con lui che durano ancora, e quasi le sembra non possano finire.

Ci sono cose che sono *contro*, contro ogni pronostico, contro ogni previsione, ribaltano lo scorrere piatto del già visto e del già sentito, come deviazioni improvvise – *clinamen* – che ti regalano l'illusione che forse ci si può salvare, in qualche modo, qualcosa si può salvare. Scrivere è contro, prendere pennelli e colori e dipingere delle ninfee su una tela gigantesca è contro, cantare delle rime sopra una musica è contro, tenere la mano di Gemma quando i suoi occhi parlano tristezza è contro, fare una carezza a Gacco è contro, alzare la mano e dire la tua quando tutti ti vorrebbero zitta è contro, credere che qualcosa di bello possa davvero succedere è contro, metterci l'anima in quello che fai anche se quello che fai è solo uscire e fare delle foto. Come non vederli, tutti o quasi – là fuori – che l'anima hanno smesso di mettercela, hanno smesso di crederci, glielo vedi negli occhi, né tristi né felici, ecco Gioia vuole essere contro tutto questo, vuole essere felice. Felice contro.

Non potendo scrivere queste parole, o meglio non sapendo come scriverle in modo comprensibile, ha cercato di essere breve e concisa: «Faccio foto per sentirmi viva», ha scritto. Poi ha leccato la busta, ha scelto le foto che allegherà, ha chiuso il tutto e si è buttata sul letto.

Quando è nel bel mezzo della fase dell'addormentamento, però, ecco che si ricorda di una cosa.

Apre un occhio solo, prende in mano il telefono che ha sul comodino. Cerca fra le chiamate ricevute e trova, al primo posto, quella che le è arrivata alle 7:58 di questa mattina.

"Embè?" le fa Tonia, che stava cercando di addormentarsi a sua volta sul pavimento di fianco al letto, "adesso perché ti torna in mente quella chiamata?"

"Boh, è strano. Di solito non mi chiama mai nessuno che non sia mamma."

Gioia rimira il numero per un po', come se a forza di guardarlo potesse anagrammarsi da solo nel nome di chi l'ha chiamata. Anche se Tonia è distesa sul pavimento sotto di lei, può sentire il suo sguardo giudice, dato che ha già capito cosa le passa per la testa: Gioia spera che quel numero appartenga a una persona specifica, che solo qualche settimana prima era distesa proprio su quel pavimento.

"Io chiamo", fa.

"Ferma lì!" la blocca Tonia.

"Che c'è?"

"Voglio mettermi comoda."

"Comoda per cosa?"

"Per assistere alla tua ennesima figura di merda", le dice andandosi a sedere proprio di fronte a lei.

"Suona libero", dice. Però nessuno risponde, neanche dopo dieci squilli.

"Che ti avevo detto?" fa Tonia. E Gioia schiaccia il tasto rosso.

Le costa un po', ma deve dare ragione a Tonia. Non era nessuno, e soprattutto non era Lo.

E proprio quando è immersa in questi pensieri, dal suo comodino, squilla il telefono.

«Pronto?»

«...»

«Chi parla?»

«...»

«Lo, sei tu?»

«...»

«No?»

«...»

«Ma allora chi sei?»

«...»

«Senti, o senta: è vagamente inquietante questa situazione. Per cui facciamo che o mi dici, o dice, insomma: o io so chi è che parla oppure metto giù. Va bene?»

«...»

«Devo fare quella cosa imbarazzante che conto fino al tre?»

«...»

«Ok, allora. Uno...»

«...»

«...due...»

«...»

«...e tre! La, o ti, saluto!»

Clic!

20.

Entra Bove.

Chissà perché, Gioia si aspettava che, essendo la prima lezione dell'anno, arrivasse con qualcuno dei suoi esperimenti: come quello delle biglie, o quella volta che si è presentato con una grossa boccia piena d'acqua e dentro un pesce rosso. Invece è solo Bove, col bastone e la giacca scura lisa sui gomiti come sempre.

«Buongiorno ragazze, buongiorno ragazzi», fa, e si siede senza dire nulla.

«Prof, oggi niente lezione?» chiede Casali, speranzoso. Il professore, però, non risponde. Gioia inizia a chiedersi se non sia anche questo parte della lezione, quando a un tratto il bidello Mario entra con una grossa borsa della spesa in mano e, sul volto, lo sforzo di chi sta portando un peso importante.

«Oh, grazie, signor Mario, appoggi pure qui, di fianco alla cattedra!»

Dopodiché Mario esce imprecando con lo sguardo contro il professore che gli ha fatto trasportare quella roba pesante. Qualcuno si sporge, ma non si capisce bene quale sia il contenuto del borsone. Alla fine, il professore inizia a tirare fuori, a uno a uno, degli oggetti.

«Che cosa si inventa il vecchio, oggi?» fa Casali.

Solo che lo dice a voce troppo alta e il professore lo sente. «Casali, venga lei per primo!» dice, mentre continua a disporre sulla cattedra degli oggetti sottili che sembrerebbero essere foto in cornice.

«Ecco, lo sapevo», fa lui piano, rivolto a Gioia, e poi va alla cattedra.

«Cosa devo fare?» chiede al professore.

«Su, coraggio: ne prenda uno e vada al posto!»

«Posso scegliere quello che voglio?»

«Certo! Scelga quello che le piace di più!» risponde il professore. Casali ci mette un po', ma alla fine sceglie e fa per tornare al posto.

«Ah dimenticavo!» lo ferma il professore. «Tenga anche questo!» e porge a Casali un pennarello rosso, di quelli dalla punta molto grossa. Casali lo prende e torna a sedersi di fianco a Gioia.

«Che roba è?» gli chiede lei.

«Guarda», fa lui. E le mostra uno *specchio*. Uno specchio incorniciato, abbastanza grande, sarà almeno 30×20.

«Sulla cattedra è pieno di specchi?» gli chiede Gioia.

«Sì, tutti diversi. Chissà da quale antiquario li ha rubati!» risponde Casali.

A uno a uno, il professore chiama tutti gli studenti e consegna loro un pennarello rosso a punta grossa, per poi chiedergli di scegliere uno specchio. Quando tutti hanno specchio e pennarello, il professore si alza lentamente appoggiandosi al bastone e si va a mettere davanti alla cattedra.

«Adesso, per favore, dovreste prendere il pennarello che vi ho consegnato e cominciare a scrivere sullo specchio quello che vi dico.»

«Cos'è, prof?» chiede Boccia. «Un dettato come alle elementari?»

«Una specie», risponde il professore «solo che vorrei che le parole le scriveste belle grandi, per favore.» E poi inizia a dettare: «Figlio».

Casali aggrotta le sopracciglia: «Dobbiamo scrivere... *figlio*?».

«Sì signor Casali. O *figlia*, se siete ragazze.»

«Quindi tu scrivi *figlia*!» dice Boccia al suo amico. Risate. Poi Bove prosegue: «Studente, oppure studentessa. Fratello, se avete dei fratelli o sorelle. E, ormai lo avete capito, sorella, se siete ragazze».

La classe inizia a scrivere le parole. Alcuni, fra cui Gioia, si divertono a farle in modo quasi artistico. Tutti, come ha chiesto il professore, scrivono molto in grande.

«Ma prof», chiede Giulia, «saranno tante, queste parole? Perché fra poco io ho già finito lo spazio!»

«Non si preoccupi, signorina Batta, quando finirà lo spazio le spiegherò come fare», fa lui, con un sorriso sornione stampato in volto. E poi va avanti a sciorinare parole, passando dai sostantivi agli aggettivi: «Bravo, o brava. Intelligente, capace. E adesso mettiamoci anche qualche aggettivo negativo, che ci sono sempre», dice il professore spostandosi verso la finestra, ma sempre guardando verso la classe, «pigro, oppure pigra; fannullone o fannullona; stupido o stupida. Avanti, scrivete!».

«Io ho finito lo spazio, prof!» dice un compagno.

«Allora cerchi di scrivere più piccolo, negli spazi vuoti che le sono rimasti. Sfrutti tutta la superficie dello specchio, su! E quando proprio di spazio non ce ne sarà più, potrà scrivere le nuove parole sopra quelle che ha già scritto.»

La dettatura va avanti per qualche minuto, poi alla fine il professore si ferma e si mette nella sua solita posizione, in piedi davanti alla cattedra.

«Ora vi chiedo di guardarvi allo specchio e di dirmi che cosa vedete», dice il professore.

Gioia lo prende in mano e prova a guardarsi, ma riesce a malapena a vedere qualcosa, in mezzo a tutte quelle parole scritte in rosso che hanno occupato tutta la sua superficie.

«Ma, prof, che scherzo è questo! Ovvio che non vediamo niente, ci ha fatto scrivere un poema sopra!» dice Boccia, suscitando gli «eh!» di approvazione della classe. Ai quali il professore risponde andando alla lavagna e scrivendo col gesso tre parole, belle grandi, in stampatello.

VINDICA TE TIBI

«Chi conosce il significato di questa frase?» chiede, appoggiando il gesso alla lavagna e sbattendo le mani per pulirsi dalla sua polvere.

«Vendicati... sulla tibia?» urla Boccia. Risate.

«Quasi, signor Boccia, quasi. Questa è una frase del filosofo latino Seneca, scritta nel primo secolo dopo Cristo in una lettera da lui inviata all'amico Lucilio.»

«Seneca! Ma non è programma di quinta!» dice Casali a bassa voce, rivolto a Gioia.

«Quell'espressione sul volto del signor Casali mi sembra si possa interpretare come un "ehi, ma non è nel programma di quinta, questa roba!". Giusto, signor Casali?»

«Be'... sì!»

«In effetti, dal suo punto di vista, lei ha tutte le ragioni per non essere convinto. Il fatto è che, miei adorati studenti della mia adorata quinta, spero sia ormai acclarato per voi che, quando si parla di filosofia e delle nostre domande più importanti, pensare ai programmi è una sesquipedale cazzata.»

La classe ride, anche se quasi nessuno sa cosa voglia dire *sesquipedale*.

«E ora che abbiamo appurato che anche Seneca fa parte del nostro programma, vediamo cosa vuol dire questa frase. Vi chiedo per favore di scrivervela.»

«Sullo specchio?» chiede Giulia.

«No, ovunque vogliate: sul diario, su un quaderno, o» e nel dirlo il professore guarda dritto negli occhi di Gioia, «anche su un braccio, se preferite.»

Gioia sorride, e sa già che lo farà.

«*Vindica te tibi.* Vuol dire: riprenditi te stesso. O meglio: rivendica te, a te stesso.»

Gioia ci pensa: è un po' lunga da scrivere sul braccio, così alla fine si scrive solo la frase latina.

«Vi ho fatto riempire quegli specchi di parole perché è esattamente così che va. E così andrà sempre di più, là fuori, se non state attenti.»

«Così come, professore?» chiede qualcuno.

«Così, tutto. Le parole che avete scritto sono quelle con cui il mondo sceglierà di definirvi. Sarete di volta in volta figli, studenti, lavoratori, fratelli e poi da grandi madri o padri, fidanzati o single, come dite voi giovani oggi. Poi per il mondo sarete intelligenti oppure stupidi, bravi oppure fannulloni, ognuno di voi si prenderà a un certo punto una valanga di nomi e di aggettivi, e questo è normale, è sempre successo e sempre succederà, ma le parole di Seneca sono qui a ricordarci una cosa importante, importantissima, che dobbiamo tutti fare se vogliamo salvarci davvero, se vogliamo che quello specchio ci mostri il nostro volto, e non solo un ammasso di cose che il mondo dice che siamo.»

Il professore si ferma, guarda in volto uno per uno i suoi studenti. Un silenzio profondo scende sulla classe. Nessuno ha il coraggio di chiederlo, ma in moltissime teste viene pronunciata la domanda: «Che cosa, prof?».

«Dovete riprendervi voi stessi.»

Gioia guarda lo specchio, poi il professore. Che continua: «Badate, non è una scelta casuale, quella delle parole di Seneca, che sono perfette che più perfette non si può, perché dentro *vindica* – lo sentite? – risuona forte la parola "vendica", non è un caso che il vostro compagno ce l'abbia sentita dentro, prima».

«Grazie, prof, modestamente sono un genio!» fa Boccia. Risate.

«Esatto, Boccia, lei è un genio. Dentro *vindica* c'è "vendica" perché è un atto di forza quello che ci vuole, Seneca nella sua opera parla di tempo, dice al suo amico Lucilio di rivendicare il proprio tempo in mezzo a tutti gli impegni, di trovare il tempo per sé stesso, ma più in generale sta parlando di *spazio*, lo spazio di cui tutti abbiamo bisogno per conoscere chi siamo e per disegnare il nostro percorso, ci vuole forza perché lo sentite – voi lo sentite, vero? – il mondo che preme da fuori, che vi vuole prendere tutto lo spazio, e farvi essere prima figli e poi voi, prima fratelli e poi voi, prima studenti, intelligenti, stupidi, pigri, sportivi, sfigati, alla moda; prima tutto quello che il mondo dice di voi, e poi voi: cioè chi siete o chi vorreste essere davvero. E ascoltate...» Il professore si china leggermente, come a tendere l'orecchio «ascoltate bene quella parola, *vindica*, sentite cosa c'è dentro, ancora?»

Silenzio, facce perplesse. Nessuno sente niente.

«*Dike.* Dentro *vindica* c'è il nome Dike, la dea della giustizia. E lo sapete perché? Perché quello che quasi nessuno sa è che non è solo una questione di trovare il tempo o lo spazio per sé stessi, non è una di quelle cazzate new age sul piacere della lentezza eccetera: è proprio un vostro *diritto*, sacrosanto, andarvi a riprendere la vostra vita, non permettere mai a nessuno di decidere chi siete e cosa siete, ed è un crimine, letteralmente un crimine contro l'umanità, riempire i vostri specchi di parole che non avete scelto voi e che non vi permettono di vedere chi siete e cosa siete!»

Gioia guarda di nuovo il suo specchio, tutto rosso, pieno di parole.

«Ed è per questo che Seneca, che era molto saggio, ha aggiunto quel *tibi*, alla fine, quella parolina che sembra insignificante ma in realtà vuol dire tutto: è una lotta che fate con *voi*, non è il mondo cattivo che commette l'ingiustizia se vi riempie lo specchio di parole, ma siete *voi* che lo fate, sempre voi! Siete voi che decidete cosa fare della vostra vita, oppure voi che decidete che sia il mondo, lui a farla al posto vostro.»

«Quindi, che cosa dobbiamo fare, professore?» chiede Gioia, nel silenzio generale. Bove sorride e, tornando col suo bastone piano piano a sedersi, dice: «Semplice. Sporcarsi un po' le mani e cancellare tutte quelle parole. Così, poi, potrete finalmente vedere il vostro volto e farlo vedere al mondo».

21.

Sole cocente all'intervallo, Gioia si va a sedere sulla solita panchina, in attesa che arrivi il professore, però al tempo stesso sperando che oggi non venga. In realtà stavolta non ha niente da chiedergli: non perché la sua lezione non le abbia suscitato domande, ma perché sono ancora così confuse dentro di lei che nemmeno saprebbe come formularle. E soprattutto perché sente che l'argomento potrebbe farle fare... "Com'era quella parola?" si chiede, e va a cercare il suo quaderno dentro la borsa. Lo sfoglia e alla fine trova quello che stava cercando: *Blöße*, una parola tedesca che significa "mettersi a nudo, scoprire il proprio punto debole". Pare che i tedeschi la usino nella scherma per indicare il momento in cui permetti al tuo avversario di colpirti e farti male. Ecco, oggi Gioia non ha proprio voglia di fare *Blöße*, con nessuno. Così se ne sta lì, col suo pacchetto di cracker e tanti pensieri nella testa. E intanto rimira la scritta che ha sul braccio e pensa che potrebbe essere proprio lei, quella che adesso si scriverà ogni mattina.

«Che ci fai qua tutta sola?» sente dirle la voce di Casali, che si è seduto di fianco a lei. Ha sempre quel sorriso mellifluo sulla faccia, il che è sufficiente a Gioia per sapere già cosa rispondergli: «Casali, mi hai preso per scema o cosa?».

«Perché?»

«Per un anno mi hai trattato di merda. Ora, all'improvviso, fai l'amico, mi tieni il posto in classe, sei tutto carino e coccoloso. Per cui ti ripeto: mi hai preso per scema?»

Casali sorride. Proprio in quel momento, a qualche metro, passano Sara e Marika, vestite entrambe di nero e con gli occhi molto truccati. Gioia prova a sorridere, ma Sara, in tutta risposta, le mostra il dito medio.

«Vedo che stai allargando la tua cerchia di amicizie!» le fa Casali, alzandosi. «Vabbè, fammi sapere se hai voglia di smettere di fare l'asociale!» le dice, ma Gioia non lo sente quasi, concentrata com'è su quelle due che si stanno allontanando ridendo.

«Amiche sue?» chiede il professore, in piedi dietro di lei.

«Non so, non capisco: l'altro giorno hanno fatto una cosa gentile per me, e adesso... mah!» risponde Gioia. Il professore si siede lì di fianco.

«Bella, quella scritta», le dice, indicando le tre parole che Gioia ha scritto sul suo braccio.

«Grazie, lo penso anch'io. Anche se non so se l'ho proprio capita-capita.»

Il professore accavalla le gambe.

«Non è il tipo di lezione che si capisce in un giorno, signorina. A volte ci vuole una vita intera.»

«Ecco, appunto. Io mi chiedevo, no? Lei oggi ci ha fatto scrivere tutte quelle parole sullo specchio, giusto?»

«Giusto.»

«Bene, tutto bello, perfetto. Ma se in quello specchio, dopo che hai cancellato le parole, non riesci comunque a vedere bene chi sei?»

Il professore resta in silenzio, entrambe le mani sul suo bastone, guarda davanti a sé.

«Professore?» prova a scuoterlo Gioia.

«Mi dia un po' di tempo, signorina. Ci devo pensare, perché credo sia la domanda più difficile che mi abbia mai fatto.»

«Sì, insomma, è questo il fatto: è da una vita che ci chiedete cosa vuoi fare da grande, cosa vuoi essere da grande, e alla fine è anche una domanda sensata e tutto quanto, ma quello che ancora non ho capito io è: quand'è che diventi grande? Cioè, quand'è che lo sai, che non sei più una ragazza ma sei cresciuta? C'è un momento, tipo una linea che la superi e sei dall'altra parte? C'è qualcuno che te lo dice, o lo scopri da sola?»

Il professore, intanto, è ancora immobile e in silenzio. Gioia lo osserva e le sembra quasi assente, come se la sua testa adesso fosse chissà dove. E anche se stavolta non ci sono fototessere di mezzo, rivede sul suo viso ancora quell'ombra che gli aveva visto sotto la veranda di casa sua, quando Gioia gli aveva chiesto della sua famiglia.

«Ho detto qualcosa che non va?» gli chiede.

Bove però non risponde. Si alza in piedi, si sistema il cappello.

«Che fa? Dove va?» gli chiede Gioia.

«È una buona domanda, la sua. Dannatamente buona. Vado a cercare una buona risposta.»

22.

È deciso: dopo scuola, Gioia non andrà subito a casa.

Per tutte le ultime due interessantissime ore di italiano spese sulla parafrasi ininterrotta dei *Sepolcri* del Foscolo, ha continuato a farsi due domande. La prima è perché di certi autori si dice *il*: il Manzoni, il Petrarca, il Foscolo eccetera. "Com'è che alcuni arrivano a farsi chiamare *il* e altri no?" si chiede.

L'altra domanda è sul comportamento di quelle due ragazze, Sara e Marika. Perché il primo giorno di scuola hanno fatto quella cosa così gentile, e poi si sono messe a trattarla come se non esistesse o, peggio, a farle il dito medio come oggi?

Vorrebbe sapere qualcosa in più su di loro, ma non sa a chi chiedere: Casali, il suo compagno di banco, è fuori discussione. Fin dal primo giorno è stato stranissimo con lei: non le ha fatto né detto niente, dopo che per un anno era stato uno stillicidio di battutine e scherzi livello seconda elementare. Un comportamento fin troppo sospetto che Gioia, per esperienza personale, sa poter essere il preludio di una sola cosa: sta architettando uno scherzo più sofisticato degli altri.

Resta il fatto che preferisce non chiedere a lui. Così alza la mano e, proprio mentre il prof Di Bernardo sta riuscendo nel suo tentativo di ammazzare qualsiasi possibile interesse nella poesia di Foscolo – *del* Foscolo – chiede di uscire.

«Non so molto di loro», le dice il bidello Mario, intento

nella composizione della sua formazione del fantacalcio al cellulare.

Non che con lui abbia mai avuto chissà che confidenza, anzi ha la netta sensazione di non stargli troppo simpatica: ma, da quello che Gioia ha capito in un anno qui, è una delle fonti più autorevoli quando vuoi sapere qualcosa su qualcuno.

«Vabbè, ma almeno si sarà fatto un'idea!» ribatte Gioia.

«Senti, Spada, spiegami una cosa: sei l'unica studentessa di tutta la scuola che mi dà del lei. Nemmeno i primini lo fanno!»

«Io lo facevo per cortesia. Le dà fastidio?»

«Sì, porca miseria! Quanti anni credi che abbia?!»

"Stai a vedere che gli sto antipatica solo perché gli ho sempre dato del lei e l'ho fatto sentire vecchio!" pensa fra sé e sé Gioia. Adesso potrebbe recuperare provando a sparare basso col numero. Fa sempre piacere a tutti gli adulti, ha notato, quando dai loro tre o quattro anni in meno.

«Mmm... quaranta?»

Mario la guarda torvo come se gliene avesse appena dati settanta. Dopodiché inspira e rituffa gli occhi sul display del cellulare, come a troncare la conversazione.

«Cioè, ora che la guardo bene... forse trentotto!» fa Gioia. Ma ormai ha capito che ha fatto il danno. Tutto per colpa della sua *latah*, che è come in indonesiano chiamano l'abitudine incontrollabile di dire cose imbarazzanti. Infatti neanche provando ad abbassare il numero è riuscita a metterci una toppa, perché Mario si limita a fissarla per due secondi e poi le chiede solo: «Ma non hai lezione, tu?».

«Sì ma vorrei... insomma ho bisogno di sapere qualcosa sulle due ragazze che *ti* ho detto.»

«Ti sembro un pettegolo impiccione, io?»

La domanda suona un po' ironica, alle orecchie di Gioia, che anche se è in quella scuola solo da un anno sa benissimo quello che tutti sanno: Mario non è un pettegolo impiccione, è *il* bidello più pettegolo e impiccione di tutti gli istituti della città e forse della regione. Lui sì che meriterebbe l'articolo *il* davanti, perché è il Foscolo del farsi gli affari di studenti e professori, altroché.

«Ok, ho capito», fa Gioia, «me ne torno in classe», e prende la strada verso la propria aula. Quando sta già per prendere la maniglia in mano, la voce del bidello le arriva alle spalle: «Spada!» la chiama. Gioia si volta verso di lui, che le dice, senza alzare gli occhi dal telefono: «Una cioccolata calda al giorno alle macchinette per una settimana e ti dico tutto quello che vuoi sapere!».

«Affare fatto!» risponde Gioia, tornando da lui.

«Ah, e per la cronaca: io ho *trentasei* anni!»

Quello che Mario le ha detto su Sara e Marika è abbastanza strano. Più che strano, inconsueto, almeno per la scuola e forse anche per la città in cui Gioia è capitata da un anno. Sono due ragazze che vengono da due mondi completamente opposti: Sara è figlia di un imprenditore e la sua è una delle famiglie più ricche che ci sono in giro. Marika, invece, è figlia di un operaio rumeno e non ha più la mamma da quando era piccola. Fanno fatica ad arrivare alla fine del mese, infatti pare che Marika lavori già, anche se Mario non ha ancora capito bene cosa faccia e dove.

Gioia non ne conosce tanti, in quella scuola, che vengono da mondi tanto lontani. Gli unici due che le vengono in mente, alla fine, sono lei e Lo.

Oltre a questo, di inconsueta c'è la fama che si sono fatte tutte e due: rimediano almeno una sospensione all'anno.

«Sono delle vere piantagrane!» le ha detto Mario, alludendo a un paio di bravate che hanno fatto con certe bombolette spray.

Il tutto, ovviamente, non ha fatto che aumentare l'interesse di Gioia per quelle due ragazze che si vestono sempre di nero. Quando rientra in classe le casca l'occhio sulle tre parole che si è scritta sul braccio durante la lezione di filosofia: *vindica te tibi*. Per tutto il giorno, in realtà, quelle tre parole sono state un po' come quella parola tedesca – com'era? –, quella che serve a descrivere quando hai in testa un ritornello, una canzone, una musica che senti al mattino e poi non te la levi più. Gioia si china già verso lo zaino per prendere il suo quaderno, lo sfoglia e poi la trova.

«Eccola, *Ohrwurm*!» sussurra. Con la coda dell'occhio nota che Casali sta sbirciando verso il quaderno, e così si volta verso sinistra e continua a leggerlo coprendolo alla sua vista. Ecco, *vindica te tibi* è stato un po' il suo *Ohrwurm* per tutto il giorno, quella frase e soprattutto la spiegazione di Bove è rimasta lì in sottofondo come un gobbo che a teatro cerca di suggerirti qualcosa e tu non capisci subito cos'è, ma ora che i suoi occhi cadono su tutte quelle parole scritte con colori diversi Gioia finalmente comprende che cosa le stava dicendo: e cioè che lei deve smetterla di subire sempre.

"Basta, è arrivato il momento di passare all'attacco!" dice mentalmente a Tonia. Gioia passa l'indice sulla prima V che ha scritta sul braccio e intanto pensa che non può continuare a restarsene lì, nascosta e invisibile. Deve cominciare a cancellare dallo specchio le parole che non vuole essere; soprattutto è ora che cominci a ribellarsi quando vede qualcosa di ingiusto, ad alzare la voce, perché, a forza di mettere prima le parole degli altri, la sua immagine sullo specchio sta sparendo: piano piano inizia a non esserci più e sta diventando qualcosa che non è lei.

E così eccola lì, alla fine della scuola, ad aspettarle fuori. Sotto il portone dell'uscita intravede Casali, che le viene incontro con qualcosa in mano.

«Tieni», le fa, «prima hai lasciato sotto il banco questo.»

È il suo quaderno. Come può essere stata così distratta? È strano, perché di solito non lo perde mai di vista. Gioia lo prende, ringrazia un po' disorientata, ma allo stesso tempo ha un brivido di paura.

«Non è che l'hai aperto, vero?» gli fa. Lui risponde con un'alzata di spalle e poi se ne va, e Gioia capisce che sta mentendo. Non fa in tempo a dirgli niente, però, perché poi le vede, tutte e due.

Sara e Marika. Scendono gli scalini insieme, si abbracciano per salutarsi e poi si dividono. Gioia decide di andare da

Sara, quella che stamattina le ha rivolto quel gesto così cordiale nel bel mezzo del cortile della scuola.

«Ehi, scusa», le dice. Sara si volta, in mezzo alla folla. La guarda senza rispondere. Così Gioia va subito con la domanda che si era preparata da almeno un paio d'ore: «Ti ho fatto qualcosa?».

«Chi? Tu?»

«Non so, tu sei una che tende a fare il dito medio alla gente a caso?»

«No, solo a chi frequenta gente che mi sta sulle palle!»

Ora Gioia mette a fuoco cosa è successo, forse: è colpa del fatto che era seduta con Casali!

«Parli di Gianluca Casali?»

«Sei perspicace, Rossa.»

Ora che la guarda bene, Sara è proprio bella. Se solo si togliesse qualche etto di quel trucco pesante e soprattutto quell'aria da dura, potrebbe tranquillamente figurare ai primi posti nella classifica che i maschi della sua classe fanno delle più belle della scuola.

«Ti serve altro?» le chiede, mentre Gioia è intenta a fissare le sue ciglia lunghissime.

«Be', sì», risponde Gioia, e si avvicina. Le punta gli occhi negli occhi e dice: «La prossima volta, per favore, non farmi il dito medio. Se hai qualche problema con me, vieni lì e me lo dici. Puoi farlo?».

Sara sorride un po' disorientata perché non si aspettava una risposta del genere. Soprattutto quella tranquillità sul volto di Gioia. Di solito le altre ragazze della scuola hanno paura di lei.

«Ok, come vuoi, Rossa», le dice.

«Perfetto, allora. Buona giornata.»

Gioia si volta e prende la strada verso casa e, quando è già a qualche metro sente la voce di Sara alle sue spalle: «Ehi, Rossa!».

Si volta, la guarda.

«Fai attenzione a Casali. È molto più stronzo di quanto tu possa immaginare.»

23.

Nei giorni seguenti Gioia incrocia Sara almeno una volta al giorno, se non due. Tutte le volte, proprio tutte, lei le fa *nagashime. Nagashime* significa in giapponese "guardare furtivamente una persona, distogliere gli occhi, poi guardarla di nuovo per esser certi di aver attirato la sua attenzione".

La tentazione, fortissima, sarebbe di tornare da lei per chiederle cosa vuole con quegli sguardi, e perché l'ha messa in guardia sul suo nuovo compagno di banco.

Ed è immersa in questi pensieri, un pomeriggio, seduta a un tavolino del BarA da sola, quando squilla il telefono.

Il numero che appare sul display, ormai, lo sa riconoscere: è quello della persona che l'ha chiamata il primo giorno di scuola e che poi, al pomeriggio, è rimasta tutto il tempo zitta dall'altra parte. Gioia all'inizio non vuole rispondere, anche perché vede chiaramente la testa di Tonia farle un secco "non ci provare!", davanti a lei. E così aspetta almeno una dozzina di squilli, ma alla fine cede e risponde: «Be'? Stavolta hai intenzione di proferire verbo?».

«...»

«No, eh?»

«...»

«Non so se è più da squilibrati chiamare una persona e non parlare, oppure io che non butto giù istantaneamente il telefono.»

«...»

«Anzi adesso quasi quasi ti salvo in rubrica. Ti va bene se ti salvo come Il Muto?»

«*Toc!*»

«Cos'è, lo devo prendere per un sì?»

«*Toc!*»

«Ah, quindi abbiamo trovato una forma di comunicazione! Se dai un colpo è sì, se ne dai due è no?»

«*Toc!*»

«Be', è già qualcosa. Almeno così non mi sento del tutto scema. Allora vado subito con un po' di domande a cui puoi rispondere con sì o con no. Sei pronto?»

«*Toc!*»

«Bene. La prima. Sei Lo?»

«*Toc! Toc!*»

«Intendo dire: sei per caso Luca De Paolo, il ragazzo che ho conosciuto una notte sotto la veranda di un bar vicino a casa e che tutti confidenzialmente chiamano Lo?»

«*Toc! Toc!*»

«Ah. Ok. Sei... che ne so... sei mia mamma?»

«*Toc! Toc!*»

«Sei qualcuno che conosco?»

«*Toc! Toc!*»

«Sì, però così non vale! Non puoi darmi almeno un piccolo indizio per farmi capire chi sei e perché mi stai chiamando?»

«*Toc! Toc!*»

Gioia sospira, guarda il numero sul display.

«Con chi parli?» Giovanna si è appena materializzata davanti a lei, con in mano il suo vassoio.

«Mi piacerebbe tanto saperlo», risponde Gioia, «è uno, o una, che mi chiama e sta zitto. O zitta.»

Giovanna le prende il telefono di mano, lo appoggia sul vassoio. Guarda il numero per vedere se lo riconosce ma non le dice niente. Allora avvicina le labbra al microfono e senza neanche accostare l'orecchio parte in quarta: «Ciao. Sono un'amica della ragazza che stai chiamando. Un'amica di quelle che è meglio non fare incazzare. Per cui o ti degni di dirci chi sei oppure sappi che avrai un grosso problema. Come la vedi?».

Giovanna ora accosta l'orecchio al ricevitore, ma sembra non arrivi nessuna risposta.

«Bene. Come pensavo. Tante care cose e tanti cari vaffanculo!» dice al telefono, e poi mette giù.

«Bevi qualcos'altro, Gioia?» le chiede sorridendo. Lei fa segno di no e Giovanna se ne torna dentro. Quando la sua amica è fuori dal campo visivo, però, Gioia si mette a guardare il telefono. C'è una vocina dentro di lei che le dice che Il Muto è Lo. Anche per questo gli ha fatto tutte quelle domande e, adesso che in qualche modo lui le ha risposto, ne è sicura: è lui che la sta chiamando stando zitto, è proprio da Lo fare queste cose. Questo pensiero la fa sperare che il telefono squilli ancora. Cosa che però non succede, e così Gioia lo prende in mano per salvare il numero con il nome Il Muto.

Dopodiché si alza, saluta Giovanna e fa per tornare a casa, sempre fissando il display del telefono e sempre sperando che torni a squillare. Quando entra nella sua strada, si accorge che c'è qualcosa che non ci dovrebbe essere.

O meglio, qualcuno.

24.

«Papà, tutto ok?»

Gioia bussa sul finestrino della macchina e il rumore quasi sveglia suo padre. Non è strano il fatto che sia lì. Quello che non quadra è che sia fermo chiuso in macchina, come se non avesse il coraggio di uscire.

«Sì sì, non ti preoccupare», le dice in tono brusco, quasi offeso. «Vai pure su, io arrivo subito», corregge il tiro, prendendo in mano il cellulare e fingendo di avere una chiamata. Ed è lì che Gioia si rende conto che, proprio nell'incavo dell'occhio destro di suo padre, c'è qualcosa che proprio non aveva mai visto: *una gocciolina.* Il finestrino si alza cigolando mentre Gioia riavvolge nella sua testa le parole di suo padre, ne riascolta il suono, e le pare di avvertire come un leggero tirare su col naso: come di qualcuno che abbia appena pianto.

Gioia si avvia verso il portone e non sa cosa sta provando: è un misto fra disorientamento, compassione e rabbia, tutto mescolato insieme per una cosa che forse non ha nome. I giapponesi hanno una parola per gli eventi che non hanno spiegazione: *mononoke,* ed è un termine che significa anche "mostro". In quasi diciotto anni a Gioia è capitato diverse volte di trovarsi di fronte a dei *mononoke,* delle situazioni che non sapeva spiegare: ma questa qui, apparentemente così piccola eppure così grande, ancora le mancava.

Quando si chiude la porta di casa alle spalle, Gioia non ha troppa voglia di chiedere a sua madre cosa sia successo. Questo perché la vede insolitamente allegra, mentre mette sul fuoco il pasto pronto surgelato da spadellare.

«Ciao micetta!» le dice quasi canticchiando. «Vieni a tavola che è subito pronto!»

"Che strano mondo che sono i grandi", pensa Gioia, mentre rimbocca il lenzuolo a sua nonna che si è già addormentata.

«Come mai tanta allegria?» prova a chiederle, anche se teme la risposta.

«Così, micetta! Non si può essere un po' felici in questa casa?»

Gioia non dice niente, si limita ad annuire e a fare qualche uno più uno dentro la sua testa, il cui risultato è abbastanza semplice: sua mamma ha conosciuto qualcuno + suo padre lo sa = i suoi si stanno per lasciare. Se lui era nel vialetto chiuso in macchina c'era un motivo: stava aspettando Gioia prima di andarsene di casa, per salutarla. Solo che, come al solito, non aveva trovato il coraggio di farlo.

La prima cosa che fa Gioia, da sola in camera sua, è cercare Il Muto in rubrica. Stavolta però non si limita a fissare il display: prende un bel respiro e lo chiama.

«Ehi, sono io.»

«...»

«Sì lo so che non è normale tutto questo, ma avevo bisogno di parlarti. O meglio, di parlare con qualcuno.»

«...»

«No, è che stasera... insomma, è successa una cosa proprio strana. No, non *strana*, normalissima, solo che è strano che fosse strano, non so se mi sono spiegata!»

«*Toc! Toc!*»

«Sì, lo so che non mi sono spiegata. Allora ci provo. In pratica stavo tornando a casa, e poi quando arrivo qui sotto, cosa ti vedo? Mio padre, chiuso in macchina, fermo.»

«...»

«No, tranquillo non è questo il fatto strano. Il fatto strano è stato che poi, quando l'ho salutato e gli ho chiesto se andava tutto bene, lui ha abbassato il finestrino e mi sono accorta che quasi sicuramente stava... *piangendo.*»

«...»

«Cioè, mi sono resa conto che in diciotto anni della mia vita, questa è stata la prima volta che ho visto mio padre piangere.»

«...»

«Ed è assurdo, sai, perché... be', lo hai già capito credo, che io con mio padre non ho mai avuto un rapporto, zero assoluto su tutti i fronti, e in più verso di lui provo una specie... non potrei dire che lo odio, però lo odio, capisci? Quella roba lì che non è proprio odio, però un po' sì. Eppure, stasera che l'ho visto così, per la prima volta, anche se non lo ha fatto apposta, mi ha fatto sbirciare dentro un suo punto debole, mi ha mostrato qualcosa di vero, di *suo*! Mi credi che stavo per abbracciarlo?»

«*Toc!*»

«Cioè, perfino io mi sono stupita della mia reazione! È da quando ero bambina che la sola idea di abbracciarlo, non so, mi metteva a disagio, e volerlo fare... insomma questa cosa mi ha fatto rabbia, perché mi sono detta... mi segui?»

«*Toc!*»

«Dunque, mi sono detta: ma perché cazzo non lo hai fatto prima? Perché non mi hai mai fatto vedere che anche tu piangi? Perché te lo sei tenuto nascosto, come se fosse una cosa di cui vergognarsi, come se dovesse cascare il mondo: cosa credevi, che mi avresti *ferita*? Che vedendoti piangere avrei perso il rispetto di te, oppure pensato che sei una femminuccia o qualcosa del genere?»

«*Toc!*»

«Esatto! Secondo me lui aveva paura di sembrare un debole con me! Ma ti rendi conto di quanto è stupida questa cosa?»

«*Toc!*»

«Io penso che dovrebbero saperlo, qualcuno glielo deve dire! Che non è che se li vediamo soffrire, o stare male, o avere dei momenti in cui cedono, poi perdiamo la fiducia in loro, anzi! Vedere un suo momento di debolezza mi ha dimostrato che forse non è poi così debole! Lo so, sembra un controsenso ma...»

«*Toc!*»

«Ecco, lo so che tu mi capisci. Cioè, non so perché lo so, ma lo so. È come se loro ci chiudessero a chiave delle stanze e ci dicessero "Qui tu non puoi entrare!", hanno paura che non siamo in grado di capire, o non lo so. E invece ci serve. Ci serve sapere che anche loro piangono – ok magari non sempre ma ogni tanto almeno sì – ci serve saperlo, perché così sappiamo che capiscono, sappiamo che anche per loro a volte tutto diventa nero, e allora poi è molto più facile parlarci, vero?»

«*Toc!*»

«Anche il professore, voglio dire.»

«...»

«Sì, io ho questo professore a cui sono molto affezionata. Ci deve essere qualcosa che lo fa stare molto male. E deve avere a che fare con la sua famiglia, perché ogni volta che per sbaglio tocco l'argomento cambia espressione, poi non risponde quasi mai alle domande, cerca sempre di cambiare discorso. E secondo me è tutto collegato con la foto di una bambina che ha in casa, una foto stranissima perché è una fototessera incorniciata, tu hai mai visto fototessere messe in una cornice?»

«*Toc! Toc!*»

«Ovvio che è molto diverso, lui non è come mio padre, ma ho come la sensazione che il motivo per cui non me ne parla sia più o meno lo stesso: paura che poi non sia più credibile. Paura che io perda la stima di lui, o cose così. Ma è del tutto impossibile che succeda. Con il professor Bove, proprio mai.»

«*Toc! Toc! Toc! Toc! Toc!*»

«Tutto bene?»

«*Toc! Toc! Toc!*»

«Devi andare?»

«*Toc!*»

«Ah, ok, scusa, buonanotte, ciao.»

«*Toc!*»

25.

I primi giorni di scuola non sono andati molto bene. I professori sono subito partiti sadicamente con le interrogazioni e in un paio di settimane è già riuscita a prendere tre insufficienze. Non riesce a concentrarsi, come se non ne avesse le forze.

Così, un giorno, durante l'ultima ora, Gioia alza la mano.

«Posso uscire?» chiede al professore di italiano.

«Spada, ultimamente diserta sempre più spesso le mie lezioni!» le fa lui. «Che c'è, non suscitano il suo interesse? Guardi che sono tutte cose importanti per l'esame, queste!»

Una delle regole che Gioia imporrebbe, se potesse, sarebbe di non nominare così tante volte al giorno la parola «esame». Da quando è iniziata la scuola, infatti, non c'è insegnante – tranne uno, ovviamente – che non faccia che inserirla in ogni frase o contesto, per cui sembra diventato impossibile parlare di alcunché senza che qualcuno di loro non la infili dentro. Sarebbero capaci di nominare l'esame anche se l'argomento fossero le merendine, ormai.

«No, prof, scusi, è che non mi sento tanto bene», dice. Il professore allora le fa cenno che può uscire, ma come fosse una sua concessione.

"Ma possibile che a quasi diciotto anni io debba sentire che sto disturbando se ho bisogno di andare in bagno?" si chiede uscendo.

Lungo il corridoio, Gioia si ferma alla postazione del bidello Mario. Lui è lì seduto che fa presumibilmente finta di compilare carte: fra le cose per cui è famoso c'è la sua ormai celebre tendenza a far finta di lavorare.

«Ciao, Mario», gli fa.

«Non adesso, Spada, non vedi che sto lavorando?»

«Ehi, ti ho solo salutato!» ribatte lei. Avvicinandosi, dà una sbirciata ai documenti che Mario sta compilando: sono circolari, sì, ma la data in calce indica il poco equivocabile anno 2012.

«Mi sa che sei rimasto un po' indietro col lavoro», fa Gioia, appoggiando l'indice sulla data. Mario farfuglia qualcosa, volta il foglio sul retro, ma ormai è troppo tardi: è stato colto in flagranza di fancazzismo, con l'aggravante della scarsa prova attoriale.

«Spada, fila via!» le dice, facendo un cenno con la testa.

«Signor Mario, mi tratti bene questa ragazza, la prego!» si sente la voce del professor Bove pochi passi più in là. Gioia si volta e gli sorride, lui prosegue fischiettando col suo bastone.

«Che tipo», fa Mario, quando lui si allontana. «La persona più misteriosa che io conosca», aggiunge.

«In che senso?» chiede Gioia. Mario si china verso di lei e porta la voce al volume del sussurro.

«Spada, non so se ti sei accorta, ma io so un po' di cose sulle persone di questa scuola.»

Gioia vorrebbe rispondere che se ne sono accorti anche i muri, ma si trattiene.

«Sì, più o meno l'ho sentito. E quindi?»

«E quindi lui è l'unico di cui non so niente di niente.»

Gioia si volta verso il professore, giunto a passi lenti fino alla fine del corridoio.

«Neanche sulla sua famiglia?» prova a buttarla lì lei.

«Macché, Spada. So solo che ha studiato fuori, tipo in Francia o chissà dove. Zero figli, zero famiglia.»

Gioia sarebbe quasi tentata di fargli altre domande, ma poi interviene un piccolo senso di colpa di nome Tonia – "Ma perché non ti fai un po' i cavoli tuoi?" – e desiste. E poi in corridoio passano un altro paio di insegnanti, e così Mario assume un finto contegno da lavoratore indefesso.

«Spada, lasciami lavorare in pace!» le fa.

Gioia allora lo saluta con un pollice alzato in modo ironico e va verso i bagni. Entra e si guarda allo specchio.

«Uff, che faccia che ho!» dice.

"Vai a fare un po' di foto, no? Così ti rilassi!" sente la voce di Tonia dirle, una volta che entra in bagno.

«Ehi, era da un po' che non ti facevi sentire, tu!» risponde a voce alta alla sua amica.

"Io sono sempre con te, tu lo sai", le risponde lei. Gioia intanto si bagna un po' il viso, mentre avverte qualcosa alla base della pancia.

«Accidenti, quest'ansia per il discorso mi sta ammazzando! Cosa posso fare secondo te?» e, proprio quando finisce di dirlo, sente il suono dello sciacquone.

Dalla porta di uno dei bagni esce Sara.

Gioia è tornata in classe da dieci minuti, ma non fa altro che pensare a quello che è accaduto poco prima.

Ha visto Sara palesarsi dalla porta di uno dei bagni, riflessa sullo specchio, e all'improvviso si è sentita sprofondare: era da almeno un minuto che stava parlando a voce alta con la sua amica immaginaria. Fra sé e sé si è detta che adesso Sara ne avrebbe approfittato per prenderla in giro o per guardarla come fosse una pazza, ma invece lei non ha detto proprio niente e si è limitata ad avvicinarsi ai lavandini per lavarsi le mani. Una volta lì le ha sorriso e poi ha detto: «Anch'io parlo sempre da sola».

Gioia ha dischiuso leggermente le labbra per la sorpresa e, istintivamente, ha cercato di parare il colpo: «No, è che non mi sento tanto bene e...».

«Non ti preoccupare. Ti ripeto: io parlo da sola tutto il tempo. Anche ad alta voce come te. Ti giuro, a volte litigo anche con me stessa, come se fossi con qualcun altro!»

A Gioia è scappato da ridere, perché lei con Tonia litiga tutto il tempo. E anche Sara ha riso. E poi le ha fatto: «Ti dirò, da piccola avevo anche un amico immaginario! Si chiamava Timmy!».

«No!»

«Ti giuro! Il piccolo Timmy, lo chiamavo! Non sai che discorsoni che ci facevamo!»

«La mia si chiama Tonia!» le ha detto Gioia, parlando al riflesso di Sara nello specchio.

«Aspetta: hai detto *si chiama*? Non *si chiamava*?»

«Be', sì, ogni tanto diciamo che ci parlo ancora... ma solo in certi momenti, sai...»

«Ah, non farti problemi. Anch'io sono un ammasso di stranezze. Pensa che mi piace fare un gioco», le ha detto, sedendosi su uno dei lavandini, ma sempre guardando Gioia dallo specchio.

«Che gioco?»

«Invento parole.»

Gioia si è sentita il cuore salire su nella gola.

«Come dici?»

«In realtà non l'ho proprio inventato io, questo gioco. Mi è venuto parlando con un tipo che ho conosciuto un paio di anni fa, in vacanza coi miei. Credo fosse dislessico o qualcosa del genere, perché quando parlava mescolava sempre le sillabe e alla fine creava tutte parole strane. Si chiamava Filippo, Filippo Maria mi pare.»

«Parole strane?»

«Oh sì, lui ti faceva morire dal ridere perché non le diceva apposta, ma poi una volta che glielo facevi notare ti faceva credere di averle inventate sul momento. Cose tipo *amorte* per dire a qualcuno "ti amo da morire".»

«Questa è bella.»

«Sì, ma non me ne ricordo altre, ricordo solo che lo faceva. E siccome penso che al mondo ci siano poche parole, troppo poche per le cose che bisogna dire, a me piace ogni tanto fare come lui e inventare parole che non esistono. E poi il bello è che le uso, capisci? Ci metto l'hashtag davanti, e via!»

«L'hashtag?»

«L'hashtag, presente no?»

Gioia ha deglutito e, sempre guardando Sara dallo specchio, le ha fatto: «Ma... tipo? Che parole hai inventato?».

«Ah, ti dico l'ultima, l'ho inventata proprio ieri: *confusembre*!»

«Confu... che?»

«Hai presente settembre, che ricomincia la scuola, e passi da un giorno all'altro a non fare niente tutto il giorno o comunque a non avere grandi pensieri, e poi sei catapultata a scuola e subito si comincia con le verifiche, e poi i prof che ti parlano degli esami a tutto spiano e ti fanno perdere la testa, ecco: non ti viene una grande confusione?»

Gioia annuisce, perché è esattamente quello che sta provando ora.

«Ecco, la confusione che ti viene a settembre! Hashtag *confusembre*!»

Le due ragazze hanno riso.

«E poi?» le ha chiesto Gioia. Sara si è sistemata un po' il trucco allo specchio mentre le ha detto: «E poi vediamo... a te piace fare foto, vero?».

«E tu come lo sai?»

«Mah, sai com'è, l'anno scorso passavi il tempo a fotografare tutti. Sinceramente pensavo fossi un po' matta, ma alla fine ho visto quella foto con cui hai vinto il concorso e... wow!»

«Ah, già.»

«Comunque. *Esattimo.*»

«Esattimo!?»

«Sì, *esattimo*! L'attimo esatto! Immagino che per fare belle foto occorra azzeccare l'istante esatto, no? Quel momento lì che poi non torna più, giusto? Hashtag *esattimo*!»

Gioia ha sorriso, ma non solo perché Sara aveva colto alla perfezione il senso di cos'è scattare una foto. Il sorriso di Gioia era perché sapeva benissimo che la parola inventata da Sara, in realtà, esisteva già.

«*Kairòs*», le ha detto.

«Eh?»

«La parola che hai creato tu, in greco c'è. Si dice *kairòs*, e significa proprio questo: l'esatto istante, il momento giusto, quello irripetibile, insomma lui!»

«Ma guarda! E tu come lo sai? Non sei del classico!»

E lì una specie di sorriso si è aperto dentro il petto di Gioia quando per la prima volta, a qualcuno che non fossero Lo o il professor Bove, ha detto: «Sai, io ho un quaderno».

26.

Quanto vorrebbe ci fosse Lo, adesso.

Quello in carne e ossa, della chiesetta vicino al BarA, di fianco a lei, schiena sul muro, a parlare, di sera. Da soli con il mondo lontano, laggiù, a lasciarli indisturbati. Vorrebbe raccontargli come sta, dirgli che è tornata a casa e ha trovato un'e-mail nella sua casella di posta elettronica, che l'Accademia ha risposto alla sua lettera e in allegato c'erano due biglietti del treno per Firenze – il rettore dell'università la vuole incontrare, vuole parlare con lei – dirgli che mentre leggeva quell'e-mail sentiva *kilig* dentro il suo stomaco, proprio come nelle ore prima degli appuntamenti con lui – *kilig* che nelle Filippine è la sensazione di farfalle nello stomaco, interi stormi di farfalle dentro Gioia a pensare che qualcuno apprezza quello che fa.

Ci vorrebbe Lo per raccontargli la sensazione tutta nuova che ha provato, stamattina, quando davanti a uno specchio si è vista riflessa negli occhi di un'altra ragazza.

E non è stato tanto scoprire che ci fosse qualcuno al mondo con stranezze così simili alle sue, e forse nemmeno quello che si sono dette, ma l'*haragei*.

Haragei è una parola giapponese che non esiste forse in nessun'altra lingua al mondo, e anche tradurla è un affare molto complicato. Volendo, potremmo dire che è la comunicazione non verbale, ma non è solo quello. Il fatto è che quando parliamo, le parole che ci scambiamo non sono che una piccola parte di quello che davvero ci diciamo. Quando entriamo in contatto con qualcuno, in realtà, facciamo anche delle prove di incastro: con gli occhi, con la voce, con le mani, col respiro, proviamo a vedere se chi abbiamo di fronte si incastra bene con noi. *Haragei* è incastrarsi a vicenda senza dirselo. Anzi, magari parlando di sciocchezze, di che tempo fa fuori o di che compiti ci sono di latino. *Haragei* è intuirsi a occhi chiusi, sapere che nel buio là fuori c'è qualcuno come noi.

"E tutto questo dopo solo cinque minuti in bagno insieme, con una tipa che fino a ieri ti faceva il dito medio davanti a tutti?" le chiede sarcastica Tonia, mentre Gioia prova a studiare storia.

"Ti ricordi la storia del pasticcino di Bove, no?" le ribatte lei. "Quando ce l'hai davanti, sai subito che è il tuo!"

Sara le ha lasciato anche il suo numero di telefono e, cosa ancora più incredibile, non ha fatto né facce strane né commenti caustici quando Gioia ha tirato fuori di tasca il suo oggetto di antiquariato tecnologico che di solito scatena risatine e darsi di gomito fra i suoi compagni di classe. E adesso, neanche lei fosse un ragazzo con cui vuole uscire, le viene la *textpectation*, come gli inglesi chiamano "l'ansia di aspettare il messaggio da qualcuno".

All'uscita si è vista con Marika. Anche lei, a modo suo, è simpatica. Capelli castani un po' a caschetto, grossi occhiali verdi, maglietta nera su cui campeggia gigante la scritta STRANGER THINGS.

«È un gruppo musicale?» le ha chiesto Gioia. Sia Sara sia Marika sono scoppiate a ridere.

«Ma no!» ha detto Marika. «È una serie TV! Non dirmi che non l'hai mai vista!»

Gioia ha fatto spallucce, colta in flagranza di ignoranza.

«Allora si fa così: domani che è sabato venite da me e ce la guardiamo *tutta*!» ha detto Sara.

Un invito a casa di una compagna? Gioia si è sentita come dentro a una cerimonia di investitura. Insieme con loro si è scoperta a divertirsi a scherzare sulla peluria eccessiva di Spataro o sulla mitica pigrizia del bidello Mario. Gioia si è sentita così tranquilla che ha parlato loro perfino delle sue fotografie, cosa che non fa praticamente mai con nessuno.

«Apri un profilo Instagram, no?» le ha proposto Sara.

«No, io con i social non ci vado molto d'accordo», ha risposto Gioia, abbassando gli occhi.

«Ma no, non un profilo dove fai i selfie con la bocca di fuori come la Batta!» le ha detto Sara.

«E cosa allora?»

«Uno dove carichi le tue foto, quelle artistiche che fai tu», ha suggerito.

«E magari sotto ogni foto ci scrivi una bella descrizione!» ha aggiunto Marika.

«Sì, potresti mettere sotto a ogni foto una delle parole del tuo quaderno! Pensa che bella idea!»

Effettivamente sì, l'idea le piace, ma al tempo stesso le fa una gran paura: se poi iniziano a scriverle commenti cattivi? Se la gente scopre che il profilo è suo e ne approfitta per insultarla? E poi soprattutto: è davvero una cosa che vuole?

"Ma non dovevi studiare storia?" sente la voce di Tonia.

"Dovrei, sì", risponde laconica, con una matita in bocca.

Niente: deve parlare con lui. Perché tanto ormai ha capito che lui è *lui*. Prende il telefono, scorre la rubrica fino a Il Muto e chiama. Lui risponde subito.

«Ehi, ciao.»

«...»

«Niente, avevo solo bisogno di parlare. Ti capita mai?»

«*Toc!*»

«Ma non per dirti cose brutte, eh. Anzi. Volevo condividere con qualcuno il fatto che oggi sono felice. Oggi finalmente ho trovato qualcuno che non mi ha fatto sentire *così così.*»

«*Toc!*»

«Sì, per la maggior parte del tempo, insomma, mi sembra che la mia vita sia tutta *così così.*»

«*Toc! Toc!*»

«E invece ti dico di sì. È sempre tutto un po' sospeso, un po' a metà, e io invece non voglio una vita così così.»

«*Toc!*»

«C'era qualcuno che non mi faceva sentire così così, fino a un po' di tempo fa. Ma questo *qualcuno* ha pensato bene di andare via.»

Gioia pronuncia "qualcuno" in modo che dall'altra parte si capisca il tono polemico.

«*Toc! Toc!*»

«Eh già. Una disdetta, eh? Però oggi, finalmente, ho trovato una persona che mi ha fatto sentire... sai cosa vuol dire *samlunano*?»

«*Toc! Toc!*»

«È esperanto. L'esperanto è una specie di lingua artificiale che si sono inventati tanto tempo fa, doveva essere la lingua universale o qualcosa del genere, ma poi siccome è un casino mettere d'accordo tutte le lingue l'esperimento non è riuscito. Devi sapere che io ho un quaderno dentro cui da un paio d'anni sto mettendo tutte le parole strane dalle lingue del mondo. Qui però non è tanto importante la lingua ma la parola: *samlunano* indica due o più persone che vengono dalla stessa luna. È quando ci sono persone che sono molto strane, ma sono strane allo stesso modo, e allora si riconoscono. Per gli altri sono delle specie di alieni, strambi, forse anche pieni di problemi, ma per loro sono solo... *samlunano*!»

«*Toc!*»

«Già, piace tanto anche a me. Grazie per avermi ascoltata, ora vado a dormire.»

«*Toc!*»

«Buona notte, Muto!»

«*Toc!*»

27.

Quando Bove entra in classe, all'ultima ora, per poco a Gioia non viene mezzo infarto.

Butta lo sguardo alla lavagna si ferma e gli occhi le si spalancano, perché bello in grande, con la calligrafia di Bove, c'è scritto proprio:

Così così

Lui è già in classe, seduto sotto la scritta. Poi, indicando con la punta del bastone prima una parola poi l'altra, dice: «Signore e signori, vi presento adesso il vostro più grande nemico».

Gioia per mezzo secondo prova a immaginarsi che dall'altro capo del telefono, in quelle sue telefonate a senso unico, ci sia il suo professore di filosofia. Ma è un pensiero che dura appunto per mezzo secondo: intanto perché il professore non può avere il suo numero, e poi perché non ce lo vedrebbe proprio, a fare una cosa del genere. Il dubbio però un po' rimane: infatti si china in avanti, in posizione di ascolto.

«Sì, care ragazze e cari ragazzi. È lui il vostro più grande nemico. E adesso vi chiedo di alzarvi e di andare tutti alla finestra.»

Gli studenti della classe di Gioia si guardano per un secondo, ormai senza lo stupore delle prime volte: anzi la sorpresa sarebbe maggiore se il professore si decidesse, una volta ogni tanto, a cominciare la lezione in modo normale. Così si alzano e si dirigono piano piano alla finestra, chi dandosi piccole spinte, chi prendendo il quaderno per gli appunti. Quella della loro classe dà sulla piazza sottostante, dove c'è un grande parcheggio e, in fondo, campeggia un edificio squadrato e imponente sul quale, in alto, c'è la scritta PREFETTURA.

«Anche se non sembra, questa è una lezione su uno dei più grandi filosofi che abbiano mai calcato questa terra, di nome Friedrich Wilhelm Nietzsche.»

«Ma... non è quello che ha dato le idee ai nazisti?» chiede qualcuno.

Il professore si gratta il mento: «Ecco, questo è uno dei grandi equivoci su Nietzsche. Di lui si è detto che è stato il filosofo ispiratore delle folli teorie del nazismo; che è il filosofo dell'eterno ritorno e anche che è il filosofo morto pazzo, a causa delle complicazioni di una terribile sifilide, proprio nell'anno 1900».

«Sifi... che?» fa Boccia.

«Sifilide, signor Boccia. È una malattia venerea», risponde con calma il professore.

«Ma quindi era uno che se la spassava!» dice a voce alta Casali, suscitando risatine qua e là.

«Diciamo che era uno a cui non piacevano quelle due parole che vi ho scritto alla lavagna: *così così*», dice il professore indicandola e mettendosi alle spalle degli studenti con il naso rivolto alla finestra.

«Nietzsche è stato tante cose, care ragazze e cari ragazzi: ma prima di tutto è stato il filosofo del sì alla vita. *Ein heiliges Ja-Sagen*, e cioè: "Il sacro dire sì".»

«Dire sì?» chiede Boccia.

«Sì, quello che le tipe non dicono mai a te!» gli risponde Casali a mezza voce, provocando una risata generale e l'innalzamento del dito medio del suo amico.

«Mi spiace, signor Casali, il significato non è esattamente quello», risponde sorridendo Bove, che avrà anche più di sessant'anni ma un udito che funziona ancora perfettamente.

«Va bene professore», dice timidamente Gioia, «ma perché ci ha fatto venire alla finestra?»

Bove sorride, camminando alle spalle degli studenti. Si sente il rumore del suo bastone di legno che dà il tempo dei suoi passi.

«Ora vi chiedo di osservarli, di osservarli tutti con molta attenzione.»

I ragazzi e le ragazze si guardano a vicenda perché non hanno capito bene cosa dovrebbero osservare.

«Ehm... chi dobbiamo guardare, professore?» chiede qualcuno.

«Le persone, lì sotto. Quelli che parcheggiano la macchina, quelli a piedi. Quelli al semaforo, laggiù. E anche quelli fuori dal centro scommesse che si intravede là in fondo.»

«Guardate, c'è mio zio!» fa Boccia. «Fuori dal centro scommesse, è sempre lì!» La classe ride.

«Dovete sapere che per Nietzsche l'umanità, l'umanità intera, si divide in due categorie: quelli che dicono di sì alla vita e quelli che dicono di no alla vita. Quelli che osano affrontare l'ignoto e quelli che si nascondono, e si muovono solo dentro strade che già conoscono. Quelli che cercano la vetta o l'abisso e quelli che si accontentano del *così così.*»

Gioia si sofferma prima su una donna sui trent'anni, in giacca e jeans, che si tira dietro un trolley, poi su un uomo alla fermata del bus, infine su una vecchietta che porta la spesa. Vede sul riflesso del vetro la sagoma del professore che cammina alle sue spalle e che prosegue dicendo: «Adesso io non voglio fare... come dite voi giovani, quando qualcuno anticipa il finale di un film?».

«*Spoiler*, prof!» dice a voce alta Boccia.

«Ecco, io non voglio fare quella cosa lì che ha detto il vostro compagno, ma dovete sapere che secondo Nietzsche sono molto pochi coloro i quali sanno dire di sì alla vita. In quest'aula, sarà la minoranza di voi a farne parte. Gli altri è molto probabile che prendano la strada più pacifica del *così così.*»

«Be', ma non è poi così male il *così così*!» protesta qualcuno.

«C'è anche di molto peggio mi sembra!» conferma qualcun altro.

«Avete ragione: non è male. E infatti tutti i giorni vi troverete di fronte a delle scelte: e allora ci sarà chi, di fronte al pericolo di fallire, sceglierà un lavoro *così così*. Ci sarà chi, davanti alla paura di restare soli, accetterà di stare con un uomo o una donna con cui sta... *così così*. Ci sarà chi correrà tutti i giorni al riparo dal dolore, rifugiandosi nel tepore rassicurante del *così così*.»

Il professore passa proprio dietro a Gioia parlando con un tono di voce sempre più basso: «Sapete qual è la grande fregatura del *così così*?».

In teoria ci dovrebbe essere qualcuno che dice "no, quale?", ma nessuno fiata.

Allora il professore prosegue: «La sicurezza».

«E perché la sicurezza dovrebbe essere una fregatura?» chiede Giulia.

«Perché è un piccolo inganno, signorina Batta. Il *così così* è affascinante, quasi magnetico, perché ci attrae con il suo essere sempre lì, con il suo non cedere mai sotto i colpi delle incertezze. Non cambia, rimane sempre uguale, e questo è semplicemente impagabile perché, anche se sono passate migliaia di anni, anche se adesso sappiamo far volare gli aeroplani e parlarci da una parte all'altra del mondo, noi siamo e saremo sempre dei piccoli puntini in balia di un universo che ci terrorizza.»

Mentre pronuncia le ultime parole il professore esce dall'aula, anche se mancano ancora diversi minuti alla fine della lezione, fra i «boh» dei suoi compagni e le risate di chi dice «il vecchio è andato!».

Gioia è alla finestra e, adesso, sa perfettamente che cosa scriverà nel suo discorso. Ma sa anche che cosa farà appena rivedrà il suo professore.

28.

«Professore, mi dica: è lei?»

«Come scusi? Mi sta chiedendo se io... sono io?»

«No, niente filosofia stavolta. Le sto chiedendo se è lei che mi sta chiamando ogni tanto, rimanendo zitto dall'altra parte.»

«Signorina, c'è qualcuno che la chiama e rimane zitto?»

«Sì professore.»

«E non le sembra un pochino strana, per non dire pericolosa, questa cosa?»

«No, in effetti no.»

«Lei dice?»

«Sì, non so perché, ma mi sento al sicuro con lui.»

«Ah, perché lei sa che questa persona è un *lui.*»

«Sì, o almeno credo. Comunque ho questa sensazione, e quindi non mi fa paura. Ma io volevo solo sapere: è lei oppure no?»

«No, signorina. Non sono io.»

«È che l'altra sera parlavo con questa persona al telefono e ho proprio detto la stessa cosa che ha detto lei oggi a lezione, quella sul *così così...*»

«Be', a volte accadono anche delle coincidenze, no?»

«Quindi lei è sicuro di non essere lei.»

«Sì, signorina, sono sicuro di non essere io. Ma le do un piccolo consiglio, se me lo permette. Me lo permette?»

«Certo che sì!»

«Stia attenta, signorina. Non è che al mondo ci siano solo brave persone.»

29.

Casa di Sara è una di quelle tutte squadrate che sembrano un ammasso di grossi cubi bianchi e grigi, in una zona di aperta campagna, poco fuori dal centro città. In realtà non è lontanissima neanche da casa di Gioia, ed è a suo modo strano che nello spazio di meno di un chilometro si passi dal pugno in un occhio che sono le case popolari a queste zone tutto verde e pulizia e giardini curati.

Gioia non vedeva l'ora di questo sabato pomeriggio: primo, perché passarlo in casa coi suoi in piena guerra fredda sarebbe stato un inferno; secondo, perché con Sara e Marika sta davvero bene.

"E se quelle due scoprono che non gli vado poi così a genio?" chiede Gioia a Tonia, mentre pedala su una biciclettina cigolante di seconda mano, lungo la strada verso casa di Sara.

"Ti resto sempre io!" le risponde la sua amica, che è seduta dietro di lei, sul portapacchi.

"Wow, sai che culo!"

Il fatto è che Gioia si sente spesso come qualcuno che sta per essere scoperto. Le succede tutte le volte che le cose iniziano ad andarle anche solo un po' bene: le è accaduto quando ha vinto quel concorso per la sua fotografia, le è successo quando il preside le ha affidato l'incarico del discorso. Le è capitato anche quando ha conosciuto Lo: la paura, sottile e appena accennata, che le persone all'improvviso si accorgano che lei non è poi questo granché. Perché, a essere sinceri sinceri, lei non si sente così speciale.

"Che strano, mi sembra quasi di essere a un esame!" dice,

quando ormai sta per arrivare. Ma una volta che suona il campanello e la serratura automatica scatta, l'ansia evapora subito e non si sente fuori luogo come quasi sempre accade con i ragazzi della sua età. Anche per questo c'è una parola nel suo quaderno: *monachopsis*. È la persistente sensazione che, ovunque vai, sei comunque fuori posto.

«Dai, Rossa, corri che i popcorn sono già caldi!» le fa Sara attraverso il citofono.

Sara ha una di quelle macchine da cinema che fanno i popcorn, e puoi scegliere se li vuoi zuccherati o salati: appena entra in casa Gioia sente un profumo avvolgente e, anche se ha pranzato da poco, pensa che se ne mangerebbe immediatamente un chilo.

«Sai che ti invidio un po'?» le dice Marika, che è in tuta e ha addosso un'altra maglietta di *Stranger Things*, questa volta tutta bianca e con sopra disegnati quattro ragazzi in BMX.

«Perché?» le fa Gioia togliendosi la giacca e ammirando la vastità dello spazio del salotto, grande da solo quanto tutto il suo appartamento.

«Come perché! Perché tu non l'hai ancora mai visto! Fidati che quando lo vedrai penserai che è la cosa più bella che abbiano mai fatto!»

In effetti ha ragione: fin da quando partono i primi minuti della serie, Gioia è ammirata per la forza delle immagini e pervasa dalla sensazione di poter guardare anche mille puntate senza voler smettere mai.

Le vere cose più strane, però, sono altre: è proprio *lei* che si scopre diversa. Ride, scherza, fa la scema, a un certo punto diventa quella delle tre che parla di più, proprio lei che di solito è la carta da parati, l'oggetto sullo sfondo, quella che c'è ma potrebbe benissimo non esserci. Di solito, a scuola, si sente come i settori deserti delle librerie, come quelli del giardinaggio o di esoterismo, dove non va mai nessuno: magari lì dentro ci sono libri interessantissimi, ma quasi mai qualcuno passa di lì, si ferma, li sfoglia. Ecco, a scuola Gioia si è sempre sentita come un libro con dentro scritte un sacco di cose, ma che nessuno ha voglia di leggere.

“Se solo vi avessi conosciute l’anno scorso”, pensa, mentre si scofana una manciata di popcorn caldi in un solo boccone. Dopodiché comincia a guardarsi intorno e sente salirle dentro una specie di invidia verso Sara. Non per tutti i mobili o gli oggetti che le parlano di un tenore di vita distantissimo dal suo: una cucina supermoderna con ante e scaffali bianchi e lucenti; un quadro alla parete, originale, che a Gioia sembra di aver già visto in un libro di arte; su un attaccapanni, una borsa che a occhio e croce dovrebbe costare quanto un paio di stipendi di sua mamma. No, non è per quello che sente muoversi una specie di invidia dentro di lei: è per le *foto*. Casa di Sara è letteralmente piena di foto di famiglia, sui muri, sopra i mobili, appese alle porte: foto piccole, grandi, ci sono lei con suo papà, lei con sua mamma, loro tre insieme, i suoi genitori che si baciano o che giocano a bowling o che mangiano la pizza, sono così tante che Gioia si chiede se per caso abbiano una stamperia o qualcosa del genere.

«Quante foto che avete», dice alla fine. Sara la guarda e non risponde, le sembra del tutto normale, mentre Gioia pensa che no, è tutto tranne che normale. A casa sua, di foto tutti e tre insieme non ce n’è nemmeno mezza appesa ai muri. Uno potrebbe dire che quelle a casa di Sara siano solo una facciata, che è tutta scena per fare bella figura, per dipingere l’immagine della famigliola felice quando vengono ospiti e cose del genere, ma per Gioia non è così. Per lei le due cose sono strettamente collegate: le foto non sono una conseguenza della felicità, ma una delle cause.

Ce n’è una in particolare che attira la sua attenzione: si vede Sara all’età di dieci o undici anni, sul divano, addormentata sotto la spalla di suo papà. La guarda e si immagina che forse sono le foto ad avere un qualche superpotere. Forse «felici» è anche qualcosa che bisogna ricordarsi di essere, perché se poi ti dimentichi è un po’ come non esserlo mai. Forse sono proprio quelle foto a tenerla viva, la felicità che Gioia respira in quella casa, a trattenerla e a farla restare nell’aria come una scia, come un profumo di popcorn caldi tutti da mangiare.

«Ah, Rossa, a proposito di foto, te lo devo dire: ti ho aperto un profilo Instagram», le fa Sara, nei dieci secondi di passaggio fra una puntata e l'altra.

«Come hai detto, scusa?» le chiede Gioia, bloccandosi. La guarda anche male.

«Senti, se c'è una cosa che non sopporto è quando uno ha un talento e non lo valorizza: facciamo che tu sei quella che ha il talento, e io quella che te lo valorizza, va bene?»

Gioia non sa se essere arrabbiata o eccitata, ma nel dubbio avverte il solletico di una paura che bussa dalla parte bassa del suo stomaco.

«Come hai fatto? Che foto ci hai messo? E, soprattutto, che *nome* ci hai messo?»

Sara mette in pausa il televisore e prende il cellulare.

«Vieni qui, guarda.»

Gioia prende il cellulare in mano: «*Kairòs?*» le chiede.

«Non è quella la parola che mi hai detto tu, quella greca che significa *esattimo*?»

«Sì, ma...»

«Bene, io intanto ho messo quella. Poi se ti fa schifo, oh, basta che la cambi.»

«La foto... come hai fatto a prenderla?» le chiede. Risponde però Marika, che è seduta sull'altro divano: «Ho fatto io una foto alla foto che è esposta in corridoio: non è quella del concorso?».

Gioia tiene il cellulare in mano e non le sembra niente male l'effetto che fa. Ora che lo guarda, si immagina tante altre foto come quella, tutte di spalle, e sotto proprio le parole del suo quaderno.

«Allora, Rossa, che mi dici? È o non è una bella idea?»

Gioia non sa che dire. A suo modo, quello che le ha fatto Sara è un regalo. Assomiglia molto al momento quando nei film un personaggio non ha il coraggio di fare qualcosa e allora il suo migliore amico gli dà una spintina, e poi alla fine lui va e vince, o bacia la ragazza dei suoi sogni. Con il piccolo dettaglio che questo non è un film e che il suo soprannome è Maiunagioia, quindi la botta sicuro è dietro l'angolo.

«Se non ti piace basta che lo cancelli eh!» le dice, schiacciando di nuovo PLAY. «Anzi me lo dici e te lo cancello io: tanto per ora è solo un profilo privato, non lo ha visto ancora nessuno.»

«No, no, mi piace. Potrei mandarti io le foto e le frasi e poi tu le pubblichi, se ti va.»

«Affare fatto, Rossa. Se diventi miliardaria si fa a metà!»

«Ehi, e io?» protesta Marika.

«Ok, devolvo io metà della mia metà a lei, così non deve più lavorare in quel buco di merda!» la prende in giro Sara.

Marika lavora in una pizzeria del centro, e infatti fra poco deve correre a casa a cambiarsi perché alle sei inizia il turno.

Quando Sara e Gioia restano sole, salgono in camera sua e Gioia ammette di aver avuto paura, prima di entrare, che loro due la trovassero banale e insignificante.

«E ti capita spesso?» le chiede Sara.

«Di sentirmi banale e insignificante o di aver paura che gli altri mi vedano così?»

«La seconda», fa Sara, aggiustandosi il trucco sugli occhi, come se si stesse preparando per uscire. Gioia prova a spiegarle la sensazione, e il fatto che le capiti spessissimo con le persone che sembrano vedere qualcosa di bello in lei.

«Ce l'ho! Ho la parola!» dice Sara.

«Che parola?»

«La parola che descrive questa roba! L'ho inventata perché capita un sacco di volte anche a me, sai? A scuola, in psicologia, ci hanno spiegato che è proprio una sindrome, si chiama sindrome dell'impostore. Aspetta, l'ho scritta qua nelle note del mio telefono... eccola: hashtag *truffansia*.»

«Che?!»

«Sì, *truffansia*! L'ansia che gli altri si accorgano che sei solo una truffa, che non vali come credevano!»

«Bellissima, ed è proprio l'ansia che viene a me!» dice Gioia, con leggerissimo balzo negli occhi.

«Ah guarda, sull'ansia ho un intero vocabolario. Ascolta qua», dice Sara, scorrendo il display, «*bugiansia*, l'ansia che scoprano una tua bugia; *stansia*, l'ansia che ti viene quando sei lì nella tua stanza, senza motivo...»

«No! Anche a me succede sempre!» dice Gioia, a gambe incrociate sul suo letto.

«*Mammansia* e *papànsia*, queste non serve neanche che te le spieghi, vero?»

«No, decisamente no. E poi?»

«Ah, io ho questa ultimamente che è sempre lì in agguato: la *futuransia*. Vedo le mie compagne di classe che hanno già deciso tutto, i miei che ogni giorno mi fanno la stessa domanda – allora, hai deciso per l'università? – e io, ogni volta, quintali di *futuransia*. Ma è mai possibile che a diciotto anni devo decidere tutta la mia vita, io che a malapena riesco a decidere che marca di cereali mi piace di più?»

Gioia sta quasi per rispondere che le ha appena descritto alla perfezione ciò che sente anche lei quando, prima che possa aprire bocca, Sara chiude la cerniera del suo astuccio con i trucchi, si volta e le fa: «Bene. Ora andiamo!».

«Dove?» chiede Gioia.

«Come *dove*? È sabato, Rossa. Pensavi che saremmo state chiuse in casa a guardarci negli occhi?»

30.

Il posto in cui Sara la porta, Gioia non l'aveva neanche mai visto. Da fuori sembra un qualsiasi bar di città, ma dentro è pieno di poster di film e di concerti, sui muri ci sono tantissimi graffiti fatti con le bombolette, ma fatti così bene che sembrano quasi affreschi. Bello, bellissimo, ma la cosa più stupefacente è la musica: non sono le solite canzoni da aperitivo, quella roba da discoteca sparata a volume insopportabile che rende impossibile capirsi senza l'utilizzo di un megafono. È una playlist di canzoni rock anni Settanta – le stesse che suo nonno adorava e che quasi nessuno dell'età di Gioia conosce, o almeno che lei sappia. Adesso, per esempio, sta andando *Heroes* di David Bowie.

Il barista, un tipo pelato con un lungo tatuaggio che gli sale su per il collo, saluta Sara come se la conoscesse da una vita e così anche un paio di altri clienti del locale.

«Ci vieni spesso qui?» le chiede.

«La domanda giusta è quando non ci vengo», risponde lei mentre ordina da bere solo facendo il gesto del «due». Poco dopo il barista pelato si presenta al loro tavolo con due bicchieri molto alti contenenti un liquido chiaro ma indefinibile, se non per l'inconfondibile odore di alcol.

«Allora, a cosa brindiamo?» le chiede Sara.

Gioia è in imbarazzo, adesso, perché non ha mai bevuto alcol in vita sua, eccezion fatta per quella volta che nonno Alfredo l'ha fatta brindare con un bicchiere di rosso all'inizio del nuovo anno, quando aveva sei o sette anni.

«Ehm...» prova a dire. Non che abbia chissà che dimestichezza con la vita sociale nella sua città, ma da quel poco che ha capito i ragazzi si dividono in due club ben distinti: quelli che al sabato sera bevono, e gli sfigati.

«Che c'è? Non ti piace?»

«No è che... io non bevo alcol», le fa, convinta che adesso tutto l'idillio sparirà e Gioia ritornerà alla sua dimensione naturale di carta da parati.

«Ah, ok, tranquilla», le risponde Sara, facendosi cin cin da sola e spostando il bicchiere di Gioia di fianco al proprio. «Ti ordino qualcos'altro. Cosa vuoi?»

«Un succo alla pesca», le risponde. E intanto pensa che, dentro di sé, il tintinnio tra i due bicchieri ha per lei lo stesso rumore di un abbraccio.

Quando le due ragazze escono dal locale, sono le due passate.

«Ehi, Rossa, tu ce l'hai la patente, vero?»

«Veramente non ho neanche il foglio rosa. E soprattutto non ho diciotto anni.»

«Allora abbiamo un problema», fa Sara.

«Che problema?»

«Rossa, li hai visti i quattro bicchieroni che ho buttato giù, vero? Ecco, diciamo che non erano acqua tonica.»

Gioia non si scompone: «Uhm... possiamo andare a piedi, no? Casa tua non è lontanissima, in fondo». Sara la guarda in un modo che non lascia molto spazio alle alternative: «Certo, se poi vuoi che io non esca per i prossimi sei mesi! Cosa che succederà al cento per cento, se mio padre domani mattina si sveglia e non vede la macchina al suo posto!».

Gioia prova a pensare a una soluzione, ma proprio non gliene viene una decente.

«Se spingessimo la macchina fino a casa tua?»

Sara la guarda aggrottando le sopracciglia: «Rossa, sei sicura ci fosse solo succo alla pesca, dentro il tuo succo alla pesca?» le chiede. Poi scoppiano a ridere nel parcheggio deserto. Non fa freddo, ma l'umidità fa sì che dei piccoli sbuffi di vapore escano dalle loro bocche: a Gioia piacciono quelle nuvolette che si propagano nell'aria, nella notte. Le sembra che qualcosa di vero le succeda, di nuovo, dopo che

Lo se ne è andato e dopo tanto tempo in cui la maggior parte della vita è accaduta solo nella sua testa.

Se gli eschimesi hanno cinquanta modi di dire *neve*, a Gioia quegli sbuffi di vapore fanno venire in mente che occorrerebbero anche cinquanta parole per dire *amicizia*: perché non sono tutte uguali, le amicizie. C'è di sicuro, fra quelle cinquanta parole, quella che dice «la prima nevicata dopo tanto tempo», ed è così che si sente Gioia: come se guardasse dondolare lentamente il primo fiocco di neve nella notte. Ha sempre voluto bene a Giovanna, adora nonna Gemma e provava un amore viscerale per nonno Alfredo, ma questa è una cosa del tutto diversa: *è tutto due volte*. Se la radio trasmette una bella canzone che piace anche a Sara – e grazie al cielo Sara ha dei gusti musicali che sanno andare oltre l'ultima canzone da milioni di visualizzazioni – è bella due volte; se ridono perché Sara un po' brilla storpia per sbaglio una parola, è come ridere due volte; se parlano di qualcosa di interessante è interessante due volte, e sono sempre due volte tutte nello stesso momento.

«Rossa, ti posso chiedere una cosa?» le fa lei, interrompendo i suoi pensieri.

«Ehi», le fa, «non so se mi piace quella lucetta che vedo nei tuoi occhi!»

«Eddai, sì che lo puoi fare!» le dice, come se Gioia avesse già capito che cosa ha in testa la sua amica. La verità è che Gioia lo capisce solo adesso, nel momento in cui si sente dire che ce la può fare: Sara vuole che sia lei a guidare la sua macchina fino a casa.

«Non se ne parla neanche!» le dice, facendo no con la testa e allontanandosi, come per iniziare già la strada a piedi.

«Dai, Rossa, sono dieci minuti di strada, anche meno!»

«Ma io non so guidare neanche gli autoscontri al lunapark!» protesta Gioia.

«Ma tu non ti preoccupare, ti insegno io! Facciamo prima un giretto di prova qui nel parcheggio, che tanto non c'è un cane in giro. Poi quando siamo pronte andiamo!»

«Sì ma… se ci fermano? E se sbaglio una manovra o chissà cosa e ti faccio finire la macchina dentro un fosso? E se facciamo un incidente e andiamo all'ospedale?»

«Dai, Rossa, vedi di non portare sfiga! Primo, guidare è una cazzata. Secondo: conosco una strada dove a quest'ora non passano neanche i fantasmi. E terzo, se ci fermano tu gli dai la mia patente, tanto quelli neanche la controllano la foto!» le dice, mostrandole la patente. In effetti, al buio, un agente delle forze dell'ordine un po' distratto potrebbe quasi pensare che sia la sua.

«Dai!» le fa. «Gli dici che avevi fatto la tinta scura ai capelli!»

A Gioia sembra contemporaneamente l'idea più stupida e la più eccitante che abbia mai sentito. Sara invece adesso assume l'espressione da supplica, congiunge le mani e avvicina il suo viso a quello di Gioia: «Ti prego ti prego ti prego!» le fa. Gioia allora prende un bel respiro, sente già che si pentirà moltissimo di quello che sta per fare e, alla fine, chiude gli occhi e dice: «Ok, facciamo questa cazzata!».

«Grazie, Rossa, mi stai salvando la vita!»

Alla fine, in macchina ci restano fino a quando è quasi mattina.

Primo, perché una volta dentro Gioia non ha nemmeno idea di come si metta in moto, e alla fine restano un'ora fuori dal bar, che quasi si dimenticano di dover tornare a casa. Secondo perché poi ci mettono circa venti minuti ad arrivare a destinazione. E una volta lì, comunque, la voglia di ridere e di parlare è così tanta che a nessuna delle due viene nemmeno in mente di scendere. E così restano lì, a progettare il profilo social di Gioia, a insegnarsi parole a vicenda – quelle inventate di Sara e quelle intraducibili di Gioia – e poi a parlare di qualsiasi argomento possibile e immaginabile, passando dalle cose più futili e demenziali ai massimi sistemi, tutto in tre battute massimo. Mentre sono in macchina, con la musica di una stazione radio a basso volume, Gioia si rende conto del perché ha sempre avuto così tanta difficoltà a mostrarsi davvero, agli altri: come direbbe Bove, non ha bisogno di rapporti *così così*, lei è una da tutto o niente. Gioia Spada è una che non ha bisogno di chiacchierare-del-più-e-del-meno. Gioia Spada è una che, quando parla con qualcuno, vuole il più, il meno, il diviso e soprattutto il moltiplicato, la radice quadrata e le potenze. Gioia Spada, quando parla con qualcuno, vuole parlare di altre galassie, di filosofia, del significato delle canzoni, dei posti più belli che hai visto in vita tua, di quelli che non sopporti, vuole parlare di sesso e di cazzate fatte o da fare, di cacca, di ricordi, di sogni strani, di teorie fantascientifiche e di gusti del gelato, il tutto possibilmente negli stessi cinque minuti. Le sue compagne lei le sente, sente quello che dicono: che serata di qua che serata di là, che tipo che si sono portate a letto e che porcate ci hanno fatto, e non è per le porcate o chissà che, figuriamoci, è solo che per lei – adesso che l'ha provato – non esiste niente come stare di notte in macchina a parlare fuori da un bar chiuso. Se si immagina il paradiso ecco forse è un posto così, una macchina fuori da un bar chiuso, di notte, con la persona giusta seduta di fianco a te, a parlare parlare parlare, di galassie, di filosofia, di tutto, perché il mondo è un posto molto freddo, la maggior parte delle volte è questo che è, un posto freddo, e se si immagina la felicità, Gioia, la vede così, con quella forma lì: macchina, notte, musica bassa, una coperta che ti tiene al riparo, il freddo che, almeno lì sotto, scompare.

Quando sono le quattro passate, Sara apre la porta della macchina e fa per uscire: «Rossa, io ti voglio bene, mi sono divertita un sacco, ma adesso devo proprio andare a pisciare!» le dice, facendola ridere di gusto. Dopodiché esce e si avvia verso il cancello; Gioia esce dalla macchina e si avvia a sua volta all'ingresso della casa dell'amica per salutarla. La abbraccia e riprende la sua biciclettina.

«Sei sicura che vuoi andare da sola a quest'ora? Guarda che se vuoi ti porto eh, dammi solo il tempo di andare in bagno e scendo subito, tanto ormai la sbronza mi è passata!»

Gioia alza le spalle: «Tranquilla, tanto due minuti e sono a casa. Spero solo che i miei siano collassati sul divano, così non mi sentono rientrare così tardi», le dice, prima che l'amica la abbracci, stavolta per davvero.

Solo quando Sara torna dentro e sta cercando la chiave dell'ingresso di casa sua, Gioia gira la bici verso la strada, butta l'occhio per caso sulla macchina dell'amica e nota, appoggiato sul cruscotto appena oltre il parabrezza, qualcosa che da dentro non aveva visto.

Un sasso.

31.

«Avanti signorina, non si preoccupi. Tanto adesso ci sono solo io, quindi non c'è pericolo che faccia brutte figure.»

«Ecco, appunto: se vado in crisi adesso che ho solo lei davanti, non oso pensare domani!»

È domenica pomeriggio: Gioia è seduta nel piccolo giardino di casa del professor Bove. Gli ha gentilmente chiesto, o meglio lo ha supplicato, di poter fare una prova del discorso con lui. Fino a ieri era convinta di aver trovato le parole giuste ma, da quando si è svegliata stamattina, ha cambiato idea almeno dodici volte.

«Sono anche andata su Google a cercare "come si scrive un discorso decente", sa?»

«Ah, e che cosa ha scoperto?»

«Più che altro tanti motivi per darmi malata.»

Gioia si alza in piedi, inizia a camminare su e giù. Si rende conto di poter sembrare, vista da fuori, una *ataosa*. Un *ataoso* è, nello spagnolo che si parla in Centro America, una persona che riesce a trovare problemi ovunque. Qualcuno che perfino quando va tutto liscio si preoccupa, perché gli sembra strano che vada tutto liscio. Si rende conto di sembrare questo, ma con il suo professore non è un problema: è come se lui non si fosse dimenticato cosa vuol dire avere l'età di Gioia.

Perché con gli adulti è un po' come con le montagne. Quando le guardi da lontano, dalla pianura per dire, le montagne stanno tra pollice e indice: la distanza le rende piccole e alla fine non sono che sassi molto grandi. Ma è un errore di prospettiva, perché quando ci sei tu, proprio tu sotto quella montagna, cambia tutto, non ti sta tra pollice e indice, ti sovrasta e non ti permette di vedere altro. Per questo gli adulti si dividono in due categorie: quelli che si ricordano quanto è grande una montagna e quelli che sorridono, ti fanno un buffetto e ti dicono che in fondo è solo un sassolino.

E infatti questo sassolino adesso le mette così ansia che le scappa la pipì, anche se l'ha già fatta venti minuti fa.

«Professore, posso usare il bagno?» gli chiede.

«Certo, io l'aspetto qui», le risponde lui.

Quando Gioia entra in casa, però, fa solo due passi nel corridoio. Si ferma a guardare la fototessera dentro la cornice. Non riesce a fare a meno di osservarla con attenzione, stavolta: ritrae una bambina sui dieci anni, capelli neri, corti, un po' maschiaccio, si direbbe. Quello che colpisce sono le lentiggini: ne ha perfino più di lei, che è nata coi capelli rossi. Gioia allora la prende in mano e la esamina più da vicino, ed è lì che se ne accorge.

Quella bambina assomiglia a Bove.

Stessi occhi castano chiaro, stessi zigomi un po' scavati, stessa linea delle sopracciglia.

È solo che è una foto vecchia: le piccole sgranature, il taglio di capelli, e poi la felpa rossa che indossa, che sembra una di quelle che andavano di moda negli anni Ottanta, quelle a collo basso in tinta unita che ha visto in alcune foto di sua mamma da giovane. Se fosse davvero una foto di quegli anni, questo significherebbe che la bambina oggi dovrebbe avere più o meno quarant'anni.

Non ci sarebbe niente di strano in tutto questo, ma perché conservare una foto così insignificante – una fototessera – di tua figlia o di tua nipote o quello che è? Perché in casa c'è solo quella foto e non altre, come a casa di Sara? E infine: perché il professore non ne vuole parlare? È successo qualcosa a quella bambina?

C'è qualcosa in lui che è simile a una pagina strappata: Gioia non saprebbe dire bene cosa, ma ora sente che ci sono pezzi di lui che non si vedono. Che, forse, se oggi ha quella capacità quasi magica di capire perfettamente come si sente Gioia, il merito – o la colpa – è anche di quella pagina strappata.

È immersa in queste domande, Gioia, quando dall'ingresso le arriva la sua voce: «Signorina, allora?».

Gioia appoggia la foto incorniciata e corre fuori in giardino.

«Mi scusi professore, la tensione si fa sentire!» gli dice. Lui sorride e le fa cenno di sedersi: «Ho capito, le devo insegnare un altro dei trucchi che ho imparato».

«Professore, me ne spari quanti ne vuole, la prego!» fa Gioia tirando un piccolo sospiro di sollievo: temeva che lui si fosse accorto di qualcosa. Il professore si versa una tazza di tè. Ne beve un sorso e poi dice: «Giochi a carte scoperte».

«Cioè?»

«Lei è terrorizzata dalla paura di parlare davanti a tutta la scuola, giusto? Non faccia finta di non avere paura, anzi, lo dica a chiare lettere, fin da subito. Trovi una bella formula, magari anche un po' divertente, per ammettere candidamente che se la sta facendo sotto.»

«Professore, lei è impazzito, vero?»

«No, o almeno non ancora!»

«Perché dovrei fare una cosa così stupida? Quelli non vedono l'ora che io mostri una debolezza per partire con i fischi e le prese in giro!»

Il professor Bove accavalla le gambe.

«So che sembra folle, ma le persone apprezzano quando siamo del tutto sinceri riguardo alle nostre debolezze, molto più di quando mentiamo mostrandoci forti. Vedrà, vedrà che incoraggiamento le daranno, se subito all'esordio lei lo dirà chiaro e tondo che ha paura!»

Proprio mentre il professore finisce questa frase, il cellulare vibra nella tasca di Gioia. È un SMS di Sara che dice: *Assurdo, erano anni che non mandavo un SMS. Comunque, Rossa: sappi che ho messo nel profilo le foto che mi hai mandato e le frasi che mi hai detto, e l'ho reso pubblico. Hai già un sacco di risposte!*

Gioia rimette in tasca il telefono.

«Sa che forse ha ragione?» dice al suo prof. «Potrei iniziare proprio così: buongiorno a tutti, mi chiamo Gioia Spada, il nostro dirigente mi ha dato l'incarico di tenere il discorso di benvenuto e io me la sto facendo sotto dalla paura!»

Il professore ride: «Esatto! Perfetto! Lo scriva subito, e non cambi una virgola!».

Gioia si mette a buttare giù la frase, per metà convinta che sia la cosa giusta e per l'altra che sia una gigantesca cazzata.

«Bene, così conquisterà l'appoggio del pubblico», le dice il professore, «ora è il momento di conquistare anche la sua attenzione.»

«E che devo fare? Mettermi a ballare o cose così?»

«Oh no, niente di tutto questo. È sufficiente che l'inizio del suo discorso contenga una delle tre cose che alla gente piace di più ascoltare.»

Gioia si torna a sedere, appoggia il pugno sotto il mento e guarda intensamente il professore: «E quali sarebbero, queste tre cose?».

«La prima sono le storie. La seconda sono le storie *vere*. La terza sono le storie vere in cui il protagonista è chi racconta.»

32.

Buongiorno a tutte e a tutti.
Mi chiamo Gioia Spada, ho quasi diciotto anni e il nostro dirigente, il professor Spataro, quest'anno mi ha incaricata di tenere il discorso che inaugura il nuovo anno scolastico.
Ci tengo fin da subito a specificare che me la sto facendo addosso dalla paura e che ho preso in considerazione fino all'ultimo secondo l'idea di scappare in Messico piuttosto che parlare davanti a tutti.

Gioia si ferma: «Qui dovrebbero ridere, giusto?» chiede al professore.
«Sì, suppongo di sì. Ma non escludo che possa partire anche un bell'applauso di incoraggiamento.»
«Bene. Speriamo. Continuo, allora.»
«Continui, continui.»

Quando avevo tredici anni, mia nonna si è ammalata. Io allora non capivo molte cose – non che adesso sia una cima – ma mi spiegarono che era una forma molto grave di demenza senile. In pratica succedeva che aprivi il frigo e trovavi le sue scarpe, oppure che veniva a svegliarti in piena notte perché voleva andare a fare la spesa. E io che fino allora mi lamentavo quando tirava fuori tutti i nomi dei miei cugini, prima di indovinare il mio!

«Va bene così, professore?»
«Benissimo, perché?»
«Perché io non voglio fare pena a nessuno. Non voglio che diventi il discorso da piccola fiammiferaia. Capisce?»

«Vada avanti signorina! Vada avanti!»
«E va bene!»

Ora voi vi domanderete perché vi ho raccontato questa storia. E siccome mi piace la suspense, ho deciso che ve lo dico alla fine. Bene, e adesso vado.
Care compagne e cari compagni di scuola, l'altro giorno un mio professore, che spero diventi anche un vostro professore, ci ha fatto una lezione. In questa lezione ci ha spiegato i pericoli del così così. *Ci ha detto che la cosa peggiore che ci possa capitare è di vivere una vita* così così.
Poi, però, siccome è un professore un po' strano – cioè per molti è strano ma per me è un figo, ve lo dico – dicevo, siccome è un professore un po' fuori dall'ordinario, quella lezione non l'ha finita. A metà, è uscito dall'aula e non è più tornato. Alcuni dicono che sia perché è vicino alla pensione e non ha più tanta voglia di lavorare, ma in realtà noi che siamo suoi studenti sappiamo perché lo fa: vuole che ci fermiamo a riflettere, e a volte anche a discutere fra di noi.

«È sicuro che non vuole che dica il suo nome?»
«Per favore, signorina Spada, ha già detto troppo con quella storia della pensione. Evitiamo, eh?»
«Va bene. Vado avanti.»
«Ecco, brava.»

Così quando lui è uscito io mi sono messa a scrivere questo discorso e a chiedermi: ma cosa vuol dire vivere così così*? Cioè: quand'è che sai che non stai vivendo appieno la tua vita, ma per così dire solo a metà, solo quel tanto?*
E allora è lì che mi è tornata in mente mia nonna.
Vedete, quando ha iniziato ad ammalarsi, non è stato tutto in un colpo, come con la febbre o l'influenza. È successo piano piano, nel tempo, nei mesi. Alternava momenti in cui era la stessa nonna di sempre, ad altri in cui non si ricordava chi fossi io, chi fosse sua figlia, dove abitava, dove bisognava mettere le scarpe, eccetera.
Un giorno in terza media ho preso dieci in italiano in un tema.

Sono corsa a casa, volevo dirglielo, urlarglielo, anche perché quella prof non metteva mai dieci a nessuno, dovevi scrivere come minimo la Divina Commedia *al contrario per prendere otto, figuriamoci dieci. E insomma: ero felicissima. Poi, quando sono arrivata lì, lei era in quella fase in cui non ricordava nulla e non mi riconosceva neanche.*
Così mi sono detta: aspetto. Fra un paio d'ore lei torna in lei e posso dirglielo.
Passò un giorno. Due. Tre. Una settimana. Un mese. Anni. Gemma – così si chiama mia nonna – non è più tornata quella di prima. A volte sembra che una lucetta si accenda nei suoi occhi, ma è sempre e solo un attimo.
E allora adesso io ho capito cosa vuol dire vivere così così. *Perché quel giorno, quando ho preso quel dieci, ero felice, sì, ma* così così. *Perché non ho potuto dirlo a lei, non sono mai riuscita a urlarglielo, ad abbracciarla e a festeggiare insieme quella cosa. Noi possiamo anche prendere bei voti, ottenere grandi traguardi, successi, ma se non possiamo condividere la nostra felicità con qualcuno, se non abbiamo di fianco qualcuno con cui poterla urlare con tutta la voce che abbiamo, anche se sarà gioia, sarà sempre una gioia* così così.

«E adesso, il finale. È pronto?»
«Prontissimo!»

Sta per iniziare un altro anno scolastico, per alcuni è il primo, per altri come me – si spera – l'ultimo. E allora il solo augurio che voglio fare a tutte e a tutti è questo: che quest'anno, e tutti gli anni che passerete in questa scuola, possano non essere mai degli anni così così*!*

Gioia si ferma, alza gli occhi dal foglio. «Com'è? Come sono andata?» chiede.
Il professore applaude al rallentatore e non dice niente.
«Troppo strappalacrime? Aggiungo qualche altra battuta scema?»
Bove si piega verso di lei, la guarda serio e le dice: «Non cambi mezza parola o non si faccia più vedere!».

33.

Dormire non ha dormito neanche mezz'ora.

Per tutta la notte Gioia non ha fatto altro che vedere in successione gli scenari più catastrofici possibili: impappinarsi e dire una parolaccia in favore di microfono; avere una reazione psicosomatica tipo macchie rosse in faccia o sudore in eccesso; compagni che non capiscono le battute e si mettono a fischiare; e molte altre ancora.

Non è mai stata in aereo o sulle montagne russe, ma ha sperimentato tutta notte cos'è la *pūangi*: è, in lingua maori, quando senti lo stomaco andarti giù fino ai piedi, appunto perché sei in volo e c'è un vuoto di pressione o perché stai facendo il giro della morte sulle montagne russe.

Come se non bastasse, una volta arrivata a scuola le arriva subito la prima mazzata: Sara ha la febbre, è rimasta a casa. Anche il professore è assente, a quanto pare. E quindi Gioia non avrà nessuno da guardare come punto fisso per distrarsi dalla paura.

Da fuori, intanto, si sente il vociare dei suoi quasi mille compagni seduti sugli spalti. Il programma è questo: intervento del preside e di alcuni insegnanti, alternati a momenti musicali suonati dagli studenti e a un paio di video dei progetti della scuola. Gran finale: il discorso di Gioia.

«Ehi, hai sentito chi c'è?!» sente dire dietro le quinte da qualcuno dei musicisti.

«No, chi?»

«Il sindaco, è venuto pure lui!»

"Perfetto", pensa Gioia, "così se svengo sarà anche davanti alle autorità!"

Meno male che c'è la copia scritta: alla peggio si limiterà a leggere senza alzare mai la testa. Ripassa il discorso almeno cento volte, fra un intervento e un intermezzo musicale, finché non si avvicina il suo momento. Prova anche ad appoggiarlo su un banco, a girarsi dall'altra parte e a ripeterlo a memoria, ma cala immediata una fitta nebbia.

«Spada, ti vedo agitata!»

È la voce di Casali che l'ha raggiunta dietro le quinte.

«E tu che cosa ci fai qui?» gli dice.

«Niente, sono solo venuto a controllare che non scappi», fa lui. Lo dice in modo così gentile che Gioia quasi quasi si sente in colpa per aver pensato male di lui così tante volte.

"Forse è cambiato davvero", pensa.

Poi Gioia sente chiamare il suo nome dalle casse.

«Tocca a te, corri!» le fa lui, ancora con quel sorriso gentile, poi sparisce. Solo che lo fa dalla porta sbagliata.

«Ehi, non è di là che si va in platea!» prova a dirgli, ma è troppo tardi, perché il prof di scienze si materializza davanti a lei e la trascina letteralmente sul palco.

«E ora», dice la voce del preside Spataro, «care studentesse e cari studenti di questo liceo, a voi il privilegio di ascoltare il discorso inaugurale di questo anno scolastico dalla viva voce di... Gioia Spada!»

Parte un applauso, ma le orecchie di Gioia sono già disconnesse da un po'. Il brusio della paura è andato sempre in crescendo, fino a diventare un rumore insopportabile. A causa dell'agitazione, anche la vista è un po' offuscata, come fosse scesa una sottile nebbia dentro il teatro. E adesso è il suo turno: deve andare al leggio e parlare.

"Ce la devo fare", pensa. "Meno male che ho i fogli, saranno la mia salvezza."

«Ehm...» si schiarisce la voce. Un tecnico le sistema il microfono, che è troppo in alto. E lì Gioia butta l'occhio sul primo foglio.

Bianco. Vuoto.

Di scatto, nervosamente, gira pagina, convinta di averli semplicemente appoggiati storti. Ma la seconda pagina è di nuovo solo un foglio bianco.

"Casali di merda!" pensa.

«Prego, signorina», sente la voce del preside dirle. Adesso il rumore nella sua testa è insopportabile, mentre Gioia prova a sforzarsi di ricordare come iniziava il suo discorso. Di nuovo, come prima quando aveva appoggiato i fogli sul banco, non riesce a visualizzare neanche una sillaba.

"Ecco quando me li ha sostituiti!" capisce.

«Tutto bene, signorina?» di nuovo la voce del preside. Gioia lo guarda, guarda la platea piena di studenti e alla fine sente che qualcosa sta succedendo dentro il suo stomaco.

Nello spazio di un attimo, mentre il chiacchiericcio degli studenti si fa sempre più forte, Gioia corre in bagno e quando è lì si getta sulla tazza. Le viene da vomitare.

"Non può essere, non sta succedendo davvero!" pensa, mentre è china sul water e prega che sia solo un incubo.

"Casali, ma come è possibile che mi abbia fatto uno scherzo così bastardo?" dice fra sé e sé, ancora nel mezzo del panico più totale. E, mentre lo dice, avverte una sensazione strana.

Una voce.

La voce di Casali.

Gioia non riesce ad alzarsi dalla tazza, perché i conati di vomito sono ancora lì ad attorcigliarle lo stomaco. Da dentro il bagno del teatro sente l'eco della voce di Casali che sta tenendo al suo posto il discorso di inaugurazione dell'anno scolastico.

«Ma cos...» dice, perché le pare, anzi è sicura, di aver sentito, dentro il suo discorso, almeno tre o quattro volte la stessa espressione: *così così*.

"Cioè: non mi ha solo fregato il posto, mi ha anche preso l'idea?" pensa, ancora senza riuscire ad alzarsi. Finché la rabbia diventa così forte che Gioia tira lo sciacquone, si alza in piedi e corre in platea: giusto in tempo per sentire la frase conclusiva del discorso di Casali: «Sapete, c'è una parola intraducibile, in sanscrito, che si dice *asaṃkhyeya*. Lo so, è un po' complicata, ma ha un significato bellissimo: vuol dire "impossibile da contare, il numero più alto che si possa concepire". Ecco, auguro a tutti voi quest'anno di provare un numero *asaṃkhyeya* di soddisfazioni!».

Uno scroscio infinito di applausi lo circonda, mentre Gioia Spada si ritrova fra le labbra tre parole che erano secoli che non finivano lì: «Pianeta di merda!».

34.

«Ci vorrebbe una parola nuova, tutta per lui.»

Gioia è al telefono con Sara e le ha appena raccontato quanto è successo quella mattina a scuola. Anche se non può vederla in faccia, riesce a percepire perfino da lì la sua *Fremdschämen*, l'imbarazzo che proviamo quando a finire in una situazione incresciosa è un nostro amico o amica, una specie di vergogna di riflesso.

«Guarda, io ti proporrei *bastronzo* o *stronzardo*: quale ti piace di più?» le dice la sua amica con voce raffreddata.

«Ah guarda, nel mio quaderno sono piena di parole per lui. Ne ho una finlandese, senti qua: *kyrvänsyylä*!»

«Curva... che?»

«*Kyrvänsyylä*, significa "che ha le pustole sul pene".»

«Allora è proprio lui!»

«Ah ma nel quaderno ho un'intera sezione dedicata agli insulti, e quasi tutti sono perfetti per lui: *kùkulabbi*, *Schnüffler*, *govnoed*...»

«Aspetta aspetta, spiegamele!»

«Sono tutte parole in tema merda: allora, *kùkulabbi* è islandese e significa letteralmente "una merda che cammina su due gambe"; *Schnüffler* invece è tedesco significa "uno a cui piace frugare nella merda"; infine, per chiudere in bellezza, c'è il russo *govnoed* che vuol dire "uno a cui piace mangiare la merda"!»

Sta ancora malissimo, Gioia, ma insultare Casali al telefono con Sara la fa sentire quasi sollevata, o almeno un po'. Del resto, sempre nel suo quaderno, esiste la parola *laloche-*

zia, che è inglese e indica "il senso di sollievo che si prova dopo aver imprecato o usato un linguaggio volgare".

«Io però ti avevo messa in guardia», le dice la sua amica, dopo uno starnuto.

«Lo so, è che è stato troppo bastardo: troppo anche per lui, capisci?»

Sara dà un colpo di tosse e poi rimane in silenzio.

«Sara?»

«Stavo solo aspettando che ti rendessi conto da sola della cazzata che hai detto.»

35.

È il giorno dopo quel maledetto discorso che tutto comincia a precipitare.

C'è perfino un revival dell'anno passato, quando Gioia era appena arrivata ed era stata inquadrata come l'elemento estraneo: fin dalla prima ora arrivano sonore e ben percepibili le risatine alle sue spalle. C'è chi parla della sua corsa in bagno a vomitare, chi del colore che aveva la sua faccia davanti a tutti, quando non riusciva a parlare.

E così per tutta la settimana, e poi per i giorni successivi.

Il preside Spataro si rifiuta di guardarla quando la incrocia nei corridoi. E non ha mai risposto all'e-mail in cui gli chiedeva se aveva quei famosi cinque minuti per spiegarle come fare il colloquio con il rettore. Gioia non insiste neanche: ha paura di averlo deluso.

Però non è stata colpa sua. Lei ce l'ha messa tutta.

Quanto vorrebbe alzarsi e dire a tutti cos'è successo davvero, urlare quello che le ha fatto il suo ex compagno di banco! Però il coraggio di farlo non arriva e così Gioia se ne sta lì, zitta zitta, con una rabbia nuova, diversa dal solito e al tempo stesso sempre quella. Sì perché lei non è arrabbiata con Casali perché le ha fatto quello scherzo infame; o con i compagni perché si divertono a prenderla in giro alle sue spalle. È arrabbiata perché quello sembra a tutti il giusto modo di fare, non ci trovano niente di strano, niente di così sbagliato.

È come essere in una casa che brucia e nessuno se ne accorge. Poi dopo magari qualcuno – tipo lei – tocca il mobile sbagliato e si scotta, e tutti pensano che il problema sia quel mobile che scotta e lei che, sbadata, è andata a toccarlo: e sembrano non rendersi conto che in realtà è la casa che brucia.

Song la chiamano nell'isola di Ifalik, nell'oceano Pacifico. È la rabbia che ti viene quando hai la percezione di un'ingiustizia. Quando ti sembra che il mondo vada storto, e non come dovrebbe. Gioia non è arrabbiata perché si è scottata per l'ennesima volta. È arrabbiata perché a nessuno sembra fregare niente di spegnere l'incendio.

Senza contare che i voti stanno precipitando sempre più. Una sola sufficienza in tutto l'anno, fino adesso. In filosofia, che per qualche assurda ragione in quinta liceo è un po' come dire avere sei in «ricreazione».

E poi, c'è anche un altro motivo, questo del tutto nuovo. Bove.

Non sa perché, ma le cose che dice cominciano a farle un po' male. Gioia sa che sono vere, che sono giuste e tutto quanto, e lui è sempre una specie di mito per lei: ma comincia a percepire troppa distanza fra quelle lezioni e la realtà. "Perché lo ascolti e ogni volta suona la campanella e ti senti quella voglia di cambiare il mondo che le sue parole ti lasciano addosso, e poi tu provi a uscire a cambiare il mondo, ma quello è troppo più forte, e così alla fine quello che succede è che lui un pochino cambia te!" Questo pensa. Poco, forse impercettibilmente, ma le fa rabbia averci creduto, aver provato a scontrarsi contro le ingiustizie, perché dopo ieri ha quasi la certezza che sia una lotta inutile, impossibile, proprio come quella di Don Chisciotte contro i mulini a vento che una volta il professore le ha raccontato.

Anche per questo non gli ha detto ancora niente dell'Accademia, così come non lo ha detto a nessuno. Per questo, e poi perché sa che si sentirebbe una fallita molto più di come si sente già, se lo dicesse a qualcuno e poi non la prendessero. Il colloquio è fra pochi giorni, ma la risposta gliela daranno fra chissà quanto. Quindi per ora si tiene il suo segreto, e insieme la speranza che sia proprio questo, qualora si avverasse, a regalarle presto una via di fuga da una città in cui è davvero difficile essere *contro*.

«Mi scusi, professore», gli dice un giorno in corridoio, durante una ricreazione con la pioggia fuori.

«Mi dica, signorina. Cosa la affligge?»

«Mi affligge che lei ci fa delle lezioni così belle, davvero, io le amo le sue lezioni e lei lo sa.»

«Grazie, signorina.»

«Non mi ringrazi, perché le sto per dire una cosa brutta.»

Bove appoggia entrambe le mani sul bastone: «Allora mi metto in posizione da cosa brutta. Mi dica pure».

«Dico: lezioni molto belle, e va bene. Ma le è mai venuto il dubbio che possano far danni?»

«Mi scusi?»

«Quello che voglio dire è che a volte ho la sensazione che non ci preparino davvero.»

«Per gli esami?»

«Non per gli esami, per il... *mondo*! A volte mi sembra quasi che dipingano un mondo che non esiste, che non ci abituino al fatto che là fuori la faccenda è molto diversa, e cioè che è pieno di gente che ti vuole solo fregare, un mondo super-competitivo dove l'importante è fare il culo a tutti e vincere, sempre, a qualsiasi costo, arrivare primi, avere i voti più belli degli altri, fare il discorso d'inaugurazione; e chi se ne frega se per farlo devi imbrogliare e calpestare gli altri, va bene così perché è questo che il mondo vuole: che tu sia un vincente, punto, fine.»

Il professore si gratta il mento, guardando Gioia negli occhi.

«Ho detto qualcosa di male?» gli dice lei.

«No, è solo che fra poco lei non avrà più bisogno di me. Ora mi segua», le dice, voltandosi e andando verso i finestroni che danno sul cortile interno. Grandi gocce di pioggia si attaccano sulla loro superficie.

«Facciamo una gara?» le dice.

«Una gara?»

«Scelga una goccia, io scelgo la mia, e vediamo quale arriva prima in fondo!»

Gioia sorride, lo guarda, poi guarda il vetro e indica una goccia in alto. Il professore fa lo stesso con un'altra, indicandola col bastone. All'inizio è la goccia di Gioia ad andare in vantaggio, ma poi quella del professore recupera e, in un testa a testa finale in cui iniziano a fare il tifo a voce alta per la propria beniamina, vince quella del professore.

«Ha visto?» le dice.

«Che cosa, che mi ha battuta anche lei?»

«No, dico: ha visto fuori, che bello? Il cielo, gli alberi, il vento.»

Gioia sposta il fuoco e si mette a osservare gli alberi, il cielo coi suoi nuvoloni giganti, le cime dei pini che si muovono ondeggiando, gli scrosci di pioggia sferzati dal vento. Effettivamente, anche se è solo il cortile della scuola, sembra una cartolina.

«No che non l'ho visto, lei mi ha chiesto di fare una gara!» protesta.

«Ecco, allora lei mi capisce perfettamente. Io lo so che c'è un mondo altamente competitivo davanti a lei, dove spesso si consumano ingiustizie e dove l'importante è solo vincere. Quello che cerco di fare, quando siamo in classe, è mostrarvi che c'è anche un altro mondo possibile, là fuori. E che a fissarsi solo su quello che non va, il rischio è di smettere di vedere quanta bellezza c'è oltre il vetro. Rassegnarsi solo a quello che abbiamo immediatamente di fronte.»

Il professore ruota sui talloni, si sistema il cappello e se ne va. Poi, dopo un paio di passi, si volta: «Ah», le dice, «e ci tengo a specificarlo: io non voglio che voi vi *abituiate* al mondo che vi aspetta. Voglio che andiate là fuori, e lo cambiate!».

36.

Una cosa nuova però c'è: ed è quella che rende un po' tutto diverso. Sara e Marika. Ma più che altro Sara.

Gioia passa con loro quasi tutto il tempo a ricreazione, ci esce insieme almeno un paio di volte a settimana e spesso va a casa di Sara ad ascoltare musica e a parlare, parlare, parlare. Sara le fa sentire alcune canzoni che le piacciono: è roba nuova, ma non troppo commerciale. E Gioia si stupisce che esistano anche canzoni interessanti uscite dopo il 1990. Questo non perché sia snob o che, ma perché è sempre stato nonno Alfredo a educarla musicalmente: è uno che da giovane faceva il DJ in una radio libera, e quando la radio ha chiuso bottega si è portato via tutti i vinili che c'erano dentro, cose che a rivenderle oggi su internet Gioia ci farebbe una fortuna: Led Zeppelin, Rolling Stones, Talking Heads, Fabrizio De André, Roberto Vecchioni e tantissimi altri. Ma soprattutto loro: i Pink Floyd. Gioia fa ascoltare a Sara qualcosa da *The Dark Side of the Moon* e da *Animals*, e incredibilmente Sara non reagisce infastidita da quei pezzi che durano anche quindici minuti. A sua volta, Sara collega il cellulare allo stereo di casa sua e le fa ascoltare alcune canzoni trap e hip hop che, contro ogni aspettativa, non sono poi così male, almeno a livello di testi. Chi l'avrebbe mai detto che, in mezzo a quella musica che ha sempre detestato quasi per principio – *se piace a tutti, come fa a piacere a me?* –, avrebbe potuto sentire parole come:

Rimango in mezzo alle onde, lontano dalle sponde
cerco il mio buonumore, ma lui si nasconde

Oppure come:

È proprio dove niente luccica che vedo l'oro
e proprio a me non mi ci vedo lì, ci vedo loro

O anche come:

E tu sei il cigno nero stanco di seguire il branco
il cuore grande quanto il sole, ma freddo come il marmo

Si rende conto che l'effetto che le fa è lo stesso della manopola del volume di uno stereo: stare vicino a loro abbassa il rumore del mondo. O almeno: di una certa parte di mondo. Quella a cui Gioia sente di non appartenere. Lui continua col suo frastuono, coi suoi pettegolezzi, non è che sparisca: ma, stando vicino alle sue amiche, Gioia lo sente sempre meno. È strano per lei far parte di qualcosa. Sentire che sei più forte, che hai un posto dove andare, una specie di squadra. Anche quando è in classe e Sara e Marika non sono lì con lei, ci sono comunque. Ed è bello, perché così la maggior parte dei proiettili che le piovono addosso, a guardarli bene, si scopre che sono solo colpi sparati a salve. E così con lei le sembra di essere in una *querencia*, che in spagnolo è il punto dell'arena dove il toro è al sicuro dai colpi del torero, e significa "posto in cui ti senti a casa".

Ma più di tutto, c'è una parola che in realtà non è neanche una parola: è più un'espressione, una frase, ma Gioia se l'è segnata lo stesso. Si dice *koi no yokan*, ed è giapponese. In realtà si dovrebbe usare per parlare d'amore, ma secondo Gioia vale anche per l'amicizia. È quando vedi una persona e anche senza conoscerla senti che tu e lei siete in qualche modo destinati a stare insieme. Neanche ci devi parlare, ci scambi solo mezzo sguardo, e già sei sicuro che succederà così, è come una premonizione. *Koi no yokan.* È un po' questo che ha sentito fin da subito per Sara.

Fino a che, però, un giorno succede una cosa.

Ora di italiano. Gioia alza la mano, chiede di uscire.

«Anche lei, Spada?!» le risponde il professore. «Vabbè, dica alla sua compagna di tornare in classe, se non sta male, perché è già dieci minuti che è fuori!»

Quando entra in bagno, c'è un rumore che non dovrebbe esserci. Qualcuno che piange. La voce di quel qualcuno, Gioia, la conosce bene: Giulia Batta.

Gioia bussa alla porta del bagno da cui proviene: «Ehi, tutto bene là dentro?».

«Vai via!» le risponde brusca la compagna, che sta ancora singhiozzando.

In un primo momento Gioia è tentata di darsi giusto una sciacquata al viso e poi tornare in classe: del resto Giulia è proprio una di quelle che l'ha tormentata di più, senza neanche degnarla della tregua iniziale che le hanno concesso gli altri. Ma poi qualcosa, nel proprio viso riflesso negli specchi, le fa cambiare idea.

«Se vuoi parlare, io sono qui eh», le dice, da fuori la porta. Che, dopo lo scatto della serratura, si apre. Seduta sul water, con il poco trucco colato dagli occhi, Giulia è lì con un fazzoletto in mano. Non sembra nemmeno lei: sembra sua sorella gemella fragile e spaventata.

«Sabato è successa una cosa con Gian», le dice.

«Per Gian intendi… Casali?»

Giulia fa sì con la testa.

«Wow, il nostro amico ha fatto strage questa settimana!» dice Gioia, per provare a sdrammatizzare.

«Non te la faccio tanto lunga, ma io e lui sono tre anni che ci prendiamo e ci molliamo.»

Improvvisamente Gioia comincia a intuire il motivo di quell'attacco il primo giorno di scuola: Giulia era gelosa dell'interesse che dal nulla «Gian» aveva per lei. Evidentemente era da un po' che lui aveva iniziato a parlarne. Forse quel commento, il primo giorno, quello in cui Casali diceva che Gioia «era migliorata dall'anno scorso», era arrivato anche alle orecchie di Giulia.

«Nell'ultimo periodo, più o meno da luglio, però, sembrava che stessimo per tornare insieme, ci sentivamo quasi tutti i giorni, e insomma io mi ero fatta un sacco di film, sai…»

«Più o meno ho presente, sì.»

«Ecco, solo che sabato sono uscita, sono andata dove sapevo che l'avrei trovato, e niente. Hai capito.»

Gioia guarda Giulia, alzando le sopracciglia.

«Ehm, no, mi sa che non ho capito.»

«Era con una! Mano nella mano! Capisci?» risponde Giulia, ricascando nel pianto. E lì Gioia fa una cosa per cui sente immediatamente la voce della sua amica immaginaria intervenire – "Ma sei scema?!" – però non importa, lei la fa lo stesso: si avvicina a Giulia, le offre la mano, la invita ad alzarsi e poi la abbraccia.

«Posso chiederti che cosa ci trovi in quello lì?» le fa, mentre Giulia ha la testa appoggiata alla sua spalla.

«Ma che ne so! Riesco a vedere solo lui! Ed è assurdo, perché ne avrei tantissimi di ragazzi che mi scrivono!»

Gioia non ha mai avuto ragazzi-che-le-scrivono, ma sa perfettamente di cosa sta parlando la compagna. L'improvviso sparire di tutti quando hai una persona nella testa. «Arrivi a un punto che esiste solo lui, eh?» dice a Giulia.

Lei sembra come risvegliarsi da un sogno, si accorge dov'è e soprattutto *con chi* è. Si stacca, va a lavarsi il viso, quasi vergognandosi.

«Ora devo tornare in classe, scusa», le dice, tutta frettolosa. Gioia si sta già pentendo dell'aiuto che le ha dato quando, nel momento in cui Giulia è proprio sull'uscita, si volta verso di lei: «Grazie, sai?» le dice. Gioia risponde con un sorriso e un cenno con la testa, mentre Giulia esce dal bagno. Fa solo pochi passi nel corridoio però, perché poi rimette dentro la testa e dice: «Ah, visto che sei stata così gentile con me che ti ho sempre trattata di merda, adesso ti restituisco il favore. Il ragazzo che hai trovato l'anno scorso, come si chiama?».

«Luca, vuoi dire?»

«Ecco. Lui. Tu ci stavi insieme, vero?»

«Sì, diciamo di sì. Perché?»

Gioia la guarda interrogativa e, mentre si asciuga le mani, Giulia le dice, poco prima di sparire: «Fossi in te chiederei alla tua nuova amica se lo conosce».

37.

Perché è così difficile dire ciò che più di tutto vorremmo dire?

È questo il pensiero fisso di Gioia, seduta a uno dei tavolini esterni del BarA insieme a Sara e Marika. Ha notato che più qualcosa preme dentro di lei per uscire – e non fa che ripeterselo a mente, ad alta voce, allo specchio – più quando ha di fronte la persona a cui lo dovrebbe dire poi non ce la fa.

Per esempio: oggi ci sono tre cose che vorrebbe tanto dire a Sara, ma non riesce a dirne nemmeno una. La prima è che nella borsa ha due biglietti del treno, uno di andata e uno di ritorno, per Firenze. La data su quei biglietti è domani. L'appuntamento col rettore dell'Accademia alle undici. E lei se la sta facendo sotto.

La seconda è che domani è il suo compleanno: il diciottesimo. Gioia non l'ha praticamente mai festeggiato, ma adesso che ci sono loro due vorrebbe organizzare una cosa semplice, solo loro tre. Ma loro non lo sanno, e lei non sa come dirglielo. Anche perché a bloccarla c'è la terza cosa.

Lo. Il sasso sulla macchina. Le parole di Giulia in bagno.

Fra l'altro, quello a cui sono sedute è proprio lo stesso tavolino della notte in cui ha incontrato Lo per la prima volta. E infatti tutto quello che vorrebbe fare è chiedere a Sara se conosce Lo e, se sì, vorrebbe sapere come lo ha conosciuto, cosa si sono detti, se erano amici o qualcosa di più o di meno. Perché un sospetto si fa strada dentro di lei: e cioè che sia successo qualcosa fra Sara e Lo prima che lei arrivasse a scuola. E siccome Gioia ha tantissimi difetti ma a memoria non perde un colpo, si ricorda fin troppo bene che Lo, quando si sono dati il primo bacio, le ha detto che era il primo bacio anche per lui.

"*Esistono uomini che dicono la verità. Ma devo ancora incontrarne uno che dica tutta la verità!*" La sentenza di Giovanna riecheggia nella sua testa e Gioia è divisa fra una metà di sé che spera di aver conosciuto la prima eccezione a questa regola e l'altra metà che, mettendo insieme i pezzi lasciati in giro da Lo, si convince sempre più che eccezioni non ce ne siano: Lo non le ha detto tutta la verità. Né sul suo presente né sul suo passato.

Tutto improvvisamente sembra avere un collegamento che a Gioia sfugge: Lo che appare e poi scompare, l'antipatia iniziale di Sara per lei, e poi anche qualche dettaglio che finora era passato inosservato, come per esempio il giorno in cui al supermercato ha incrociato il padre di Lo. È successo a inizio settembre, lei lo ha visto fra gli scaffali e lui ha fatto finta di non vederla. Gioia gli ha anche rivolto un cenno di saluto, ma lui si è voltato dall'altra parte e dopo un attimo non c'era più. Sul momento Gioia ha pensato fosse perché aveva tante cose per la testa, ma adesso anche quel breve fotogramma di lui che si volta dall'altra parte sembra far parte di un film molto più complicato di come Gioia sospettasse.

"Che ingenua che sono", pensa, mentre cerca il coraggio di entrare in argomento con Sara.

Adesso capisce il vero significato della parola *alkhilaba*: è arabo e descrive la sensazione di quando il cuore è d'accordo e dice sì, mentre l'oscura cavità addominale dice no. La voglia che Lo sia diverso da tutti gli altri; il presentimento che sia proprio come tutti gli altri.

"Starò mica diventando gelosa?" si chiede.

Non pensava sarebbe mai successo: Gioia credeva che questo problema non l'avrebbe mai riguardata. Anche prima di conoscere lui, era convinta che, se un giorno avesse mai trovato qualcuno con cui stare, lei non sarebbe mai stata la tipa gelosa che si preoccupa se il proprio ragazzo ha delle amicizie femminili o un passato con altre o chissà cosa.

"È che qui il problema non è la gelosia, ma la fiducia", dice fra sé e sé, mentre Sara sta aprendo dal cellulare il suo profilo social. Eppure non riesce a fare a Sara una semplice domanda. Ma perché?

«Ehi, Rossa, ma lo sai che hai già mille e un follower? Con sole sei foto!»

«Sono tanti?» chiede Gioia.

Marika interviene: «Sono un botto!» fa, con gli occhi sgranati. «Io ho creato il mio profilo da due anni, ci ho messo dentro cento foto e ne ho come te!» e poi le passa il proprio cellulare.

«Le foto non sono male», fa Gioia, esaminandole. «Chissà quanti ragazzi che ci provano nei commenti!» le dice sorridendo, per poi rivolgersi a Sara: «E chissà quanti poi ci provano con te!».

Ma che cavolo sto facendo? Ci sto girando intorno? Perché non glielo chiedo e basta?

«Mah, io mi sa che sono lesbica», fa Marika, «perché non riesco a trovare un solo ragazzo che mi interessi.»

Gioia ora arrossisce, come se qualcuno l'avesse chiamata in causa. In realtà arrossisce per un pezzo di conversazione che è avvenuto solo nella sua testa, nel quale lei chiedeva a Sara: "E tu? Ce l'hai mai avuto un ragazzo?".

«Che c'è, Rossa?» le chiede Sara.

«Perché?»

«Ah, non so, dimmi tu: all'improvviso sei diventata del colore dei tuoi capelli. Tutto bene?»

«È vero, Gioia. Perfino le tue lentiggini sono diventate più rosse!» la indica Marika.

«È perché c'è tanta gente che viene a vedere le tue foto? Stai tranquilla, fidati di me: il tuo profilo sta piacendo un sacco. Con quell'idea delle parole, poi!»

Dovrebbe esserne fiera, Gioia, pensare al fatto che qualcuno si sta accorgendo di lei, che forse non è una fallita come molti sostengono, e anche se è effettivamente questo l'argomento di cui sta parlando con Sara e Marika, lei riesce solo a pensare a quello che le ha detto Giulia dall'ingresso del bagno della scuola.

«Pianeta terra chiama Rossa, Rossa rispondi!» le dice Sara, scuotendola per un braccio.

«Sì? Come dici?»

«Ti stavo dicendo di non preoccuparti dei commenti negativi, quelli ci sono sempre.»

Aspetta: cos'è che ha detto?

«Quali commenti negativi?» le chiede, cambiando espressione. Sara e Marika si guardano di sfuggita per una frazione di secondo, in un modo che a Gioia fa pensare che ci sia qualcosa che non va.

«Hanno scritto qualcosa di male sulle mie foto?»

«No, boh, niente di che. E poi ti ho detto: i social sono pieni di stronzi che passano tutto il tempo a insultare gli altri.»

«Addirittura... *insultare*? Posso leggere quello che hanno scritto?»

Marika fa cenno di no a Sara con la testa, ma Sara passa lo stesso il cellulare a Gioia.

«Ecco, tieni. Ma non farti impressionare, ok?»

Gioia inizia a scorrere i commenti sotto le sei foto che finora ha pubblicato. La maggior parte sono molto positivi, ci sono cuoricini, «bellissima», «dove hai imparato a fare foto così bene?» e altri complimenti sulla scelta delle parole. Poi però, sotto ogni foto, ce ne sono almeno due o tre davvero pesanti: «Che foto di merda», «ma perché non riprendi la faccia?», «e questi sarebbero ritratti? ritirati piuttosto!».

Più o meno si aspettava delle critiche, Gioia, e forse anche qualche infiltrato che venisse a insultare: ma così! Rimane a bocca aperta davanti al cellulare dell'amica.

«Ma perché scrivono queste cose?»

«Te l'ho detto, Rossa, sono dei frustrati dalla vita, ci scommetto tutto quello che vuoi che è tutta gente che ha zero passioni e zero interessi, e il cui unico divertimento è aprire i social e vomitare quello schifo.»

Anche Marika interviene.

«Sì, Gioia, ascolta Sara: non farti abbattere da questi, secondo me le foto non le hanno neanche guardate per davvero. Se anche Sara metteva foto fatte da professionisti, quelli scrivevano tale e quale!»

Gioia è sicura che le sue amiche abbiano ragione, eppure c'è dell'altro.

«*Meraki*», dice a voce bassa.

«Eh? È una delle tue parole?» le chiede Sara.

«Sì, è greco. Significa quando ti impegni così tanto nel fare qualcosa che poi, quando hai finito, dentro ci vedi una parte di te.»

«Bellissima! La usiamo per la prossima foto, va bene?»

«No, io volevo dire: uno ci mette tutto sé stesso e quelli si sentono in diritto di venire lì a scriverti parole come quelle. Non è un po' come entrare in casa degli altri, sporcare tutto e poi uscire come se niente fosse?»

«Ci puoi giurare, Rossa», risponde Sara.

«Cazzo sì!» conferma Marika.

«Non so, Sara», dice Gioia, facendo un leggero no con la testa.

«Non sai cosa?»

«Non so se ho il carattere per sopportare questa roba. Forse è meglio che magari io mi limiti a darti foto e frasi da scriverci, tu le pubblichi e io non leggo mai i commenti.»

«Affare fatto!» concorda Sara. Dopodiché appare alle sue spalle la figura di Giovanna.

«Vi porto altro, ragazze?» interviene. Per qualche minuto la conversazione sulle foto è riuscita a spostare l'attenzione di Gioia dal suo chiodo fisso, ma adesso forse le è venuta un'idea per chiedere a Sara quello che le deve chiedere. Così si gratta un secondo la testa e poi la guarda: «Ah, Sara. L'altra sera che eravamo sulla tua macchina», le fa, «ho visto che sul cruscotto hai... un sasso. Mi spieghi come mai giri con un sasso?».

A questa domanda, è Sara a diventare improvvisamente rossa. Butta giù un sorso di caffè, poi risponde, sforzandosi di sembrare naturale: «Ah boh, così, non mi ricordo come ci è finito. Però mi piace la sua forma!». Il che è doppiamente strano, perché è un normalissimo sasso, non ha nessuna forma particolare. Gioia sente che è adesso il momento per chiederglielo, adesso o mai più, ma quando finalmente trova il coraggio, Sara la anticipa: «Ora scusate ragazze, ma devo andare a finire di studiare psicologia, che domani ho compito», dice alzandosi.

Un attimo dopo è già sparita.

38.

Il viaggio è stato qualcosa di incredibile.

Più che correre verso un posto le sembrava di correre verso una diversa sé stessa, come una deviazione inaspettata. Dentro quel treno ad alta velocità, Gioia sentiva che finalmente le cose stavano iniziando a cambiare, o perlomeno che avrebbero potuto farlo: c'era una possibilità, una via d'uscita. Che anche se le prime pagine sono già scritte, si può sempre cambiare il finale.

Come quella parola giapponese, *ijirashii*, che è la sensazione che ti fa restare colpito e commosso nel vedere una persona che parte in svantaggio ma riesce a superare tutti gli ostacoli, a vincere quando tutti la davano per persa, a diventare quello che sognava.

Se ci fosse un foglio per farlo, Gioia avrebbe subito messo una firma perché tutta la vita fosse come quel viaggio. E poi, oggi è anche il suo diciottesimo compleanno.

«E allora andiamo, facciamolo», dice, prendendo un bel respiro e scendendo dal treno.

L'ufficio è del tutto diverso da come Gioia se l'aspettava: ha visto abbastanza film per crearsi nella propria mente tutto un panorama di mobili in mogano e legno scuro, libri antichi, mezzibusti e cose del genere. Invece dentro è tutto un trionfo di bianco, un tavolo da lavoro pieno di post-it e fogli sparsi, disegni, foto, un computer portatile, muri quasi completamente spogli se non fosse per alcune – meravigliose – foto in bianco e nero di corpi nudi nella penombra.

Un cartello incorniciato campeggia sulla parete dietro la scrivania:

L'ARTE NON È UN HOBBY

«Ho sentito il suo dirigente scolastico, Gioia», esordisce il rettore dell'Accademia, dopo essere entrato, «lo sapeva che abbiamo fatto il liceo insieme?»

«Sì, credo me l'abbia detto», risponde Gioia. È un uomo abbastanza giovane, o almeno molto più di come se lo immaginava. Cioè: ha i capelli bianchi, ma sembra quel tipo di brizzolato precoce. Se non sapesse che era in classe con il suo preside non riuscirebbe a dargli un'età, anche perché ha capito che indovinare quella degli altri non è il suo forte.

«Simpatico. Anche se non potrei certo definirlo un amico, non so se mi spiego», prosegue, «infatti mi ha molto stupito la sua chiamata. Deve proprio credere in questa ragazza, mi son detto!»

Gioia sorride. In effetti è strano che abbia tenuto fede alla sua parola, dopo la figuraccia che ha rischiato di fargli fare, crollando come una pera cotta nel momento del discorso.

«Allora: Gioia Spada, aspirante fotografa, ultimo anno di liceo scientifico. Ho letto la sua lettera: un po' troppo concisa, ma non era male. Poi naturalmente ho visto i suoi lavori. Mi sono appuntato qualche domanda per lei. Vado con la prima, che è quella che facciamo a tutti. È pronta?»

«Prontissima», risponde lei, con voce sicura. Si ricorda della raccomandazione di Spataro: schiena dritta, sguardo convinto. E zero paura.

«Bene, allora senta: lei che cosa prova, quando fa una foto?»

Questa proprio non se l'aspettava. Sperava di averlo spiegato bene nella sua lettera, ma forse era solo una sua impressione.

«Non so. È molto difficile da spiegare.»

«Ci provi. È una domanda importante questa, molto più di quelle sul suo curriculum o sui suoi voti», le fa lui.

«Se le dico che mi piace è banale, vero?» prova a dire.

«Da uno a dieci? Più o meno mille», risponde lui. «Non ci pensi, mi parli solo delle sue sensazioni. A ruota libera, come se io non ci fossi.»

«Come se lei non ci fosse?»

«La prego, sì.»

E allora Gioia chiude gli occhi e capisce che ha ragione lui: non ci deve pensare. Deve dire tutto quello che le passa per la testa, senza preoccuparsi troppo. Prende un bel respiro e poi, aprendo gli occhi, dice: «Quello che mi viene da dire è che cosa provo quando *non* faccio foto».

«E cioè?»

«Cioè è strano, ma quando non ho la macchina fotografica in mano, quando non sto facendo foto, io sto *comunque* facendo foto. Guardo una famiglia che scende dall'autobus e penso sempre a come potrei inquadrarla, da che posizione, osservo i dettagli ed è come se scattassi delle foto immaginarie nella mia testa, a volte riesco perfino a sentire il *clic* dello scatto. Cammino per la strada e vedo una foglia per terra, una foglia tutta rossa di quelle che ci sono in autunno, ha presente? La guardo e mi fermo lì, anche se ho fretta di andare da qualche parte, e se non ho la macchina con me comunque io ci giro intorno, fino a che non trovo la prospettiva giusta, fino a che quella foglia non comincia a parlarmi, anzi no, a chiamarmi, sì, a chiamarmi, è come se dicesse: "Aiuto, salvami, perché fra un attimo io non esisterò più!". So che è da pazzi ma a me sembra proprio di sentire quella foglia dirmi così, e so che non ha tanto senso perché un attimo dopo quella foglia sarà ancora lì, o al massimo verrà spostata di qualche metro dal vento, ma il fatto è che non sarà più *quella* foglia in *quell'istante*, non ci sarà più, e allora faccio *clic* nella mia testa. A volte poi mi capita nei momenti di stress o di ansia, perfino durante i compiti in classe: ho il foglio lì sotto e magari ho quaranta minuti per finire e comunque c'è qualcosa di più forte di me che mi porta via e fa sì che mi fermi a osservare i miei compagni chini sul compito, e dentro di me scatto decine di foto, perché penso che tutti quei momenti lì, quelle immagini lì, se non c'è nessuno che li salva, che li blocca in un istante, spariscono e chi li trova più, si perdono, ed è un peccato, un vero peccato che non si possa salvarli, non dico tutti, ma almeno qualcuno. Ecco, ora mi è venuta la risposta alla sua domanda: quando faccio foto io sento che sto salvando un istante. Questo, credo.»

Gioia sorride: non sa come sia successo, ma ce l'ha fatta. È venuto fuori tutto da solo, e non si è vergognata o sentita stupida. E ci è voluto un bel coraggio per aprirsi così tanto, ma quel coraggio l'ha trovato.

Il rettore la osserva e sembra davvero colpito. Prende degli appunti, annuisce. Forse finalmente qualcosa di buono sta per succedere, pensa lei, quando lui, che ora tiene la sua lettera fra le mani, senza nemmeno guardarla negli occhi le dice: «Dunque, lei lo sa che la borsa di studio non la vincerà mai, vero?».

Un blocco di cemento si forma istantaneamente nella gola di Gioia. Che vorrebbe rispondere qualcosa, ma alla fine le esce solo un: «Ah. C-cioè?».

«Sì Gioia. Immagino sappia che la nostra scuola è altamente selettiva, e che la retta non è esattamente alla portata di tutti. Il suo preside, al telefono, mi ha accennato della vostra situazione familiare, e le posso già anticipare che, senza quella borsa di studio, le sue possibilità di permettersela sono praticamente zero.»

Già: anche se sua mamma la aiutasse, insieme non riuscirebbero a pagare un quarto di quella retta.

«Pensavo di trovarmi un lavoro, una volta qui», prova a dire, come se fosse una specie di carta vincente. Il volto del rettore però si oscura immediatamente. Toglie gli occhi dal foglio e li punta dritti su quelli di Gioia.

«Un lavoro», ripete.

«Sì, mi metterei a cercarlo già da ora, se sapessi che...» dice lei, sporgendosi leggermente verso di lui.

«Alt, qui la devo fermare subito», la blocca lui, «abbiamo avuto esperienze di studenti lavoratori, cosa senz'altro ammirevole. Ma la devo mettere in guardia: qua si studia tanto, e quando dico tanto intendo *tanto.* Preferiamo sempre disincentivare questo tipo di scelte, per quanto appunto lodevoli.»

«Ma quindi mi sta dicendo che...» prova a buttare là Gioia, ma senza riuscire a finire la frase. Lui intanto si alza in piedi. Si dirige verso uno scaffale che ha alle sue spalle e prende una cartellina gialla. Ritorna, la apre davanti agli occhi di Gioia. Dentro ci sono le sue foto.

«Sa, queste foto hanno colpito tutti. Le abbiamo fatte valutare ai nostri insegnanti, e sono rimasti tutti impressionati, lo sa da cosa?»

Gioia non riesce a capire se quello che sta per arrivare è un complimento o una mazzata.

«Da cosa?» chiede, cercando di non tradire nessuna emozione dalla voce.

«Dal livello zero di studio, di tecnica, di metodo. Davvero Gioia, non si offenda: sembrano le foto fatte da un bambino, le sue.»

Gioia non si offende, no: si sta solo per mettere a piangere.

«Non serve un occhio esperto per capire che lei non ha studiato fotografia, non conosce i principi base dell'esposizione alla luce, della prospettiva, niente. Più che le foto di un'aspirante fotografa, sembrano le foto di una ragazza che lo fa per hobby. Legga, legga qui sopra cosa c'è scritto!» le fa, indicando il cartello L'ARTE NON È UN HOBBY. Gioia lo guarda e per la prima volta in vita sua si chiede se in realtà non sia proprio così: se quella che credeva essere la sua grande passione non fosse un semplice hobby per passare il tempo. Lui, intanto continua a sfogliare i lavori dentro la cartellina.

«E poi guardi», fa, sollevando una foto in cui si vede un vecchio di spalle che porta la spesa, «lei ha fatto queste foto con una macchina *digitale*, si rende conto? E per di più una da pochissimi pixel, la definizione è scarsissima: i suoi sono lavori che normalmente nemmeno mettono piede in una scuola come questa!»

Gioia si chiede se l'uomo che ha davanti le abbia fatto fare tutta quella strada in treno solo per umiliarla, ma il blocco di cemento nella sua gola ostruisce il passaggio a qualsiasi parola. Ed è lì che il rettore se ne esce con: «Sicuramente è da apprezzare la scelta stilistica, lo sguardo. Mi ricorda un po'... conosce Édouard Boubat, signorina?».

Gioia è tentata di dire di sì, sebbene non abbia la più pallida idea di chi sia.

«Ehm... no», risponde imbarazzata.

«Già, immaginavo», replica lui, con un sorriso leggermente sarcastico. «Era un fotografo che ritraeva i soggetti sempre di spalle, come fa lei. Si vada a vedere qualche sua foto su internet e capirà cosa intendo per "sguardo". Fatto sta che è comunque troppo poco per aspirare a una scuola come la nostra. Per quel che ne sappiamo, lei ha avuto un'idea originale e le sono venuti fuori cinque scatti decenti, ma dozzinali. Troppo, troppo poco.»

Il blocco di cemento nella sua gola è talmente massiccio che Gioia non riesce neanche a respirare, figuriamoci a parlare. Il rettore continua a rivolgerle delle domande, ma lei non riesce nemmeno a rispondere perché tutto quello che le passa per la mente sono tre parole che si trovano nella stessa pagina del suo quaderno. Una pagina che lei ha interamente riempito con tutti i modi per dire *cadere.*

«Allora Gioia? Non ha niente da dirmi?» le chiede, ma il suono della sua voce le arriva come disturbato, perché quattro parole girano nella sua testa, e sono *kacakka, blart, atorarse* e *kìrìpa.*

Kacakka è, nella lingua tulu dell'India, il rumore della pietra che cade nel fango. In Irlanda del Nord, invece, c'è un verbo per dire proprio "cadere dritti nel fango", che è *blart.* Oppure anche lo spagnolo che si parla in Messico ha una bella parola: descrive quando cadi perché smetti di funzionare, perché senti che hai il motore che va in panne: *atorarse,* si dice.

«Quindi non ha nulla da dire? Nulla da replicare?»

In Senegal, infine, esiste una parola che da sola dice "cadere e finire in ginocchio", quindi in qualche modo cadere e perdere tutto quello che avevi: si dice *kìrìpa.*

Solo a questo riesce a pensare, Gioia, adesso. E perciò tace, sperando che questa cosa finisca il più presto possibile.

«Mi dispiace, Gioia», prosegue lui, allora, «anche alla luce di questa sua reazione, le devo ribadire che lei non vincerà la borsa e lei non è nelle condizioni di poterci garantire il pagamento della retta. Inoltre, non dà prova di possedere del talento straordinario per cui potremmo chiudere un occhio e accettare comunque la sua domanda. Abbiamo avuto ragazzi come lei, totalmente inesperti e senza formazione, che facevano foto come fossero dei bambini: ma quei bambini erano dei Mozart, se mi passa la metafora. Io guardo queste foto e so, lo so per certo, che il bambino che le ha fatte non è Mozart, Gioia. Mi dispiace.»

Gioia rimane lì, con la bocca leggermente aperta. Lui si alza in piedi e va verso la porta, per aprirgliela: «Mi spiace, ma a malincuore le devo dire che non potremo accettare la sua domanda di iscrizione. Ora, se mi vuole scusare, devo passare al candidato successivo», le dice. La voce le arriva dalle sue spalle, perché c'è come una colla fortissima che le impedisce di alzare il sedere dalla sedia. Alla fine comunque, con un grande sforzo, Gioia riesce a tirarsi in piedi e ad andare verso la porta. Solo quando è ormai quasi fuori si volta e dice: «Mi scusi».

«Sì?»

«Ma se lei già sapeva che non potevate accettarmi, perché mi ha fatto venire qui?»

Il rettore richiude la porta: «Perché in tanti anni che faccio questo lavoro ho imparato che da un colloquio si possono capire tante cose, e anche ribaltare totalmente certe impressioni che ci si fa solo guardando delle foto».

Fa uno sforzo incredibile, Gioia, per riuscire a dire: «E queste impressioni...».

Lui la interrompe subito: «Le volevo dare una possibilità, Gioia, tutto qua. E ora mi scusi».

Gioia esce dall'ufficio, ricacciando dentro le lacrime.

L'unica cosa che sente è rumore di uno schianto, dentro di sé. *Kacakka*, *blart*, *atorarse* e *kìrìpa*: tutti in un colpo, tutti in un attimo.

39.

Nei giorni seguenti, Sara diventa un fantasma. Proprio adesso che avrebbe bisogno di lei.

Vorrebbe parlarle, dire quello che le è successo. Perché ci aveva creduto, e anche se lo sa benissimo che ci sono mille altre scuole in cui potrebbe andare, sono state le parole di quel rettore che le hanno rotto qualcosa dentro o, più precisamente, strappato una fotografia che lei aveva già scattato al proprio futuro.

Perché è stato così duro? Perché un no così secco?

Gioia vorrebbe riuscire a tirare una linea, a distinguere quelle cinque fotografie da lei, ma le due cose sono unite, anzi sono la stessa cosa. Lei davvero ci vedeva tutta sé stessa lì dentro, e sentirsi dire di no è stato come sentir dire di no a lei. Non è stato un "no, non può entrare nella nostra scuola", è stato un "mi spiace, Gioia, non sei così speciale come speravi di essere".

E poi il tranello che le ha giocato, quando le ha detto di lasciarsi andare, di dire quello che provava quando fa le foto: lei si è fidata, ha aperto i rubinetti e un fiume di parole e sensazioni si sono riversate nella stanza, e le è piaciuto tantissimo, non aveva mai detto a nessuno quelle cose e forse le ha capite per la prima volta solo mentre le diceva. E poi lui, subito dopo, freddo, anzi glaciale, le ha detto *mi spiace, la fotografia non fa per lei.*

Che botta. Di quelle che proprio ti fanno passare la voglia. Di quelle che è come aprire gli occhi e accorgerti che hai sbagliato strada, e poi non sai più da dove ripartire.

Tutti i discorsi che Gioia sente ogni tanto in giro, o in

certi video su YouTube che partono in automatico quando sta ascoltando un po' di musica dal computer, ragazzi che dicono che non bisogna mollare mai, che l'errore più grande è arrendersi, tutti i video motivazionali in cui ti fanno credere che se uno si impegna e ce la mette tutta poi ce la fa: ma dove? È come se Gioia avvertisse la presenza di un muro: da un lato quelli destinati a farcela, a combinare qualcosa di bello e importante, dall'altro tutti gli altri. E a quelli che le dicono che se vuole può scavalcare il muro e andare oltre, be', vorrebbe dire solo una cosa: di provarci loro, a scavalcare un muro così alto.

Ancora: i commenti negativi che hanno scritto sotto al profilo che ha creato Sara. Saranno anche solo tre, o cinque, o quelli che sono, ma pesano più di tutti i complimenti che le hanno fatto.

Ecco perché adesso più che mai avrebbe bisogno di Sara.

Non è come il bisogno che ha di Lo. È qualcosa di completamente diverso, perché anche se Gioia è astemia sa che Lo è tipo l'alcol che ti fa dimenticare il dolore, mentre Sara è come una medicina che te lo può far passare. Sfogarsi con lei, darsi al gioco dell'insulto libero è qualcosa che diluisce il male che sente, e piano piano lo fa sparire. Le manca e per la prima volta sente di non farcela, senza di lei: ed è assurdo, perché finché lei non c'era Gioia ce l'aveva sempre fatta, sempre da sola. E invece ora no.

Con Lo è oggettivamente un casino. È come quella parola hindi, *viraha*, che significa essere innamorati di una persona solo quando si è separati, sentire forte l'amore solo nel distacco. Queste telefonate che lui le fa – perché Gioia sa che è lui – e poi questo suo sfuggirle sempre: non è che prova ciò che prova non *nonostante* la distanza ma *proprio perché* c'è quella distanza?

Anche per questo ha bisogno di Sara. Per capire.

A scuola Gioia non riesce mai a vederla. A ricreazione si smaterializza e quando la va a cercare nella sua classe non c'è, in bagno non c'è, nei corridoi nemmeno. Se prova a chiamarla non risponde. E ovviamente non la richiama mai. Con Marika, lo stesso.

"Cocca mia", dice Tonia un giorno tornando a casa, "non ci vuole un genio per capire che non risponderti è in realtà il suo modo di risponderti."

"Sì, ma che roba è? Il giorno prima siamo una cosa, e poi d'improvviso evapori così?"

Come se non fosse sufficiente, anche le telefonate di Lo non ci sono più. Lui non la chiama e, quando è lei a chiamare lui, non risponde più da giorni.

"Mi sa che io e Sara siamo due *buksvåger*", dice a Tonia, camminando.

"Che sarebbe?"

"È svedese. Sono due persone che si conoscono e che hanno avuto lo stesso ragazzo o ragazza. In questo caso ragazzo."

"Vai a casa sua, no? Ne parlate come le persone civili, e che sarà mai!"

Gioia si ferma, gira la testa verso un punto preciso che sa solo lei, e lì ha un *Augenblicksgott*.

Un *Augenblicksgott* è quando hai un'intuizione fulminea. A tradurla letteralmente, la parola significherebbe "un dio che ti fa l'occhiolino", e la sensazione è esattamente questa: dura un attimo, un attimo solo, ma è come se qualcuno ti suggerisse la risposta che cercavi da molto tempo, qualcosa che hai passato anni a cercare e poi in un istante te lo trovi davanti.

Così, quando arriva il suo *Augenblicksgott*, Gioia guarda Tonia e le dice: "No, io ho un'idea migliore".

40.

La strada ormai la conosce. È la quarta volta che viene qui, e sempre più o meno nello stesso stato d'animo.

"Si può sapere cosa c'entra venire qui, adesso?" le chiede Tonia, mentre Gioia appoggia il dito sul campanello. Che è quello di casa di Lo.

"Siamo qui perché ho la sensazione che sia tutto collegato. Le telefonate, il padre di Lo che non mi considera manco di striscio e infine Sara che quando le ho fatto una semplice domanda su un cacchio di sasso è sparita nel nulla."

"Va bene, ma cosa vuoi che ti possa dire il padre di Lo?"

Gioia schiaccia infine il pulsante.

"Non lo so, e infatti è per questo che sono qui. In mancanza del figlio, lui è l'unico a cui posso chiedere uno straccio di spiegazione."

«Sì?» sente la voce dell'ingegner De Paolo.

«Salve. Mi scusi se la disturbo. Sono Gioia, si ricorda?»

«Gioia?»

«Sì, Gioia Spada», specifica, e poi aggiunge, ma solo mentalmente: "La ragazza che vi ha aiutato a ritrovare il figlio che cercavate da un anno quando ormai eravate disperati, ha presente?".

Dall'altro lato del citofono, silenzio. Gioia ha una potente sensazione di déjà vu ma – proprio mentre ha il sospetto che il padre di Lo la stia per congedare con una scusa inventata di sana pianta – sente lo scatto del cancello, e poi la sua voce: «Aspettami lì».

Solo ora che è davanti a quel cancello, Gioia sembra accorgersi di non avere un copione preciso, e si chiede se sia il caso di fare il giro largo o di andare subito al sodo.

"Sodo! Sodo!" sente suggerirle la voce della sua migliore amica.

«Meglio evitare, sennò lo spavento e mi manda subito via», le risponde Gioia, a denti stretti perché la sagoma dell'ingegner De Paolo è già apparsa sul vialetto d'ingresso e si avvicina.

«Ciao, Gioia, che piacere vederti!» Le parole così gentili e l'espressione del suo viso sono in netto contrasto. Non è che sia contrariato, ma si capisce benissimo che non è un *piacere*. «Come mai qui?»

«No è che... mi ricordo che sua moglie mi aveva detto di venire a trovarvi, qualche volta, e siccome passavo di qua... niente, volevo solo sapere come stavate.»

La voce di Tonia inizia a protestare nella sua testa: non è un po' troppo largo, come giro?

«Noi stiamo bene, tutto procede. E tu?»

«Io?»

«Sì, la scuola, i tuoi genitori: tutto bene?»

«Scuola così così, per il resto... per il resto così così.»

Gioia e il padre di Lo restano impalati, separati dalla linea d'ingresso: il cancello è aperto ma, anche se fosse chiuso, non potrebbe tenerli più distanti. Adesso lei capisce di non avere altri argomenti che non siano la sequela ininterrotta di domande che scorrono rapide nella sua testa, come i messaggi in sovraimpressione sotto i telegiornali: *Perché mi evita? Perché quando la vedo sembra che le abbia fatto qualcosa di male, quando invece l'ho aiutata a trovare il figlio che davate per disperso? Perché anche la mia migliore amica ha un sasso in macchina? Perché Lo è andato via di nuovo e lei sembra così tranquillo? Perché non siete disperati? Perché mi sembra che tutta la vita accada alle mie spalle mentre io non so niente? Perché mi sento così stupida a essere qui?*

Più o meno sarebbe questo che vorrebbe chiedergli ma, come al solito, resta tutto dentro di lei, ricacciato indietro ogni volta quando sta per trasformarsi in parole.

Quando ormai è scritto che lui stia per salutarla e che anche questo tentativo sia andato a vuoto, accade l'inatteso: l'espressione sul viso di lui cambia in un attimo, ed è come se si *sgonfiasse.* Espira dell'aria, ma è come se da lui uscisse qualcosa che lo irrigidiva tutto, basta mezzo secondo e torna quello che Gioia ricordava, l'uomo affranto e ferito che sprofondava nel proprio divano, solo qualche mese prima, mentre le raccontava di un figlio che aveva amato per tutta la vita e da cui si era visto, a un tratto, odiato. Poi le dice: «Ok, ho capito. Vieni dentro».

«Lo dicevo io, a mia moglie, che eri una ragazza sveglia. Che non sarebbe durata tanto», dice il padre di Lo, mentre le versa un bicchiere d'acqua. Di nuovo, sensazione di déjà vu.

«Che non sarebbe durata tanto… che cosa?»

Il padre di Lo stavolta non si siede sul divano, ma sul bracciolo. Sembra una differenza piccola, ma invece è importante: è come se volesse alzarsi e congedarla al più presto. Questo lascia intendere a Gioia che, non sa come, non sa quando, ma sta per arrivare una botta di quelle che ricorderà per molto, molto tempo.

«Vuoi che te lo dica in modo diretto?» Sembra una domanda la cui risposta dovrebbe essere scontata, ma per un attimo Gioia vaglia l'ipotesi di rispondere "no, per favore, cerchi di dirlo con attenzione, misuri le parole, dica anche un po' di balle, se vuole, basta che non mi faccia troppo male!". Poi invece caccia in gola un po' di saliva e con pochissima voce fa: «Va bene».

«E allora diretto sia. Siamo stati noi a dire a Luca di venire da te e lasciarti.»

41.

«All'inizio io ero contrario. E non te lo sto dicendo perché adesso tu sei qui e voglio cercare di indorarti la pillola. È così, mi sembrava sbagliato interferire con la vita di Luca. Poi però abbiamo parlato a lungo con il medico che lo aveva in cura, ci siamo confrontati con la sua psicologa e ci hanno convinto.

«Lo so, Gioia. Tu hai tutte le ragioni per essere delusa.

«No, noi non abbiamo niente contro di te. Anzi.

«È vero, Luca stava migliorando. Questo soprattutto perché, per la prima volta, aveva acconsentito ad assumere dei farmaci. E grazie a quelli stava piano piano recuperando un po' di serenità.

«Vedi, Gioia, il problema che ha Luca, per certi versi è un po' come quello che hanno le persone dipendenti dall'alcol. Solo che il suo alcol non è una sostanza, ma dei pensieri, o meglio delle ossessioni. Esattamente come per le persone che soffrono di una dipendenza, quando iniziano a curarsi non c'è niente di più pericoloso che una... non so come chiamarla. Una relazione affettiva, ecco.

«Luca era in bilico, un equilibrio molto fragile. Il suo medico ci ha detto molto chiaramente che per un bel po' sarebbe stato deleterio qualsiasi eccesso, qualsiasi... come ha detto lui? Ah, sì: "Qualsiasi piccola scossa emotiva potrebbe generare un terremoto". E te lo devo dire: da quando lo abbiamo portato in clinica non faceva che parlare di una persona.

«Luca parlava sempre di te. Costantemente.

«Non voglio dire stesse diventando morboso: ma quasi.

Sembrava quasi che tu fossi la sua… salvatrice, non so se mi capisci. Sembrava convinto che, una volta tornato con te, tutto si sarebbe aggiustato, nella sua testa. E questo credimi, stonava proprio. Si sentiva che non era una percezione reale, che era… "troppo", mi capisci?

«Sì, hai ragione. Avremmo dovuto parlartene. E di questo ti chiedo scusa.

«Ora, io non sto dicendo che il vostro rapporto non fosse bello e che se Luca non si fosse ammalato voi due non sareste potuti stare insieme. Ma quello che dobbiamo capire tutti, noi che siamo i suoi genitori per primi, è che Luca adesso non sta bene, e che dobbiamo fare tutto ciò che è in nostro potere per farlo stare meglio. Per farlo tornare il ragazzino pieno di vita che era qualche anno fa.

«Gli abbiamo detto che doveva separarsi da te per un semplice motivo: o lo facevamo subito, o ce ne saremmo pentiti molto in futuro.

«Come dici?

«Certo che posso spiegartelo. Vi eravate conosciuti da poco e frequentati solo di sfuggita, giusto? Ecco. Lui ti aveva idealizzata: diceva che eri la sola persona con cui voleva stare, faceva dei veri, oddio, *progetti*, mi capisci? A diciotto anni!

«Se non avessimo fermato questa cosa subito, lui avrebbe continuato a investire su di te, a convincersi che il vostro rapporto era la sua isola felice, e all'inizio avrebbe anche avuto ragione, ma poi? Come avresti reagito tu, quando si fossero manifestate delle piccole o grandi crisi? Se aveste litigato? Se tu, come è anche normale possa succedere alla vostra età, a un certo punto ti fossi stancata e avessi, per esempio, trovato un altro ragazzo? Che impatto avrebbe avuto tutto questo? Come avrebbe reagito lui?

«Lo so, hai ragione. Nessuno può sapere come sarebbe andata. Ed è proprio per questo che abbiamo fatto questa scelta.

«Perché sai, Gioia, quando Luca ha le sue crisi non è mai facile capire quanto in là si potrà spingere. Da un certo punto di vista, e non lo dico per difendermi, lo abbiamo fatto anche per proteggere te.

«Per questo mia moglie ha aperto quella lettera. Lo so, forse non è stato bello da parte sua, ma io la capisco, e secondo me anche tu. Non poteva rischiare che scappasse di nuovo. Quando si parla di un ragazzo malato che può diventare pericoloso per sé stesso e per gli altri, la privacy passa in secondo piano.

«Mah, non ho capito. Col vapore, credo.

«L'ha aperta e l'ha letta. E dentro c'era scritto che presto sarebbe stato meglio e che sarebbe venuto da te. Allora io e mia moglie gli abbiamo parlato e gli abbiamo detto che, se avesse avuto troppa fretta, avrebbe corso il rischio di farti scappare via. Che poteva perderti, se non avesse aspettato di stare veramente meglio.

«Per questo l'ha riscritta daccapo. È stato proprio lui a chiederci di scriverne un'altra. Ed è il motivo per cui c'è voluto molto tempo perché ti desse una risposta.

«Lì ci siamo fidati, ed è stato un errore, forse. Lui è stato bravo, devo dire: ci ha fatto credere di aver scritto semplicemente un lungo arrivederci. È stato davvero convincente. Sai, quando hai a che fare con persone con il suo problema, non è mai facile capire quando dicono la verità. E così non l'abbiamo letta. Una leggerezza che per poco non ce lo faceva perdere di nuovo.

«E infatti ci ha spiazzato. Quando ci è sparito da sotto gli occhi abbiamo subito pensato fosse venuto da te, o ti avesse chiamato per avvisarti che sarebbe arrivato: e infatti la prima cosa che abbiamo fatto è stata cercarti.

«No, poi fortunatamente ci ha chiamati. Ci ha spiegato che era stato da te. Ce l'ha detto il mattino dopo averti salutata.

«Sì, è per questo che non ti abbiamo più disturbata.

«Sì, Luca non è mai andato via. È sempre stato qui.»

«All'inizio faceva due settimane in clinica e un weekend qui a casa, adesso sta a casa sempre di più.

«Sì, è di sopra anche adesso. Ma sta dormendo, non ti

preoccupare. Quando dorme al pomeriggio nemmeno l'aspirapolvere che senti riesce a svegliarlo. Per questo ti ho fatta entrare. So già che mia moglie non sarà d'accordo, ma mi prendo io la responsabilità. Alla fine se lo hai cercato è perché ci tieni tanto a lui, e quindi è giusto che tu sappia.

«No, Gioia, adesso non fare così. Tu hai tutte le ragioni per essere delusa, ma credimi: è stato giusto così. Tu hai le tue ragioni a dire che non avremmo potuto sapere come sarebbe andata. Ma proprio perché non lo potevamo sapere, non potevamo correre questo rischio.

«Come faccio a dirlo? Semplice. Lui aveva avuto un'altra ragazza, prima di te.»

«Non molto tempo prima di scappare di casa, aveva conosciuto questa ragazzina. Una tipa un po' strana, un po' fuori dalle righe. Di buona famiglia, ma era una a cui piaceva mettersi nei guai. Però lui sembrava perso per lei. Non dico allo stesso livello di come era perso per te, ma quasi. Ed è durata pochissimo, credo, perché lei non riusciva a stare dietro agli sbalzi di Luca. Infatti fu lei a lasciarlo, dopo neanche sei mesi. Quando accadde, Luca peggiorò drasticamente in pochissimo tempo. Neanche un mese dopo essere stato lasciato, scappò di casa, e il resto lo sai.

«Come dici? Il nome di lei? Sai che è assurdo ma ora come ora l'ho rimosso?

«Iniziava con la S, questo sì. Com'era? Serena? Silvia?

«Ah sì, adesso mi viene in mente. *Sara*, si chiamava.»

BASTA LA MIA
VITA NON E' PIU
LA STESSA

42.

Ancora una volta, a fregarla è stato il rumore.

Dalle stanze di sopra, mentre il padre di Lo le parla, arriva il suono di un aspirapolvere acceso: qualcuno sta facendo le pulizie, Gioia sente i passi e l'elettrodomestico che va. Non è fastidioso: è uno di quei nuovi modelli silenziosissimi, ma si sente. Ciò che a Gioia fa male è che sia tutto così *normale*. Tutto così quotidiano, consueto. Una tempesta nel suo cuore e per gli altri, tutti gli altri: neve. Bianca, pulita, silenziosa.

È questo che la frega: che il mondo va avanti lo stesso, come se niente fosse, tutte le volte che il mondo le crolla dentro. "Possibile che nessuno se ne accorga? Possibile che nessuno *mi veda*?"

Quanto vorrebbe riuscirci anche lei, a fare come tutti. Diventare roccia. Lasciare che la pioggia scivoli via. Restare uguale a com'era, inscalfibile. Fare come se niente fosse.

Ma non ce la fa. Allora, mentre il padre di Lo le parla, Gioia per un attimo dimentica le buone maniere ed è tutta istinto, si alza e corre su per le scale, con lui che non fa neanche in tempo a dirle «Gioia!» che è già arrivata al primo piano e si ritrova davanti una ragazza in tuta che passa l'aspirapolvere con gli auricolari nelle orecchie.

«Dov'è la camera di Luca?» le chiede, mentre già si sentono i passi del padre di Lo sulle scale.

«Cosa?» fa la ragazza, togliendosi gli auricolari.

«La camera di Luca. Dov'è?» insiste Gioia. Alle sue spalle il padre di Lo compare all'inizio del corridoio, la ragazza le indica la stanza lì vicino, Gioia ci si fionda dentro, il padre di Lo prende la maniglia, ma nel buio a tastoni Gioia trova la chiave e si chiude dentro.

«Gioia! Per favore! Lascialo riposare!» dice il padre di Lo oltre la porta, ma lei non risponde. «Se hai bisogno di parlargli troveremo un modo!» insiste lui, bussando forte. In tutto questo, Lo dorme ancora: allora è vero che al pomeriggio ha un sonno molto pesante.

«Due minuti, e poi me ne vado», dice Gioia e il bussare del padre si interrompe. C'è un attimo di silenzio, e poi lui fa: «Va bene. Ma davvero due minuti, per favore».

Allora Gioia avanza a piccoli passi nel buio. Non è mai stata in quella stanza: infatti dopo nemmeno mezzo metro rischia di inciampare su qualcosa che non capisce se è un comodino o una sedia. Allora prende il cellulare e con la luce del display illumina quello che può: infine lo vede. Lì, sul letto, una gamba dentro e una fuori dalle coperte.

Si siede di fianco a lui. Lo guarda alla luce flebile di quel display. Ce l'ha lì, a venti centimetri finalmente, dopo mesi che l'ha desiderato: eppure non lo ha mai sentito così distante.

«Lo», gli fa, scuotendolo con delicatezza. Ma lui non dà segno di svegliarsi.

«Lo», ci riprova, con appena appena più forza.

«LO!» fa infine, dandogli una spinta forte.

Lui apre gli occhi appena appena: «Cosa?».

«Chiamami Gioia, per favore.»

«Che ci fai qui? O forse sto sognando?»

«No, sei sveglio. E anch'io, finalmente.»

«Che vuoi dire? Dov'è mio padre? E che ci fai qui in camera mia?»

«Perché non mi hai detto di Sara?»

«Sara?»

«Tu mi hai sempre fatto credere che io fossi la tua prima ragazza. Perché?»

«Non so, io… ma perché mi fai queste domande adesso? Come hai saputo di lei?»

«Perché non mi hai detto che sei sempre stato qui? Perché mi hai rifilato tutte quelle balle?»

«Cosa, possiamo almeno accendere la luce?»

«Ti ho detto di non chiamarmi Cosa, per favore. E no, preferisco lasciarla spenta.»

«Perché? Ma stai... stai piangendo?»

«No, non sto piangendo, ma lasciala spenta, per favore. Adesso mi dici perché non mi hai detto che sei sempre stato qui?»

Lo non risponde, e così Gioia riaccende il display del suo cellulare paleolitico, per capire almeno qualcosa dall'espressione del viso. Solo che, illuminandolo, un piccolo fascio di luce cade anche sul comodino di fianco al letto, e soprattutto su una foto, incorniciata, vicino all'abat-jour.

Una foto di Lo e Sara abbracciati.

«Ah», dice Gioia, «ma quindi...»

«Quindi cosa?»

«Quindi è per lei. È per questo che...»

Lo guarda la foto, poi guarda Gioia.

«Ma no! Figurati!» le dice, ma Gioia è come se non lo sentisse neanche più. Si alza e va verso la porta. Gira la chiave nella toppa e la apre leggermente, così che un cono di luce entri nella stanza e vada a cadere esattamente sul viso di Lo, che ha appoggiato la schiena alla testiera.

«Ti chiedo un favore», gli fa.

«Che favore?» risponde lui, stringendo gli occhi per proteggersi dalla luce.

«Non farti mai più vedere da me, ok?»

«E perché dovrei fare una cosa del genere?» le chiede, schiarendosi la voce.

«Perché è finita, Lo. Potevi fare tutto, proprio tutto: ma le bugie, no», dice lei, uscendo e chiudendosi la porta alle sue spalle.

Nello scendere le scale e uscire, a testa bassa, Gioia non riesce neanche a salutare il padre di Lo. E, chiuso il cancello alle sue spalle, una sensazione nuova, quasi bella in tutta quella delusione: per la prima volta in tutta la sua vita non sta guardando qualcuno andarsene, ma è lei che se ne va.

43.

Oggi prima ora filosofia.

In un giorno qualsiasi sarebbe una buona notizia, per Gioia, perché è la sua materia preferita con il suo professore preferito, ma non oggi. È tutta la notte che sente il cuore farle *dokidoki*, una parola giapponese che indica i battiti accelerati del cuore a causa di una brutta sorpresa.

A proposito di parole, in Nuova Guinea ne hanno una per descrivere quello che le è appena successo: *mokita*. Significa "una verità che tutti conoscono ma che nessuno ha il coraggio di dire". È questo che le hanno fatto, Sara, Lo, il padre di Lo, Marika. Tutti sapevano e non dicevano.

E chi ce la fa a concentrarsi in queste condizioni?

Quando però Gioia entra in classe lei e i suoi compagni notano che c'è qualcosa di strano. Dovrebbero essere abituati alle lezioni un po' surreali del loro professore, ma stavolta ha superato sé stesso. Stavolta quello che vedono è un secchio sopra ogni banco. Un secchio pieno d'acqua.

«Ok ragazzi, il vecchio è ufficialmente impazzito!» fa Casali.

«Almeno non fa lezioni pallose, dai!» lo pungola il suo sodale, Boccia.

«Sì, però pensa se ci viene un commissario esterno di filosofia agli esami, cosa gli racconti? Che in tre anni in filosofia hai mangiato pasticcini, scritto sugli specchi e giocato con secchi pieni d'acqua?!»

Più di qualcuno conviene con l'ultima affermazione di Casali, e sta per partire anche una specie di piccola protesta generale, quando dalla porta ecco apparire il professor Bove. La classe ammutolisce, anche perché non è solo: con sé ha una sacca piena di *palloni*.

Gioia si siede, e per qualche secondo lo stupore di chiedersi cosa avrà in mente il suo professore le fa dimenticare il *dokidoki*.

«Sicuramente, miei adorati, vi starete chiedendo come mai questa mattina tutti i vostri banchi sono impreziositi dalla presenza di quei bei secchi pieni d'acqua.»

«Bei secchi è una parola grossa, prof!» fa Boccia. «Dove li ha rubati, a qualche imbianchino?»

«Signor Boccia, mi congratulo per la sua perspicacia, li ho proprio chiesti in prestito a un amico imbianchino!»

«Sì, ma non c'è neanche lo spazio per lo zaino e i libri, prof!» protesta Casali. Dai mugugni si capisce che non è il solo a pensarla così.

«Non preoccupatevi, ragazzi, appoggiate tutto per terra per qualche minuto. Ho l'esigenza di introdurvi un argomento nuovo, poi ci sarà tempo per approfondirlo sul libro di testo!» risponde Bove con un sorriso raggiante in viso, di quelli che ha sempre quando sta per fare le lezioni importanti. Dopodiché scioglie il nodo che lega la sacca coi palloni e inizia a lanciarli, uno a uno, agli studenti.

«Fatemi vedere le vostre abilità prensili!» dice, mentre li tira un po' a casaccio. Per gioco, quello verso Casali, lo lancia con maggiore forza, ma Casali para il colpo.

Quando sta per lanciare quello per Gioia, però, esita un attimo. La guarda negli occhi e fa: «Tutto bene, signorina Spada?».

«Sì, professore.»

Bove sorride. Quel tipo di sorriso che significa: "A me non la dai a bere". Poi le fa: «La lezione di oggi le sarà particolarmente utile!», e le lancia il pallone. Lei non lo prende al volo, le cade per terra, la classe ride perché è l'unica a non esserci riuscita.

«Maiunagioia!» commenta laconico Casali a bassa voce, provocando una seconda risata collettiva. È convinto che Bove non lo abbia sentito, ma poi una pallonata ben assestata e inattesa gli arriva dritta in fronte, proprio da lui. Stavolta non la para.

«Ma… prof!»

«Non avevamo chiarito il concetto che certi nomignoli non debbano avere cittadinanza qui, signor Casali?»

«Sì, prof.»

Finito di consegnare i palloni, Bove inizia a muoversi per la classe, cammina fra i banchi come fa sempre.

«Bene, care ragazze e cari ragazzi. Adesso vi chiedo di prendere la palla che vi ho consegnato e di immergerla nell'acqua.»

«Ma prof! Il principio di Archimede è roba di fisica, e soprattutto è roba di prima!» protesta qualcuno.

«Non voglio farvi una lezione di fisica ragazzi, non vi preoccupate. O meglio: non solo.»

Nessuno però osa ancora fare quello che ha chiesto il professore.

«Sta… scherzando, vero? Il secchio è pieno quasi fino all'orlo!» dice qualcuno.

«Bagneremo tutto il banco, e poi chi lo sente Mario!» rincara la dose un altro.

«Ecco, appunto: il gioco prevede che riusciate a immergere la palla nell'acqua, ma senza fare uscire una sola goccia dal secchio!» commenta Bove, soddisfatto e sedendosi al suo posto dietro la cattedra.

Forse stavolta aveva ragione Casali, pensa Gioia: forse il professore non ci sta più tanto con la testa. Quello che chiede agli studenti è praticamente impossibile.

«Non vi preoccupate! Ho messo nei secchi la quantità esatta di acqua per cui, se immergete la palla con la dovuta attenzione e calma, non ne uscirà nulla!» fa Bove da dietro la cattedra, dove si è seduto per compilare il registro al computer.

In effetti è vero, nota Gioia. Se si spinge la palla piano piano, lentamente, l'acqua non esce dai bordi. Certo non è facile: la palla scappa di qua e di là, vuole saltare fuori, e a un certo punto è necessario immergere entrambe le mani nell'acqua per evitare il *patatrac* causato, appunto, dal principio di Archimede.

A un certo punto, infatti, una palla schizza fuori. Dall'altra parte della classe, una ragazza se la lascia sfuggire e quella salta fuori, finendo a terra.

«Non si crucci, signorina. Capita! La riprenda e ci riprovi!» la esorta Bove, serafico.

Dopo i primi momenti di diffidenza il gioco si è fatto interessante. Ragazzi e ragazze sono concentrati nel tentativo di spingere la palla giù senza inondare il banco. In molti ci stanno riuscendo, anche se qualcuno ne approfitta per schizzare un po' d'acqua addosso ai compagni.

«Bene! Bravi! Vedo che siete molto abili!» dice Bove, alzandosi. «Adesso aggiungiamo un po' di suspense a questo gioco!»

«Eccolo là, lo sapevo che non si accontentava di così poco!» fa Boccia.

«Ti ho detto che è impazzito», bisbiglia Casali, che ora è riuscito a spingere giù la palla. Il professore intanto comincia a dare nuove istruzioni.

«Vi chiedo per favore di prendere ciascuno il vostro zaino, aprirlo, tirare fuori penna e quaderno e iniziare a prendere appunti per la lezione.»

«Eh?!»

«Cosa?»

«Ma prof!»

«Ah, e il tutto senza fare mai staccare la palla dal fondo del secchio. Forza, che la lezione comincia!»

Venti sguardi a metà fra l'incredulo e il contrariato si rivolgono verso Bove.

«Professore, mi scusi se glielo dico», fa Casali, «ma lei oggi forse non si sente molto bene!»

«Mai stato meglio, signor Casali! Forza, faccia quello che le ho chiesto!»

«Ma è impossibile!» protesta lui.

«Ma professore!» lo segue a ruota un altro.

«No dai, io ci rinuncio!» un altro ancora.

Gioia però non molla. È sicura che dietro la richiesta del

professore ci sia qualcosa di importante e che, forse, quel qualcosa riguardi da vicino il suo stato d'animo di oggi.

«Provateci, almeno. È proprio questo il senso della lezione!» insiste Bove, che adesso non sorride più, ma guarda tutti molto seriamente.

Alla fine Gioia non ce la fa più, capisce che è scientificamente irrealizzabile prendere zaino e quaderno, e sbotta: «Ma prof!».

«Mi dica, signorina Spada.»

«O facciamo uscire la palla, o non possiamo fare altro!»

Bove ritorna a sedersi, candido. Poi le dice: «Brava signorina. Lei ha colto perfettamente il senso di questa lezione!».

Tutti guardano Gioia. I loro occhi e le espressioni sui loro visi sembrano tutti dire: "Che cosa ha detto di così intelligente? È ovvio!".

«Adesso potete togliere la mano dal secchio. Se abbassate gli occhi, vedrete che nel sottobanco ho messo un piccolo asciugamano per ciascuno.»

È vero: sotto ogni banco ce n'è uno.

«Vede, signorina Spada, e vedete, tutte e tutti voi. Quel secchio con una palla oggi vi ha svelato una delle verità più importanti che esistano riguardo alle nostre emozioni e ai nostri segreti più nascosti. Sedetevi, sedetevi pure.»

Gioia e i suoi compagni prendono posto asciugandosi le mani.

«La palla che avete cercato di schiacciare in fondo al secchio sono le vostre emozioni più forti, più dirompenti, insieme ai vostri grandi segreti: tutti ne avete, lo so. Lati inconfessabili di voi, luoghi oscuri della vostra anima.»

Le bocche degli studenti tacciono, ma molte facce parlano e dicono che sì, è vero. Soprattutto quella di Gioia, che in questo momento si sta chiedendo come fa il professore, ogni volta, a fare una lezione che descriva esattamente quello che sente.

«Bene, l'errore che facciamo tutti è proprio questo: cercare di spingerli in fondo, e farlo piano, perché non vogliamo disturbare, non vogliamo farci notare, proprio come avete fatto voi prima, quando vi siete impegnati a immergere la palla lentamente, come io vi avevo chiesto di fare.»

«Ma allora ci ha ingannato, prof! Doveva dircelo che potevamo anche far uscire un po' d'acqua!» dice uno dal fondo della classe.

«Certo, ma poi l'esperimento non sarebbe stato realistico: perché nella vita, nella vita vera, quasi nessuno ha il coraggio di far uscire un po' d'acqua, se capisce la metafora. Quasi nessuno riesce a mostrare al mondo i propri lati inconfessabili!»

Di nuovo le facce parlano e di nuovo dicono di sì. Quella di Gioia, sempre di più.

«Il vero esperimento, però, è cominciato dopo.»

«Dopo quando?» dice la ragazza che aveva fatto scappare la palla.

«Quando la sua palla è schizzata fuori dal secchio, signorina: lì avete appreso la prima lezione importante.»

«E quale?»

«Che più in basso schiacci le tue emozioni, più cerchi di nasconderle, più quelle prima o poi salteranno fuori con maggiore forza, e spesso scombinando tutto, creando scompiglio, a volte anche dolore e sofferenza.»

«Sì, ma allora lei è un sadico! Poteva dircelo subito!»

«No, perché non avreste appreso la seconda lezione, più importante della prima.»

«Che lezione, prof?»

«Che, se buttate giù in fondo le vostre emozioni e le nascondete a voi stessi, non potete fare niente altro. Che l'impegno necessario a spingerle giù nel secchio della vostra anima è tale che alla fine diventa l'unica cosa che riuscite a fare. È come una prigione, siete immobilizzati, non riuscite nemmeno a chinarvi per prendere uno zaino!»

La classe adesso ammutolisce del tutto. Solo una persona inizia ad agitarsi, quasi a tremare. È Gioia, che ora muove nervosamente le ginocchia da sotto il banco. Il professore le aveva promesso che la lezione le avrebbe parlato, ma non immaginava *così tanto.*

«Tutti abbiamo una palla come quella, dentro di noi, piena non di aria ma di pulsioni fortissime, desideri, speranze, odi, rancori, rimpianti, amori, rabbie, parole, silenzi, cose che vogliamo dire, cose che vogliamo *urlare*, paure, ricordi e sogni, e l'errore più idiota che possiate fare nella vostra vita è di farli scivolare giù nel mare del vostro cuore, farli colare a picco nel fondo di ciò che non si vede, credere di liberarvi del vostro io più profondo mascherandolo, nascondendolo, fingendo di essere chi non siete e di provare quello che non provate, perché un giorno, presto o tardi, quel pallone rigonfio di vita esploderà, e più lo avrete spinto giù più lui, come quella palla, uscirà con potenza distruttiva e diventerà il vostro peggiore nemico. Mentre se sarete saggi farete l'unica cosa saggia che c'è da fare.»

«Quale, prof?»

«Lasciare che il pallone faccia quello che vuole, che salga su e galleggi sul pelo dell'acqua. Fate la pace con voi stessi, e poi andate là fuori a vivervela fino in fondo, la vostra vita!»

Gioia Spada si alza muovendo rumorosamente la sedia e, senza chiedere il permesso, va alla porta.

«Dove sta andando, signorina?» le chiede il professore.

Gioia ha già la maniglia in mano quando si volta, lo guarda e risponde: «A mettere in pratica la sua lezione, professore».

44.

Bussa piano ma con un ritmo deciso, Gioia. Quando sente «avanti!» apre la porta.

Dentro la classe c'è un professore che sta interrogando qualcuno alla cattedra. Sara è seduta in fondo intenta a leggere un libro e, quando la vede, sbianca.

«Sì?» le chiede.

«Mi scusi, avrei bisogno di parlare un secondo con Sara Dal Ben.»

Il professore la guarda, poi si volta verso Sara. Sembra quasi tentato di protestare ma, siccome sta interrogando, questa interruzione non sembra essere così grave da giustificare una sfuriata. Così fa un cenno a Sara. Che senza quel cenno sarebbe stata felice di restarsene seduta dov'era, colta di sorpresa dall'apparizione di Gioia.

«Ciao», le dice una volta che la porta si è richiusa. Ora sono sole, fuori nel corridoio.

«Ciao, Gioia. Come stai?»

«Non sono venuta qui per questo», le fa.

«Ah. E per cosa allora?»

«Per chiederti se per caso tu, lì nel tuo cellulare, hai la parola che sto cercando, perché io nel mio quaderno non ce l'ho.»

«Che parola?»

«Una parola per descrivere le amiche che ti tengono all'oscuro di qualcosa, qualcosa di importante, e non te lo dicono nemmeno quando si diventa molto intime; e per di più quelle stesse amiche a un certo punto smettono di rispondere ai messaggi senza nemmeno dirti perché, prima le sentivi tutti i giorni e poi *puf!*, sparite, via, basta, senza uno straccio di spiegazione. Ecco, esiste una parola per questo?»

Sara abbassa gli occhi. Gioia invece i suoi ce li ha lucidi e la voce le trema. La palla sta tornando in superficie, ma non sembra farle così bene come diceva il professore.

«Non ce l'hai, vero?»

Sara continua a stare zitta, ma guarda a destra e a sinistra come per controllare che nessuno la senta. Si vede che sta per dire qualcosa, ma Gioia la anticipa.

«Va bene, allora sappi che io l'ho trovata. È *Sara*. È Sara, quella parola», dice, e se ne va.

45.

Gioia è chiusa in bagno.

Ora che ha detto quelle cose a Sara, si sente meglio? No.

"Perché non mi ha fermato? Perché non è venuta, mi ha preso per un braccio e mi ha chiesto, che ne so, *scusa*?" si chiede, o meglio lo chiede a Tonia. Ma Tonia non risponde.

"Ehi, che fine hai fatto?" chiede.

Silenzio. Sparita anche lei.

Perfetto.

Bene.

Grandioso.

In pratica le sono rimasti solo un po' di musica, un gatto di due colori, nonna Gemma e Giovanna. Tutta gente sopra i quarant'anni, e uno non è neanche un essere umano.

Anche il suo professore non la convince più. Ha provato a seguire i suoi consigli e guarda che fine ha fatto.

"Ma perché è così difficile?" pensa.

Gioia sa che quando la realtà è vera, non ci sono paragoni. Nemmeno il libro più bello del mondo può competere con uno sguardo, un pomeriggio sull'erba, una foto ben riuscita, un bacio sul tetto, al tramonto, l'aria calda che le passa sulla schiena. Se lei prende e scappa nel suo mondo immaginario è solo perché vede benissimo che le persone non sono mai quello che mostrano, che la realtà è la vera bugia, che il suo mondo è, quasi sempre, molto più autentico.

Se però anche la sua immaginazione smette di funzionare è un bel guaio. Questo pensa, Gioia, quando è in bagno da sola. Ed esce, tirando lo sciacquone anche senza aver fatto pipì.

Ma è lì che si affaccia alla porta Mario, il bidello.
«Spada», le dice, mentre si sta sciacquando il viso.
«Mario! Questo è il bagno delle donne!»
Lui fa come se niente fosse.
«Hai ancora voglia di sapere qualcosa sul tuo professore di filosofia?» le chiede.
«Io però non ti avevo chiesto niente, sei tu che...»
«Oh, non fare la precisina, adesso. Vuoi saperla 'sta cosa, oppure no?»
Gioia si asciuga con un pezzo di carta e si guarda allo specchio. Pensandoci, non sa se la risposta giusta qui è un secco sì o un secco no. Dopodiché esce dal bagno.
«Perché, che cosa hai saputo?» gli chiede.
Mario non sorride, stavolta. Non c'è traccia, sul suo viso, di quel sottile piacere che di solito traspare a chiare lettere quando sta per raccontare qualche segreto di qualcuno.
Le dice che ha incontrato una persona, un vecchio fioraio in pensione. Lo ha conosciuto in osteria. In realtà lo conosceva di vista da un po', ma ultimamente ci ha fatto amicizia, perché giocano a carte insieme. E siccome Mario è Mario, dopo un po' non ha resistito a fargli qualche domanda e, insomma, sono entrati un po' in confidenza. Alla fine gli ha raccontato di una ragazza che lavorava nel suo negozio molti anni prima.
«Ok, ma questo cosa c'entra col mio professore?» chiede Gioia.
«C'entra, c'entra. Perché questo signore mi ha raccontato una cosa», risponde lui, mettendole un bigliettino in mano. «Il motivo per cui ci tiene così tanto che non si sappia niente di lui!»

46.

Gioia suona il campanello solo una volta.

Oggi, quando è tornata in classe, nei cinque minuti che mancavano alla fine della lezione non ha fatto altro che fissare il professore. Lui si è accorto subito che c'era qualcosa di strano, e così le ha chiesto: «Signorina Spada, va tutto bene?».

Gioia si è limitata ad annuire con la testa, ma senza staccare gli occhi dai suoi. Se solo avesse potuto, glielo avrebbe chiesto davanti a tutti, ma non sarebbe stato giusto. Per questo ha atteso che finisse la scuola e adesso è venuta a casa sua. Certo, avrebbe potuto aspettare il giorno dopo, ma Gioia non sa se ha voglia di tornare a scuola. Soprattutto se è vero quello che ha sentito su di lui.

«No, io non ci torno più», dice mentre aspetta che il professore si affacci. Apre il bigliettino che Mario le ha dato, ci legge il nome scritto sopra.

Stella C.

Subito dopo lui appare da dietro la porta: è in camicia, sta masticando qualcosa, forse aveva già iniziato a pranzare.

«Signorina Spada, cosa ci fa qui?»

In teoria ora Gioia dovrebbe dire qualcosa come "le spiace parlare due minuti?" o "le posso chiedere una cosa, professore?", ma dalla bocca non esce niente. Solo il respiro un po' affannato di chi spera con tutte le sue forze che le cose non stiano come teme.

A lui non servono didascalie, a ogni modo: mette insieme lo sguardo fisso di lei durante la lezione di oggi e questa visita inattesa, e si avvicina.

«C'è qualcosa che non va, eh?» dice.

Adesso le parole trovano spazio.

«È lei che ci ha insegnato che quando abbiamo certi palloni grossi non dobbiamo spingerli giù ma lasciarli venire a galla, giusto?» gli chiede. Il professore infila la chiave nel cancello, lo apre appena, le fa cenno di entrare. Ma Gioia rimane lì sulla soglia, e gli fa: «Stella».

Nient'altro. Solo quel nome. Ma tanto basta per far cambiare colore al suo volto. Così Gioia insiste.

«È vero?»

«Che cosa, Gioia?»

«Quello che mi hanno detto su di lei. Su Stella. Su sua figlia. È vero?»

L'espressione sul viso di Bove cambia del tutto: dopo tanto tempo riecco l'ombra che aveva visto quando avevano parlato della fototessera in cornice nel suo corridoio.

Lui prova a dire: «Non potremmo parlarne quando finirà la scuola?».

Gioia ribatte subito: «Mi dica: è vero?».

Bove rimane immobile, mani sul cancello, che adesso è fra loro due. Abbassa gli occhi e Gioia insiste: «È vero quello che ha fatto a Stella?».

«Non so cosa le abbiano detto, ma presumo di sì.»

Gioia ci aveva sperato fino a quel momento, per questo è totalmente incredula.

«Se viene dentro *ti* posso spiegare tutto», prova a dire il professore, e Gioia si focalizza per una frazione di secondo su quel *ti* che gli è appena scappato, di sicuro un lapsus, come direbbe forse Freud o chi per lui: è la prima volta che le dà in qualche modo del tu; ma, appunto, è solo una frazione di secondo, perché subito dopo lei mette una mano sul cancello e lo tira verso di sé, chiudendolo.

«Non ce n'è bisogno, grazie», dice. E se ne va.

47.

C’è una ragazza che sta tornando a casa dopo una brutta giornata.

Ha i capelli rossi e una borsa a tracolla. Dentro la borsa pochi libri, penne, fazzoletti, una macchina fotografica, un quaderno fitto fitto di parole strane. Sul fondo della borsa, anche una noce.

Ha compiuto diciotto anni da pochi giorni. Avrebbe voluto fare una festa, ma poi ha cambiato idea. Così come ha cambiato idea su tantissime cose, e tutte nel giro di pochi giorni.

Per esempio.

Pensava che l’amicizia fosse zero segreti, dirsi tutto senza paura, potersi fidare, poter prendere il telefono alle due di notte e chiamare e sapere che dall’alta parte c’è qualcuno che ti dice “ok mi vesto e arrivo”. Ha cambiato idea.

Pensava che ci fossero sorrisi che nessuno ti scalfisce, e può venire giù il mondo ma tu hai quel sorriso dentro e nessuno te lo toglie. Ha cambiato idea.

Pensava che la parola amore non fosse solo una successione di suoni ma proprio qualcosa di vero, qualcosa che puoi toccare e annusare, e che soprattutto se lo tocchi e l’annusi una volta poi lui non è che se ne va, evapora o si dissolve: distanza o non distanza, problemi o non problemi, lui resta lì. Questo pensava, ma ha cambiato idea.

Pensava, infine, che ci fosse qualcuno *contro.* Qualcuno che andasse da tutt’altra parte rispetto al mondo e alle sue invidie e alle sue bugie. Qualcuno che non si limitasse a dire delle belle parole, ma che *fosse* le proprie parole: perché se sai che qualcuno così c'è, crescere è un po' meno difficile.

Alla fine diventare grandi è un po' come attraversare il metal-detector degli aeroporti. Devi passarci sotto ma non puoi portarti dietro tutto quello che avevi con te durante l'infanzia e l'adolescenza, perché altrimenti suona l'allarme e non ti fanno passare. Non puoi tenerti in tasca certi sogni, certe illusioni, anche certe idee che avevi. Suona subito l'allarme, non ti fanno passare. Per cui o resti di là e non cresci mai, oppure cresci, ma devi rinunciare un po' a quello in cui credi.

A volte, a tutto.

Cammina senza guardare per terra. Si direbbe quasi che le sue labbra si muovano, come se stesse parlando da sola.

C'è un accenno di vento gelido che le sfiora le guance e le arrossa leggermente la punta del naso. Quando entra nella strada di casa si ferma davanti a un cassonetto dei rifiuti. Lo apre con un piede, prende la borsa a tracolla e tira fuori due cose.

Il quaderno con tutte le parole, la noce.

Li osserva per un secondo, poi li lascia cadere lì dentro.

«Alla fine mi ha risposto a quella domanda, professore», dice a voce bassissima, come se lui fosse lì, ma in realtà sta guardando il quaderno e la noce sopra a un mucchio di rifiuti, dentro il bidone.

«Alla fine è questo, diventare grandi», dice.

Lascia andare il piede e il bidone si chiude.

TERZA PARTE
Oggi

Psithìrisma (greco):
il suono che fa il vento quando passa tra le foglie

1.

È lui. Sotto casa sua. Lo.

Gioia distoglie d'istinto lo sguardo dal vetro, per paura di essere stata vista. Spegne anche la luce, sente il respiro farsi più affannoso.

"Cosa ci fa qui?" pensa.

Le servirebbe Tonia, adesso: le direbbe che cosa fare, e soprattutto cosa non fare. Ma anche lei è sparita da un po'.

Gioia si alza dal letto e ritorna alla finestra, cercando di trovare un'angolazione da dove lui non possa scorgerla. Alza la testa al rallentatore cercando con lo sguardo il punto esatto in cui si trovava Lo solo qualche secondo prima, ma non c'è più nessuno.

«Embè? Cos'è, ho le allucinazioni?» dice ad alta voce, raddrizzando la testa per scandagliare il vialetto, ma senza vedere anima viva.

Proprio quando finisce di dirlo e sta per tornare a letto, il campanello di casa suona.

2.

«Sì?»

Dall'altra parte del citofono non si sente niente. Così Gioia dice, seccata: «Cos'è, ricominci a fare il muto?» ma ancora non risponde nessuno. Sta per mettere giù la cornetta, quando riconosce la voce che dice: «Gioia?».

«Mamma! Sei tu?»

«E chi doveva essere?»

«Ma non dovevi tornare alle dieci?»

Sua mamma da un paio di mesi lavora in un piccolo bar del centro. Pur essendo un part-time torna a casa sempre distrutta, ma la paga è abbastanza buona.

«Ho staccato prima. Dai, fammi salire!»

Gioia lascia la porta di casa socchiusa e corre alla finestra di camera sua: il vialetto è vuoto, come se in realtà non ci fosse mai stato nessuno. Sua mamma intanto entra in casa. Si toglie il cappotto, si stende sul divano.

Gioia torna in salotto e le fa: «Hai mica visto qualcuno, qui sotto?».

«Qualcuno chi?» le fa lei, accendendo la TV.

«Non so, mi pareva ci fosse qualcuno.»

«Io non ho visto nessuno», risponde sua mamma con gli occhi fissi sullo schermo, «come va con lo studio?»

Gioia cerca di far mente locale su cosa le ha raccontato al telefono, per non correre il rischio di contraddirsi. È un'arte in cui è diventata bravissima, negli ultimi tre mesi: non che sua madre sia poi così attenta – considerato che in tre mesi non si è accorta che la figlia ha smesso di andare a scuola e di uscire con la sua migliore amica – però non è neanche così menefreghista da non registrare eventuali grosse incongruenze. Per fortuna poi che tutte le lettere che la scuola ha inviato a casa è riuscita a intercettarle prima di sua mamma e a farle magicamente diventare coriandoli.

«Lo studio? Abbastanza, dai. Sto ripassando filosofia», le fa. La madre abbassa il volume e la guarda: «Ma non era storia che dovevi studiare, stasera?».

Ecco, come volevasi dimostrare. Occorre manovra diversiva immediata.

«Sì, quella l'ho fatta prima, stiamo facendo la rivoluzione d'ottobre, un casino di date e nomi che non ti dico. Adesso mi ripasso un po' il programma delle altre materie. Sai, in vista dell'esame», prova a dire. La mamma la guarda un po' di sbieco, si vede che ha notato qualcosa di strano nella sua voce, e proprio in quella arriva provvidenziale l'intervento di Gacco il gatto fantasma che si materializza sul divano, facendo fusa rumorose. Gioia ne approfitta per ruotare il suo corpo di novanta gradi e tornare in camera sua ma, quando è sulla porta, la voce di sua mamma la trasforma in una statua, perché con tono decisamente accusatorio le dice: «Ah, sai chi è passato per caso al bar, stasera?».

Preghiere e scongiuri interiori si sprecano dentro Gioia, che si augura sia un parente, uno zio, chiunque tranne qualcuno che potrebbe averla fatta scoprire.

«C-chi?»

«Il tuo professore di filosofia. Quello che ti scrive tutte quelle lettere.»

Gioia è ancora immobile, nascosta parzialmente dietro la porta. Ora capisce come si sentono quelli che vengono beccati a rubare. Fortunatamente sua mamma le sta parlando ma guarda il televisore, quindi non può cogliere il terrore nel suo sguardo.

«Ah», dice solo Gioia, «e... che ti ha detto?»

Quei due secondi che la mamma ci mette a rispondere durano un'eternità.

«Niente di che», le dice, «era solo sorpreso di trovarmi lì, non sapeva che lavorassi in quel bar. Io ho approfittato e gli ho chiesto come stavi andando, visto che a colloquio non ho mai tempo di andare, e lui...»

Ecco, adesso sta arrivando la mazzata.

«...e lui mi ha detto che non va male, ma potresti fare di più. O una cosa del genere», dice sua mamma.

«S-solo questo ti ha detto?» chiede Gioia.

«Sì, solo questo. Domani magari mi aiuti a entrare nel registro elettronico così do un occhio a come sta andando. Anche se sono sicura che non c'è da preoccuparsi, mi fido di te», fa, sbadigliando.

Gioia sorride, o almeno si sforza di farlo.

«Buonanotte mamma», dice. Sua mamma non risponde, perché è già nel mondo dei sogni. Prima di uscire dalla stanza a Gioia cade l'occhio sul cestino dell'immondizia, dove ha da poco buttato l'ennesima lettera del suo professore. Per un attimo ha la tentazione di andare a prenderla e aprirla, e lo sta anche per fare, ma poi spegne la luce e se ne va in camera sua.

3.

Cara Gioia,

mi perdoni se le scrivo ancora: spero di non arrecarle troppo disturbo, ma lo faccio perché sono preoccupato per lei. Spero tanto che possa leggere questa lettera, anche se ho il sospetto che queste mie vengano immediatamente cestinate.

Le farò una confessione: per due volte ho anche trasgredito a certe regole non scritte nel rapporto fra docente e studenti e sono venuto a suonare al suo campanello. Non ho mai trovato nessuno, però.

Ora contravverrò probabilmente ad altre regole ancora, ma ho bisogno di vederla e di parlarle.

Il nome che lei mi ha fatto l'ultima volta, davanti al cancello di casa mia, è coinciso con il suo mancato ritorno a scuola. Non vorrei mai che una storia vecchia di molti anni, e che per di più non la riguarda direttamente, possa avere in qualche modo pesato sulla sua decisione di ritirarsi e, in definitiva, di rinunciare al diploma.

Anzi, sarò sincero: non me lo potrei proprio perdonare.

Per cui la prego, qui sotto le lascio il mio numero di telefono. Sa dove abito, se preferisce. Ma vediamoci e cerchiamo di chiarire i motivi per cui sta rinunciando a qualcosa di importante per lei. Forse posso aiutarla a vedere le cose con maggiore chiarezza e ad affrontare questo momento difficile.

In attesa di una sua risposta
suo,
prof. Francesco Bove

4.

È difficile spiegare il motivo per cui Gioia non ha detto a nessuno che ha smesso di andare a scuola tre mesi fa. In particolare perché non l'ha detto a sua mamma, che fra l'altro sarebbe forse la persona che la capirebbe meglio di tutte: ha fatto lo stesso anche lei, solo molto prima della quinta superiore. Se anche la rimproverasse, non sarebbe credibile.

Forse è proprio quello: Gioia sa che non la rimprovererebbe. Non sopporterebbe di sentirsi dire la frase: «Non ti preoccupare, ti capisco».

Vorrebbe dire che, in qualche modo, i loro destini sono diventati uguali, e Gioia è una vita che dice di voler essere il contrario dei suoi genitori. Allo stesso tempo, però, non riesce a reagire, anzi proprio non vuole farlo. Sa che sta sbagliando, eppure non riesce a smettere di sbagliare.

«Che casino», dice, distesa sul suo letto.

In realtà sono tante le emozioni opposte che Gioia prova in questo momento: ma non sa dare loro un nome, specie senza il suo quaderno. La cosa strana è che, senza un nome, anche le emozioni si sono fatte più vaghe, meno forti, come annebbiate. È come se prima, con quel quaderno, potesse toccare il mondo con le mani: adesso solo con i guanti. Ironia della sorte, proprio fra quelle pagine finite in un cassonetto tre mesi fa, c'era la parola che descriveva esattamente questo: *alessitimia*. Una parola italiana, in questo caso, ma in realtà derivata dal greco: indica proprio l'incapacità di dare un nome a quello che si prova, una specie di analfabetismo sentimentale. La cosa brutta dell'*alessitimia* è proprio questa: se non sai come esprimere cosa provi, inizi a provare sempre meno. È una nebbia che ti nasconde il mondo. Dopo un po', se non ci stai attento, scopri che quella nebbia inizia inspiegabilmente a piacerti. Ti protegge, ti fa sentire al sicuro. Prima ti nascondeva *il* mondo, poi diventava un modo per nasconderti *da* lui.

"Chissà perché Bove non ha detto a mia mamma che non mi si vede a scuola da tre mesi", pensa. E proprio mentre lo pensa le viene in mente che, forse, lui non stava parlando a sua mamma. Forse lui si immaginava che lei le avrebbe riferito di quell'incontro: le ha retto il gioco, e lo ha fatto per mandarle un messaggio in codice. Un messaggio che dice: "Cara Gioia, io sono ancora dalla sua parte!", qualsiasi cosa voglia dire.

Gioia prova a spegnere la luce e mettersi a dormire. Un attimo prima di farlo si guarda il braccio, su cui un tempo si scriveva le cose, e pensa che è lei che non vuole. Dopo quello che ha saputo di lui, non ce lo vuole più dalla sua parte. Discorso chiuso, si può finalmente dormire? No, perché a quel punto arriva anche il pensiero di Lo, e precisamente una domanda: *Cosa ci faceva prima davanti alla stazione e poi qua sotto?*

Certo è difficile rispondere, perché non è esattamente il tipo che capisci subito cosa gli passa per la testa. Però non è nemmeno uno che fa le cose senza motivo. In ogni caso non è tanto questo, il problema: è il fatto che lei stia ancora pensando a lui. Non vederlo per mesi è stata una bella medicina, per Gioia, ma adesso si sfiora involontariamente le labbra, e sa che c'è una parola anche per quello – *Lippenhaftung*, anche se lei non la ricorda – un parola tedesca che significa "la persistente sensazione del primo bacio appiccicata alle labbra", e non gliela leva nessuno da lì, non le bugie di Lo, non quelle di Sara, Gioia si sfiora la bocca coi polpastrelli e sente che c'è ancora qualcosa, come quando ce l'hai screpolata, e si chiede se se ne andrà mai, quella screpolatura, perché un po' è dolce ma più che altro brucia. Come adesso.

Poi le telefonate. Deve ammetterlo, Gioia: quelle le mancano. Le manca la sensazione di poter dire un po' tutto quello che vuole senza sentirsi giudicata, o stramba, o mezza pazza. Qualcosa che ormai non prova più da un po': un giorno, poco dopo essere stata da Bove, la nostalgia di lui era così forte che si era sfogata con Il Muto – che ovviamente era Lo – e nello sfogo gli aveva detto tutto, compreso quello che aveva scoperto di Bove, di Sara, di Lo stesso. Una parte di lei sperava di smuoverlo, di dargli una scossa: che dopo quella chiamata lui si facesse sentire, provasse a sistemare le cose. Niente da fare: alla fine Lo non aveva più chiamato né aveva mai più risposto.

Ora sono mesi che non ha uno scambio di parole sincere con qualcuno che non sia Giovanna o Gacco il gatto fantasma.

Così Gioia apre un occhio, uno solo. Inquadra il cellulare sul comodino. Richiude l'occhio, lo riapre.

Così per tre volte: poi lo prende in mano, cerca Il Muto in rubrica e schiaccia il tasto verde.

Suona libero.

Una, due, tre volte. Cinque. Dieci.

Alla fine non risponde nessuno. Gioia mette giù.

«Che stupida che sono», dice.

Si mette a dormire, stavolta per davvero. Domani è un'altra giornata dura.

5.

Lo schema ormai è consolidato.

Sveglia alle sette in punto, Gioia si alza e si veste. Mette i libri nello zaino, insieme a un camice rosa che tiene ben nascosto in fondo all'armadio. Dopodiché esce di casa alla stessa identica ora di sempre, solo che non va a scuola. Lungo il tragitto fa una deviazione, si ferma al BarA a fare colazione, saluta Giovanna che ogni mattina le dice: «Studia, mi raccomando, se no poi diventi ignorante come me!».

Gioia sorride e se ne va. Nemmeno Giovanna, che è l'unico barlume di amicizia che le sia rimasto, lo sa. Nessuno sa che è tutta una messinscena.

Tre mesi senza mettere piede a scuola.

Nel primo periodo deviava dalle parti della stazione: faceva il sottopassaggio a piedi e sbucava fuori in zona stadio, per poi risalire tutta via Cappuccini e andare su su fino ai laghetti, dove trascorreva la mattina ascoltando musica dagli auricolari e spulciando fra gli annunci di lavoro. Poi, un giorno, in mezzo a quegli annunci, ne ha trovato uno che era semplicemente perfetto: due ore solo la mattina, dal lunedì al sabato. Mansione? Pulizie, in biblioteca. Era l'ideale non certo per la paga, irrisoria, ma perché sua mamma non metteva piede in una biblioteca da una vita e quindi non c'era il rischio che la scoprisse. Se poi per puro caso una mattina si fosse svegliata prima delle undici e l'avesse vista da quelle parti, aveva già la scusa pronta di un'attività con la scuola, crediti per l'esame… una cosa così insomma.

Dalle otto alle dieci, tutti i giorni: camice rosa, spruzzino, straccio, guanti gialli. Non è male, anche perché essendo l'ultima arrivata le danno sempre da fare i bagni e lei si diverte un sacco a leggere le scritte sui muri.

L'ora più difficile arriva dopo, in realtà: quando finisce. Lo spazio vuoto tra le dieci e l'una, perché se ne va piano piano dalle parti dei laghetti, e lì è tutto tempo in cui può pensare.

È lì che si affaccia la *matutolypea*, che è una parola inglese che fonde greco e latino e significa "tristezza mattutina". In teoria è l'avvilimento che ti prende ogni tanto appena sveglio e ti fa venir voglia di rimanere sotto le coperte per tutto il giorno, ma Gioia la prova in differita, con un ritardo di qualche ora, fra le dieci e l'una.

In quelle tre ore si vede passare davanti tutto quello che è successo, e non è un bello spettacolo. Sono tre ore che hanno il suono di un foglio di carta che si accartoccia e finisce in un cestino. Si siede da sola su una panchina, con i treni che passano ogni venti minuti a pochi metri da lei, treni che non sono treni ma ognuno un'illusione che si era fatta, una possibilità che le svanisce davanti agli occhi, con un suono forte e fastidioso, prima di sparire all'orizzonte.

Si sente come svuotata di forze, Gioia. Guarda il mondo ed è sempre come se non ne valesse la pena. Non vale la pena di metterci tutta l'anima, come ha sempre fatto, perché poi ti volti un attimo e lui non ci pensa due volte a passarci sopra senza neanche provare a frenare. Non vale la pena di guardare i fiori, quelli a pochi passi da lei, e non perché prima o poi appassiscono ma perché hanno smesso di parlarle: hanno smesso di parlarle i volti, hanno smesso di parlarle i libri, hanno smesso di parlarle i tetti delle case, le foglie, il rumore della pioggia. Hanno smesso di chiamarla.

Per quel che ci ha capito, è questo diventare grandi.

Diventare grandi è tagliare i ponti con certe idee strane, non parlare più da soli, smetterla di credere alle favole, fare i seri e vedere solo quello che vedono tutti. Diventare grandi è dire basta all'astratto, fidarsi solo del concreto, dei fatti, di ciò che si può vedere e toccare. Gioia ha capito che ad andare dietro a quello che le suggeriva la sua immaginazione ci si fa troppo male. Il concreto le ha presentato il conto, a un certo punto: e i fatti erano troppo diversi dai suoi sogni.

Lo e Sara con le loro bugie. Le cattiverie degli altri. Suo padre che non riesce a non andarsene e a non farsi odiare. E, più di tutto, la storia di Bove.

Chissà perché le ha fatto quell'effetto scoprire che il professore ha fatto ciò che ha fatto. È stato un po' come ascoltare il prosieguo delle favole, cosa succede dopo l'«e vissero felici e contenti», e scoprire che il principe è in realtà un ubriacone manesco e la principessa una tipa bella fuori ma vuota dentro. È stato come trovare la prova che il tuo libro preferito è stato copiato da un altro. Come sapere che hai creduto in una bugia.

Gioia sente che avrebbe potuto sopportare tutto, perfino la fine del sentimento così bello per Lo o dell'amicizia così unica con Sara: ma Bove no. Lui doveva essere diverso, lui non poteva essere come tutti gli altri. Le sue parole, le sue lezioni erano troppo vere. Se anche quelle alla fine erano solo parole, allora significa che le parole non vogliono dire niente.

È quello che, più di ogni altra cosa, ha fatto sparire nella nebbia la vecchia Gioia: l'ha fatta sciogliere come neve dopo un acquazzone e l'ha trasformata in fango. Adesso che l'acquazzone è finito e ritorna il sole, il mondo ha perso un po' del suo colore. È come muoversi dentro una foto in bianco e nero, una di quelle che faceva lei, ma stavolta non perché il bianco e nero serva a giocare con l'immaginazione, a cercare colori dove vedi grigio: adesso è tutto fatto di grigio, perché i colori se ne sono andati. Adesso è guardare una foglia verde e vedere solo una foglia, guardare un bambino che gioca e vedere solo un bambino, guardare una notte stellata e vedere solo una notte. Fino a pochi mesi prima, dietro al mondo c'era tutto un altro mondo che solo Gioia vedeva, ma quello che vedeva era stupendo, ed era vero, non era solo immaginazione, esisteva, aveva un odore, parlava, faceva rumore.

Adesso, perlopiù, è silenzio.

Ed è lei che l'ha deciso. Il fuoco che c'era prima le ha fatto capire che, se vuole sopravvivere, deve diventare ghiaccio. Come Elsa di *Frozen* quando prende e se ne va da sola in montagna, e camminando in mezzo alla neve dice: «Basta emozioni». Il suo professore, con le sue lezioni così piene di significato che sembravano lanciare tutte insieme un unico grande messaggio: *Basta crederci! Se davvero qualcosa la vuoi, non importa quanto è difficile: basta crederci.* Questo sembrava dirle, e glielo dice ancora adesso, stesse identiche parole, significato del tutto opposto.

Prima era: basta crederci.

Ora è: basta, crederci.

Se proprio deve dirla tutta, Gioia, non è nemmeno così male. Ci si sente più leggeri, senza tutta quella roba. Certo, non è che ha sempre sognato di finire a fare le pulizie in una biblioteca per due ore al giorno, ma lei sa che questo è solo un lavoretto provvisorio, troverà qualcosa di meglio. Quel che le piace è che non c'è più nessuno che può cambiarle le giornate con un sì o con un no, non è più in balia di un vento che non ha deciso lei, che non ha scelto lei. È libera e può contare solo su sé stessa.

Sono solo quelle tre ore che sono troppo lunghe. Ci vorrebbe un secondo lavoro, magari dalle undici all'una, perché in quello spazio di tempo puoi anche sforzarti, ma certi pensieri arrivano. Pensieri che sono come specchi in cui si vede una fallita. In cui capisce che per quanta buona volontà, per quanto impegno ci metta, il suo destino non sarà troppo diverso da quello dei suoi genitori. Non combinerà mai niente di eccezionale, diventerà proprio quello che credeva non sarebbe mai diventata: una come tutte le altre. In cui si vede come una diciottenne che si vergogna troppo per confessare a sua madre di aver smesso di andare a scuola, e intanto fa finta di andarci ancora, poi in caso si vedrà. In cui vede forte e chiaro che non si può fidare di nessuno.

Gli arabi dicono *muwaswas*: significa "quando sei ossessionato dalle tue delusioni". È quando ci provi, anche, ma come fotogrammi di un film ti passano continuamente davanti le scene di quel che poteva essere e non è stato. Di quel che era qualcosa e poi un bel giorno non era più niente.

«Felice qualcuno», rispondeva sempre Gioia Spada nei temi, quando a scuola nelle tracce le chiedevano cosa voleva fare da grande. Se uno di quei temi glieli dessero da scrivere oggi, forse lo lascerebbe in bianco. O al massimo scriverebbe: «Felice me stessa».

Ma anche questo sembra essere un traguardo fuori dalla sua portata: e lo capisce quando un giorno, fuori dalla biblioteca, vede lui.

6.

"Perché è qui, adesso?" pensa Gioia.

Ha appena finito il turno e lui è lì, appoggiato alla ringhiera che dà sulla piazza. La biblioteca dove lavora Gioia è un ex chiostro che si affaccia, dall'alto, sulla piazza più grande della città. Lui è lì, proprio di fronte all'ingresso: la guarda ma non dice nulla, come se lei non esistesse e lui si trovasse lì per puro caso.

Dopo un paio di giorni, se lo ritrova dalle parti dei laghetti, sulla strada per tornare a casa. Seduto su una panchina, cuffie nelle orecchie: e di nuovo non la saluta.

"Ma cosa fa, mi stalkera?" pensa Gioia, andandosene.

Vederlo le fa un effetto del tutto inaspettato: perché non le fa effetto. Niente farfalle nello stomaco, niente ansia al pensiero di avere i capelli fuori posto, via tutta quella roba che c'era sempre stata quando lui e lei si incontravano sul tetto o al BarA. E la fa sentire bene, questo non sentire niente: la convince di essere più forte di quel che credeva, che lui non ha più potere su di lei.

Il problema è un altro: il dopo. Quando torna a casa, o magari sta facendo altro – svuotando la lavatrice che sua mamma ha lasciato lì ad ammuffire o cercando fra gli annunci di lavoro –, scopre che ci sta ancora pensando. A caso, quando proprio non c'entra niente, eccolo fare capolino col suo cappuccio in testa. Allora si chiede perché lui la stia seguendo, perché all'improvviso se lo ritrovi sempre fra i piedi, che cosa vuole ancora da lei? Che cosa ci sarebbe ancora da dire, dopo quello che è successo? E poi perché non si decide a parlare, a darle anche solo un cenno?

Se fosse vero stalking le direbbe qualcosa: anche solo “ciao”. Avrà anche i suoi problemi, Lo, di certo non è timido. Così quando le capita di vederlo per una terza volta – alla fermata dell’autobus, lui dall’altro lato della strada, mani in tasca, cappuccio in testa, cappellino sopra il cappuccio – Gioia è tentata di prendere, attraversare la strada e andare da lui.

Indossa anche lui le cuffie: ogni tanto si guarda intorno, ma senza mai incrociare il suo sguardo.

“Ma perché fa così?” si chiede. Le sole risposte che le vengono in mente sono due: o vuole dirle qualcosa di importante ma non trova il coraggio, o sono diventati due sconosciuti. E a essere sinceri non sa quale delle due sarebbe la peggiore.

Allora aveva ragione, fin dall’inizio. Aveva ragione quando ha buttato via la noce – Lo non era noce, era pasticcino – buonissimo finché il dolce dei suoi baci era ancora lì fra le sue labbra, ma un tipo di piacere che non ha un domani, che se perdi l’attimo è già andato, e soprattutto non è il tipo di storia che voleva lei. Ammesso che ne avesse mai voluta una.

Solo che vederselo lì a pochi passi non è facile. Gioia credeva di aver trovato il suo nascondiglio, quell’autobus era il posto dove nessuno poteva importunarla. Così alla fine Gioia prende un bel respiro, attraversa la strada e va dritta da lui. Si pianta proprio lì di fronte. Zero saluti, zero convenevoli.

«Be’?» gli dice, solo. Confida che da quel “be’?” traspaia tutto quello che vuole dire, e cioè: “La smetti di comparirmi davanti? Devi dirmi qualcosa?”.

Lui la guarda come se fosse la prima volta che la vede in vita sua, il che provoca in Gioia un senso di irritazione così forte che vorrebbe tirargli una spinta o qualcosa del genere.

«Mi fai il favore di non seguirmi più?»

«Io non ti sto seguendo», risponde lui, sempre con l’espressione di chi parla a un’estranea. A Gioia viene davvero il dubbio che lui si sia totalmente dimenticato di lei.

«Che hai da guardarmi così, non mi riconosci?» gli fa.

Lui sorride, non si capisce se in modo strafottente o assente. Poi dice: «E tu?».

«Io cosa?»

«Tu: ti riconosci?» le dice Lo, infilando le mani ancora più in fondo alle tasche. Gioia lo guarda incredula, con la bocca leggermente aperta. Alla fine sente da lontano il rumore dell'autobus e gli dice solo: «Vaffanculo».

Dopodiché attraversa la strada e ritorna alla sua fermata. Lui la segue, però.

«Aspetta!» le dice, ma Gioia non si ferma. «Scusa, non volevo offenderti.» Gioia però non ci sente più e non ha più intenzione di parlarci.

«Io volevo solo parlarti. Provare a spiegarti cosa è successo, solo che poi non trovo mai il modo giusto!»

«Non trovi mai il modo giusto?»

«Sì! Perché mi sembri un'altra persona!»

«Un'altra persona?»

«Sì, cioè sei sempre tu, ma non sei più tu. Sei… fredda, ecco. Non capisco perché, ma non riesco a parlare con questa… *te!*»

Ci sarebbe mezza Gioia in qualche modo felice di quello che ha sentito: allora Lo non si è dimenticato, anche per lui quello che c'è stato ha avuto un significato! Il problema è che poi c'è anche un'altra mezza lei, la cui voce si può riassumere grosso modo con: "Ma come ti permetti? Ma cosa ne sai di cosa ho passato? Mi hai spezzato il cuore e adesso la colpa è mia, se sono fredda?".

Ed è la mezza con la voce più grossa: così, alla fine, tace, mentre l'autobus si avvicina.

«Che fai, non mi rispondi più?» le chiede lui. «Perché fai così adesso?»

Gioia non risponde e alla fine l'autobus arriva davanti a loro. Le porte si aprono.

«Ma che gioco è? Quello che io parlo e tu stai zitta?»

Gioia sale sull'autobus e gli dice: «Be', un gioco in cui dovresti essere ormai esperto, no? Solo che adesso i ruoli si sono invertiti!».

L'espressione di Lo cambia di colpo: adesso sembra quella di chi non ha capito bene cosa gli è stato detto.

«Ruoli invertiti? Ma cosa stai dicendo?» le chiede.

«Sto dicendo che per due mesi, dopo che sei andato via, mi hai chiamata quasi ogni sera stando zitto dall'altra parte, ecco cosa sto dicendo!» gli fa lei, quando le porte si stanno richiudendo. «Credevi non avessi capito che eri tu?!»

Lo rimane a bocca aperta, guarda un attimo in basso, prova a fare mente locale, poi subito rialza gli occhi verso Gioia, già al di là dei vetri delle porte automatiche del bus.

«Io non...» inizia a dire, ma la frase gli muore tra le labbra. L'autobus intanto non parte ancora, anche se ha le porte già chiuse.

«Io non?» gli chiede Gioia.

«Io non ti ho mai chiamato stando zitto! Noi non abbiamo mai fatto questo gioco!» le dice. Gioia guarda Lo senza essere sicura di aver capito quello che lui ha appena detto, mentre lui le fa: «Vieni sul tetto domani!». Lei dall'altra parte del vetro gli fa no, con la testa. Lui allora a voce ancora più alta dice: «Andrò ogni giorno lì, va bene? Ogni giorno alle quattro, ok?».

Gioia però non risponde neanche con un cenno, lo guarda e basta.

"Ma quindi, se non era lui quello che ti faceva le telefonate, chi era?" si chiede.

Dopodiché Lo bussa sulla porta del bus, ma l'autista non solo non la riapre: toglie il piede dal freno e parte, lasciandolo fuori.

«Sul tetto! Domani alle quattro! Ok?»

Gioia resta immobile a fissare la porta chiusa e, oltre il vetro, l'espressione di Lo che le dice due cose possibili: o è un bravissimo attore, o lui davvero non l'ha mai chiamata stando in silenzio.

Ma se non è stato Lo, chi è stato?

7.

Cara Gioia,

sono qui, seduto alla mia scrivania.

Io continuo a scriverle, ben conscio che probabilmente queste lettere non vengono neanche aperte e subito cestinate. Il che è a suo modo un'ennesima riprova di quanto ironiche siano le vicissitudini umane: a lei scrivo lettere che non vengono lette, mentre forse c'è chi da anni vorrebbe leggerne altre che non vengono scritte.

Credo proprio lei abbia già capito chi sia questo «chi».

Perché lo scrivo, allora? Perché a lei? Perché è da qui che vorrei partire per spiegarle tutto: dal quadro alla parete in mezzo ai miei scaffali pieni di libri; dalle calendule gialle e arancioni che vi sono raffigurate. Dal fatto che quasi ogni sera, da anni, io lo fisso sperando di riuscire a trovare le parole che vorrei far arrivare alla persona cui ho fatto così tanto male. Ma niente, non arrivano. In realtà io ho chiaro in testa cosa voglio scrivere, ma poi mi sembra sempre in qualche modo sbagliato farlo. E così, quando i minuti iniziano a passare, quel foglio bianco diventa insopportabile: e allora mi fermo, mi dico da solo «che idiota!», lo accartoccio e lo butto nel cestino. Così, quasi ogni sera. Quasi come un rito.

Anche questa sera ci ho provato, senza risultati. Poi, però, è accaduto qualcosa che non avevo assolutamente previsto, che è anche il motivo per cui ho deciso di scriverle ancora.

Mi stavo alzando per andare a preparare la cena e, proprio in quel momento, qualcuno ha suonato il campanello di casa mia. Ho controllato l'orologio nel taschino: era piuttosto tardi, non ricevo mai visite a quell'ora. Così sono andato verso l'ingresso, ma prima ho controllato dalla finestra. Ho scostato le tende e ho visto, fuori dal cancello, una sagoma.

La sagoma di un ragazzo con un cappuccio in testa.

Un ragazzo che lei conosce molto bene. O meglio: che crede di conoscere.

Ecco perché la prego ancora una volta di dedicarmi un po' del suo tempo. Ci sono davvero tante cose che non sa. E, soprattutto, cose che crede di sapere.

In fede,
prof. Francesco Bove

8.

Il professor Bove ha diciotto anni.

È il 1971 e lui ha appena vinto i regionali di atletica. Specialità: salto in alto e quattrocento metri. Non sa bene ancora quale delle due sceglierà come disciplina, né in fondo è sicuro di voler fare sport nella vita, ma intanto si gode la gioia di avere in camera due medaglie d'oro appese a una coppa.

In realtà è un'altra la cosa che più gli piace fare: pensare. Si vergogna un po' a dirlo, e infatti per farsi capire dice che gli piace «studiare», ma lui sa che non è la definizione giusta. A lui piace trovare le piccole connessioni che ci sono fra le cose: si perde per ore a cercare qualcosa che ancora non ha messo bene a fuoco, ma che sente essere dietro a tutto, un principio unico che accomuna il volo delle api, il calore del sole, i baci fra gli esseri umani, il fango e le stelle. Per questo ha già deciso che il prossimo anno, terminato il liceo, andrà all'università e farà filosofia.

La gente gli chiede sempre se vuole insegnare, ma lui risponde un secco e categorico no. Non c'è portato, neanche un po'. Sente già che odierebbe farlo: lo infastidisce l'idea di avere a che fare con dei ragazzi a cui magari non interessa niente di quello che interessa lui. Mettilo in un buco con una pila di libri da studiare e lui sta da dio; mettilo in una stanza con venti ragazzi che fanno chiasso e la sola idea gli fa venir voglia di scappare via.

No, non insegnerà, o almeno non al liceo o alle medie: si laureerà e scriverà libri, insegnerà magari all'università, dove arrivano solo gli studenti che amano le stesse cose che ama lui.

In famiglia sarebbe il primo ad arrivare così in alto con gli studi: a dire il vero, già finendo il liceo stabilirebbe un record, perché suo padre non ha neanche la terza media. Nonostante questo è riuscito a costruire un piccolo impero, partendo da una bottega di alimentari adesso ha due supermercati, e quando cammina per le strade del centro tutti lo salutano dicendo «buongiorno dottore».

Francesco – così si chiama il futuro professor Bove – ha un grande rispetto per lui, per quello che è riuscito a fare partendo dal Sud da meno di zero, con una valigia piena di stracci quando non era ancora maggiorenne, appena finita la guerra. Vuole essere il suo orgoglio, vuole che si senta fiero di lui.

E suo padre gli ripete, più o meno ogni giorno, quello che deve fare, per farlo contento: «Laureati e trovati una brava ragazza da sposare!».

Questo è un po' il tasto dolente della faccenda: perché Francesco è un bel ragazzo, alto, slanciato, atletico, sa parlare bene e in più, cosa che non guasta mai, viene da una buona famiglia di commercianti. Inoltre c'è appena stato il Sessantotto, e rispetto a qualche anno prima è molto più facile uscire con le ragazze. Insomma, su quel fronte per il momento pensa più che altro a divertirsi, e non ha difficoltà a farlo perché ovunque vada è difficile che qualcuna gli si neghi.

Questo fino a che un giorno non mette gli occhi su una compagna di scuola, guarda caso l'unica che sembra non dargli corda in nessun modo.

Non ha ancora capito se gli piace perché gli piace davvero o perché lei lo respinge in tutti i modi, ma intanto non fa che pensare a lei. Arriva perfino a chiedere consiglio a suo papà: «Come posso fare per colpirla?».

«E che ne so io! Voi giovani oggi fate tutto di corsa!»

«Va bene, ma allora dimmi come hai fatto tu: come sei riuscito a farti dire di sì dalla mamma?»

Il padre ci pensa un po' su, mentre compila il suo quadernone grande con tutti i conti. Dalla radio arriva la voce di Mina che canta *«Amor mio, basto io»*, e alla fine ricorda, con un mezzo sorriso sulle labbra: «Io, lei, l'ho conquistata con un mazzo di fiori».

Così Francesco, il giorno dopo, fa un salto in centro ed entra in un negozio di fiori.

9.

Il giorno dopo non ci va sul tetto, Gioia.

I motivi per cui non lo fa potrebbero essere tanti, ma in realtà è solo uno: era felice che fosse Lo, Il Muto. Le sembrava quasi che quel loro modo di parlarsi da lontano fosse uno starsi ancora più vicini; che quel comunicare da distanti fosse un toccarsi, in qualche modo più intenso di qualsiasi contatto con le mani, un vedersi più chiaro di ogni altro vedersi con gli occhi. Le ricordava gli uccelli acquatici che vivono in coppia ma in due nidi diversi – *chakravâka* si chiamano in sanscrito, era un'altra delle parole del suo quaderno – e che di notte, quando sono separati, si chiamano a vicenda; infatti in sanscrito usavano quella parola per descrivere chi si ama da lontano ma riesce a rimanere inseparabile. Gioia sperava che lei e Lo fossero due *chakravâka*, perché questo dovrebbe essere l'amore, no? Essere vicini anche quando si è lontani. Uniti anche quando si è divisi. Guardare un cielo e sapere che da qualche parte c'è qualcuno che ti sta cercando nello stesso cielo.

E niente: anche questa era solo una sua fantasia. Se le bugie l'avevano delusa, questa verità la delude ancora di più, e così rimane a casa a far finta di studiare e a fissare i poster e le foto che ha appiccicato al muro.

Dopo un po' si alza e va a staccare un ritaglio di giornale in cui si vede Roger Waters mentre suona il basso. Poi stacca il testo di una canzone che parla di amore e di maiali in volo. Poi un altro, e un altro ancora, fino a lasciare il muro completamente spoglio.

Si siede sul letto a fissare la parete, adesso così vuota.

Si aspetta di sentire la voce di Tonia da un momento all'altro commentare quello che appena fatto, ma la voce non arriva, così rimane lì in silenzio, ancora.

Si chiede se quello che sta facendo è cercare di risalire o provare a toccare il fondo. Ha la strana sensazione che le due cose, alla fine, siano la stessa.

Ma per scoprirlo, il fondo lo deve toccare davvero.

10.

Succede una sera, mentre torna dalla casa di riposo.

O meglio: mentre torna dalla finta visita a nonna Gemma in casa di riposo.

Sì perché, che Gioia non è più Gioia, si capisce da molte cose.

Il quaderno che non c'è più, le foto che ha smesso di fare. E poi Gemma.

Se mai c'è stato un punto fermo, qualcosa che mai nessuno avrebbe potuto toccare, era lei. Eppure, da quando è stata trasferita in casa di riposo, Gioia non riesce ad andare a trovarla.

Ci ha provato una volta. Ma subito ha sentito un disagio fortissimo, quasi fisico. Tutte quelle persone anziane, sconosciute. Un senso di colpa le è passato sotto la pelle. Come se fosse a causa sua che Gemma era lì.

No, non è neanche quello.

È che per lei Gemma è sempre stata come uno specchio. Guardando dentro i suoi occhioni liquidi e un po' straniti, Gioia ha sempre trovato pezzi di sé, e ha imparato a vedersi intera, lì dentro.

Ci sono, a volte, le persone-specchio. Persone che non devono fare niente, dire niente, proprio come nonna Gemma, che ha smesso di dire frasi di senso compiuto ormai da anni, e quel che deve dire lo dice con gli occhi, e nemmeno si capisce tanto. Le persone-specchio si mettono lì, a qualche passo da te, e tu non riesci a scappare, non riesci a guardare da un'altra parte: ti devi vedere. A volte sono amici, a volte fidanzati o fidanzate, fratelli, sorelle, la loro semplice presenza ti costringe a buttar via tutte le balle che normalmente ti racconti, e non hai scampo, ci sei tu con tutte le tue debolezze, e i tuoi errori – anche le cose belle, certo – ma sei tu, niente maschere, niente finte, fine della storia. Ecco perché Gioia non riesce ad andare da Gemma: non ha paura di lei, ha paura di guardarsi allo specchio.

Ovviamente a sua mamma dice che la va a trovare tutti i giorni. Gemma di sicuro non può fare la spia, e poi così ha una scusa in più per stare fuori casa. Saluta ed esce che sono le tre e torna verso le sei, all'imbrunire. Prende l'autobus e va. Si fa tutte le corse, tanto ha l'abbonamento. Mattina in biblioteca e poi ai laghetti, pomeriggio dentro un autobus. Si siede in fondo, si mette il cappuccio in testa e appoggia la fronte al finestrino. Tiene la musica accesa tutto il tempo: musica diversa da quella che ha sempre ascoltato. Ma non è che la ascolti per davvero: le serve solo per tenere il mondo fuori. I Pink Floyd, poi, li evita proprio, intenzionalmente: come tutte le cose che le ricordano lui.

A volte si addormenta anche, con il freddo del vetro sulla fronte che dopo un po' le lascia delle piccole chiazze rosse, finché non viene l'ora di tornare a casa e di raccontare che Gemma sta come al solito, che ha mangiato, che va tutto bene.

Deve ammettere che a raccontare bugie è molto più brava di quello che pensava. Credeva di non esserci portata, e da un lato è vero, però recitare una parte è una cosa un po' diversa. Le riesce congeniale, anche quando magari per sbaglio incrocia qualche compagno di classe che tanto per farsi i fatti suoi decide di rivolgerle la parola *adesso*, anche se in classe non lo faceva mai, per chiederle che fine abbia fatto, perché non torna più a scuola, e lei allora dice che ha semplicemente cambiato, che adesso ne frequenta una in un'altra città, che ha altri progetti. Oppure quando le colleghe in biblioteca giustamente si chiedono come mai una ragazza di diciotto anni che ha tutta l'aria di aver studiato sia lì a fare le pulizie, e allora lei si inventa storie, dice che ha dovuto mollare per mettere via soldi per un progetto che ha, ma poi non spiega mai bene che progetto sia.

Ha notato che se dice la frase «ho un progetto» cambia tutto, nello sguardo dell'interlocutore. Come se il fatto di averne uno la rendesse una persona migliore, e non una sfigata che ha mollato la scuola ed è costretta a fare le pulizie. Si chiede perché sia così importante, anzi fondamentale, averne uno: non si può vivere senza dover fare progetti? O anche: non si può aver bisogno di un po' di tempo per capire che cosa si vuole davvero fare? Non si può essere liberi di non avere la più pallida idea di che cosa fare della propria vita?

Solo che è un po' troppo lunga da spiegare, e allora dice solo: «Ho un progetto». Ma poi non dice quale.

Così una sera, tornando a casa, mentre è sul bus Gioia infila per caso la mano nella tasca esterna della borsa e si ritrova in mano la macchina fotografica digitale, con un bigliettino che porta la grafia di sua mamma: *Casomai ci ripensassi*, c'è scritto. Gioia sa che non ci ripenserà, ma quando rialza la testa si accorge che il bus sta passando davanti alla fermata della sua scuola. Allora decide di scendere, perché ha visto una cosa strana.

Il bus riparte, lei percorre qualche metro a piedi. Si accorge che di fronte al muro esterno del cinema di fianco alla scuola ci sono due persone vestite di nero, con il cappuccio. Gioia si avvicina a passo lento, cercando di non fare troppo rumore, perché capisce subito cosa stanno facendo. Sembrano proprio due ragazze e stanno facendo una scritta sul muro del cinema vicino alla scuola.

È vero che vista l'ora c'è ancora tanta gente in giro, ma quelle due si sono messe in un punto abbastanza nascosto, e si vede che una fa da palo mentre l'altra scrive: così se qualcuno si avvicina si fermano e fanno finta di niente. Gioia si ricorda che una volta il bidello Mario le ha detto che Sara e Marika avevano passato dei guai a causa di certe bombolette spray.

«Vuoi vedere che...?» dice, avvicinandosi.

Gioia osserva bene la felpa con il cappuccio: è nera, senza segni particolari. Qualcosa le dice che è esattamente dello stesso tipo di quelle che Lo ha nel suo armadio. Una delle quali era stata il suo primo regalo a Gioia.

"Non mi stupirei a questo punto se Lo ne avesse regalata una anche a lei", pensa Gioia, nascosta dietro una macchina. Appena finisce di formulare questo pensiero, la ragazza con la bomboletta si gira per un secondo. È protetta dall'oscurità, ma da dov'è Gioia si vede benissimo chi è: *è Marika.*

"Se uno più uno fa ancora due, l'altra è Sara", pensa. Intanto cerca di capire cosa stanno disegnando: sembrerebbe una lettera gigante. Una S.

"Dev'essere la S di *sono una grande stronza*", commenta fra sé e sé Gioia, mentre d'istinto fa una cosa che probabilmente la vera Gioia non avrebbe mai fatto, fino a tre mesi prima: prende la borsa e tira fuori la fotocamera digitale.

A dire il vero ha un momento di esitazione, prima di farlo. Un momento in cui le sembra addirittura di sentire da lontano la voce di Tonia che le dice: "Chi sei, e che ne hai fatto della Gioia che conosco io?", ma è appunto solo un istante fugace, perché un attimo dopo entrambe le ragazze si girano: Gioia fa un rapido zoom con la macchina, le inquadra e fa loro una foto.

Dopodiché qualcuno dall'altra parte della strada deve averle viste, perché si sente forte un: «Ehi!».

Le due ragazze allora afferrano in fretta e furia i loro zaini e scappano via, lasciando sul muro solo una grande S.

11.

Non prova vergogna per quello che ha appena fatto.

Probabilmente la vecchia Gioia non avrebbe mai immaginato di esserne in grado: ma se anche fosse, poi avrebbe passato mesi e forse anni a pentirsene.

Quella Gioia, però, non esiste più.

Volatilizzata, sparita, come le case che si vedono nei video, quelle che fanno saltare con l'esplosivo. Un attimo prima ci sono, poi non ci sono più.

Invece di andare ai laghetti, stamattina, Gioia ha fatto una deviazione dopo il lavoro. Dalla biblioteca si è fatta a piedi la strada fino a scuola, cercando di non farsi riconoscere da nessuno. Ha spiato un po' la situazione da fuori e, quando ha visto che in portineria non c'era nessuno, è entrata a grandi passi e ha lasciato lì il pacco, per sparire subito dopo. Dentro quel pacco, due foto e un foglio stampato. Nelle foto si vedono due ragazze intente a scrivere con lo spray sul muro posteriore del cinema accanto alla scuola. Nel foglio ci sono scritti i loro nomi.

Si è raccontata che l'ha fatto perché non è giusto deturpare un edificio pubblico. Si è detta che ha fatto bene, perché comunque è un reato, ed è arrivata a dirsi che lo ha fatto per loro, perché se nessuno le ferma finiranno per mettersi nei guai. Tutte balle, ovviamente, perché Gioia lo sa qual è il vero motivo.

Il vero motivo è che prova una rabbia che non le passa. Il vero motivo è che aveva voglia di vendicarsi. Forse è proprio questo che vuol dire *vindica te tibi*: altro che riprenditi te stesso, forse vuol proprio dire vendicati, fai quello che ti hanno fatto, anzi peggio, perché a forza di rispondere con gentilezza agli schiaffi Gioia ha ricevuto altri schiaffi. Dalle persone a cui voleva più bene, peraltro. Non è colpa sua: lei è diventata così per quello che le hanno fatto. Il problema è che se diventi *quello* che ti hanno fatto, alla fine diventi *quelli* che te l'hanno fatto. Ti trasformi esattamente in ciò che hai sempre giurato di non diventare mai.

Ed è quello che alla fine è successo a Gioia.

Le sospenderanno? Perderanno l'anno? Meglio ancora.

Questo pensa Gioia, seduta in autobus, e contemporaneamente si chiede come sia possibile pensare una cosa del genere. Si vede riflessa nel finestrino e non si trova più: chi è quella ragazza lì, sono davvero io?

Poi però sposta il fuoco e guarda fuori, e si rende conto che sotto la pensilina della fermata successiva c'è una persona. L'ultima che si aspettava di vedere. E che, a quanto pare, sta per salire.

12.

«Ho notato che il mio gesto non è servito a molto», le dice il professor Bove, sedendosi sul sedile davanti al suo e voltandosi verso di lei. Anche se la canzone che la radio sta passando è una specie di hit estiva che lei non sopporta, *Despacito*, Gioia tiene alto il volume nelle cuffie, per cui riesce a leggere solo il labiale. E in ogni caso non risponde.

«È da un po' che la vedo sul 5», le dice. «Passa davanti a casa mia sempre a quest'ora, così ho pensato di fare un salto qui.»

Gioia non lo guarda nemmeno.

«Può togliersi un secondo le cuffie, per favore?» le chiede. Ma Gioia dice di no con la testa. Allora è Bove che, con un gesto rapido, gliele sfila.

«Le rubo solo un minuto, signorina Spada.»

Gioia non dice nulla. Ci pensa il suo viso a parlare, ed è qualcosa che si avvicina molto a: "Io non ho voglia di parlare con lei, professore".

Allora lui insiste: «Ho capito, non ne ha voglia. Ma se sono salito su questo autobus e se l'altra sera non ho detto nulla a sua madre, l'ho fatto per un motivo, non crede?».

Di nuovo, Gioia non dice niente. Sul viso di Bove, invece, il solito sorriso, anche se a guardarlo bene è possibile vederci anche qualcosa di diverso. Più malinconico, ecco.

«Volevo farle un'offerta che forse può interessarle», le dice. «Lei torna a scuola e io le offro i miei pomeriggi. Posso aiutarla a recuperare più o meno tutte le materie, matematica, fisica, biologia, chimica, italiano. Solo non mi chieda di darle una mano in inglese, perché lì zoppico ancora un pochino. Ma le giuro che sto imparando.»

Gioia zero parole. Solo una testa che si muove a dire un inequivocabile "no, grazie".

«Gioia, così si sta buttando via, si rende conto? Non ci pensa al suo futuro?»

Qui forse ha toccato qualche tasto giusto. Qualche muscolo facciale sul viso di Gioia insomma si muove. È già un risultato, in fin dei conti. E alla fine lei dice addirittura qualcosa, e cioè: «Qualcosa mi inventerò».

«Ma tutto questo solo perché ha saputo, o crede di sapere, qualcosa di me? Davvero lo sta facendo solo per questo?»

Gioia vorrebbe rispondere in tanti modi. Per cominciare, dirgli che l'avverbio *solo* può anche cacciarlo via da quella frase, che *solo* non c'entra proprio niente, vorrebbe dirgli che quello che ha saputo di lui non è quelle cose tipo piccolo-errore-di-gioventù, è qualcosa di talmente brutto che non riuscirà mai più a guardarlo e ad ascoltarlo. È stato come sapere che non esiste bellezza, che le sue lezioni sono tutte balle colossali raccontate da un grande attore che predica bene e razzola peggio di tutti.

Meglio veri che perfetti, meglio soli che accompagnati da bugie. E se essere sé stessi vuol dire essere una che fa fatica a guardarsi riflessa nel finestrino di un autobus non importa, è quello che vuole. Lo ha deciso lei. Questo è quello che conta.

Questo vorrebbe dirgli, tutto in un colpo, ma dalle sue labbra non esce niente. Invece si alza, schiaccia il tasto della fermata e se ne va, rinfilandosi le cuffie e salutandolo con un arrivederci più freddo dell'aria che c'è fuori, quasi fosse un estraneo.

E, forse, lo è sempre stato.

13.

Il professor Bove ha trentacinque anni.

Quando glielo chiedono, in realtà, non dice il numero esatto, ma ama dire che è «*nel mezzo del cammin di nostra vita*».

È il 1988 e tutto sembra andare alla perfezione: ha appena conseguito la seconda laurea, è in predicato di entrare in università come professore associato e vive da solo a Parigi, in una bella casa piena di libri. I colleghi più anziani sono sicuri: ha la stoffa per fare carriera all'Université Paris-Descartes, dove si è già distinto per una pubblicazione sul rapporto fra Epicuro e la matematica, in corso di traduzione in diverse lingue.

Fra pochi mesi si disputano le Olimpiadi di Seul e lui è un grande appassionato di atletica, essendo stato anche una giovane promessa del salto in alto quando andava al liceo. Il suo mito, il cubano Sotomayor, non parteciperà, perché è quasi sicuro che Cuba boicotterà i giochi, ma il professore spera che all'ultimo succeda qualcosa e lo facciano gareggiare.

Nel mezzo del cammin della sua vita, insomma, va tutto come deve andare, o quasi: da qualche anno infatti non riesce più ad avere rapporti civili con suo padre. Le loro divergenze sono cominciate più o meno da quando Francesco ha ricevuto l'offerta dalla Francia, che avrebbe comportato trasferirsi lì e vedersi solo un paio di volte l'anno. Non dipendono da un fattore particolare, è più una differenza di vedute. Quando era più giovane il figlio rispettava molto suo padre ma poi, forse anche a causa degli studi, si è formato delle idee opposte, ed è come se la ribellione adolescenziale fosse arrivata in ritardo di dieci anni e alla fine l'avesse trasformato nell'emblema di tutto ciò che lui non voleva diventare: una persona rigidamente attaccata alle apparenze, alla rispettabilità sociale, alla bella facciata. A causa di queste idee il padre, sedici anni prima, lo ha praticamente obbligato a non frequentare più la donna di cui Francesco si era innamorato, solo perché lei aveva molti anni più di lui ed era considerata da molti una poco di buono. Le cose erano comunque finite male perché a quanto pare lei aveva un'altra relazione, ma a Francesco è rimasto il rimpianto di una storia cominciata e troncata a metà.

Poi, un giorno di primavera, squilla il telefono.

Dall'altro capo del filo, sua mamma: il padre è stato ricoverato in ospedale. È un uomo giovane, ha solo cinquantacinque anni, cosa può essere successo?

«Infarto», gli dice sua mamma. Lui prende il primo aereo, corre in ospedale. Arriva in terapia intensiva e ci trova dentro sua madre e una zia. Che piangono.

Il funerale si celebra due giorni dopo. La chiesa è stracolma di persone. Suo padre era molto conosciuto e rispettato. Francesco non piange: consola la mamma, le sta vicino, ma non gli esce neanche una lacrima. Non sa di preciso perché.

Poi, due giorni dopo il funerale, quando il professore è ritornato nella sua bella casa di Parigi, accade una cosa molto strana.

Esce di prima mattina per fare una corsa prima di mettersi sui libri. Dà un occhio alla cassetta delle lettere e dentro ci vede una busta, che è lì da due giorni.

Apre la cassetta, e scopre che è una lettera per lui.

Di suo padre.

14.

È in biblioteca che la trova.

Succede un giorno in cui Gioia deve pulire gli scaffali del pianoterra, nella sezione dei quotidiani. Ogni giorno la stanza si riempie di anziani che arrivano presto e trascorrono la mattina leggendo a turno più o meno ogni pubblicazione possibile. Mentre Gioia sta spolverando uno dei ripiani con sopra i faldoni dei giornali vecchi, sente dire: «Buongiorno, signora Stella, è da tanto che non veniva qui!».

All'inizio non ci fa tanto caso: di tipi strani, giovani o vecchi, in biblioteca ne girano parecchi. Questa però attira subito la sua attenzione: è una donna sulla settantina, con un buffo cappello con dei fiori finti sopra. Bassa e magrolina, occhi grigi, vestiti colorati e sgargianti. Gioia la vede e la prima parola che le viene in mente è *bizzarra,* perché alla sua età indossa dei jeans strappati, e lei non ha mai visto una donna così avanti con gli anni con dei jeans così. Inoltre ha i capelli di due colori, argento e quasi fucsia, come chi ha fatto male i calcoli con una tintura fatta in casa.

Gioia si sporge dalla scaletta, la osserva da lontano: c'è qualcosa in lei che la attrae, anche se alla fine non fa altro che starsene lì seduta nella stanza dei giornali. Le viene in mente che non ha mai conosciuto qualcuno che si chiamasse Stella, e Gioia ricorda solo una persona con quel nome. Una che non ha mai conosciuto, ma che è uno dei motivi per cui ha smesso di andare a scuola. Così si avvicina lentamente a lei, fingendo di dover spolverare gli scaffali lì vicino.

Gioia la guarda e le sembra una di quelle donne anziane

che da giovani devono essere state bellissime. Ma anche una di quelle segnate dalla vita, invecchiate in fretta, tutto in un colpo.

La studia per un po' di giorni. È strano perché, a differenza di tutti gli altri, lei non sfoglia i giornali. Si toglie il cappello e indossa delle buffe cuffie come quelle dei DJ, collegate al cellulare. Ogni tanto muove le dita sul display, Gioia non capisce che cosa ascolti.

"No, non può essere lei: chissà quante ce ne sono di Stella, al mondo", pensa. Però l'idea che possa essere proprio *quella* Stella si fa strada, lentamente, giorno dopo giorno, fino a che non capisce che l'unico modo per togliersi quel dubbio assurdo è andare lì e chiederglielo, così poi potrà tornare alle sue cose.

Ci mette un po' a trovare il coraggio di avvicinarsi. Chiede in giro fra le ragazze che lavorano in biblioteca, e tutti le danno risposte diverse. C'è chi dice che sia un'ex drogata, una mezza matta che ha avuto una brutta malattia, ma sembrano tutte leggende metropolitane, perché alla fine nessuno le ha mai parlato.

Alla fine, un giorno, Gioia fa un bel respiro e va da lei. Appoggia sul tavolone lo spolverino e le si siede di fronte. La donna non se ne accorge neanche, continua ad ascoltare non si sa cosa con quelle cuffie esageratamente grandi rispetto alla testa.

Gioia sventola la mano per farsi vedere, e alla fine la donna si toglie le cuffie. Però non dice niente.

«Mi scusi il disturbo, lei non mi conosce.»

La donna, ancora, non dice nulla.

«Ecco, sì, io volevo solo farle una domanda, una domanda un po' strana me ne rendo conto. Però sì, insomma, volevo sapere se il suo cognome inizia per C. Non voglio che me lo dica, mi basta solo che mi dica se inizia per C.»

Quel giorno in cui le aveva dato il bigliettino, Mario aveva detto a Gioia che si ricordava solo il nome, che il cognome lo aveva sentito ma non era sicuro, insomma tutto quello che sapeva era che iniziava per C.

La donna di nuovo non risponde, almeno con la voce.

Esita un po', scruta negli occhi Gioia, forse cercando di capire se l'ha già vista prima. Alla fine fa sì con la testa. Gioia si rende conto che forse è un po' interdetta: non è normale che la ragazza che fa le pulizie ti si sieda di fronte e ti chieda se il tuo cognome inizia per C.

La donna raccoglie da terra la borsa, rovista qualche secondo e ne tira fuori una matita e un bloc-notes. Sopra ci scrive qualcosa, poi strappa un foglietto e lo dà a Gioia. Sopra lei ci legge: *E tu come ti chiami?*

«Io? Gioia. Gioia S., diciamo», risponde, tenendo il foglietto in mano, un po' stranita.

"Non può essere sorda, se fino a due secondi fa ascoltava qualcosa dalle cuffie!" pensa.

«È muta», sente dire alle sue spalle. Gioia si gira: è la stessa voce che l'aveva salutata poco prima, e appartiene a un elegante signore che sta leggendo in piedi la «Gazzetta dello Sport».

«Scusa, Stella, ma se non glielo dicevo io ci metteva mezz'ora a capirlo!» continua lui, rivolgendosi alla donna con un sorriso. Stella lo ricambia, e di nuovo fa sì con la testa.

«Ah, capisco», fa Gioia.

Stella allora scrive sopra un altro foglietto altre parole e poi lo porge verso Gioia, che legge: *Perché questa domanda?*

«Ah. Così, niente di che», prova a dire, ma Stella la guarda con sospetto. «No, non è vero. In realtà avrei un'altra domanda da farle», le dice Gioia. Stella allora le fa un cenno che sembrerebbe essere un "fa' pure", e allora Gioia le chiede: «Lei per caso conosce un certo professore di nome Francesco Bove?».

Appena dice quel nome, il viso di Stella cambia espressione: spalanca gli occhi, come spaventata. E Gioia non ha bisogno di un bloc-notes, stavolta, per capire che la risposta è sì.

15.

C'era, forse, un piccolo residuo di Gioia che ci sperava ancora. Come un ultimo baluardo della bambina sognatrice che, dentro di lei, aveva resistito in silenzio a scapito della scuola mollata, delle bugie a sua mamma, delle lettere di Bove finite direttamente nel cestino senza neanche aprirle.

Più o meno, era come con Syd Barrett.

Era il giugno del 1975 e i Pink Floyd erano in studio per registrare una canzone. Da qualche anno Syd Barrett, il loro primo cantante, se n'era andato: alla voce si alternavano David Gilmour e Roger Waters. Syd aveva lasciato i Pink Floyd a causa dei suoi problemi di salute mentale, o meglio per l'aggravarsi di quei problemi. Era stato lui a inventare il nome Pink Floyd e, quando un giornalista gli aveva chiesto il motivo di quella soluzione così originale, aveva risposto: «Me lo hanno suggerito gli alieni». Forse a causa dell'uso di droghe, la situazione era peggiorata col tempo e dopo il primo album i suoi compagni dicevano che «era come se non ci fosse nessuno in casa». In realtà lui c'era, solo che nessuno riusciva più a vederlo. Sul palco non cantava. Si andava a sedere vicino a una cassa e suonava la stessa nota con la chitarra per tutto il concerto. Poco tempo dopo fu allontanato dal gruppo e tentò senza fortuna la carriera solista, poi sparì del tutto dalla circolazione.

Quel giorno di giugno del 1975, i suoi ex compagni pensavano fosse giusto dedicargli una canzone, solo che ci fu un problema: un tizio grasso, pallido e pelato entrò in studio. Si aggirava per le stanze, nessuno lo conosceva. Si sedette al mixer, indicava col dito, parlava in modo incomprensibile.

Solo dopo un po' qualcuno lo guardò meglio: era Syd. Irriconoscibile, occhi stralunati, sembrava un fantasma. Non lo vedevano da sette anni, e ricompariva quando i Pink Floyd erano diventati una delle band più famose del mondo, proprio il giorno in cui stavano per registrare una canzone dedicata a lui, una delle più belle e toccanti che abbiano mai scritto.

Quella canzone si intitolava *Wish You Were Here.*

Gioia conosce a memoria la storia di Syd che riappare come un fantasma perché suo nonno Alfredo gliel'avrà raccontata almeno un milione di volte, mettendola a dormire. La domanda che Alfredo si faceva, lui che quel gruppo lo aveva anche visto suonare dal vivo a Venezia nel 1989, era quella che si facevano tutti i più grandi fan dei Pink Floyd, e cioè: chissà che canzoni meravigliose ci sarebbero state, se Syd non fosse impazzito. Gli stessi membri del gruppo lo dicevano sempre: era lui la mente più creativa del gruppo, l'anima profonda di musiche che nemmeno esistevano prima che ci fossero i Pink Floyd.

È proprio così che si sente Gioia, da quando ha lasciato la scuola: come se non ci fosse nessuno in casa. Lei però è lì, lì da qualche parte, proprio come Syd. C'è, solo che nessuno riesce a vederla. Nemmeno lei stessa.

È questo che ti frega: a un certo punto la gente smette di vederti. E quando succede, dopo un po', anche tu smetti di vedere te stesso.

E poi un mattino quel nome. *Stella C.*

Ci mette un po', Gioia, a dire il vero. Per un paio di settimane si incontrano nella sala dei periodici, ma può fermarsi poco perché deve andare a pulire ai piani. Fino a che Stella non le scrive un biglietto: *Che cosa hai saputo, tu?*

Gioia glielo dice, così come Mario lo ha raccontato a lei una mattina di tre mesi fa. La donna non dice né sì né no. Mette mano al bloc-notes e scrive. Poi strappa il foglietto e lo dà a Gioia. Sopra c'è scritto: *Non so perché, ma mi viene da raccontarti tutto.*

Mentre Gioia legge, lei ne sta scrivendo un altro. E poi glielo porge: *Anzi, sì che lo so il perché.*

Gioia legge. Stella scrive: *Perché tu mi sembra che hai bisogno di sentire questa storia, e poi...*

Gioia legge. Stella scrive: *E poi io non l'ho mai raccontata a nessuno per intero, e ho proprio voglia di farlo.*

E infine la donna si alza, si rimette il cappello, strappa un foglietto e le scrive l'ultimo: *Domani mattina vieni qui.*

Quando il giorno dopo Gioia si presenta nel salone dei giornali, Stella è già lì. Non è da sola, però: con lei c'è un pacco di fogli, tutti scritti fitti con una grafia tremolante. Vicino ai fogli, *una fotografia.* Formato tessera.

16.

Bello, era proprio bello. Alto, atletico, aveva appena vinto i regionali di salto in alto e stava per andare ai nazionali. Abbastanza strano, se ci penso, perché con la vita che faceva non si sa come riuscisse a saltare così in alto e a correre così veloce.

Diciotto anni lui, trenta io.

Se ti racconto come ci siamo conosciuti ti metti a ridere.

Io lavoravo da una fiorista, qui in centro. Ero proprio una bella ragazza, sai? Non come adesso. Avevo ancora la voce, allora.

Un bel giorno mi entra in negozio questo bel giovanotto, e mi chiede che fiori regalare a una ragazza. Allora io gli chiedo se è per un'occasione particolare, visto che i fiori si scelgono anche in base al motivo, e lui mi dice che non ne ha idea. «Qualcosa di bello, che la colpisca», mi dice. Per non sbagliare gli consiglio delle rose, lui me ne chiede dodici, poi tira fuori i soldi e io vedo che se ne può permettere al massimo una o due. Faccio finta di niente e gli faccio credere che i soldi bastino per dodici, non chiedermi perché! Forse per quei suoi occhi castani, forse per il suo sorriso, non lo so! Fatto sta che ci siamo conosciuti perché lui aveva bisogno di fiori per la sua ragazza e io l'ho aiutato facendogli un grosso sconto!

Come esce, io penso che è proprio fortunata, quella ragazza.

Solo che il giorno dopo, lui torna. Io spero che non sia per altri fiori, perché non posso più permettermi il giochino dello sconto: se il mio padrone se ne accorge mi licenzia. Lo saluto e vedo che ha una faccia triste. Dice che non ha funzionato, che le rose le ha date alla ragazza, ma la ragazza gli ha fatto sapere che era già fidanzata. Lui non lo sapeva. Mi ha fatto una tenerezza!

Passo oltre il bancone, non c'è nessuno in negozio. Mi avvicino a lui e mi viene da abbracciarlo. Poco dopo lui mi saluta e se ne va.

Per un mese esatto, ogni giorno alla stessa ora, lui torna. Si siede su uno sgabello e mi fa compagnia. Io gli insegno il significato dei fiori, lui mi parla di filosofia. La gente comincia a pensare che il padrone lo abbia assunto come galoppino o qualcosa del genere. E in effetti è vero, perché tra una chiacchiera e un'altra mi dà una mano a sistemare i fiori, a spostare i pacchi pesanti, a dare una pulita in giro.

Era il 1971. Siccome nel 1971 avere trent'anni e non essere sposata era una specie di peccato mortale, la gente ci mise poco a spargere brutte voci in giro. Io trenta, lui diciotto, una città così piccola: capirai che sono diventata la poco di buono della situazione.

Un giorno che sono nel retro a pulire i fiori sento le campanelline della porta del negozio. Esco con il sorriso, sicura che sia lui, e invece mi trovo davanti quest'uomo tutto elegante, serio, alto. Mi basta un secondo per guardarlo negli occhi e capire chi è: suo padre.

Ci va giù diretto, e ci va sul pesante. Mi dice che suo figlio io non lo devo vedere più. Che è un ragazzo che deve studiare, farsi una carriera, non ha tempo da perdere con le vecchie zitelle. Sì, dice proprio così, «vecchie zitelle».

Io ho pensato che avesse ragione. I tempi sono cambiati, adesso, ma ti posso assicurare che allora le cose erano diverse. Ero io la prima a sentirmi in colpa per tutto il tempo che passavamo insieme, sentivo che era una cosa che non andava bene. Lui doveva ancora finire il liceo, io ero davvero una vecchia zitella, «vedrane» ci chiamavano allora. Entro i venticinque anni ti dovevi sposare, se no eri una vedrana. Vedrana è qualcosa di un po' diverso da zitella: se ti dicevano così voleva dire non solo che eri senza marito, ma anche che eri vecchia. Da buttare via, insomma.

Io lo sapevo che da altre parti c'era stato il Sessantotto e stava cambiando un po' tutto, ma qui, a quel tempo, i cambiamenti arrivavano dieci anni dopo. Qua era il '68, sì, ma il 1868!

Il signore alto ed elegante esce e se ne va, senza salutarmi. Mi lascia una busta, però. Una normale busta da lettere. Dentro, una banconota da centomila lire. Erano un sacco di soldi, all'epoca: fa' conto che io quei soldi li prendevo in due mesi di lavoro.

Chi lo sa, forse se non avesse fatto quel gesto sarebbe cambiato tutto. Forse sarei stata io la prima a mandare via quel ragazzo, a dirgli di non venire più in negozio. Gli volevo bene e volevo che si trovasse una brava ragazza, che finisse gli studi e si sposasse. Però, come ti posso dire, quella busta con quei soldi, lui che se ne va senza salutarmi, non so cosa mi è successo. Mi sono sentita offesa e mi è venuta voglia di fargliela pagare. Così, quando Francesco dopo qualche giorno è tornato lì, di nascosto da suo padre, io non l'ho mandato via, anzi il contrario. Gli ho chiesto di seguirmi nel retro. Ci siamo andati. Ci siamo baciati. Abbiamo fatto l'amore.

Così per mesi, due se non sbaglio. Lui veniva lì da me, aspettavamo un momento di calma, io mettevo il cartello TORNO SUBITO *alla porta, tanto sapevo che a quell'ora il padrone non veniva mai perché allenava una squadra di calcio di ragazzini.*

Mi ricordo ancora il profumo dei fiori, i gelsomini, la lavanda, i narcisi, le rose, lo facevamo sul banco di lavoro e quando finivamo avevamo sempre i vestiti tutti sporchi di foglie e di petali.

Non mi ricordo giorni più felici di quelli.

Un giorno mi succede di avere un ritardo. Vado dal medico, che mi visita e me lo dice subito: «Credo proprio che qua dentro ci sia qualcuno». Sì, mi dice proprio così, me lo ricordo come fosse oggi. «Credo proprio che qua dentro ci sia qualcuno.»

E infatti è vero. Sono incinta. Incinta senza essere sposata, di un ragazzino di diciotto anni: hai idea di cosa volesse dire, allora? Era uno scandalo, qualcosa che ti marchiava a vita, se alle spalle non c'era una proposta di matrimonio. Anche perché l'aborto non solo era fuori legge, ma non lo praticava nessuno. In ogni caso, non l'avrei mai fatto, mai e poi mai.

Io lo dico a Francesco, convinta che lui capisca, che mi resti vicino. Era giovane sì, scapestrato anche, perché so che quando era fuori con i suoi amici beveva e si divertiva. Però non era stupido, e nemmeno cattivo. Un pomeriggio viene e mi chiede di andare nel retro, e io gli dico che quel giorno non possiamo. Lui capisce subito che c'è qualcosa che non va, e alla fine gli faccio vedere il referto del medico. Lui si spaventa, reagisce male, mi chiede se sono sicura che sia suo, io mi sento offesa da quella domanda, però lui non sembra convinto, chissà cosa gli ha detto suo padre di me, penso, e intanto se ne esce sbattendo la porta.

E non si fa più vedere, per giorni e giorni.

Io ne parlo coi miei genitori. Mio padre mi toglie la parola, mi dice di andare via di casa. Io penso che scherzi, ma il giorno dopo mi trovo una valigia alla porta. Oggi un padre che facesse una cosa del genere sarebbe visto come un folle, un disgraziato, ma allora era l'esatto contrario. Avere in casa una figlia incinta e non sposata equivaleva ad avere in casa una specie di prostituta. E un matrimonio era assolutamente fuori discussione.

Passano i giorni, le settimane. Francesco non si fa più vedere in bottega. Io sto quasi per mettermi a cercarlo, quando un giorno, di nuovo, rumore di campanellini. La scena si ripete, ancora il padre alla porta, stavolta molto più serio e deciso della prima volta.

Dice che ha saputo che sono incinta. Dice che il figlio me lo devo crescere da sola. Che il giorno che nasce devo dichiarare che è figlio di N. Sai cosa vuol dire? Figlio di Nessuno o, come si doveva dire in comune, «figlio di padre ignoto». Ci avrà messo due minuti a dirmi tutto e poi di nuovo via, senza salutare, e di nuovo una busta sul bancone. Un milione di lire, stavolta.

Francesco non si è più fatto vedere in negozio. Mai più.

Avrei voluto tanto mettere quei soldi in un cassetto, insieme agli altri, e forse l'avrei anche fatto, se non fosse che poco tempo dopo il padrone mi ha preso da parte, un mattino, appena arrivata al lavoro. Il pancione già si vedeva, la gente aveva iniziato a dire che il figlio era suo. Solo che lui era un uomo sposato, tanto buono e tanto caro, e non poteva rischiare che si pensasse una cosa del genere. Così mi mandò via. A quel punto io ero senza lavoro, vivevo in un appartamento minuscolo, mio padre non mi parlava e aspettavo un bambino. Anzi, una bambina.

Solo mia madre veniva a trovarmi, di nascosto da papà. Mi faceva un po' di spesa, mi dava qualche soldo, ma ero sempre con l'acqua alla gola.

Eleonora è nata in aprile. Ho sempre pensato che fosse di buon auspicio, nascere in primavera, con le giornate sempre più calde, i colori, i fiori. Non sapevo quanto mi sbagliavo.

Giravo per il parco con questo passeggino, al mattino. Mi sentivo gli occhi di tutti addosso, perché ormai tutti sapevano. Lei era una bambina molto bella, ma piangeva sempre, piangeva tantissi-

mo, e io mi disperavo perché non sapevo come fare, avevo bisogno di aiuto ma nessuno a parte mia mamma me ne dava.

Un giorno lo vedo. Proprio lì, al parco. Era insieme a una ragazza, mano nella mano. Mi è passato di fianco e per un secondo ho incrociato il suo sguardo. Poi lui ha tirato dritto. Sua figlia non l'ha neanche voluta guardare.

È stato lì che ho iniziato.

Prima a bere. Poi a fumare. Poi peggio. Sempre peggio.

Non chiedermi come sia successo, perché non lo so neanche io. Ero una brava ragazza, una che lavorava, che si dava da fare. Ancora oggi non riesco a capire cosa mi sia successo, come abbia fatto a trasformarmi così. A cadere così in basso che a un certo punto non mi riconoscevo neanche più.

Forse erano quegli anni lì, non lo so.

Erano gli anni Settanta, la droga la trovavi ovunque. Ti bastava scendere giù al parcheggio Marcolin, o verso Villanova, o anche al parco Galvani. Ti facevi gli amici giusti e ne trovavi quanta ne volevi, sempre, a tutte le ore.

Solo che, come forse sai, la droga non è gratis, e io non lavoravo quasi mai. Così, come per tanti ragazzi, l'unico modo per procurarsela era andare a rubare, o peggio. Mi vergogno molto a dirlo, ma quando ti prende quella che noi chiamiamo «scimmia» non sei più tu, e sei disposta a tutto pur di procurarti un po' di roba. E così mi è successo anche di arrivare a prostituirmi. Lasciavo a casa Eleonora di sera, aveva solo sei anni, pensa te che cosa sono stata in grado di fare.

Un mattino presto mi beccano, mentre sto cercando di rubare un'autoradio. Mi arrestano. Portano Eleonora in una casa famiglia. Io esco, me la ridanno. Poi torno dentro e me la portano via di nuovo. Alla fine gli assistenti sociali dicono che non sono in grado di crescerla, che non posso, che non sto bene. Andiamo anche in tribunale, ma niente: ci sono troppe cose contro di me. Io provo a ripulirmi, ma non ce la faccio. Più mi manca Eleonora più sto male, e più sto male più ho bisogno della droga.

E lui? Lui sapeva? Non sapeva? Non lo so. Anche perché ho saputo che di lì a poco se n'è andato a Parigi a studiare, e io non l'ho visto più. Non so darmi un'altra spiegazione del perché non abbia mai fatto niente. Era solo un ragazzino, d'altronde.

Non so neanche come ci sono arrivata viva, ma arriviamo al 1984. Torno a casa una sera e ci sono mio padre e mia madre seduti in salotto. Lui in lacrime, non l'avevo mai visto piangere. Facciamo la pace, mi dice che da adesso in poi mi aiuterà a riportare a casa Eleonora, «la sua nipotina». Non sai che emozione, sentirglielo dire per la prima volta. Aveva dodici anni e già da tre viveva stabilmente nella stessa casa famiglia.

Troviamo un avvocato, andiamo in tribunale. Ma niente. «Non idonea», dicono.

Devi sapere che in quegli anni anche questa cosa era un po' diversa rispetto a oggi: oggi esistono un sacco di programmi, non so come dirti, di possibilità per un tossicodipendente che vuole disintossicarsi. Ci sono le comunità terapeutiche, ci sono gli psicologi, insomma c'è una via d'uscita. In quegli anni lì, credimi, se eri una drogata eri una drogata, una specie di appestata. Non so come spiegartelo, ma dovunque andavi ti sentivi la cattiva, quella da evitare. In tribunale partivi sconfitta soprattutto se chiedevi l'affidamento di tua figlia.

Però noi non molliamo. Mio padre è troppo determinato e lo sono anch'io. Alla fine lei è l'unica cosa veramente bella che ho fatto in vita mia. Non è giusto che me la portino via.

Eleonora è grandicella, si ricorda e chiede di me. Grazie a un avvocato bravissimo che si sostituisce al precedente e prende a cuore la mia causa riesco a farla tornare a casa. I miei vengono in tribunale, mi stanno vicini. Ottengo l'affidamento. E io sono pulita, non mi faccio più da almeno due anni.

Fatto sta che poi mi sono ammalata. Cancro alla gola. Tre anni è durata, su e giù da Aviano, hai presente il CRO*? È lì che ho perso la voce. Mi avevano dato anche una macchinetta da appoggiare alla gola per parlare, ma mi sono sempre rifiutata. Mi faceva la voce come quella di un robot, non la sopportavo. Preferivo essere muta, che parlare così.*

Ci abbiamo provato, eccome se ci abbiamo provato. Ma in quei tre anni mio papà è venuto a mancare, e io non avevo le forze. Lei era una bambina molto buona, ma troppo sensibile. Ed è sicuramente colpa mia, perché poi io ho letto, ho studiato e ho capito che se ha fatto così è perché da bambina è cresciuta vicino a me. È proprio in un libro qui in biblioteca che l'ho letto: «Non si sfugge mai alla propria infanzia». E lei non è sfuggita.

Chiedeva sempre di suo padre. «Chi è mio padre, me lo puoi dire?» Quante volte avrò sentito questa domanda. E io non gliel'ho mai detto perché sentivo che se l'avesse saputo le avrebbe fatto solo male. Le ho raccontato un sacco di bugie, le ho detto che non lo conoscevo. Che era entrato in negozio e se ne era andato subito dopo. Non so come abbia fatto a credermi, non penso nemmeno mi abbia creduto fino in fondo.

Ha iniziato a odiarmi. A non ascoltarmi più. Si chiudeva in camera per giorni interi. Si è fatta bocciare per due volte di fila. Da scuola mi chiamavano un giorno sì e l'altro anche.

Non sapevo cosa fare. Tutto quello che facevo, sbagliavo. La vedevo allontanarsi da me come dal retro di una macchina in corsa. Siamo arrivate al punto che non riusciva più a stare nella stessa stanza con me. Parlava continuamente di volersene andare.

Aveva solo sedici anni. Che mi sa che è più o meno l'età che hai tu, Gioia.

Ecco, forse alla fine è per questo che te lo sto raccontando. Forse dalla sua storia puoi imparare qualcosa, non lo so.

Di quella notte ricordo il suono del telefono. Da un po' di mesi era il mio incubo, che il telefono squillasse di notte. Non riuscivo a dormire finché Eleonora non tornava. A volte passava la notte fuori, mi diceva da un'amica, ma io sapevo che non era vero. Quella notte sembrava una delle tante in cui io stavo sveglia fino alla mattina e lei arrivava alle sette, con le occhiaie e il trucco che colava, invece niente. Solo quello squillo, alle sei.

«Mamma, io vado.»

Poi mette giù. Non mi dà il tempo di rispondere. Riesco solo a sentire il rumore di un treno in frenata. Non l'ho mai più vista.

Anche se avessi avuto la voce, l'avrei persa lì.

Ci ho provato in tutti i modi a cercarla, ma non ho più saputo niente. Per anni ho sperato si facesse viva, e lo spero ancora oggi, anche se so che non succederà. Tutto quello che spero è che non le sia successo niente, che sia riuscita a trovare qualcuno che si sia preso cura di lei come io non ho saputo fare.

Adesso che sto scrivendo queste righe, mi rendo conto che non ci sono parole per descrivere. Se anche ce ne fossero, io non le vorrei. Quella notte è come un buco nero e io non ricordo più nulla. E voglio che resti nero, quel buco, perché mi fa troppo male guardarci dentro.

Solo una cosa ricordo, un dettaglio un po' stupido. Non riuscivo a trovare una sua foto. Sai, per fare i volantini, le ricerche… all'inizio ci abbiamo provato così. In casa non ne avevo di recenti, perché durante un trasloco avevamo perso la scatola con dentro tutte le foto. L'unica che mi rimaneva era una fototessera che risaliva a quando Eleonora aveva undici anni. Fui costretta a usare quella, ma poi non siamo più riusciti a trovarla.

Lei mi mancava talmente tanto che ho fatto mettere in cornice una delle copie di quella foto e sono andata ad appenderla al tronco di un albero, giù al parco del Seminario. Quando Eleonora aveva due o tre anni, la portavo sempre in quel punto a giocare: mi sedevo su una panchina e lei andava a vedere i cigni. Le piacevano così tanto i cigni, li disegnava sempre, ne parlava di continuo.

Ogni tanto sono tornata in quel parco a mettere un fiore fra cornice e tronco.

Adesso quella foto è ancora lì, o almeno è rimasta lì per molto tempo… io non ci vado da un po'. Anche se è un parco pubblico, nessuno l'ha mai fatta togliere. Credo che tutti pensino sia la foto di una bambina defunta, e quindi nessuno ha il cuore di spostarla.

Francesco non l'ho mai più visto. Dicono sia andato via, a studiare lontano.

In fondo era solo un ragazzo e io appartenevo a un mondo molto diverso dal suo. Qualcuno è riuscito a convincerlo a starmi lontano e forse, quando ha saputo che ero una drogata, ha pensato si trattasse di una conferma di tutto quello che gli avevano detto di me.

Non so se l'ho perdonato. Di sicuro non ho perdonato me stessa. Ci sono cose che si possono e cose che non si possono perdonare. Io non mi perdonerò mai di non essere stata una brava mamma per lei, di averla lasciata nel momento più importante.

Adesso conosci la mia storia, Gioia.
La foto che vedi è quella che di cui ti ho parlato. Ne avevamo fatte molte copie, una la lascio volentieri a te. Grazie per avermi ascoltata, avevo tanto bisogno di scrivere tutto questo, ma non ne ho mai avuto il coraggio. Forse era arrivato il momento.

Ciao
Stella

17.

Il posto non è facile da trovare.

Il parco del Seminario è molto grande. Gioia si aggira per mezzo pomeriggio lungo i sentieri, esplora un po' tutti gli alberi, ma niente.

"In effetti, dagli anni Ottanta a oggi magari hanno cambiato qualcosa", pensa.

Così chiede in giro, ma nessuno ha visto fotografie appese a un albero. Prova ad andare dalle parti del fiume, ma niente neanche lì.

Certo bisogna dire che la signora Stella non sembrava starci tanto con la testa. E poi in biblioteca le hanno detto che è una mezza matta: «Guarda i suoi capelli», le hanno detto, «quella non sta per niente bene!». Forse, insomma, non è proprio del tutto vero, quello che le ha scritto.

"No, non può essere", pensa Gioia. "C'è qualcosa in quella storia che ne rende vera ogni singola parola."

Non è tanto cosa racconta, ma come. Il profumo di fiori che usciva dalle parole, quella non è roba che ti puoi inventare. La paura di perdere sua figlia. Il padre di lui che se ne va senza salutare. Lo strappo di quando qualcuno ti vuole portare via la persona che sta con te, di quando due si cercano e il mondo li vuole tenere lontani.

"No, non può essersela inventata", pensa, e riprende a camminare in mezzo al verde, esaminando ogni singolo albero.

Cammina cammina, Gioia arriva alla fine del parco: c'è un piccolo pontile, ancora qualche metro di sentiero e poi comincia una normalissima strada asfaltata. Il parco è finito.

“Ma forse sono io che mi faccio troppi film”, pensa.

Poi si volta per tornare indietro e, vicino al pontile, sull'acqua verde chiazzata di ninfee vede una cosa e dice: «No, è tutto vero».

Proprio lì, sull'acqua, bianco e bellissimo, c'è *un cigno.*

18.

C'è questa parola, in tedesco: *Sonntagsleerung*. Descrive l'improvvisa malinconia che ti prende la domenica pomeriggio. No, neanche "malinconia" è la parola giusta: bisognerebbe fare come faceva Sara e inventarne una nuova, tipo *malinconostalgia*. È una specie di freddo che ti scende nel petto, qualcosa che non sai cos'è, che ti graffia appena lì dentro dalle parti dello stomaco; un senso di meglio che è passato senza averlo vissuto appieno, con il lunedì dietro l'angolo che ti aspetta, sguardo minaccioso e orologio che corre.

Era una sensazione che Gioia conosceva bene, perché negli ultimi tempi, prima di lasciare la scuola, la malinconostalgia aveva cominciato a debordare, un po' come il fiume che c'è vicino a casa sua, che quando piove per tre giorni di fila esonda e si prende pezzi di campagna tutto intorno. Adesso che è successo quello che è successo, la campagna è tutta allagata di *Sonntagsleerung*, ogni giorno è freddo nel cuore, il lunedì mattina è domenica pomeriggio, il mercoledì a pranzo è domenica pomeriggio, il venerdì sera, il sabato notte, ogni giorno è domenica pomeriggio.

Incontrare quella donna, però, ha cambiato qualcosa. Ha sentito smuoversi il pavimento sotto i piedi, il tremolio di un fragile equilibrio. Un po' come succede a volte coi pazienti in coma, che all'improvviso muovono un dito, una mano, danno un segno di vita. Per un secondo Gioia ha risentito la vita muoversi dentro di lei, dopo mesi in cui si era addormentata.

Stella, però, non l'ha più vista. Le ha dato quei fogli scritti tutti fitti, quella foto, e poi è sparita.

«Ah, quella viene e va, appare e poi scompare, anche per mesi!» le spiegano le colleghe in biblioteca. Gioia vorrebbe farle delle domande, nel numero approssimativo di qualche milione, la prima delle quali è sapere dov'è il posto preciso in cui c'è la foto di Eleonora, perché avrebbe tanta voglia di andare a vederla, mettersi lì, forse anche parlarle. Non sa perché. O forse sì ma fa finta di non saperlo.

Intanto i giorni passano, con lei dentro quell'autobus, ad ascoltare musica e a guardare il mondo come da fuori. E in uno di questi giorni, a una delle fermate del centro, sale di nuovo lui.

Si siede proprio di fronte a Gioia, dall'altro lato dell'autobus. Non c'è nessun altro a parte loro due e l'autista. Mani sul bastone, cappello, il professore la guarda. Gioia stavolta non sfugge al suo sguardo, anzi tiene gli occhi fissi dentro i suoi. Vuole vedere se ha ancora il coraggio di tirare fuori una delle sue lezioncine di vita.

«Buongiorno», le dice, sorridendo.

Lei lascia passare qualche secondo prima di rispondere. E poi fa: «Certo che ce ne ha di coraggio».

«Coraggio?»

Anche Gioia accenna un sorriso, ora.

«Sa, ho conosciuto una persona in questi giorni. Una che conosce anche lei.»

L'espressione del professore cambia subito: ha già capito di chi sta parlando. Abbassa gli occhi, si tocca il mento con la mano, e poi fa a Gioia una domanda che lei proprio non si aspettava: «E come sta?».

«Come sta... chi?»

«Stella. Come l'ha vista?»

«Ecco, a proposito di coraggio: perché non prende e va a chiederglielo lei, di persona? Perché non va da Stella invece che venire qui da me?»

Il professore non risponde, anche se le rughe sul suo viso e la piega dello sguardo sono una risposta per Gioia. Che allora prosegue: «Facile fare le lezioni, vero? La vita però è un'altra cosa, professore».

Il professor Bove si alza in piedi, allora, e proprio in quel momento l'autobus si ferma. Va verso l'uscita del bus. Le porte si aprono. Si gira verso Gioia, fa un no con la testa. Poi le dice: «Lei è solo una ragazzina», e scende dal bus, senza più guardarla.

Dopo quel giorno, lui non si fa più vivo.

E la cosa peggiore di tutte è che, a una settimana dall'incontro in autobus, quando Gioia torna a casa dopo aver finto di andare a scuola, trova sua madre in cucina, con in mano una busta e sulla busta il timbro del suo liceo. E gli occhi rossi di lacrime.

19.

«Perché non me l'hai detto?»
«Non lo so.»
«Come non lo so! Gioia, non te la puoi cavare così!»
«Non volevo pensassi che sono una buona a nulla.»
«Tuo padre lo sa?»
«Non lo sa nessuno, mamma.»
«Ma perché hai smesso di andare a scuola?»
«Non riuscivo più a studiare. I voti erano sotto zero. Mi avrebbero bocciata comunque.»
«Ma cosa dici! Ma se hai sempre recuperato nel secondo quadrimestre!»
«Stavolta no.»
«E l'università? Come fai con l'università?»
«Faccio che non ci vado.»
«E quindi? Tutta la mattina cosa fai, se non vai a scuola? Ti vedi con qualcuno? Vai al bar da quella?»
«No. Ho trovato una specie di lavoro.»
«Una specie di lavoro.»
«Sì, in biblioteca. Ma ne sto cercando un altro. Poi il prossimo anno vedrò.»
«Quindi sul serio non vuoi più tornare a scuola per quest'anno?»
«Anche volendo, sarebbe troppo tardi. Ho fatto troppe assenze.»
«Ma quindi? Mi hai raccontato un sacco di bugie? Anche da tua nonna non ci vai più?»
«No, mamma. Ma tra poco ci torno, promesso.»
«Sì, certo, promesso! Come no!»

«Davvero, con Gemma è un altro discorso, lo sai che le voglio bene!»

«Certo, come no. Adesso vai via per favore. Non riesco neanche a guardarti negli occhi!»

«Ma non hai capito che sto cercando di parlarti?»

«Vai via, Gioia. Non sono mai stata così tanto delusa da te come oggi.»

20.

Quanta rabbia, Gioia, quanta rabbia.

La parola giusta sarebbe *lìtost*, un sostantivo davvero intraducibile della lingua ceca. La *lìtost* è la rabbia verso chi ti sorprende in un momento difficile, o in un momento in cui fai qualcosa di sbagliato. Chi ti sorprende non ti fa nessun torto se non quello di averti visto, ma tu ti arrabbi lo stesso perché ti costringe a vederti da fuori: e vedersi da fuori può fare molto male, quando non ci si riconosce più.

Gioia passa tutto il pomeriggio chiusa in camera, auricolari dentro le orecchie e volume al massimo, poi, quando si rende conto che nemmeno così riesce a spegnere il rumore che fanno le parole di sua mamma, prende ed esce.

Sopra la sua testa, un bellissimo *hajnalpír*, come in ungherese si chiama il primo rossore del cielo quando il sole comincia a tramontare, ma lei non lo vede nemmeno. Cammina a passo spedito, guardando a terra, senza una meta precisa. Ed è così che andando senza sapere bene dove, a un certo punto, seduto ai tavolini di un bar del centro, vede un volto che conosce.

«Maiunagioia, *tu quoque*!» le dice, strafottente come al solito, Gianluca «Gian» Casali, che sta bevendo uno spritz con Boccia e altri due ragazzi. Metà esatta di lei vorrebbe rispondere a insulti, l'altra metà è un po' più saggia e sa che, se comincia, potrebbe non controllarsi e fare la figura della pazza isterica. Così prova a tirare dritto, facendo finta di non averlo visto, ma lui insiste: «Che fai, non saluti un tuo ex compagno di classe?».

La metà saggia si riduce rapidamente a un terzo, poi a un

quinto, e in un attimo scende a zero quando lui la apostrofa per la terza volta: «Ecco cosa si guadagna a essere gentili e educati!».

Gioia allora torna indietro, dribbla un paio di tavoli e si mette proprio davanti a Casali.

«Gentili e educati», gli fa. Casali si mette in faccia uno dei sorrisi più fastidiosi che Gioia ricordi, beve un sorso dello spritz che ha davanti e poi, facendo l'occhiolino ai suoi amici, risponde: «Maiunagioia, ormai lo hanno capito tutti che hai un debole per me. Ma mi dispiace deluderti, non sei il mio tipo!».

A quel punto qualcosa nella vista di Gioia si sfuma, come nelle fotografie leggermente sovraesposte in cui i contorni si disperdono, e poi è come se l'aereo della sua calma venisse improvvisamente dirottato da un terrorista: le pupille si restringono, il fiato si accorcia, e un attimo dopo senza nemmeno capire come è successo si ritrova il bicchiere ancora mezzo pieno di Casali fra le mani, e poi il suo contenuto gli vola in faccia, con tutto il ghiaccio e dio solo sa cos'altro c'era dentro. Gli altri rimangono immobili per mezzo secondo, come video che non si caricano, poi scoppiano in una sonora risata mentre gocce di spritz colano dal mento di Casali, la cui espressione dice chiaramente che quella bicchierata in faccia era l'ultima cosa che si aspettasse. Dopodiché, quando si sta alzando in piedi e ha già in mano un altro dei bicchieri che c'erano sul tavolo per restituirle il favore, Gioia sente una mano afferrarle il braccio e portarla via.

21.

«Perché l'hai fatto?»

Gioia e Sara sono sedute su una panchina in piazza, poco distante dal bar dove cinque minuti prima si è consumata una gara di lancio-di-spritz-in-faccia piuttosto epica, cui Gioia è sfuggita solo grazie all'intervento della ragazza che ora è di fianco a lei. L'ha trascinata via e adesso sono sedute vicine, ma a debita distanza.

«Non lo so», le risponde Sara, senza guardarla, «forse perché fra l'odio per te e quello per Casali alla fine ha prevalso il secondo.»

"Dunque lei sa. Sa che sono stata io a fare la spia", pensa.

In effetti anche Gioia sente di provare ancora un po' di odio verso la ragazza all'altro lato della panchina: ma è come se il tempo, e soprattutto l'orribile scherzo di farla sospendere, l'avesse affievolito. Non capisce se ce l'ha davvero ancora con lei o se piuttosto si sente in colpa nei suoi confronti. In ogni caso, adesso c'è anche un senso di debito, quello che in giapponese si chiama *oime*: il disagio che si prova quando qualcuno ci ha fatto un regalo o un favore e non ci siamo ancora sdebitati. Ed è quel senso di debito che la fa guardare verso di lei e dire: «Oi».

Non è molto, anzi forse non è proprio niente, è solo una sillaba buttata lì in un sabato sera di marzo su una panchina, ma Gioia sente che le costa molto di più quella sillaba di tante altre frasi lunghissime che può aver detto in vita sua, perché dentro quell'«oi» c'è in realtà una mano tesa, il coraggio di provare a capire come due persone prima così unite adesso nemmeno si parlino, e anche una grande richiesta di aiuto. Perché Gioia ha finalmente capito di avere bisogno d'aiuto e, dentro quell'«oi», c'è una piccola porta che sta aprendo a Sara. Se lei l'ha trascinata via non è solo perché odia Casali: ci dev'essere dell'altro, parole che sono rimaste sospese in mezzo a loro, e forse è arrivato il momento di pronunciarle. Sara, però, non si capisce cosa pensi: continua a guardare dritto davanti a sé.

Dopo un po' risponde: «Lascia stare, Rossa, non ho voglia di parlare con te».

«Perché?»

«Perché adesso è tardi. Tu avevi già deciso che sono io la stronza, e così hai pensato bene di punirmi e di farmi sospendere. La prossima volta, prima di buttare nel cesso un'amicizia, magari ricordati che la verità può essere molto più complicata di quello che pensi tu!»

Gioia capisce che Sara le sta dicendo molto più di quello che le sta dicendo ma, quando sta per chiederle a cosa si riferisca, lei si alza e, senza nemmeno salutarla, se ne va, e il suono dei suoi passi è anche il rumore di un fondo che Gioia credeva di aver toccato, mentre adesso scende ancora più giù.

Vorrebbe alzarsi e seguirla, ma ha i piedi incollati a terra. In ogni caso, anche se ci riuscisse, non potrebbe, perché qualche attimo dopo accade qualcosa a metà fra l'assurdo e il grottesco. Casali si materializza davanti a lei con le mani in alto e dice: «Sono venuto in pace, Spada. Giuro che non sono armato!», e poi si viene a sedere sulla panchina di fianco a lei. Le sorride.

«Che hai da sorridere?»

«Be', Spada, ammetterai che è stata una scena divertente, no?»

«E i tuoi amici? Che hanno detto?» gli chiede, guardando verso il bar.

«Che hai carattere. E che io sono un coglione.»

«Sono d'accordo al cinquanta per cento con questa affermazione. Il secondo cinquanta per cento.»

Casali sorride di nuovo, come se non avessero appena combattuto una battaglia a colpi di spritz. A Gioia, poi, è passata qualsiasi voglia di litigare. Ha in testa solo il rumore di passi di Sara che se ne va.

«Ehi, Spada», le fa Casali, ma Gioia non fa neanche in tempo a capire che cosa sta succedendo che lui le si avvicina e, con un gesto rapace e imprevedibile, la bacia direttamente sulla bocca. Il tutto dura forse qualche secondo, e la cosa assurda è che inizialmente Gioia lo lascia fare, non solo perché era l'ultimo evento che le appariva sull'orizzonte del possibile, ma perché si scopre come insensibile a tutto. C'è una specie di vetro fra lei e il mondo, adesso, uno strato spesso, trasparente e freddo che le permette di vedere ma non di sentire, oltre il quale i suoni arrivano ovattati e distorti. Lui si stacca, la guarda, sorride, forse vorrebbe continuare, darle un altro bacio, mentre lei si sofferma sulla macchia di spritz che lui ha sulla camicia, le sembra simile alla cartina dell'Africa, è successo ma è come se non fosse successo niente, e infatti subito dopo si alza e se ne va, lasciandolo lì sulla panchina a convincersi sempre più che Gioia Spada, alla fine, è solo una mezza matta.

Gioia non sa che da lontano, dal fondo della piazza, proprio sotto il muretto che circonda la biblioteca in cui lei lavora al mattino, un ragazzo con una felpa nera con cappuccio ha assistito alla scena. E, al momento del bacio, se ne è andato via.

22.

L'unica persona che riesce un pochino a bucare il vetro dietro cui Gioia vive è Stella. Attraverso quel buchino passa ancora un barlume di emozione che lei sente al mattino, cinque minuti prima di iniziare il lavoro in biblioteca, perché appena si aprono le porte automatiche ed entra, spera sempre di trovarla lì, seduta nella sala dei giornali. Vorrebbe parlarle ancora e soprattutto chiederle se le indica il posto preciso dove si dovrebbe trovare la foto di Eleonora. E finalmente, dopo un sacco che non si era vista in giro, il lunedì dopo il bacio assurdo con Casali Gioia va al lavoro ed eccola lì.

I capelli sono di un altro colore rispetto all'ultima volta: sempre a metà, ma la metà colorata adesso è di un lilla acceso. Anche il cappello è diverso, ma ci sono comunque dei fiori sulla fascia.

Gioia si siede di fronte a lei, nella sala dei giornali.

«Era da un po' che non veniva, Stella.»

La donna alza le spalle e indica a Gioia un giornale sugli scaffali. Gioia lo va a prendere e glielo porge.

«Mi scusi», le fa, «io vorrei tanto chiederle una cosa, ma non vorrei essere inopportuna o offenderla.»

Stella apre la borsa per tirare fuori il suo bloc-notes, ma non lo trova. Allora Gioia si alza e torna dopo qualche secondo con una matita e un foglio A4 in mano, preso dal cassetto della fotocopiatrice. Glieli mette davanti e Stella scrive: *Ti sembro una che si offende?*

«No, neanche un po'. Ma le devo chiedere una cosa un po' personale, insomma...»

Stella guarda Gioia e poi si mette a scrivere. Gioia sbircia e vede che non sta scrivendo: *sta disegnando una mappa.* E intanto le dice: «Ma come ha fatto a capire che le volevo chiedere proprio questo?».

Quando Stella le porge il foglio e Gioia lo gira, sotto il disegnino della mappa c'è anche la risposta: *Quando arriverai alla mia età, ci riuscirai anche tu.*

Gioia sta già per ripiegare il foglio e metterlo in tasca, quando Stella cambia espressione del viso e le chiede di ridarle indietro il foglio. Su cui scrive: *Portale un fiore, per favore. Io è da anni che non ci vado più.*

23.

Trovarla, stavolta, è stato facile.

La mappa di Stella era essenziale, ma accurata. L'altra volta Gioia non ha visto l'albero giusto perché è nascosto dietro una fitta ramaglia, in una zona un po' trascurata del parco, protetto da un altro albero molto più grande: forse dai tempi di Stella è cambiato un po' tutto. Fatto sta che stavolta tempo cinque minuti di passeggiata ed è già lì. Come pensava, lo specchio d'acqua in cui nuotano i cigni è a due passi.

Non c'è un vero motivo per cui è qui. In fin dei conti, è solo un angolino un po' sperduto di un parco cittadino.

È che c'è qualcosa, fra lei ed Eleonora. Di preciso non sa bene cosa, ma sente che le loro due storie hanno molto in comune. Da un lato le sembra che quella di Eleonora sia un po' la versione estrema della sua: il padre che non c'è, la madre che non ce la fa. Certo, a Eleonora è andata mille volte peggio: ma per Gioia venire qui e mettersi seduta a gambe incrociate davanti a quella foto è un modo per cercare qualche pezzo di sé disseminato nella vita di un'altra. Lei sente che la sua voce la sta chiamando. Che c'è qualcosa nel dolore di Eleonora che lo fa essere anche il suo, e addirittura che quella voce porta con sé le risposte a tante domande rimaste lì inascoltate. Forse è proprio per questo che ha tanto insistito per venire qui: perché sente che quella ragazzina che adesso non c'è più sarebbe l'unica a capire davvero come si sente lei.

Solo che Gioia, una volta davanti a quel tronco, non trova quello che si aspettava.

La foto è perfetta, pulita, come se fosse stata lucidata il giorno stesso. C'è anche un piccolo vaso di metallo appeso sotto la foto con un chiodo e, dentro il vaso, un fiore. Un fiore arancione e giallo, che sembra una via di mezzo fra una margherita e un dente di leone ma non è nessuno dei due. Gioia lo sfiora: è fresco.

"Bella foto. Un po' macabra, ma bella", sente dire. Gioia si gira di scatto, d'istinto, perché non riconosce subito la voce, e prende anche un piccolo spavento, perché era convinta di essere da sola.

"Be'? Non si saluta?" torna la voce, e adesso sì che Gioia la collega a un volto.

"Tonia, sei tu?"

"E chi dovrebbe essere, Ermione Granger?"

"In effetti sei brava con le sparizioni e le riapparizioni improvvise. Ma che fine avevi fatto?"

"A me lo chiedi."

Che strano. Non la sentiva da mesi, e poi è bastato trovarsi davanti a quella foto e riecco la sua amica, come se non fosse mai andata via.

"Cosa mi sono persa?" chiede Tonia.

Mentre le fa un riassunto, Gioia ha una sensazione quasi dolce, dentro, perché anche se si sentiva una mezza pazza a parlare da sola, anche se aveva deciso di buttare in mare la valigia con dentro la Gioia di un tempo – e Tonia era una delle cose in quella valigia – non può non ammettere che le è mancata.

"Ammettilo: senza di me non sei più tu", le fa Tonia.

"Ah, questo è sicuro."

Forse è proprio per questo che è riapparsa: forse Gioia sta tornando. Forse in quella foto si è davvero vista come in uno specchio. Forse, come con Syd, non è vero che non c'era più nessuno in casa: c'era eccome, solo che nessuno la vedeva.

"Sì, però adesso cerchiamo di capire perché ci sono dei fiori freschi sulla foto", fa Gioia, guardandola da più punti di vista, cercando un qualche indizio. Tonia fa spallucce, così Gioia prosegue.

"Magari è il custode che viene a mettere fiori freschi."

"Il custode di un parco che viene a mettere i fiori freschi davanti a una foto appesa a un albero?"

Gioia tocca ancora i piccoli petali, poi avvicina le dita al naso per annusarli.

"Io non ci capisco niente di fiori, che fiore è?" chiede a Tonia.

"A me lo chiedi! Io ci capisco meno di te!"

Gioia si sofferma sulla foto: è la stessa che Stella le ha regalato, ma ingrandita. Così riesce a cogliere qualcosa in più nello sguardo della bambina, come un luccichio.

"Sembrano gli occhi di una bambina felice", dice, e intanto pensa che le sarebbe piaciuto averla come amica, Eleonora, e poi a cosa le è successo, a tutte le storie che Stella le ha raccontato, la malattia, le cattive compagnie che deve aver incontrato. E infine quella notte, la telefonata dalla stazione. Chissà quanta strada fra quel luccichio negli occhi e quanto è arrivato dopo.

Facendo qualche calcolo, se Eleonora fosse viva avrebbe quarantacinque o quarantasei anni. Chissà dov'è adesso. Chi ha incontrato, cosa le è successo. Chissà se ha mai pensato di tornare a casa da sua mamma, o di conoscere suo papà.

Già, suo papà.

Gioia Spada guarda il fiore e pensa di sapere chi è che è venuto a metterlo di fresco, a lucidare la foto, come se fosse la foto su una lapide. E si chiede come mai proprio quel fiore, se c'è un motivo, un messaggio, o se è semplicemente il primo che ha trovato.

Cambierebbe qualcosa? Se fosse davvero il professore, sposterebbe qualcosa nella delusione che prova?

È questa la domanda che Gioia si sta facendo quando sul sentiero inizia a sentire rumore di passi.

Cerca di nascondersi come può, dietro una siepe. Il problema è che il terreno è parecchio paludoso, e per farlo deve mettere i piedi praticamente per intero in una pozza. Gioia sente il gelo dell'acqua putrida che le intride i calzini come due spugne.

"Sei sempre la regina dei nascondigli tu, eh?" le fa Tonia.

"Taci, tu!" le risponde mentre osserva da lontano una figura alta e lenta avvicinarsi all'albero con la fotografia. Un uomo con un bastone.

"Ma quindi è davvero lui!" dice Tonia.

"Già."

"E come fa a sapere che la foto è proprio qui? Non mi hai detto che Stella lui non l'ha più visto?"

"E io che ne so?" risponde Gioia, mentre sente l'acqua entrarle fra le dita dei piedi e spera che questo non sia causa di imminenti malattie.

Il professor Bove, intanto, si avvicina all'albero. Resta in piedi lì di fronte, e Gioia sente che parla.

"Ma che fa? Fa come te che parli con me?" le chiede Tonia. Sembra proprio di sì: sembra che il professore dialoghi con la foto, come se questa potesse rispondergli.

"Allora non sei l'unica pazza a questo mondo", le dice Tonia.

Dopodiché il professore tira fuori dalla tasca della giacca un foglio e si mette a leggere. Gioia tende più che può l'orecchio, ma non riesce a sentire praticamente niente, tranne l'ultima frase, che le sembra sia qualcosa tipo: «l'odore stesso che aveva un giorno il vento».

"Forse è una poesia", dice Gioia.

"Forse hai i piedi pieni di agenti patogeni", commenta Tonia, "non è ora di uscire da questa pozza schifosa?!"

Il professore intanto armeggia con il vaso dove prima c'era il fiore arancione e giallo, e sembra che lo stia sostituendo con un altro. Poi, dopo essersi dato un bacio sulla mano e averla appoggiata sulla foto, si gira lentamente e riprende il sentiero. Gioia aspetta con pazienza che lui sia abbastanza lontano e poi esce dal nascondiglio, scuote i piedi per gettare via quanta più acqua sporca può e va di fronte all'albero.

Una volta lì, scopre che c'è esattamente lo stesso fiore che c'era prima, così si avvicina per osservarlo meglio. No, non è lo stesso: o meglio, è dello stesso tipo, ma è nuovo.

Gioia lo prende, lo mette in borsa e se ne va.

24.

«Lei è stata una fioraia, vero?»

La migliore della città, in quegli anni, altroché. Non hai letto i fogli che ti ho dato?

Gioia e Stella una di fronte all'altra, nella sala della biblioteca. Stella con in mano il bloc-notes e la matita, Gioia nel suo camice rosa.

«No, è che le volevo chiedere: i fiori hanno tutti un significato, vero?»

Diciamo che coi fiori si può dire ogni cosa, sì.

«Mi dice per favore che cosa significa questo?»

Gioia le porge il fiore arancione che ha rubato al parco. Stella lo prende dallo stelo, delicatamente, lo esamina. Sorride, e poi scrive sul bloc-notes: *Questa è una calendula. È uno dei miei fiori preferiti, perché si apre al mattino e si richiude al tramonto. Alcuni dicono che è perché gli dispiace che il sole se ne va.*

«Sì, perfetto. Ma cosa significa? Cioè, vuol dire qualcosa in particolare?»

Stavolta Stella ci mette un po' a scrivere, riempie cinque o sei foglietti di bloc-notes. Il suo viso è disteso, mentre lo fa, e ogni tanto alza la testa e fissa un punto nel vuoto. Alla fine spinge il blocchetto verso Gioia, che legge: *Non sai quante volte ho raccontato questa storia ai miei clienti! Una leggenda dice che le calendule siano nate dalle lacrime di Afrodite. Si era innamorata di Adone ma Ares, geloso di lui, gli scagliò contro un cinghiale e lo ferì a morte: Afrodite sapeva che era stato il suo amore per Adone a provocarne la morte, perché se non si fosse innamorata di lui non gli sarebbe successo niente. Distrutta, pianse lacrime che, cadendo sulla terra, generarono questo fiore giallo e arancione. Quando lo dai a qualcuno vuoi dirgli che sei dispiaciuto. Quando vuoi chiedergli scusa, insomma.*

Stella osserva Gioia mentre legge i suoi foglietti, poi le chiede indietro il bloc-notes: *Perché me lo hai chiesto?*

«No, così.»

Certo, e io sono Claudia Schiffer.

«Chi è Claudia Schiffer?»

Dai Gioia, dimmi perché mi hai fatto questa domanda. Qualcuno ti ha regalato questo fiore, vero? Qualcuno che ti voleva chiedere scusa?

Gioia legge gli ultimi due foglietti e non sa se sia il caso di dirle quello che ha visto. Poi però alza gli occhi e incrocia quelli di Stella, e capisce che c'è solo un modo di rispondere a quella domanda.

«L'ho trovato lì. Lì dove mi ha detto lei. La foto c'è ancora, anche se è un po' nascosta.»

Hai trovato questa calendula lì, dove c'è la foto di Eleonora?

«Sì. E non ho trovato solo questo. O meglio, mentre ero lì, è arrivata una persona.»

Francesco? Ci hai parlato?

«No, lui non mi ha neanche vista.»

E cosa ci faceva lì?

«Credo ci vada spesso, perché quando sono arrivata c'era un fiore proprio come questo, e alla fine lui lo ha sostituito con quello che le ho fatto vedere. E poi parlava.»

Parlava?

«Sì, parlava con la foto. Credo le abbia letto anche una specie di poesia, alla fine.»

Stella mette una mano davanti alla bocca, come se dovesse riflettere. Poi alla fine scrive solo due parole. Che sono: *Pensa te.*

Non sa decifrare la sua espressione, Gioia. Da un lato Stella sembra felice, dall'altro tutto l'opposto.

«Ho fatto male a dirglielo, Stella?» le chiede. Lei scrive un solo grande *NO* sul foglietto e lo mostra a Gioia. Che prosegue: «Però non so. Non riesco a capire. Perché lui fa una cosa così e poi non fa niente per cercarla, cercare lei intendo, lei Stella? Perché fa la fatica di andare tutti i giorni a mettere un fiore invece che venire da lei a parlarle?».

Stella allora sorride, guarda Gioia per un attimo e poi scrive: *Forse lui non sa che è da anni che non vado più davanti a quell'albero.*

«E allora? Cosa vorrebbe dire questo?»

Credo che quel fiore sia proprio il suo modo di parlarmi.

25.

Tornata a casa dalla biblioteca, Gioia trova quell'e-mail. Quella che cambia tutto.

Non che ci faccia molto, con il suo PC scassone, ma ogni tanto controlla l'e-mail, anche perché è da un po' che non lo fa e c'è sempre la possibilità che uno dei suoi annunci abbia avuto risposta; magari così riesce a trovare un altro lavoro part-time e a mettere insieme uno stipendio intero con due mezzi lavori.

«Niente, nessuno mi vuole», dice davanti allo schermo privo di nuove e-mail. Poi, senza un vero motivo, decide di aprire la casella della posta di scuola. Non ci va da secoli, per ovvi motivi.

«E questo che cavolo è?» dice avvicinando gli occhi allo schermo. Sì, il nome l'ha letto giusto: è quello del suo preside, o meglio ex preside, Giovanni Spataro. Ed è un'e-mail di più di tre mesi fa.

Gioia la apre subito

Da: giovanni.spataro@leomajor.edu.it
A: gioia.spada@leomajor.edu.it
Oggetto: Colloquio

Gentile signorina Spada,
mi perdoni se non l'ho più ricevuta: non creda sia per quella storia del discorso agli studenti o perché non ne abbia voglia. È solo che ultimamente sono stato davvero sommerso di impegni e non ho mai trovato il tempo. Così, siccome ho saputo che alla fine quel colloquio lo ha ottenuto, ho deciso

di scriverle qui quello che le avrei detto di persona, di modo che lo possa affrontare al meglio delle sue possibilità.
Innanzitutto sappia che se ha ottenuto questo colloquio vuol dire che ci sono buone possibilità che lei venga presa. Ma deve stare attenta e non fare errori, per cui mi legga con grande attenzione (scusi la ripetizione).
Il rettore della scuola, come le dicevo, è anche un mio ex compagno di scuola, e ha un metodo molto particolare di selezionare i suoi candidati. Fa così con tutti, ed è convinto che sia il modo migliore per «scremare» (parole sue) tutti coloro i quali non hanno abbastanza convinzione e (sempre parole sue) «cattiveria agonistica», quindi i meno adatti a frequentare la sua scuola. Dice di fare così perché, essendo la sua una scuola molto prestigiosa, gli è capitato troppe volte in passato di avere a che fare con ragazzi anche talentuosi ma che, cresciuti nella bambagia, non erano sufficientemente motivati e si rivelavano poco propensi allo studio e al sacrificio.
Ovviamente quella che sto per darle è una informazione top secret, se mi passa il termine. Se si venisse a sapere, crollerebbe il palco e tutti riuscirebbero a passare i colloqui, quindi le chiedo innanzitutto di tenerla per sé. Io ne sono venuto a conoscenza perché il preside è stato così imprudente da rivelarla a un nostro comune conoscente, che a sua volta l'ha riferita a me.
Quindi, per fargliela breve, cosa succederà il giorno del suo colloquio?
Succederà che lui cercherà di smontarla sotto ogni punto di vista: le dirà che non è abbastanza brava, che le sue foto non sono poi granché, che ha pochissime possibilità di passare e che in ogni caso si potrà scordare la borsa di studio. È probabile che sarà così categorico da farle venir voglia di scappare via in lacrime dal colloquio: non sarebbe la prima volta. Se avrà la forza di resistere fino alla fine, le dirà che la decisione di non ammetterla lui l'ha presa proprio durante il colloquio, che insomma quella era una specie di ultima possibilità.
Il suo scopo qual è? si chiederà. Semplice: individuare gli studenti motivati che, trovandosi di fronte a un muro così alto, cerchino di scavalcarlo. Che insistano e non rinuncino e

non ritirino la propria candidatura. Dice che lo fa anche per rinforzare il carattere di ragazzi e ragazze, perché sostiene che negli ultimi anni si stanno sempre più «rammollendo». Da un lato non ha tutti i torti, perché è vero che, così, chi è davvero convinto non rinuncia; dall'altro mi chiedo se abbia mai pensato alle conseguenze di essere così duro.
Detto questo, ora le dico cosa deve fare lei.
Quando lui ci andrà giù pesante, non dica niente. Non lasci trapelare nessuna emozione, si lasci scorrere tutto, perché deve sapere che se l'ha convocata è perché apprezza molto il suo lavoro, quindi le sta solo dicendo balle e la sta mettendo alla prova. Aspetti che lui abbia finito e poi dica, solo: «Va bene».
A quel punto lui le dirà qualcosa tipo: «Va bene cosa?».
Ecco, allora lì si deve imparare a memoria questa frase, e dirgliela come dicono giù dalle mie parti *para para*: «Va bene. Capisco di non essere al livello degli studenti di questa scuola e forse anche di non essere granché come fotografa. Ma fare fotografie è l'unica cosa che mi interessa davvero fare nella vita, e non rinuncerò per niente al mondo, neanche dopo mille colloqui come questo. Devo ripartire da zero? Va bene. Devo passare le notti a studiare per imparare e formarmi, rinunciare alla mia vita sociale? Va bene. Farò tutto quello che è nelle mie possibilità per entrare in questa scuola, e ce la farò. Ho risposto alla sua domanda?».
Quando lei gli dirà così lui cambierà espressione e si toglierà di dosso l'aria spocchiosa che gli aveva visto all'inizio.
Mi raccomando: faccia così e vedrà che riuscirà a entrare in quella scuola. Dopo, una volta lì, scoprirà di valere molto più di quello che crede, perché io so che lei, quel giorno, si è bloccata davanti a tutti perché era convinta di non essere all'altezza. Sono ancora un pochino arrabbiato con lei, signorina, ma si fidi: può fare grandi cose se non si perde per strada! Ora la saluto e le mando un grande in bocca al lupo!

Preside, G. Spataro

26.

«Alla buon'ora! Quando pensavi di rifarti viva?»

Giovanna la saluta dal bancone del BarA mentre sta preparando un toast per sua figlia Andrea. Gioia si siede di fianco alla bambina. Non passava lì da diversi giorni, ma adesso ha bisogno di parlare con qualcuno.

«A che gusto è?» le chiede.

«*Prossiutto*», fa lei, con le briciole attaccate alle guance. Gioia le dà un colpetto e le fa scivolare via.

«Pensavi di sparire per sempre o cosa?» le fa Giovanna.

«È stato un periodo un po' così.»

«Eh, me ne sono accorta. Come mai oggi hai deciso di tornare a salutarmi?»

Gioia appoggia il mento al bancone e poi fa: «Credo di aver combinato un casino».

«Vedi, alla fine è stato il colloquio a buttarmi più giù di tutto. Forse è stato l'inizio della fine, non lo so. So solo che durante il viaggio in treno – il viaggio di ritorno – mi sono sentita una fallita. È come se avessi visto il promo della mia vita, non so come spiegartelo. Una vita in cui non avrei combinato niente di speciale, avrei solo galleggiato tra le bollette e l'affitto in una casa in periferia. In pratica mi sono vista uguale a mia madre.»

Sono sedute a un tavolino fuori, ora. Andrea è con loro e, dopo il toast, sta gustando un gelato confezionato alla fragola: ha le labbra ancora più rosse del solito.

«Su su, adesso non fare drammi!» le fa Giovanna. «Mi pare che l'e-mail del preside dica l'opposto, no?»

«Appunto! Quell'e-mail mi ha destabilizzato, perché adesso ho ancora più paura di prima! Ci credi che non riesco più a prendere in mano una macchina fotografica? Non so cosa mi succede, ma ogni volta che ci provo si appanna tutto, e mi vengono fuori foto schifose. Oppure neanche comincio, perché mi metto a fare tutt'altro, tutto il possibile pur di non provarci. Sono capace perfino di mettermi a pulire il bagno, pur di non fare foto!»

«Allora dovresti venire qui da me, tutte le volte che ti succede, così almeno il bagno del mio bar ti ringrazierebbe!» dice ridendo Giovanna.

«Soprattutto perché non so come recuperare il guaio che ho combinato!»

Giovanna butta giù un sorso della birra che si è versata.

«Ascolta questa vecchia megera: c'è poco da fare. Primo, devi stare calma. Secondo, devi mollare il lavoro fetente in biblioteca e tornare a scuola, ma tipo domani mattina!»

«Ehi, non è un lavoro fetente, tutti i lavori hanno la loro dignità!» protesta Gioia.

Giovanna si alza e va a mettersi alle spalle di Andrea, per tapparle le orecchie. È il segnale che sta per dire qualcosa che conterrà una dose massiccia di parolacce.

«Senti, bellezza. In vita mia ho pulito culi di anziani, rimosso escrementi dai cessi dei bar, servito patatine fritte nei fast-food più lerci d'Italia: dimmi un lavoro di merda e di sicuro io l'ho fatto per almeno due settimane! Quindi penso di essere abbastanza titolata per dirti che sì: i lavori fetenti esistono e non sono quelli in cui ci sono cessi da pulire o patatine da servire. Sono quelli in cui tu sei lì, ma il tuo posto è da un'altra parte!»

Gioia sorride e anche Andrea sorride, perché in realtà ha sentito quasi tutto.

«Ok, ma come faccio a recuperare? E se non mi ammettono più? Ho perso quasi quattro mesi di scuola!»

Giovanna torna a sedersi. In un sorso finisce il resto della birra e le dice: «Vuoi entrare in quella scuola? Vuoi, come dici tu, combinare qualcosa di speciale? E allora muovi il culo e vai a casa a rispondere immediatamente al tuo preside!».

27.

Da: gioia.spada@leomajor.edu.it
A: rettore@accademiaitaliana.com
Oggetto: Domanda di iscrizione

Egregio rettore,
mi chiamo Gioia Spada. Forse non si ricorda di me: ho sostenuto un colloquio preliminare con lei, qualche mese fa, per iscrivermi all'Accademia di Fotografia.
Nel corso del colloquio lei mi ha fatto capire che non c'era alcuna possibilità per me di passare le selezioni, e quindi mi ha gentilmente consigliato di rinunciare alla mia candidatura. Se devo essere sincera, inizialmente questo rifiuto mi ha molto abbattuta, al punto da farmi accantonare per un po' la macchina fotografica.
So che è passato diverso tempo, ma scrivo per dirle che mi auguro ci siano ancora delle possibilità per me, per quanto minime, perché sono del tutto intenzionata a giocarmele. Se devo mandare altre foto o sostenere esami di ingresso o qualsiasi altra cosa, la pregherei di farmelo sapere. Le confesso che dopo una lunga riflessione ho capito che entrare all'Accademia di Fotografia è tutto quello che desidero, e sono disposta ad accettare ogni condizione.
Capisco di non essere al livello degli studenti di questa scuola e forse anche di non avere grande esperienza come fotografa. Ma fare fotografie è l'unica cosa che mi interessa davvero fare nella vita, e non rinuncerò per niente al mondo, neanche dopo mille colloqui. Devo ripartire da zero? Va bene. Devo passare le notti a studiare per imparare e formarmi,

rinunciare alla mia vita sociale? Va bene. Stare senza fotografia mi ha fatto capire che per me è un po' come non respirare. Ora che lo so, farò tutto quello che è nelle mie possibilità per entrare in questa scuola e, se lei me ne darà la possibilità, so che ce la farò.
Mi conceda di darle prova della serietà delle mie intenzioni.
Non se ne pentirà.
Le lascio i miei contatti qui sotto.
Attendo una sua cortese risposta.

Grazie,
Gioia Spada

28.

Da: rettore@accademiaitaliana.com
A: gioia.spada@leomajor.edu.it
Oggetto: RE: Domanda di iscrizione

Gentile sig.na Spada
confesso che, non avendo più ricevuto sue, avevo ormai messo da parte la sua candidatura, lasciando spazio a studenti più motivati (che, è bene lo sappia, ho trovato facilmente).
Ora però questa sua e-mail mi mette in una certa difficoltà, per cui le propongo di procedere in questo modo: mi produca entro la fine dell'anno scolastico un lavoro nuovo, originale, diverso dalle foto che mi ha già fatto vedere (quelle di spalle), e me lo spedisca qui, direttamente al mio indirizzo di posta elettronica.
Dopodiché lo esaminerò insieme ad alcuni insegnanti e le farò sapere se ci sono margini per accettare questa sua seconda, informale, candidatura.
Ma non la voglio illudere: le possibilità sono davvero al lumicino.
Ringraziandola per avermi scritto, le porgo i miei più cordiali saluti.

Prof. Alberto Magni

29.

«Forza, non può essere così difficile!»

Gioia Spada è seduta sui gradoni della piazza più grande della città e osserva il viavai delle persone. In mano la sua fotocamera digitale: non sarà uno strumento professionale, ma per riprendere dimestichezza è quello che ci vuole.

Quello che le serve è il soggetto giusto. Così aspetta.

Un bambino insegue una palla a pochi metri da lei: Gioia prova a mettere l'occhio dietro l'obiettivo, ma perde l'attimo giusto per due volte. Alla terza ce la fa, scatta la foto, ma quando la riguarda sul display e la ingrandisce le sembra subito orribile.

«Tutta mossa e senza senso!» dice.

Allora si rimette in posizione e aspetta ancora. Dopo un po' vede una coppia di fidanzati che cammina mano nella mano e la scena si ripete. Scatta, guarda e infine dice: «Pessima!».

Così ancora per altri cinque o sei tentativi, fino a che a Gioia non torna in mente una parola, non si ricorda quale né in quale lingua, che significa "la strategia di negare l'evidenza per non affrontare una verità che non ci piace".

«Mi ricordo solo che iniziava con la s...» dice, ma non è tanto importante che la parola fosse *Straussmanöver* – letteralmente la "manovra dello struzzo", in tedesco – quanto il fatto che la macchina fotografica scotta, anzi le brucia proprio fra le dita, non riesce quasi più neanche a tenerla, le sembra solo di perdere tempo. In più ha l'impressione di essere in un posto che non le appartiene, in un territorio non suo, ostile. Ecco l'evidenza che sta cercando di negare.

Forse la fotografia non fa per lei: finché faceva foto solo per la bellezza di farle e guardarle era una cosa, ma ora che quelle foto dovranno essere valutate da veri fotografi, da gente che sa distinguere la roba seria dai dilettanti, premere quello stupido bottone è diventata la cosa più difficile del mondo. Quel pulsantino, la cui pressione richiede uno sforzo minimo, diventa pesante come il vagone di un treno.

«Che diavolo mi sta succedendo?» dice. Poi rimette la macchina fotografica nella borsa.

C'è solo una persona che la può aiutare.

30.

Non sa perché, fra tanti posti, ha scelto questo.

Una volta Gioia usava la tecnica delle canzoni: metteva la modalità random e se usciva la canzone giusta voleva dire che era ora di darsi una mossa, andare, buttarsi. Altri tempi. E poi di canzoni giuste nel suo lettore non ce ne sono più.

Sulla porta dell'ufficio del custode c'è il cartello TORNO SUBITO, solo che lui non torna subito, anzi dopo mezz'ora ancora non si è fatto vedere.

"Forse si sente in diritto di farlo, tanto qua sono tutti morti, mica protestano!" sente la voce di Tonia ricomparire.

"Ecco, ci mancavi solo tu..."

"Vuoi che mi perda questa allegrissima gita al cimitero?" le fa.

Il custode le serve perché nell'ultimo anno hanno fatto lavori di ristrutturazione e spostato diversi lotti di lapidi. Fra cui quella davanti alla quale vuole andare Gioia.

«Meglio se ti metti a cercarla da sola, che questo mi sa che non torna più», le dice la sua amica.

Gioia allora comincia a girare, a scandagliare tutte le lapidi, quelle a terra e quelle a muro. Fa una certa impressione leggere certi nomi che ormai non si usano più – Genoveffa, Attilio, Ippolito, Ofelia, Adalgisa, a un certo punto ci sono anche un'Eufrasia con il marito Astutillo, lei nella foto in bianco e nero con la permanente e lui con degli occhialoni grossi grossi e i baffetti, e lì bisogna tenere ferma Tonia perché parte con le sue battute, si immagina cosa si potevano dire nell'intimità della notte.

"Secondo te come si chiamavano fra loro? Eufry e Asty?"

"Taci, Tonia!"

Altra cosa che le fa impressione è vedere certe date, quelle di nascita soprattutto. Ci sono lapidi che hanno numeri che iniziano con 18 e Gioia si chiede quanta vita ci possa essere in un posto così, quante storie e quanta storia anche, lì sotto i suoi piedi: occhi che hanno visto bombe cadere, orecchie che hanno sentito mitragliatrici sparare, ed è un sussulto, perché a lei sembra di essere molto meno viva di tutte quelle Genoveffe e Ofelie e Adalgise. D'un tratto si accorge di cosa sta diventando e cioè il contrario di quello che avrebbe sempre voluto, una *Warmduscher* come dicono i tedeschi: una persona che fa solo docce tiepide, che sta lontana dal troppo caldo e dal troppo freddo, le emozioni come uniche nemiche, solo zona di comfort, via tutto ciò che può essere troppa felicità o troppo dolore.

Alla fine la trova. In fondo, in ultima fila.

«Ehi, come stai?»

La foto di nonno Alfredo la guarda da quel bianco e nero che sa di antico. Gioia è seduta a gambe incrociate lì davanti.

«Lo so, sono una pessima nipote. È una vita che non vengo qui. Ma sono venuta per chiederti una cosa, se ti va di rispondermi.»

Alfredo è lì. Sorride.

«Ti ricordi la macchina fotografica giocattolo con cui giocavo sempre da bambina? Me l'avevi regalata tu, vero? Be', devi sapere che adesso la uso ancora. Cioè, voglio dire, non proprio quella giocattolo. Una vera, ecco.»

Alfredo sembra che adesso sorrida un po' di più.

«Insomma te la faccio breve: da un paio d'anni, anzi fai dall'ultimo anno, mi era entrata in testa questa cosa che forse potevo fare fotografie per vivere, cioè farlo per lavoro, e quindi magari studiare anche e...» Gioia si blocca, si guarda intorno e intanto dice: «Ma che sto facendo? Mi vergogno di parlare in modo troppo sincero davanti a una lapide?».

La Gioia di qualche mese fa non avrebbe mai provato

una cosa del genere. Quando veniva qui, una volta, si sedeva e iniziava a parlare a ruota libera, senza farsi troppi problemi se magari passava qualcuno vicino.

«No, forse il problema non è che mi vergogno», dice, «forse è proprio che non so cosa sento.»

Alfredo la guarda. Gioia guarda Alfredo. Non riesce a sentire alcuna risposta.

Ci vorrebbe il suo quaderno, ora.

Sì, perché sa che c'è una parola – *aerekjaer*, in norvegese – che è come dire orgoglio alla seconda, un orgoglio eccessivo, portato al limite, così forte che può portare una persona a morire piuttosto che chiedere aiuto. In questo momento lei è tutta *aerekjaer*, perché sarebbe davvero disposta a rinunciare al sogno di fare la fotografa per vivere, piuttosto che andare dal suo professore.

Ma c'è anche un'altra parola – il thailandese *greng-jay* – che indica un sentimento che Gioia prova costantemente, cioè quando sei riluttante o proprio addirittura ti rifiuti di accettare l'offerta di aiuto da parte di qualcuno, per via del disagio che gli provocheresti: e lei riesce a provarla pure adesso, la *greng-jay*, anche se lui l'ha supplicata di accettare il suo aiuto.

Chissà che cosa le è successo, in questi mesi: forse le è venuta quella cosa greca – l'*ilinx* –, il senso di eccitazione che ti viene quando stai distruggendo qualcosa, il piacere liberatorio che si prova quando con una mazza o un martello iniziamo a rompere oggetti: questo provava Gioia mentre distruggeva tutto quanto aveva di bello. La calma – che Gioia non sa se baratterebbe più con niente – che viene dal sapere che non hai più un motivo per essere in ansia.

Gioia Spada sperava che, dicendo *basta*, sarebbe finito anche il tempo in cui era tutto intraducibile o, come dicono gli inglesi, la *sciamachy*, il lottare contro nemici immaginari, con la mente ingombra di ombre che non se ne vanno, ombre che hanno i lineamenti di persone di cui credeva di essersi liberata e che invece sono sempre lì: sua madre, suo padre, Lo, il professore, Sara, Tonia, sua nonna, quel rettore che l'aveva trattata malissimo per metterla alla prova, e tutti gli altri.

Quanto vorrebbe adesso avere anche lei quella cosa per cui i russi hanno trovato una parola, cioè quando la mente e il cuore dicono due cose opposte, proprio del tutto opposte, e allora interviene una terza voce, una specie di arbitro o giudice che hai dentro – il *soviest* – che ti dice che cosa è giusto fare.

Alfredo, intanto, continua a guardarla.

Gioia allora tace e ascolta il vento di marzo, che leggero ha cominciato a frusciare tra le foglie – anche questo aveva un nome, ma qual era? – e poi inizia a parlare, a dire ad alta voce tutte queste cose: «Tu che cosa faresti? Perché io proprio non lo so, sono davvero arrabbiata con lui per come si è comportato con quella bambina e con quella donna, ma non pensare male, non darmi dell'egoista, non è tanto per quello che ha fatto a loro, è più che altro per quello che ha fatto a *me*, davvero ti prego non mi guardare male, è che se c'era una persona che non poteva deludermi quella era lui, capisci? Cioè io voglio proprio dire che non ne aveva il diritto, perché è come in matematica, mi segui? – oddio occhio che adesso mi ricordo anche matematica – ci sono persone che hanno *il potere del meno*, cioè persone che se si mettono davanti a un'equazione possono fare diventare negativo tutto quello che viene dopo, e io lo so che non dovremmo dare a nessuno questo potere, anche per questo ho tagliato con tutti, per non dare a nessuno il potere del meno – scusami so che sto parlando in modo incomprensibile ma so che tu mi capisci – quello che voglio dire è che tutti potevano fare una cosa del genere, ma lui no, perché se anche lui è come tutto il resto vuol dire che non c'è niente che va *contro*, che è tutto uguale, tutti nella stessa squadra, lui per me era l'idea che ci fosse qualcosa *contro*, perché se avevo capito qualcosa di me era che io sono *contro*, o almeno così volevo essere: se tutto il mondo si diverte a calpestare gli altri, io volevo essere *contro*, se tutto il mondo vuole mentire fingere, prendere in giro, io volevo essere *contro*, se tutto il mondo va dalla stessa parte, io volevo andare *contro*».

Gioia guarda Alfredo, che dalla foto sembra ricambiare il suo sguardo e al tempo stesso guardare dietro le sue spalle, come ci fosse qualcosa dietro di lei. Così Gioia si gira e non vede nessuno, ascolta il rumore del vento tra le foglie e, mentre lo ascolta, all'improvviso capisce che cosa deve fare.

Così si alza, accarezza con le dita il vetro freddo della cornice dietro cui c'è il viso di suo nonno, gli dice ciao piano piano e poi si ricorda la parola che cercava prima, precisa, esatta, lei.

Psithìrisma: il suono che fa il vento quando passa tra le foglie.

31.

Salve professore

spero di non disturbarla con questa lettera/richiesta un po' ridicola. Gliela metterò qui nella sua cassetta col mio numero scritto sotto. Se non mi risponde vorrà dire che era un no, e comunque lo capirò.

Vorrei iscrivermi all'esame da privatista, perché ho già fatto troppe assenze, e in ogni caso non me la sento proprio di tornare a scuola.

Volevo solo sapere se era ancora valida la sua proposta di darmi una mano a recuperare.

Tutto qua.
GS

32.

Cara Gioia

come prima cosa, le devo dire che non esistono lettere ridicole: esistono solo scuse ridicole per non scriverle. E soprattutto per non spedirle.

Come seconda, rispondo sì alla sua richiesta. Venga domani a casa mia, ore quindici, puntuale. Porti tutti i libri di testo, eccetto inglese.

Come terza e ultima, sappia che il mio aiuto ci sarà solo a determinate condizioni, che le sottoporrò prima di cominciare le lezioni.

A domani.

Prof. Francesco Bove

33.

«E quindi, mi dica. Quali sono queste condizioni?»

Gioia è seduta su una specie di poltrona in vimini, nello studio del professore. Intorno a lei, una quantità di libri che potrebbe competere con quella della biblioteca.

«Alla fine mi sono sbagliato, sa? Non sono "condizioni", al plurale intendo dire: è solo una. Però categorica.»

«E sarebbe?»

Bove si alza in piedi, le dà le spalle adesso, si mette a passare con l'indice sullo scaffale dei libri, trova quello che cercava. Infine si volta e con il libro aperto fra le mani dice: «Prima di cominciare le lezioni, signorina, voglio che lei mi dica tutto».

Le palpebre di Gioia si spalancano: «Tutto cosa?».

Bove rimette a posto il libro, ne prende un altro. Poi risponde: «Tutto. Tutto quello che ha dentro. I motivi per cui ha deciso di non venire più a scuola, tutto quello che non mi ha detto. Anche gli insulti che mi ha rivolto mentalmente, se c'è bisogno».

«Altrimenti?»

«Altrimenti è semplice: niente lezioni. Se vuole diplomarsi, dovrà trovare qualcun altro.»

«Ah.»

Gioia è seduta con lo zaino pieno di libri al suo fianco. Annuisce, ma in realtà sta pensando che, se solo cominciasse a parlare, in cinque minuti esatti lui la sbatterebbe fuori di lì, visto quello che vorrebbe dirgli.

«Cosa ne pensa? Può farcela?»

«Non so se ho molta voglia di farlo, professore.»

«*Quid pro quo*, signorina. Lo diceva Hannibal Lecter in quel capolavoro della filosofia che è *Il silenzio degli innocenti*. Sa cosa significa?»

Gioia ci pensa su, prova a tradurre mentalmente.

«Qualcosa al posto di qualcos'altro?» butta lì, non troppo convinta.

«Mi fa piacere: in latino non ci sarà molto da fare!»

«Quindi ho risposto giusto?»

«Sì. Alla fine è solo uno scambio quello che le propongo, anche abbastanza generoso credo.»

Gioia abbassa gli occhi, poi fa: «Be', non è che parlare di certe cose con lei non mi costi niente».

Bove sorride: «Appunto, io intendo dire che è generoso *da parte sua*, se acconsente», dice.

Gioia intanto ha gli occhi ancora bassi, è sempre meno convinta di aver fatto la cosa giusta.

«Non le piace la mia proposta?» la incalza il professore, che nel frattempo è tornato a sedersi.

«È che io adesso non riesco, professore», dice Gioia, «per me è già stato difficilissimo suonare il suo campanello, lo capisce?»

«Sì, lo capisco. Però, come forse saprà o avrà intuito in questi due anni, io ho un'idea un po' particolare dell'insegnamento, e cioè che non è possibile attuarlo dove non ci siano prima di tutto due persone. Insegnare, per me, non ha niente a che vedere con il trasmettere informazioni, non ne sono proprio capace, sarei io a restare in silenzio tutto il tempo. Io non ho intenzione di mettermi qui a farle delle banali ripetizioni di matematica, di scienze o di filosofia. Io ho bisogno di sapere come sta, che cosa le è successo. Altrimenti non posso neanche iniziare.»

Lui ha una penna in mano, adesso: sta scrivendo qualcosa su un foglio, o forse disegnando, Gioia non capisce. Non sa perché, ma le viene l'istinto di alzare la mano e chiedere di andare in bagno.

«Se ci metto una settimana a trovare qualcosa da dirle?»

«Vorrà dire che aspetteremo qui, una settimana, in silenzio.»

«E se poi fra quello che devo dire mi scappano anche cose un po'...»

«Cose un po'...?»

«Eh, cose un po'... inopportune?»

«Non si preoccupi per quello. Credo di avere le spalle abbastanza forti.»

«Sì, ma se mi viene da farle un certo tipo di domande?»

«Che tipo di domande?»

Gioia spera che capisca da solo, gli fa anche un leggero cenno col capo, ma lui non dà segno di aver compreso. O forse vuole solo sentirselo dire chiaro e tondo. Così Gioia è costretta a farlo.

«Di tipo personale, diciamo.»

«Ah, capisco. Di quella storia, signorina, parleremo quando lei sarà diplomata.»

Gioia rimane in silenzio. Giochicchia nervosamente con le mani. E poi fa: «Non lo so se mi piace, questa parte dell'accordo. Cioè, da un lato lo capisco, che certe cose magari lei vuole che restino fuori, ma non è un po' impari come cosa? Che fine ha fatto il *quid pro quo*?».

«Perché? Io il mio *quid* glielo sto dando: la possibilità di recuperare e di non perdere l'anno scolastico!»

«Sì, certo. Ma io le devo dire cosa mi passa per la testa perché se no lei non riesce a insegnare, no? Però lei non mi dice cosa passa per la sua. A questo punto potrei dirle che neanche io sono in grado di imparare, a queste condizioni. O no?»

È il professore a rimanere in silenzio, ora.

«Mi scusi, ma è lei che mi ha chiesto di dire quello che pensavo, e io gliel'ho detto.»

Bove è in piedi alla finestra e guarda fuori. La sensazione è che stia per mandare tutto all'aria: dire a Gioia che non se ne fa più niente e che deve trovarsi altri insegnanti per preparare l'esame. Poi, sempre guardando fuori, dice: «No, non si scusi. Ha ragione. Lei mi darà qualcosa di suo, io le darò qualcosa di mio. Ogni giorno. *Quid pro quo*». Poi si volta e le porge la mano per stringerla. Mentre gliela stringe, Gioia ripete: «*Quid pro quo*».

34.

Ci mette un po', Gioia. E un po' significa tre giorni interi.

Per tre pomeriggi di fila si presenta a casa del professore e non riesce a spiccicare parola. Lui seduto alla scrivania, lei sulla poltrona di vimini. Il quarto giorno taglia corto e non si presenta affatto.

Fino a che, dopo un'ora del quinto giorno, quando il professore si è già appisolato, la voce di Gioia lo sveglia.

«Sporca», fa. Lui apre gli occhi e non è nemmeno sicuro lei abbia detto davvero qualcosa.

«Come dice?»

«È così che mi sento, ogni volta che entro a scuola. È come se mi sentissi sporca.»

Il professore si stropiccia gli occhi, si china in avanti appoggiando i gomiti alla scrivania.

«Ma io le ho chiesto di parlarmi del perché ha avuto questo cambiamento improvviso ed è diventata un'altra persona. Perché adesso mi sta parlando di qualcosa che in fondo sia io sia lei sapevamo già?»

Gioia è un po' spiazzata dalla risposta. Si morde il labbro, poi dice: «Be', perché è tutto un insieme di cose, no? E forse adesso non ho ancora voglia di parlare di quelle più importanti. Mi dia tempo».

«Capisco. Cos'è che la fa sentire così?» le chiede lui.

«Non lo so. Credo c'entri il fatto che il novantanove per cento di quelli che vanno alla mia scuola non mi vedono come una di loro e non si fanno molti problemi a ricordarmelo ogni giorno. Lo sanno più o meno tutti che famiglia ho e che sono dovuta andare da una psicologa perché l'anno scorso ho aggredito una mia compagna. Insomma, fanno quattro calcoli e il risultato è che quando arrivo a scuola mi sembra sempre di disturbare, di non essere la benvenuta.»

«E questo la fa sentire sporca.»

«Sì, anche se magari mi sono appena fatta la doccia, e le giuro che a volte me la sono fatta apposta di mattina, la doccia, per evitare di provare quella sensazione. Ma niente, io mi sento sempre come se fosse colpa mia, se non gli piaccio. Come se facessi qualcosa che non va, ma non so di preciso cosa.»

Il professore si alza e cerca alle sue spalle un tomo bello grosso, che ha tutta l'aria di essere un dizionario. Poi fa: «Lei che ama le parole, sa che esiste una parola per dire proprio questo?».

«Davvero? Che parola è?»

«Eccola qua», dice, avvicinando gli occhi alla definizione del vocabolario. «*Amtsangst.* In tedesco, è l'irrazionale senso di colpa che si prova anche se non si è fatto niente di male.»

«Esatto. Non mi sembra di *aver fatto* qualcosa di male, mi sembra di *essere* qualcosa di male, non so come spiegarlo.»

Il professore si siede, sorride. Gioia sente che lui le sta per fare uno dei suoi bei discorsi, di quelli che poi si sentirà meglio. E invece il professore dice: «La faccia finita».

«Come ha detto, scusi?»

«Mi ha sentito. Lei, Gioia, la deve fare finita. E anche in fretta.»

«Grazie mille, eh!»

«Non c'è di che», risponde il professore.

«E perché la devo far finita? Ha capito quello che le ho detto?»

«No, io non potrò mai capire come sta lei, come si sente quando si sente sporca. Né potrò inquadrare davvero cosa prova tutte le volte che torna a casa e si trova in una situazione difficile. So solo che non c'è altra scelta. Dovunque andrà, in qualsiasi contesto, scuola, lavoro, amici, dovrà scegliere chi essere: quello che vuole lei o quello che vogliono gli altri. Non c'è altra via, non si scappa. Se sceglie di essere quello che vogliono gli altri, bene: è tutto facile, perché basta adeguarsi a quello che si aspettano. Ma se sceglie di essere quello che vuole lei, deve saperlo fin da subito che sarà dura, che a molti non piacerà, che ci sarà gente che la farà sentire, come dice lei, sporca. Poi piano piano imparerà a scegliere le persone giuste di cui circondarsi e vedrà che in mezzo a loro si sentirà perfettamente pulita e in ordine. Ma una scelta la deve fare, e invece lei sta solo evitando di scegliere. Ecco perché la deve far finita: diventare grandi non è superare una linea. Diventare grandi è scegliere una strada.»

Bove si alza, va a prendere un libro e torna a sedersi. Poi, con tutta la tranquillità del mondo, dice: «Va bene. Allora adesso tocca a lei».

«Tocca a me? In che senso?»

«Nel senso che lei mi ha dato il suo *quid*, adesso è il momento che si prenda il suo *quo*. Mi chieda quello che vuole.»

Gioia rimane a bocca leggermente aperta.

«Quindi è così che funziona?»

«Certo. Una cosa lei, una cosa io.»

«Posso chiederle quello che voglio e lei mi risponde?»

«Se conosco la risposta, sì.»

Gioia non sa cosa dire. È come bloccata, perché non sa decidersi, fra tutte le domande che vorrebbe fargli: «Così... su due piedi... non saprei! Vediamo...».

«Mi faccia la domanda che vuole, io sono qui che aspetto, non ho fretta. Forse le sue pochissime possibilità di diplomarsi sì, ma io no!»

Messa così alla strette, Gioia si guarda intorno e su uno dei pochi angoli della parete non ricoperti da libri vede un piccolo quadro che rappresenta dei fiorellini gialli e arancioni, che sembrano proprio essere calendule. Così la domanda le viene subito: «È lei che mette quel fiore tutti i giorni?».

Ovviamente la risposta la conosce già. Ma la vuole sentire dalla sua voce, e vuole che lui le spieghi il perché.

«Mi scusi?»

«Sull'albero.»

«Quale albero?»

«Ha capito benissimo quale. Su quell'albero, ogni giorno c'è un fiore nuovo, sempre lo stesso. È lei che lo porta?»

Naturalmente non può dirgli che un pomeriggio di qualche giorno fa lei lo ha colto in flagrante, e così glielo chiede facendogli credere semplicemente di aver trovato un fiore fresco sotto la foto incorniciata.

«Quindi lei è stata lì. Ha visto l'albero e ha visto la foto», dice lui.

«Sì, più di una volta, e mi chiedevo come mai c'è sempre un fiore nuovo.»

Anche Bove guarda verso il piccolo quadro alla parete, ora, e poi dice: «Sì, sono io. Ora possiamo cominciare!».

Gioia scatta leggermente in avanti sulla sua poltrona in vimini: «Come come? Tutto qua? Solo un "sì, sono io"?!» chiede, guardandolo storto.

«Come le dicevo, *quid pro quo*: se vuole parlare di cose più importanti, le restituisco le sue esatte parole: mi dia tempo.»

35.

«Ehi.»

Quando Gioia torna a casa dalla lezione, sul vialetto d'ingresso c'è la macchina di suo papà. Spenta, con lui dentro, finestrino abbassato e mano sulla portiera. Una scena che Gioia ha già visto e che, a quanto pare, è destinata a ripetersi spesso, in futuro.

«Ehi», le fa. Dal tono della voce, Gioia ha già capito cosa è venuto a dirle. E infatti la frase successiva è: «Ho parlato con tua madre. Al telefono».

«Guarda che ho già aggiustato la cosa, eh? Cioè, ci sto provando... insomma...» prova ad anticiparlo, ma lui non ha la sua consueta espressione da adesso-ti-faccio-la-predica. È diverso dal solito, e le fa cenno di salire in macchina. Gioia allora fa il giro, apre la portiera e si siede: l'odore di alcol le entra subito nelle narici.

«Hai guidato... *così?*» gli chiede, ma lui risponde come se non avesse sentito la domanda.

«Io e te non abbiamo mai parlato tanto, eh?»

«Non proprio, no.»

«Colpa mia, vero?» fa lui. In diciotto anni che è al mondo, Gioia non gli ha mai sentito dire la parola «colpa» e la parola «mia» nella stessa frase. È così sbalordita che non sa cosa rispondere: istintivamente si sfiora solo la piccola cicatrice che ha dietro l'orecchio.

«Senti, io devo confessarti una cosa», le dice. Il primo impulso di Gioia è di uscire dall'abitacolo, di fuggire proprio, perché non ha voglia di confessioni o di segreti o di cose che potrebbero minare il già fragile equilibrio che sta cercando di rimettere in piedi. Poi però si rende conto che è forse la prima volta che lui – sarà per l'alcol – le sta parlando sinceramente, come se avesse tolto uno strato, come una cipolla, e allora gli dice: «Che cosa?».

Suo padre la guarda: ha le sclere iniettate di sangue e gli occhi un po' lucidi, la barba da fare e l'espressione di uno che sarebbe meglio non guidasse per le prossime ore e forse anche per i prossimi giorni.

«Papà?» gli fa, perché il suo guardarla si sta protraendo un po' troppo a lungo.

«Sì?» le fa lui, come se niente fosse.

«Mi hai detto che dovevi dirmi una cosa. Che cos'è?»

«Io?»

«Sì, tu papà», risponde Gioia, ma lui persiste nel guardarla come se non si ricordasse nemmeno di averlo detto. Alla fine ritorna sul discorso iniziale: «Allora mi raccomando, eh, mettiti sotto a studiare che quest'anno hai gli esami!» le dice, salutandola. Gioia lo guarda, e poi guarda le chiavi della macchina che si inseriscono nel quadro.

«Senti, meglio che sali su in casa: non puoi guidare in queste condizioni», gli dice.

«No, non voglio che tua madre mi veda così.»

«Va bene, allora riposati un po' qui in macchina, ok?» gli fa. Poi toglie le chiavi dal cruscotto, gli dà un bacio sulla guancia per la prima volta dopo anni e va su.

36.

Il giorno dopo Gioia sta ancora pensando all'incontro con suo padre. Al mattino presto, quando si è svegliata per andare al lavoro, lui era ancora lì, addormentato in macchina. Gioia gli ha lasciato le chiavi sopra uno dei tergicristalli, e al suo viso contorto in una smorfia di sonno ha sussurrato, andandosene: «Non avrei mai detto che fossi tu, Il Muto».

Quando al pomeriggio arriva a casa del professore, una musica esce dalle finestre. Il volume è altissimo, si sente già dalla strada. È una musica molto bella: lo strumento principale sembra un clarinetto che danza sulle note come galleggiando. Gioia è costretta a suonare il campanello cinque volte, perché la musica è talmente alta che il professore non sente.

«Mi scusi, la faccio entrare subito!»

Una volta nello studio, Gioia vede il professore dirigere in piedi un'orchestra immaginaria, seguendo con gli indici le note, catturato dalla musica al punto da non accorgersi neanche che lei è entrata e si è seduta. Dopo un crescendo potente di quelli che a Gioia sembrano fiati, il professore le appare quasi indemoniato, la musica scema. Bove infine va ad abbassare il volume dello stereo.

«*Il lago dei cigni.* L'aveva mai sentito?»

«Sì, non mi giunge nuovo a dire il vero. Ma non sapevo che si chiamasse così. Cigni ha detto?»

«Sì, perché?»

«No, così», fa Gioia, a cui i cigni ricordano qualcosa ma non le viene in mente cosa. E poi chiede: «Il nostro *quid pro quo*? Oggi niente?».

«Sì, ma oggi comincio io, se non le dispiace, e le do qualcosa di molto mio che credo in questo momento possa essere utile anche a lei.»

«Sa che non ci sto capendo niente, vero?»

«Non si preoccupi, piano piano capirà», risponde lui, armeggiando coi mobili, spostando sedie, chiudendo tende.

«Che cosa mi deve far vedere?»

Il professore va verso la libreria, in un settore dove ci sono approssimativamente un migliaio di dvd. Scorre con l'indice sopra le custodie fino a che non trova quello giusto. Lo prende, lo apre, lo inserisce nel lettore che ha sopra un tavolino. Il lettore è collegato a un proiettore e dal soffitto Gioia vede scendere un telo bianco.

«Cos'è? Mi fa vedere un film?»

«Una specie.»

Quando il professore schiaccia il tasto PLAY del telecomando, sul telo non appaiono i titoli di testa di un film, ma si vedono un teatro e una grande orchestra.

«Seriamente? Mi fa vedere un'opera lirica?»

«No Gioia», fa il professore, «adesso le farò vedere un balletto.»

«Un che?!»

Poco dopo Gioia sente partire una musica molto simile a quella che ha sentito prima.

«Capito. È *Il lago dei cigni*», dice.

«Esattamente», risponde lui, spostando la sedia e mettendosi di fianco a lei. Dopo circa mezz'ora che il balletto sta andando, Gioia prova a dire: «Professore, mi scusi».

«Mi dica, Gioia.»

«La musica è bellissima, il balletto anche, la storia non l'ho tanto capita ma non importa. Quello che non capisco è: perché me la sta facendo vedere?»

«Com'è quella parola che usate voi ragazzi? Quella sul non rivelare il finale delle storie?»

«*Spoiler*, professore!»

«Ecco: non voglio farle *spoiler*. Si goda il resto dello spettacolo, ne parliamo dopo!»

Gioia allora se ne torna buona buona a guardare, e a un

certo punto si scorda anche di volerci capire qualcosa: il finale è talmente solenne, coinvolgente e tragico che non può far altro che emozionarsi quasi al punto di piangere. Poi non piange lo stesso, però ci va molto vicino.

«Allora professore: adesso non c'è più pericolo di *spoiler*. Mi dice cosa c'entra questo con il mio programma d'esame? Cioè, dov'è la filosofia qui?».

«Signorina Spada, lei mi stupisce. Dovrebbe averlo capito, ormai, che la filosofia è ovunque, soprattutto dove nessuno la vede!»

«Va bene, va bene, ci sto. Ma alla fine? Perché abbiamo passato due ore a vedere cigni che danzano?»

Il professore accende la luce dello studio, e intanto chiede a Gioia: «Di preciso, cosa ha capito della trama di questa storia?».

«Ah, bella domanda», risponde Gioia. «Ho capito solo che ci sono un sacco di cigni, che a un certo punto ce ne sono due uguali, solo che uno è nero e l'altro è bianco, e che c'è un principe che sposa la tizia sbagliata e poi succede tutto un casino.»

Il professore si mette a ridere.

«Ho sbagliato tutto, vero?» fa Gioia.

«No, anzi. Ma le faccio un breve riassunto della storia, così forse le è più chiara», dice lui, tornando a sedersi di fianco a lei. «Una bellissima principessa di nome Odette viene trasformata in cigno dal perfido mago Rothbart, che si è innamorato di lei. Ma non è esatto dire che viene "trasformata": è come se lui di giorno la imprigionasse nel corpo di un cigno, mentre di notte lei ritorna lei. L'unica chiave per aprire le sbarre di quella prigione, per rompere l'incantesimo, è un giuramento d'amore.»

«Seee, aspetta e spera!» sussurra Gioia.

«Come dice?»

«No, niente.»

Il professore allora prosegue: «Poi però succede che un principe di nome Sigfried si imbatte una notte in Odette, se ne innamora e le promette di salvarla. Allora decide di dare una festa e di invitarla per rompere l'incantesimo. Solo che alla festa arriva il mago Rothbart, che presenta al principe sua figlia Odile, facendole prendere le sembianze di Odette, ma vestita tutta di nero».

«Maledetto!»

«Esatto, maledetto: perché poi Sigfried giura eterno amore al cigno nero, a Odile, mentre Odette è costretta ad assistere impotente alla scena. Così Odette si va a gettare nelle acque del lago e Sigfried, che nel frattempo ha scoperto l'inganno, decide di seguirla, tuffandosi anche lui. È proprio questo gesto che permette ai due innamorati di rompere l'incantesimo e di vivere per sempre felici. Questo, almeno, nella versione del balletto che abbiamo visto noi.»

«Ah, perché, ce n'è anche un'altra?»

«Sì certo: una in cui lui sposa semplicemente l'altra e Odette muore sola, annegata nel lago.»

Gioia evita di dire che secondo lei il vero finale è quest'altro, e si limita a chiedere: «Perfetto, tutto molto bello: ma che cosa ne possiamo tirare fuori noi da questa storia? Voglio dire: ha un significato?».

«Secondo lei che significato ha, signorina Spada?»

Gioia guarda il professore, il professore guarda Gioia.

«Ma lei risponde mai a una domanda senza fare un'altra domanda?» gli chiede. E lui risponde pronto: «E lei?».

Sorridono. Ed è la prima volta che succede di nuovo, da quando Gioia è venuta a fare lezione da lui. È capitato in realtà altre volte, ma erano più sorrisi di circostanza: adesso invece Gioia ha la stessa sensazione di quando ritrova qualcosa che aveva perso.

Si alza, inizia a camminare per la stanza e dice: «Non saprei. A me sembra che il fulcro della storia sia il fatto che lei diventa cigno».

«Odette è felice di farlo? Le piace, essere cigno?»

Gioia gira intorno alla sedia del professore, e intanto parla: «No, direi proprio di no. Il cigno è bellissimo, ma lei è pur sempre prigioniera, lì dentro».

«Esatto! E chi è che l'ha messa lì dentro?»

Gioia si ferma, punta il dito: «Coso, lì, il mago!».
«Rothbart. Si chiama Rothbart.»
«Vabbè, insomma, lui. Che immagino voglia dire qualcosa pure lui, giusto?»
«Lei mi legge nel pensiero. Che cosa vuol dire, secondo lei?»
Gioia è dietro il professore, lo vede di spalle: pensa a una risposta, ma pensa anche che sarebbe un bel soggetto per una foto. Esattamente in quella posizione, esattamente con quella luce. Poi dice: «Non saprei. Forse chi ha scritto questa storia voleva dirci che ognuno di noi prima o dopo può ritrovarsi in una prigione».
Il professore si volta, la guarda.
«Che c'è?» dice Gioia.
«Mi piace questa interpretazione, non ci avevo pensato!»
Gioia si gasa un po'. "Il professore ha ancora il potere di farti sentire intelligente, allora!" pensa.
«Sì, in fondo non tutte le prigioni sono fatte di sbarre, no?» gli chiede, tornando a sedersi.
«È vero, signorina. Certe prigioni neanche ti accorgi che sono prigioni. Credi di essere libero, come un cigno appunto, ma in realtà non lo sei per niente. Sono prigioni abbastanza grandi e abbastanza comode da non farti sentire la presenza delle sbarre. Complimenti!»
«Grazie!» fa lei.
«Però la cosa più importante di questa storia è il cigno nero. È di questo che le volevo parlare oggi.»
«Ah già, quel maledetto cigno nero traditore!»
«In realtà, sa, se dovessi fare il bravo professore le direi che esiste un'interpretazione psicanalitica di questo balletto: che secondo la prospettiva freudiana Odile non sarebbe solo la rivale di Odette. Il cigno nero non è solo l'antagonista del cigno bianco, ma il suo doppio.»
«Ma lei, che non vuole fare il bravo professore, mi dirà invece che...»
«Le dirò che Odile è Odette, solo che rappresenta la sua parte più oscura, più nascosta, e anche più vera.»
Gioia capisce che il professore non le sta facendo una le-

zione su Freud né una lezione in generale, ma che sta parlando di lei, e anche di sé stesso.

«E quindi?» gli chiede, mentre il sole tramonta e la luce si fa più fioca. «Come si rompe l'incantesimo? Come si fa a uscire dalla prigione?»

Il professore la guarda e lo fa abbastanza a lungo da lasciar intendere che non si aspettasse quella domanda, e soprattutto che non abbia ancora trovato una risposta. E infatti dice: «Non lo so, Gioia. Davvero non lo so. Ma parlando con lei oggi, anzi parlando con lei in questi giorni, mi viene da pensare che se c'è un modo per uscire dalle prigioni che ci creiamo da soli, è accettare che noi siamo sia il cigno nero sia il cigno bianco. Accettare che il nostro più grande nemico ce lo portiamo dentro, che abbiamo anche una parte oscura, una parte che non ci piace, che non vorremmo. Una parte che non possiamo controllare e che spesso è molto più forte di noi. Anzi, forse mi viene da dire che la parte migliore di noi esiste proprio perché esiste quella parte oscura: non esiste cigno bianco senza cigno nero, e se uccidiamo il cigno nero facciamo morire anche il cigno bianco. Forse l'incantesimo si rompe quando facciamo pace con lui: siamo fatti anche di buio, e bisogna guardarlo in faccia, questo buio, se vogliamo trovare in noi una scintilla di luce».

37.

«Niente, non ne sono più capace!»

Gioia Spada, di ritorno dalla biblioteca, ci riprova. Di nuovo la macchina fotografica, ma è come se avesse perso il piacere di farlo: un tempo – e le fa strano pensare "un tempo" di qualche mese prima – inquadrare, giocare con la luce, scegliere il momento e infine scattare una foto le regalava una specie di felicità bambina, la stessa di quando all'asilo giocava a rincorrersi con le amiche, identica a quella che le dava fare un bagno in mare con il nonno. Adesso è tutto diverso.

Questa cosa che prova lei ora ha un nome: *pâro*, che è una parola dello slang irlandese che indica "la sensazione che qualunque cosa tu faccia sia sempre in qualche modo sbagliata". È come se un attimo prima di scattare sentisse dentro di sé una folla di voci che le dicono: «No, così non va bene!», oppure «così sarebbe meglio!», oppure «lascia stare, non è roba per te!».

"Tutto questo solo perché un professore mi ha detto che non sono brava?" si chiede. "Nonostante io sappia benissimo che l'ha detto solo per provocare una mia reazione? Ma che problemi ho?" insiste. Ovvio che così serve la battuta su un piatto d'argento a Tonia, che difatti compare subito proprio di fianco a lei.

"La domanda giusta è quali problemi *non* hai!"

Gioia, non riuscendo più a fare una singola foto che non le sembri orribile, si mette a scorrere il display della sua vecchia digitale all'indietro, alla ricerca di qualche scatto in memoria che possa ispirarla. Scorrendoli, arriva a una foto fatta qualche mese prima, solo che non è il ritratto di qualcuno, ma un'immagine di lei stessa, presa di fronte. È stato abbastanza strano farsela così, perché non avendo il bastone da selfie aveva dovuto usare l'autoscatto e rimanere immobile in attesa del *clic*, e infatti ci sono ancora una ventina di tentativi in cui ha espressioni ogni volta diverse: in una sorride, in una è seria, in una è mossa, in un'altra ha la mano che le copre metà del viso. Gioia è fuori dalla biblioteca a guardare sé stessa in quelle venti foto, e quello che fa è cercarsi lì dentro, ritrovarsi, insomma una specie di *daguerrologue* che, in inglese, è quando ti metti a guardare vecchie foto tue e hai un dialogo con il te stesso che eri e che vedi lì.

"Che faccia da scema che avevi", le dice Tonia.

"Sì, e forse è proprio questo che mi manca, l'essere scema. È bello essere scemi ogni tanto, no?"

"In questo saresti una professionista, non c'è che dire!"

Su questo Bove ha ragione: nel momento in cui ha perso il suo lato "scemo", ha perso anche il suo lato profondo. Quando ha smesso di giocare e divertirsi con le foto, ha smesso di fare foto con un qualche significato. Quando ha smesso di sentire la voce di Tonia, ha smesso di essere sé stessa. Quando ha smesso di avere le sue giornate tristi, sono sparite le giornate davvero felici. Quando ha smesso di passare notti insonni, ha smesso di passare notti in sogni. Quando ha smesso di credere alle sue fantasie, la realtà ha perso magia. Quando ha iniziato a crescere, ha sentito che era come fare dei passi indietro. Quando ha smesso di odiare Lo, quando è diventato solo il ragazzo che le ha raccontato un sacco di balle e poi se n'è andato, ha smesso di provare qualcosa per lui. Quando ha buttato via il quaderno con le parole, ha smesso di provare molte emozioni che quelle parole raccontavano.

Non c'è cigno bianco senza cigno nero. Anzi, forse è così che si diventa cigni bianchi: tenendo sempre vivo il proprio cigno nero.

Già, ma come si fa a venirne fuori?

All'improvviso, pensando ai cigni e guardando la biblioteca dove nemmeno oggi ha visto Stella, Gioia sa perfettamente che cosa chiederà al professore nel pomeriggio.

38.

«Oggi posso essere io, a cominciare?»

«In che senso?»

«Nel senso: posso essere io a fare la domanda per prima, oggi? Ad avere il mio *quid* prima del suo *quo*, insomma?»

Il professor Bove ci pensa su un attimo, poi alla fine annuisce: «Va bene, non c'è problema».

«Perfetto. Allora la domanda è semplice: come fa?»

«Mi scusi?»

«Sì, vorrei tanto che mi spiegasse come fa a farci tutti quei discorsi – *vindica te tibi*, tutte quelle belle lezioni su come affrontare le proprie paure – e poi se uno viene a vedere da vicino scopre che anche lei non le affronta, o non le ha affrontate quando era il momento. O mi sbaglio?»

Il professor Bove fissa Gioia per qualche secondo.

«Capito perché volevo cominciare io?» gli fa.

Lui allora si alza in piedi e va verso la porta dello studio. La apre ed esce.

«Professore?» lo chiama Gioia, sbirciando verso l'altra stanza e intravedendolo mentre si infila il cappotto.

«Sta uscendo?» gli chiede, poi sente la sua voce che le dice: «Forza, su, mi segua!».

Bove si ferma davanti a un negozio di articoli da regalo. Si mette proprio davanti all'ingresso, sotto i portici del centro. Rimane immobile, senza entrare.

«Perché siamo venuti fin qui?» gli chiede Gioia. «Deve comprare qualcosa? È una manovra diversiva per non rispondere alla mia domanda?»

«No, signorina Spada. È una manovra per risponderle nel miglior modo possibile», fa lui, tirando fuori dalla tasca una busta tutta ingiallita. Poi prosegue: «Qui una volta non c'era questo negozio, ma uno che vendeva fiori».

«Ah.»

«Io non lo sapevo che entrando qui, quel giorno, la mia vita sarebbe cambiata. Ero solo un ragazzino portato per lo sport e per i libri, insegnare all'epoca era la prima cosa che escludevo. Se sono diventato un insegnante è stato perché un giorno ho messo piede in questo posto.»

«Il suo *clinamen.*»

«Come dice?»

«Glielo devo spiegare io? Epicuro, il *clinamen*, il punto in cui una traiettoria devia in modo inaspettato e cambia tutto?»

«So benissimo che cos'è, mi stupisco che lei se lo ricordi ancora!»

«Ho tanti difetti, ma la memoria non fa del tutto schifo, dai.»

«Sì, comunque, ha ragione. Mettere piede in questo negozio di fiori è stato il mio *clinamen.* Lei mi è piaciuta da subito, anche se era molto più grande di me. Oggi le ragazze di trent'anni non sono poi così diverse da quelle di diciotto, ma mi creda: in quegli anni la differenza si vedeva eccome.»

«Ma quindi... a lei piaceva? Non era una storia... mi scusi il termine, non era una storia di solo sesso?»

Il professor Bove risponde ridendo: «Ammetto che all'epoca ero uno che le faceva, queste cose. Ma con lei no, proprio no. Ricordo che all'inizio parlavamo tantissimo, più di quanto avessi mai parlato con le ragazze della mia età».

«E allora perché poi l'ha lasciata? Voglio dire, quando suo padre si è messo in mezzo, perché gli ha dato retta? Non poteva imporsi?»

Bove riprende a camminare, senza rispondere. Avanza piano con il bastone fin dalle parti del municipio, in fondo al Corso. Poi si siede su uno dei muretti esterni della loggia, come fanno a volte i giovani, in primavera.

«Venivo qui ad aspettare che il suo padrone se ne andasse, così potevo andare a trovarla. Mi sedevo proprio su questo muretto, e ogni cinque minuti scendevo a controllare l'orologio lassù – Bove indica con il bastone l'orologio sulla cima del municipio – e il tempo non passava mai.»

Gioia è in piedi davanti a lui, butta l'occhio sul grande orologio, e poi fa: «Sì, bello, però non mi ha risposto».

Lui allora guarda un punto alle spalle di Gioia, verso il centro del corso, un punto che forse è proprio dove si trova il negozio di articoli da regalo che una volta era un fioraio. Poi porge a Gioia la lettera ingiallita che aveva preso prima dalla tasca e dice: «Io non lo sapevo che fosse mia figlia».

39.

Francesco, figlio mio
ti chiedo scusa per il mio italiano, sai che non ho studiato come te e quindi è facile che farò errori. Anche perché ho la mano che mi trema un po'.

Avrei dovuto scriverti questa lettera molto tempo fa, prima che io e te iniziassimo a litigare ogni volta che ci vediamo, le poche volte che ci vediamo. Forse, se l'avessi fatto, adesso saremmo ancora un padre e un figlio che si vogliono bene, un padre e un figlio come si deve.

Se te la scrivo è per dirti che io l'ho fatto proprio per esserlo, un padre come si deve: volevo proteggerti, evitare che un ragazzo dal futuro così promettente si rovinasse per un errore fatto in un momento di incoscienza. E soprattutto per un errore non suo.

Ne ho fatti anch'io, tanti, all'età mia.

Però non posso rimanermi qui con questo peso ancora per tanto, anche se so che dopo aver letto questa lettera forse non avrai mai più voglia di parlare con me.

Ma siccome sono stato male ultimamente – ho ordinato a tua madre di non dirtelo ma ho avuto un piccolo collasso, sono svenuto al supermercato, niente di gravissimo ma è arrivata l'ambulanza – e poi il medico mi ha messo in guardia, mi ha detto che lavoro troppo, che sono troppo stressato per la mia età e che se continuo così rischio di ammalarmi seriamente o addirittura di prendermi un infarto, ti scrivo questa lettera perché non sopporterei di morirmene senza che tu sappia come sono andate davvero le cose.

Quella ragazza, quella con cui ti vedevi di nascosto da me. Qualche giorno fa ho visto appesa a un muro la foto di una ra-

gazzina di dieci o undici anni. Era scomparsa, scappata di casa, e la madre aveva messo quel volantino per ritrovarla, spiegando che la foto risaliva a circa cinque anni fa, e che la ragazza adesso ha sedici anni.

Io ho visto quella foto e ho capito tutto, perché quella ragazzina, che si chiama Eleonora, era praticamente identica a te da bambino.

Ora vorrei che tu mi credessi: quando quella fioraia era rimasta incinta io ero davvero convinto che il padre fosse un altro, che non fossi tu. Si dicevano tante cose in giro su di lei, e una di queste era che era stato il suo padrone della fioreria a metterla incinta, e infatti lui dopo un po' l'aveva licenziata. Io nemmeno sapevo che tu andavi lì così spesso.

Io ti ho detto delle bugie, perché ti ho raccontato che l'avevo vista con altri, tante volte, e poi che un giorno l'avevo vista al supermercato che si abbracciava con il suo padrone, sempre lui. Ti ho detto quella bugia perché vedevo che tu ci stavi pensando, e io sinceramente avevo creduto che lei ti avesse imbrogliato, perché quando ci avevo parlato non mi aveva fatto per niente una buona impressione.

L'ho fatto perché credevo fosse la cosa giusta, e sinceramente anche io credevo che lei non era stata sincera con te.

Solo adesso mi rendo conto che in realtà non era quello che credevo, ma quello che volevo credere. Solo adesso mi rendo conto di quanto ho sbagliato.

So che non mi potrai mai perdonare per questo, ma ho pensato che forse, se quella bambina dovesse tornare a casa…

Non lo so, io te l'ho detto. Se avrai bisogno del mio aiuto, di qualsiasi cosa, non ci pensare due volte a chiedermelo.

Adesso spedirò questa lettera, e ti chiedo solo una cortesia, se puoi: non dire mai a tua madre quello che ti ho detto. Lei non sa niente, e non voglio darle un così grande dolore.

Grazie.

Spero di sentirti presto,
papà

40.

«Vede, Gioia, per rispondere alla sua domanda ho dovuto portarla qui, in questi posti dove il vecchio con il bastone che vede oggi è stato un giovane esattamente come lei. Anzi, molto più incosciente e stupido di lei. Prima, a casa mia, lei mi ha chiesto come faccio a insegnare ad affrontare le paure, se poi non sono stato in grado di farlo quando era il momento. Avrei potuto barare, dirle un sacco di cose, e le confesso che sono anche stato tentato di farlo; forse per anni sono stato io che ho barato con me stesso, e magari mi ci voleva una ragazzina dai capelli rossi e dall'insopprimibile propensione a fare domande scomode per rendermene davvero conto. Per capire quanto è facile nascondersi dietro una scusa, barricarsi al riparo di una bugia. Tutta la mia vita è stata una bugia e, se mi guardo allo specchio con un po' di onestà, posso dirle che non conta il fatto che mio padre mi avesse mentito, non conta nemmeno che io stesso fossi sicuro che quella bambina non fosse mia, perché nel profondo io sapevo come stavano le cose, l'ho sempre saputo. Per anni, però, almeno fino a quando ho letto quella lettera, ho nascosto la verità così in fondo a me stesso da non vederla, fino al punto di dimenticarmi perfino che esistesse. Se mi chiede come faccio a insegnare quello che insegno, mi deve anche chiedere che rumore fa il pensiero di quella bambina, ogni singola mattina. Mi deve chiedere anche quanto pesa il suono di quella voce che non ho mai sentito. Mi deve chiedere quanto stringe forte la base del mio stomaco il dolore di non averla mai accarezzata, e il sapere che a causa di questo lei ha sofferto così tanto da voler scappare via. Mi deve chiedere quanto male fa guardare quella foto, e deve chiedermi anche perché l'ho messa lì, proprio in quel punto della casa, di modo che non possa non guardarla ogni giorno e ogni giorno sentire di aver buttato via l'unica cosa davvero bella che la vita mi abbia regalato. Io, Gioia, non volevo insegnare al liceo. Non ho mai desiderato farlo e infatti mi reputo un pessimo insegnante da moltissimi punti di vista, perché non sono in grado di seguire un programma, perché non rispetto le regole, perché nelle mie lezioni si fa un po' tutto, tranne quello che si dovrebbe. A me interessava solo studiare, imparare, scrivere, pensare, volevo entrare all'università, questo volevo fare; se a venti o a trent'anni mi avessero detto che avrei insegnato al liceo l'avrei presa come una minaccia. Poi mio padre è venuto a mancare e mi ha scritto la lettera che lei ha appena letto, e lì il mondo che prima conoscevo ha smesso di esistere e mi sono messo a cercare quella ragazza con tutti i mezzi che avevo; l'ho cercata e fatta cercare dappertutto, e quando è stato chiaro che non l'avrei mai trovata ho capito che c'era solo una cosa che potevo fare nella vita: impedire che succedesse a qualcun altro. Insegno quello che insegno non *nonostante* io abbia fatto un errore, ma *proprio perché* l'ho fatto. Aver sbagliato così tanto è proprio ciò che mi rende sicuro di quello che insegno, che fa sì che io creda così tanto a ogni singola parola che dico. Faccio quello che faccio perché sento di poter salvare qualcuno, e ogni volta che mi pare di riuscirci, ogni volta che vi guardo negli occhi e vedo che ci credete, che credete in voi stessi, che sentite che io credo in voi, un pochino salvo me stesso. Ogni volta che vi sentite protetti, io un pochino mi proteggo. Ogni volta che i vostri occhi ridono, un pochino mi sembra che ridano anche gli occhi dentro la foto che mi guarda ogni mattina.»

41.

Non dice una parola, Gioia, mentre il professore parla. La gente passa nel corso, c'è chi ride, chi porta delle borse, chi sta al telefono, tutto il mondo continua a muoversi, ma per lei è come se tutto si fosse fermato, mentre ascoltava quel racconto e il suono della voce del professore.

"Che stupida che sono stata", pensa.

A credere di aver capito tutto, di sapere già come stavano le cose. Ironicamente, era stato proprio il professore a dirle cosa avrebbe dovuto fare, o meglio non fare, durante una delle ultime lezioni dell'anno passato, quando Gioia era ancora in quarta e Bove un giorno aveva raccontato una storia in cui non si capiva chi avesse ragione e chi torto e alla fine aveva proposto la sua morale: «Primo, è dannatamente difficile dire che la ragione è di qua e il torto di là. Sempre, in tutte le situazioni, anche quelle che ci sembrano più evidenti, la ragione non sta mai tutta tutta da una parte, e così il torto. Infatti c'è una seconda regola, subito dopo questa, ed è: la vita degli altri, giudicatela solo se proprio dovete. Ma se non siete Dio o un giudice, quando potete evitate di farlo».

Chissà quante volte Gioia ha pensato, nei suoi diciotto anni, che il mondo la stava giudicando senza sapere niente di lei. Ora lei ha fatto lo stesso con il mondo, o con la porzione che costituiva il suo. Per questo si sente allo stesso tempo male e bene: male, perché ancora una volta capisce di essere diventata esattamente ciò che non voleva diventare. Bene, perché nell'istante in cui lo pensa, è come se ritrovasse il suo professore.

«Quest'estate ero sicuro di averla trovata, sa?» le dice, dopo un po'.

«Davvero?»

«Ha presente il viaggio in Bretagna che dovevo fare?»

«Non mi aveva detto che andava là per le rosse e per le birre?»

«Già, e in parte è vero. Ma ero là soprattutto perché ero convinto di averla trovata. E invece niente. Nessuna traccia. Clamoroso buco nell'acqua.»

«Mi dispiace», prova a dire Gioia, e lui dà un colpo a terra con il bastone, come per mettere un punto sulla questione. Poi fa: «Adesso, se non sbaglio, tocca a me».

Gioia e il professor Bove sono entrambi seduti sul muretto del municipio. Le giornate si sono allungate e cominciano ad apparire i primi vestiti a fiori.

«Eh ma così non vale! Adesso che mi ha raccontato tutta questa roba io vorrei farle ancora mille domande!»

«Se le tenga lì per i prossimi giorni. La strada è lunga fino a giugno. Adesso è il suo turno», risponde categorico il professore. Gioia scende dal muretto. Inizia a fare piccoli passi su e giù.

«Ma io non so cosa dire. All'improvviso mi sembra tutto così piccolo. *Io* mi sento così piccola, rispetto a una storia così!»

«Signorina, lei mi sorprende. Ha già dimenticato le mie lezioni? Dovrebbe sapere che nel piccolo è contenuto il grande.»

«Seee vabbè...»

«Quel ragazzo, per esempio. Quello di cui mi ha parlato quest'estate», dice il professore, alzando il bastone come per indicarlo.

«Cosa vuole sapere?» gli chiede.

«Ha poi scoperto se era noce o pasticcino?»

Gioia torna a sedersi di fianco a lui. Non ci pensa un secondo a rispondere

«Pasticcino, professore. Decisamente pasticcino, e di quelli piccoli che finiscono subito per di più!»

«Sta cercando di dirmi che è finita, con lui?»
«Sto cercando di dirle che non so nemmeno se è mai iniziata davvero.»
«Le ha fatto qualcosa di male?»
«Vuole la lista completa?»
«Mi va bene anche un riassunto.»
Gioia tira su il cappuccio della felpa e poi cerca di raccontare tutto senza omettere nessun particolare. «Dunque, diciamo che fra me e lui è stato tutto perfetto fino a che non l'ho conosciuto davvero. Sul serio, fino a che ci vedevamo di nascosto, ed eravamo solo io e lui e il mondo se ne stava lontano per i fatti suoi, è stata senza dubbio la cosa migliore che mi sia mai capitata».
«E poi? Cos'è successo?»
«Tante cose, ma soprattutto... non so come spiegarlo, non è qualcosa che ha fatto, è qualcosa che *non* ha fatto.»
«Può essere un po' più specifica?»
Gioia adesso si gira di novanta gradi sopra il muretto, appoggiando la schiena al montante della finestra ad arco che dà sull'interno della loggia. Mentre parla gioca con i lacci del cappuccio della sua felpa.
«Si ricorda che qualche mese fa le ho parlato di alcune strane telefonate che ricevevo? Qualcuno che mi chiamava e stava zitto dall'altra parte?»
«Sì, mi pare di ricordare qualcosa del genere.»
«Insomma, dentro di me io speravo che fosse lui. Che fosse il suo modo per farmi sentire che c'era ancora, che era ancora presente. Da un lato mi sembrava che quell'idea, quella cosa, non lo so, fosse in qualche modo *perfetto.* Io ho sempre sognato di trovare un ragazzo... no, non è vero, non sognavo di trovare un ragazzo, ma quando l'ho conosciuto ho capito che sognavo di trovarne uno così, che fa queste cose qui. Che c'è anche quando non c'è, anzi soprattutto quando non c'è. E invece poi ho scoperto che lui non c'entrava niente, e a questo punto non so più chi possa essere stato, anche se un'idea ce l'ho perché mio padre l'altra sera mi ha detto una cosa un po' strana e... ma lasciamo stare. Il punto è questo: non era lui.»

«Accidenti.»

Gioia continua a giochicchiare nervosamente con i lacci del cappuccio, e intanto parla.

«Vuol dire che per mesi ho avuto una storia con un ragazzo che nemmeno esisteva, capisce? Era solo nella mia testa ed era completamente diverso da quello che è nella realtà.»

«E lui dov'è adesso?»

«Ah, non ne ho idea. L'ho incrociato un po' di volte, in una ha anche provato a parlarmi, ma l'ho mandato via. Mi ha chiesto di vederci in un posto che sappiamo noi, ma io non ci sono andata.»

«Perché non c'è andata? Magari lui aveva qualcosa di importante da dirle. Magari c'è qualcosa che lei non sa.»

Gioia scende dal muretto e prova a tagliare corto.

«Perché sono io che non ne voglio più sapere!» dice.

A quel punto il professore si alza in piedi e fa: «Balle».

«Non ho capito: ha detto "balle"?»

«Sì, ho detto balle», e inizia a incamminarsi. Gioia rimane ferma lì e gli chiede: «Dove stiamo andando, adesso? E la nostra lezione?».

«Mi pare di capire che oggi non riusciremo a fare lezione. Recuperiamo domani. Adesso venga con me.»

42.

«Il duomo? Che ci facciamo dentro il duomo?»

Gioia e il professore sono seduti nei banchi della chiesa centrale della città.

«Osservi, signorina, si guardi intorno», le fa sussurrando. Nonostante la voce bassa, l'eco si sente comunque. Gioia si gira di qua e di là, vede un grande crocifisso ai piedi degli scalini che portano all'altare; una grande pala raffigurante la Madonna con il Bambin Gesù e due altri tizi, uno dei quali con un grande bastone; e poi candele, quadri, crocifissi.

«Ok, ho guardato, ci sono un sacco di santi, madonne e crocifissi. Ma c'è un motivo per cui mi ha portato qui?» chiede infine al professore.

«Le chiese, gli stadi, le piazze, sono tutti posti in cui la cosa più interessante da vedere sono le persone», le dice lui.

Gioia si guarda prima davanti, poi a destra e sinistra, infine dietro: in tutto il duomo, a parte loro due, c'è solo una signora anziana in prima fila, che prega con in mano un rosario. La quale, come se niente fosse, nel bel mezzo del sacro silenzio del duomo e delle sue preghiere, a un certo punto lascia partire una sonora scorreggia. Gioia e il professore scoppiano a ridere.

«Ma c'è solo una persona, qui: quella donna in prima fila con qualche problema di continenza!»

«Quella donna in prima fila con qualche problema di continenza è una vedova. Viene qui tutti i giorni a dire una preghiera per il marito.»

«Lei come fa a saperlo? La conosce?»

La donna intanto continua a pregare. È solo un sussurro, il suo, però l'eco si percepisce in tutta la navata.

«È la madre di una mia vecchia compagna di classe. Suo marito è venuto a mancare vent'anni fa.»

«Lei viene qui tutti i giorni da vent'anni a dire una preghiera per suo marito e a fare puzzette?»

«Tutti i santi giorni. Da vent'anni. Questa mia compagna una volta mi ha detto che il giorno del loro anniversario di matrimonio lei prepara sempre le lasagne, che erano il piatto preferito di lui. E che ogni tanto la sente parlare con lui, quando è sola in casa: ci fa dei lunghi discorsi, come se fosse ancora vivo.»

«Wow», commenta Gioia. Il professore allora si volta, osserva il profilo di Gioia, poi ritorna a guardare verso la donna e dice: «Riesce a pensare a un amore più grande e più forte di questo?».

Lei, neanche lo avesse sentito, pensa bene di suggellare la solennità di questa frase con una seconda scorreggia. Gioia ride e dentro la risata dice: «No, più forte di *questo* direi di no, specie se lei faceva così anche con lui. Non è che è morto per…» prova a dire, ma il professore le dà un colpo di bastone per non farle neanche finire la frase. Allora Gioia dice: «Ma non capisco perché me la sta facendo vedere. C'entra qualcosa con me?».

«A dire il vero no. Volevo solo mostrarle che esiste.»

«Esiste… cosa?»

«Non saprei dargli un nome. È qualcosa che forse solo quella donna e suo marito potrebbero descrivere, ma temo che nemmeno loro troverebbero le parole adatte. Un legame così forte che va oltre il tempo, perfino oltre la morte. Glielo sto dicendo perché lo so benissimo cosa sta cercando di fare, lei.»

«Lei, io?

«Sì, lei lei.»

«E che cosa sto cercando di fare?»

«Sta cercando di smettere di crederci. Lei si sta convincendo che una cosa del genere non esiste, e che se esiste non la riguarderà mai. E lo sa perché? Lo sa perché si sta facendo questa idea?»

«No, perché?»

Il professor Bove impugna il bastone, lo usa per farsi leva e si alza. Poi, prima di dirigersi all'uscita dice: «Perché se la sta facendo sotto dalla paura».

Gioia rimane lì da sola, come in fermo immagine. Fissa lo sguardo verso la signora in prima fila e in particolare sulle labbra che si muovono per recitare una preghiera il cui suono risulta impercettibile. Poi schizza fuori dal duomo e raggiunge il professore.

«Paura?»

«Sì, certo, paura», risponde lui tranquillo.

«Ma ha sentito quello che le ho detto? Quello che ha fatto Lo?» Gioia lo prende per un braccio, lo costringe a fermarsi.

«Sì, ho sentito. E le confermo quello che ho detto. Lei se la sta facendo letteralmente sotto dalla paura. Lei si crea apposta un modello irraggiungibile, usa la sua immaginazione per costruirsi un'idea del mondo che vorrebbe, e poi dà la colpa al mondo se non è come lei se lo è immaginato! Crede davvero che il marito di quella donna là dentro fosse perfetto? Si fidi di me: quei due, finché lui era in vita, passavano tutto il tempo a litigare, e chissà quante volte lei gli avrà detto di andarsene di casa, che non ne voleva più sapere di lui, o chissà quante sarà stato lui a dirlo a lei! Chissà quanti difetti, quante cose non sopportavano l'uno dell'altra, chissà in quante piccole e grandi cose della vita erano diversi da come si erano immaginati. Eppure eccola lì, lei, dopo vent'anni, ancora innamorata di lui.»

La donna, proprio nel momento in cui Bove finisce la frase, passa di fianco a loro, camminando lentamente. Gioia la osserva e le viene in mente che nel suo quaderno aveva scritto una parola che significa "speranza che la persona che ami viva più di te, perché sai quanto sarebbe difficile vivere senza di lei". Sarebbe *ya'aburnee*, quella parola. È arabo.

«Sì ma ancora non capisco cosa c'entri la paura con tutto questo», dice alla fine.

«Lei, signorina, non ha paura che questo ragazzo non sia perfetto, perché lo sa benissimo che non lo è. Ha paura di qualcosa di molto più grande, e pur di non guardarla in faccia ha scelto di convincersi che lui non sia la persona giusta.»

«E di cosa ho paura, allora?»

«La stessa paura che abbiamo tutti, quando incontriamo qualcuno che ci fa battere il cuore. Quella che quel qualcuno se ne vada via.»

43.

“Si può sapere che ci facciamo qui?”

La voce è quella di Tonia. È di fianco a Gioia, e sono entrambe in piedi appoggiate col sedere sul cofano di una vecchia macchina. È un sabato sera di inizio aprile e dovrebbero essere a casa, ma invece sono lì, sulla strada dove abita una ragazza che per un po' di tempo è stata la migliore amica di Gioia.

Le parole del professore sono ancora sospese nell'aria, come il polline primaverile che ogni tanto la fa tirare su col naso e starnutire. Parole che le hanno fatto l'effetto di un vento molto forte, di quelli che ti spettinano tutta. E adesso così scombinata, così diversa da com'era anche solo poche ore prima, vuole vedere Lo. Parlarci. Capirci qualcosa. Scoprire se vuole dimenticarlo perché ha la certezza di soffrire o solo perché se la fa addosso dalla paura di essere felice.

“Sì, tutto molto bello cocca, ma se dici che vuoi sistemare le cose con Lo, cosa cavolo ci facciamo davanti a casa di Sara?”

“Ho capito che, se voglio chiarire con lui, devo prima chiarire con Sara.”

“E chiederle scusa”, precisa Tonia immediatamente.

“E chiederle scusa, certo.”

Ha provato a chiamarla, ma lei non ha risposto. A mandarle dei messaggi, ma idem. Così è venuta lì. Sa benissimo che lei la prenderà a insulti, se non peggio. Ma allo stesso tempo è convinta che la loro amicizia sia una *jung*, come dicono i coreani: un'amicizia che resta tale anche dopo discussioni, litigi, porte in faccia e addii. Perché, come ha letto una volta sul calendario di Frate Indovino che c'era appeso sulla credenza di sua nonna, da piccola: *Se un'amicizia finisce, non è mai stata vera. Se è vera, non finisce mai.*

"Sai già che cosa le dirai?" le fa Tonia.

"Punto tutto sull'improvvisazione."

"Ottima idea. In fondo, tutte le volte che hai avuto un piano, è sempre andato a farsi friggere in un attimo!"

Arriva una macchina, parcheggia poco distante da casa di Sara, ma non è lei.

Comincia a fare un po' freddo, e questo coincide con la sensazione di stare facendo la cosa sbagliata.

"Che dici, ce ne torniamo a casa?" fa, ma all'inizio della strada appaiono le luci di un'auto in arrivo che le sembra proprio quella di Sara. Gioia potrebbe semplicemente palesarsi davanti a lei, ma preferisce spostarsi leggermente, posizionarsi dietro un'altra macchina e guardare Sara arrivare senza farsi vedere: per curiosità, più che altro. Magari è con un ragazzo, chi lo sa.

"E se fosse con… lui?" le fa Tonia. La sua voce le arriva come fosse un sussurro all'orecchio.

Accidenti, non ci aveva pensato. O meglio: ci aveva pensato, ma forse ha subito ricacciato il pensiero in fondo al cassetto, dove nessuno poteva trovarlo. Adesso Gioia è tentata di defilarsi all'istante, eppure c'è qualcosa che la trattiene: quella che in tedesco si chiama *Bammelbegierde*, l'attrazione inesorabile che a volte tutti abbiamo per qualcosa di cui abbiamo paura o che ci spaventa o che riteniamo potenzialmente spiacevole. Ci prende quando siamo tentati di aprire una mail, i messaggi o il diario di qualcuno, magari sapendo che dentro ci potremmo trovare notizie che ci faranno soffrire. La notizia, in questo caso, è che Sara e Lo hanno ricominciato a vedersi o, peggio ancora, che in realtà non hanno mai smesso.

"In effetti non è da sola in macchina", sente dirle la voce della sua migliore amica. E ha ragione: dal lato del passeggero è seduta una persona, che Gioia non riconosce subito. La cosa strana è che Sara non entra in casa: non apre nemmeno il cancello automatico, e parcheggia in un posto libero lungo la strada. Poi spegne i fari, e rimane nell'abitacolo con l'altra persona che è con lei.

"Adesso perché non scendono?" chiede Gioia a Tonia.

"Forse è davvero il suo ragazzo e restano lì a *salutarsi.*" Tonia pronuncia così bene la parola «salutarsi» che si riescono perfino a vedere le virgolette; la *Bammelbegierde* adesso si fa sentire fortissima in Gioia, che ora vuole vedere a tutti i costi chi è con lei. Così resta piegata e si avvicina di un paio di macchine, sempre posizionandosi in modo da non farsi vedere.

"Ma io la conosco quella persona!" dice, proprio quando Sara le si avvicina e la bacia sulle labbra. Sia Gioia sia Tonia restano a bocca spalancata, nascoste dietro una macchina, a guardare un bacio che proprio non si aspettavano di vedere.

Quello fra Sara e Marika.

08/02/23
E LA MADO

44.

«Pronto?»
«Ciao, Sara.»
«Chi parla?»
«Sono io, Gioia.»

Gioia è ancora nascosta dietro la macchina. Senza farsi vedere, sta chiamando Sara, che a sua volta è ancora chiusa nella sua con Marika. L'ha fatto per tre volte: alla terza lei ha finalmente risposto.

«Non hai più il mio numero?» le dice, un po' stupita.

«No, Rossa, l'ho cancellato dopo che mi hai fatto sospendere. Non so se ti ricordi, ero praticamente la tua migliore amica, o forse dovrei dire l'*unica* amica che avevi. Comunque: a cosa debbo il dispiacere?»

Gioia sente una fitta profonda nella pancia, ma al tempo stesso trova strana la specie di riassunto che Sara le ha appena fatto: non le ha detto più o meno le stesse cose su quella panchina in piazza? Certo, adesso ha calcato ancora di più la mano, ma i concetti sono gli stessi.

«Ma chi è, la stronza della Spada?»

«Sì, Marika, è lei.»

Ah, adesso ha capito: le ha fatto il riassunto perché voleva che lo sentisse anche Marika. In effetti ha senso.

«Perso la voce, Rossa?»

Gioia è tentata per un secondo di chiudere la chiamata. Ma poi prende un respiro e dice: «Ecco, Sara… io vorrei parlare con te».

«Ma dai! Pensa che coincidenza! Io no! E credevo di avertelo detto, anche!»

«Dille che se ne vada affanculo! Anzi passami il telefono che glielo dico io!»

«In realtà sono già qui. Proprio qui davanti a te.»

Gioia alza la mano libera dal telefono e la ondeggia per farsi vedere, mentre i fari della macchina di Sara si accendono e le illuminano il viso. Dopodiché Gioia si avvicina: «Possiamo parlare, allora?» le chiede. Sara mette giù la chiamata. Adesso Gioia è proprio davanti al finestrino e prova a bussare. Sara lo abbassa: «Senti, Rossa, io non ho intenzione di parlare con te, dopo quello che mi hai fatto!» e lo rialza subito. Gioia però bussa ancora.

«Problemi all'apparato uditivo?» le fa Sara, con Marika che sbraita qualcosa di incomprensibile.

«No, è che... vi ho viste.»

«Vi ho viste in che senso?» chiede Sara.

«Eh, vi ho viste!»

Adesso entrambe le ragazze scendono dalla macchina, con l'aria tutt'altro che pacifica: «Ah, adesso è tutto chiaro!» dice Marika.

«Vuoi fare la spia e dire ai miei quello che hai visto? È di questo che vuoi parlare?!»

Sara e Marika le sono praticamente addosso.

«No, sono venuta qui per chiedervi scusa», dice Gioia, «e per dirvi una cosa che dovevo dirvi un po' di tempo fa.»

«Sentiamo, quale sarebbe questa illuminazione che hai avuto?»

«Che sono stata una stupida stronza, e non dovevo farvi quello che vi ho fatto.»

Sara e Gioia sono nel loro locale, adesso. Marika è andata in pizzeria a lavorare. Non prima di aver lanciato a Gioia un'occhiataccia di quelle perforanti.

«Mi stavate per picchiare, eh?»

«Direi di sì. E diciamo che anche adesso la tentazione è forte.»

Il barista si presenta con le ordinazioni. Devono essere diventati ancora più amici dall'ultima volta perché, dopo averle servite, dà un bacio sopra la testa di Sara. Gioia la osserva e pensa che in questi mesi lei è andata avanti, che un pochino è riuscita a liberare lo spazio sul suo specchio e a riconoscersi, trovare un'identità, un posto dove, quando entri, i clienti ti salutano e il barista ti dà un bacio affettuoso sulla testa. Anche Gioia vorrebbe questo, ma sente che invece si è come fermata; è come con certi vecchi vinili del nonno, che si incantavano a metà e non arrivavano più alla fine della canzone. Ecco: Gioia credeva di essere cresciuta, e ora le sembra solo di essersi fermata.

«Però devo ammetterlo: ho sbagliato io, per prima», fa Sara, «ed era anche normale che tu fossi incazzata a morte con me.»

Gioia non dice niente, accenna solo un timido sorriso, che forse non si vede nemmeno.

«Ma, Sara, adesso che siamo qui: me lo puoi dire che cosa è successo davvero fra te e Lo?»

«Adesso sono io che mi devo scusare con te», fa lei.

«E per cosa?»

«Perché sono stata una stupida. Ho avuto paura di perderti e per la mia paura di perderti alla fine ti ho persa.»

Arriva il barista e lascia il resto a Sara, che prosegue: «Noi siamo state amiche per pochissimo tempo, quanto è stato alla fine? Tre mesi?».

«Anche meno.»

«Ecco, ma adesso che siamo qui te lo posso dire: io non ho mai avuto un'amica come te, e non me ne frega niente se è stato per neanche tre mesi e poi basta, perché con nessun'altra mi sono sentita come mi sono sentita con te.»

Gioia sente il cuore accelerarle nel petto.

«E perché ti devi scusare?» le dice.

«Perché non ho avuto il coraggio di dirti tutto subito. Non c'era proprio niente di cui preoccuparsi, solo che scappare e non dirtelo ha ingigantito la cosa, e giustamente anche, perché tu avrai pensato che se non te ne avevo parlato era perché era una cosa importante. Anch'io avrei pensato così! Giusto?»

«Sì, in effetti sì.»

«Bene: ora segui il mio pensiero contorto: se a quel punto ti avessi detto che non c'era stato niente di che, tu non mi avresti creduto del tutto, perché era troppo tardi. Oddio che casino!»

A Sara viene da ridere, e anche a Gioia. La sua domanda però è rimasta lì, e adesso è arrivato il momento di fargliela. O meglio l'*esattimo* di fargliela, perché Gioia sente che se non ce la fa adesso poi non ce la farà più: «Sì, ma alla fine: mi dici cosa c'è stato con Lo?».

Sara sorride, scrolla leggermente le spalle: «C'è stato che siamo stati insieme sei mesi, poco prima che lui sparisse. Lui in realtà era da secoli che mi stava addosso, ma io non gli avevo mai dato motivo di pensare che fossi interessata. Poi però è successo che hanno messo Marika in classe con me, e allora io mi sono accorta che la guardavo sempre, la pensavo sempre, che a volte facevo dei sogni strani con lei, mi segui? E così, forse perché, boh, nemmeno io accettavo quello che ero, forse per la paura di doverlo dire un giorno ai miei... non so, Rossa, davvero non so perché ho accettato di mettermi con lui. Era simpatico, sì, ma non mi piaceva!».

Era da tanto tempo che Gioia non sentiva un sollievo così forte, nel petto.

«Ma, scusa se te lo chiedo.»

«Ah be', vai pure. Tanto ormai sai la cosa più segreta della mia vita!»

«Dico... in sei mesi, no? Avrete a un certo punto...»

«Fatto sesso, dici? Macché. Sono diventata campionessa mondiale in scuse, altroché. E infatti alla fine, quando ho finito le scuse, l'ho dovuto mollare.»

«Perché pensavi a Marika.»

«Sì, ma non solo: anche se lui mi fosse piaciuto... sì insomma, se non mi piacessero le ragazze, non avrei comunque resistito con lui.»

«Perché?»

«Tu li conosci i suoi sbalzi di umore, o meglio: i suoi cambi improvvisi di personalità, io lo so – *adesso* lo so, ecco – che è dovuto a un problema che ha ma, credimi, bisogna amarlo davvero tanto, per stargli vicino.»

Gioia butta giù un sorso del suo succo di frutta, e intanto Sara prosegue: «Tu».

«Io cosa?»

«Tu forse potresti. Tu hai la... aspetta, la cerco e te la dico», fa, scorrendo il display del cellulare.

«Una parola che hai inventato tu?» chiede Gioia.

«No, a dire il vero mi sono messa anch'io ad annotarmi le parole come fai tu. E una volta ho trovato questa, eccola qua: *tiam*, si dice. E viene dalla lingua... farsi. Che lingua è la farsi?!»

«*Il* farsi. È la lingua che si parla in Iran. E cosa significa quella parola? Io non l'ho mai trovata.»

«Aspetta, ora te lo leggo: è la scintilla che ci appare negli occhi quando parliamo di qualcuno che ci piace. È quella che è venuta a te adesso, mentre parlavamo di lui. È quella che viene a me quando penso a Marika. *Tiam!*»

La parole di Sara sono come il tappo di una bottiglia che salta, come se solo adesso Gioia riuscisse a sentire per davvero quanto le manca Lo. Sara parla dei suoi problemi come di un ostacolo insormontabile, mentre Gioia pensa alla vecchietta del duomo e a quanto piccoli diventino gli ostacoli insormontabili quando sei con qualcuno che ti fa stare bene.

«E ora andiamo, Rossa», le dice Sara. «Mi sa che è ora che tu veda una cosa.»

45.

Il posto, Gioia non l'ha mai visto, eppure non è molto distante da casa sua.

«Ma come, tu non passavi di qua ogni mattina, per andare a scuola?» le chiede Sara, mettendo la freccia.

«No, io facevo viale Grigoletti, tutto dritto, e poi arrivavo al liceo.»

«Questo spiega molte cose», fa Sara, accostando e parcheggiando.

«Allora? Cosa siamo venute a fare qua?» chiede Gioia. Sara spegne il motore.

«Quella sera, quando stavamo scrivendo sul muro, qualcuno ci ha beccati e ci ha fatto scappare. E credo tu lo sappia perché, infame che sei, ci hai fatto una foto.»

«Rigira il coltello nella piaga eh, mi raccomando!»

«Aspetta, aspetta che questo è niente!» dice Sara, appoggiandole una mano sulla coscia, come a dire "preparati". E poi prosegue: «Insomma, 'sto tizio ci urla dietro qualcosa e ci fa scappare, e va bene. E il giorno dopo salta fuori che qualcuno ci ha fatto una foto e il preside ci convoca, ci sospende e ci dice che non ci denuncia solo se prendiamo secchio e pennelli e andiamo a coprire la scritta che avevamo iniziato».

«Sì, ho visto che poi la scritta è stata coperta», fa Gioia, che ancora non capisce.

«Quello che tu non sai è che noi quella sera non siamo andate a casa. Semplicemente, siamo andate a fare la scritta da un'altra parte», le dice Sara, che poi accende i fari, illuminando il muro di una vecchia fabbrica abbandonata.

«E adesso guarda che cosa ti avevamo scritto», aggiunge, facendo un cenno con la testa verso il muro. Dove Gioia legge:

SCUSA ROSSA TI VOGLIO BENE!

46.

Gioia Spada è sotto il grattacielo.

Il suo professore è proprio lì, a pochi passi, che sta guardando la scena. È lei che gli ha chiesto di accompagnarla lì. Lo ha deciso nell'esatto istante in cui Sara le ha insegnato la parola *tiam*, sabato sera. Lo avrebbe chiesto a lei, ma poi ha pensato che sarebbe stato più giusto farlo con il professore, se lui fosse stato così gentile da accompagnarla.

«Su, su, non esiti!» le fa.

Lei si gira, gli fa un cenno, poi si volta di nuovo a fissare la porta. Non è nemmeno molto sicura che lui sia lassù. Però sa che, anche se le ha mentito su tante cose, è talmente imprevedibile che magari è andato davvero ogni giorno alle quattro sul tetto ad aspettarla.

"Com'era quella parola?" dice Gioia fra sé e sé.

È una parola tedesca – tanto per cambiare – che significa "ansia che provi prima di aprire una porta dietro cui non sai cosa c'è". In effetti, solo i tedeschi potevano trovare un termine per una cosa così particolare, e loro usano questa parola per indicare la paura dell'ignoto: quella che ti viene quando sai che sta per succedere qualcosa ma non sai ancora cosa. Sarebbe *Schwellenangst*, la parola, ma di nuovo le servirebbe il suo quaderno per ricordarla.

«Allora Gioia! Che fa? Entra o non entra?» le chiede lui.

La tecnica è quella che le ha insegnato Lo: aspettare che qualcuno entri o esca e poi infilarcisi, facendo il più possibile finta di niente, magari anche fingendo di parlare al telefono. Essendo un palazzo molto grande e abitato non c'è da aspettare molto: due minuti dopo, c'è già una donna con due figli che esce tutta di fretta, lasciandosi alle spalle il portone automatico che va chiudendosi lentamente. Gioia allora scatta in avanti e lo ferma prima che si chiuda.

Poi, però, si blocca.

Ripensa a quello che le ha detto il professore fuori dalla chiesa. La mano è lì ferma sulla maniglia e tutto quanto, ma lei non entra. Si specchia per un secondo nel vetro della porta e poi la lascia richiudersi. Fa due passi indietro e prende il telefono dalla borsa.

«Signorina, che fa?» sente la voce di Bove da dietro. Lei allora si volta e lo raggiunge.

«Difficile, eh?» le fa lui.

«Sì, ma non è per quello che mi sono fermata.»

«E per cosa allora?»

«*Quid pro quo.*»

«Cioè?»

«Cioè credo che dovremmo farlo entrambi. Se io salgo lassù, se io provo di nuovo a parlare con Lo, è giusto che lei riveda Stella. O che almeno ci proviamo. Tutti e due.»

«Ho capito bene quello che mi sta dicendo, Gioia? Lei ha intenzione di salire lassù solo se io faccio qualcos'altro? E cosa sarebbe questo qualcos'altro?»

«Mi ha sentito, professore. Parlare con Stella.»

«Sta dicendo sul serio?»

«Mai stata più seria. Se vuole l'aiuto io a trovarla. È un po' di giorni che non si fa viva in biblioteca, ma prima o poi torna, ne sono sicura.»

«So benissimo dove abita, signorina. Da molto tempo.»

«Be', meglio ancora, così ci andiamo subito. È lontano?»

«No, è proprio a due passi. Ma il suo appuntamento sul tetto?»

«È presto, non sono ancora le quattro.»

Il professore esita un attimo prima di parlare ancora. Sospira. Poi dice: «Non mi lascerà stare fino a che non le darò una risposta, vero?».

«Non la lascerò stare fino a che quella risposta sarà sì.»

«E invece temo che la dovrò deludere», dice lui, iniziando a camminare. Gioia lo segue.

«Ma posso sapere perché non ci vuole provare? Perché non vuole andare da lei?»

«Perché non posso.»

«Ottima spiegazione, davvero. Un po' troppo dettagliata, per i miei gusti!»

«Ma è l'unica che ho.»

«Be', posso dirle che è un po' poco? Cosa c'è di diverso di quando era lei a dirmi di tornare a scuola e provare a parlare con Lo, e io le dicevo che non potevo?»

«È molto, molto diverso.»

«E perché è molto, molto diverso?»

«Perché io ho fatto del male a quella donna. Non voglio fargliene ancora.»

«Ma lei che ne sa? Magari Stella è contenta di vederla, magari potete provare a tornare amici!»

«No, non potrebbe succedere.»

«E perché no?»

«Perché c'è un buco in mezzo a noi, Gioia, un buco grande. Lei non potrebbe mai guardare me senza vedere quel buco.»

Il professore continua a camminare, guardando avanti e premendo nervosamente il bastone a terra a ogni passo.

«Ma magari potreste provare a unire le vostre forze e cercare Eleonora, che ne so!»

«Sono passati trent'anni, Gioia. In questi trent'anni l'ho cercata sempre, e sempre senza trovarla. Purtroppo ormai sono quasi sicuro che lei non ci sia più. Non smetto di cercarla, ma so che sarà quasi impossibile.»

«E quindi basta così, ha deciso. Lei Stella non la vuole più vedere?»

«Sì.»

«Posso farle una *cit*?»

«Una che?»

«Una *cit.* Una citazione. Citare una cosa che ha detto lei a me.»

«Certo. Che cosa le ho detto, io?»

Gioia si mette davanti a lui: lo costringe a fermarsi.

«*Balle.*»

«Come scusi?»

«Mi ha sentito, professore. *Balle*. Lei non andrebbe tutti i giorni a cambiare un fiore su un albero attaccato a una specie di palude schifosa dove non ci va anima viva, se non volesse dire qualcosa a Stella. Lei non mi avrebbe chiesto come stava, quando ha saputo che l'avevo conosciuta. Lei non parlerebbe nemmeno con me di questo argomento, se in fondo in fondo in fondo non volesse rivederla.»

«Sì, ma se...»

«Sì, ma niente. Adesso si sieda e mi ascolti: le insegno io una cosa che forse non sa», dice indicando i gradoni in piazza. Poi gli si mette davanti.

«*Torschlusspanik*, sa che cos'è?»

«Panico della... porta chiusa?» prova lui.

«Sì, una cosa del genere. Non so perché, ma questa è una delle poche parole che mi ricordo del mio quaderno. In pratica ho letto che nel medioevo, in Germania, quando i nemici stavano arrivando, il portone del castello cominciava a chiudersi, e allora tutti quelli che erano fuori dal castello correvano per attraversare il ponte levatoio e mettersi in salvo. Solo che alcuni erano lontani, e allora avevano paura di restare fuori, e quella paura si chiamava così, *tor*... eccetera. Adesso questa parola serve per dire quando hai paura che sia troppo tardi, quando senti che ormai è fatta, è andata, non potrai più tornare nel castello, porta chiusa, fine, basta: e io era questo che provavo, esattamente questo. Fino a qualche settimana fa sentivo che ormai era fatta, ero tagliata fuori, e va bene io non potrò mai sapere che cosa prova lei, tutte le volte che attraversa il corridoio e vede quella foto, ma ho conosciuto Stella, le ho parlato, ho letto quello che ha scritto, e le posso dire che una delle cose che la farebbe più felice al mondo sarebbe rivederla. Solo che lei non ha diciotto anni come me, lei ne ha settanta e rotti, quindi deve smetterla di starsene fermo lì mentre il portone si chiude, perché è ancora aperto, ma non lo sarà per sempre.»

Il professore rimane in silenzio. Guarda Gioia, poi torna a guardare davanti a sé. Infine fa: «Io non ho settant'anni e rotti. Ne ho sessantacinque, portati anche molto bene».

Gioia si gratta lo zigomo, ma solo per schermarsi per l'imbarazzo. Lui poi dice: «*Torschlusspanik*, eh?».
«Già. Bella parola, vero?»
«Ha ragione, Gioia.»
«Lo so che ho ragione. Le ho solo ripetuto quello che mi ha insegnato lei.»
Bove si alza e si sistema la giacca.
«E va bene. Facciamolo. Andiamo.»
«Davvero? Seriamente?»
«Seriamente.»
«Non ci credo, mi sento un genio, sono riuscita a convincerla?»
«Sì. C'è riuscita.»
«E quindi adesso non ha più paura?»
«Non esageriamo. Quella c'è sempre, forse ancora di più. Ma forse ho capito una cosa, adesso che mi ha parlato di quella parola.»
«Che cosa?»
«Pensavo che fosse troppo tardi. Pensavo di essere troppo vecchio per fare certe cose.»
«E invece?»
«E invece è il contrario. Sono troppo vecchio per *non* fare certe cose.»

47.

La casa di Stella è dalle parti dello stadio, subito dietro la stazione.

Il professor Bove ha un'idea un po' strana di "due passi" perché, per arrivarci, hanno dovuto risalire tutto il corso, poi entrare in stazione, attraversare il sottopasso e sbucare in una zona che Gioia non ha quasi mai visto, completamente diversa dal resto del centro, con case vecchie e scolorite, gli intonaci che sembrano quasi di carta.

«Sa già che cosa dirle?» gli chiede Gioia.

«No. Suggerimenti?»

Fa un po' strano, perché le sembra di accompagnare un amico e invece è il suo professore, e soprattutto perché lui all'improvviso ha perso tutta la sua aura di irraggiungibilità ed è diventato solo un signore spaventato.

«Potrebbe dirle qualcosa di bello, per cominciare. Dirle che la trova bene, cose così. Certo, sarebbe stato più saggio presentarsi da lei non a mani vuote, ma *carpe diem*, no?»

Il professore si ferma.

«Non mi dica che ha già cambiato idea!» gli fa Gioia.

«No, ma più avanti c'è un posto dove posso prenderle qualcosa: le dispiace se allunghiamo un po' la strada?»

Ovviamente, il concetto di "un po'" del professore è molto discutibile, perché devono camminare per dieci minuti. Gioia guarda l'ora sul telefono e si rende conto che l'appuntamento sul grattacielo sta saltando, ma non glielo farebbe presente per niente al mondo: è troppo eccitata per quello che sta per accadere.

«Eccoci, siamo arrivati», dice il professore, fermandosi.

Gioia guarda alla sua destra e vede un fioraio. Il che ha molto senso, visto che poco distante c'è il cimitero. Il professore entra e Gioia lo segue. Quando il titolare li saluta e chiede di cosa hanno bisogno, all'unisono rispondono: «Una calendula, grazie».

Nessuno.

Quando Bove e Gioia arrivano di fronte alla casa di Stella, è tutto chiuso. È un vecchio edificio a due piani e né l'appartamento di sopra né quello di sotto sembrano abitati.

Il nome sul campanello, però, c'è.

«È tanto che non fa un salto da queste parti, professore?» chiede Gioia.

«Anni. Ma so che lei abita ancora qui», fa lui, facendo due passi indietro per guardare la casa da un'altra posizione, alla ricerca di indizi di una qualche presenza. Gioia allora vede dalla casa vicina uscire una donna anziana con un innaffiatoio in mano.

«Scusi, è tanto che non vede la signora Stella?» le chiede.

«Siete parenti, voi?» chiede a sua volta la signora, un po' sospettosa. Gioia si volta verso il professore, come a dire: "E adesso? Cosa rispondo?". Lui, però, la anticipa: «Sì. O meglio, io lo sono. Non la vedo da anni e oggi sono passato da queste parti, e quindi...».

«Ah, quindi non sapete!» esclama allora la signora, iniziando a innaffiare i suoi fiori.

«Non sappiamo... cosa?» fa Gioia.

«Dell'incidente! Non sapete niente?»

Gioia e il professore si guardano.

«Che incidente?» fa lui.

«La signora Stella ha attraversato la strada ed è stata investita! So che è andata in ospedale perché si è fatta tanto male!»

QUARTA PARTE
oggi

Whānau (maori):
la famiglia oltre la famiglia, le persone che senti come famiglia anche senza che ci sia alcun legame di sangue

1.

GRAVE INCIDENTE: ANZIANA TRAVOLTA DA UNO SCOOTER GUIDATO DA UN MINORENNE

Il sinistro avvenuto ieri sera nel quartiere Cappuccini. La donna versa in gravi condizioni

PORDENONE – Erano le sette di sera di ieri quando Stella C., di anni 77, stava rincasando dopo aver fatto la spesa nel supermercato vicino alla propria abitazione, quartiere Cappuccini, vicino allo stadio Bottecchia. Secondo i testimoni la donna aveva con sé un piccolo trolley con la poca spesa quando, attraversando la strada sulle strisce pedonali, le è caduta una borsetta con della frutta e si è chinata a raccoglierla. A quel punto è sopraggiunto lo scooter con alla guida un giovane che non ha notato l'anziana chinata ed è riuscito a frenare solo all'ultimo, colpendola di striscio. La donna è caduta a terra rimediando una forte contusione all'anca e un colpo alla testa. Trasportata d'urgenza all'ospedale civile Santa Maria degli Angeli, versa ora in gravi condizioni. I medici non hanno sciolto la prognosi, che resta riservata.

Il giornale è di dieci giorni prima. Altri articoli di cronaca locale riferiscono l'incidente, ma nei giorni successivi è uscito solo un trafiletto.

DONNA TRAVOLTA DA UNO SCOOTER: ANCORA GRAVI LE SUE CONDIZIONI

I medici parlano di coma lieve. Sollevato dalle responsabilità il giovane alla guida dello scooter

PORDENONE – È ancora ricoverata presso l'ospedale civile Stella Calderan, anni 77, travolta giovedì scorso vicino casa da uno scooter mentre stava tornando dal supermercato. I medici hanno parlato di trauma cranico di tipo grave, e per il momento non si esprimono sulle condizioni di salute e le possibilità di recupero. Secondo le testimonianze raccolte la donna non attraversava sulle strisce pedonali e, essendosi chinata a raccogliere la spesa, non poteva essere vista con facilità dal giovane che l'ha investita. I rilievi della polizia stradale sono al vaglio della procura.

Gioia e il professore sono rimasti due ore davanti al computer a cercare informazioni, poi sono andati in ospedale. Lì, però, niente. Non risultava nessuna Stella Calderan ricoverata e, non essendo parenti, nessuno gli aveva dato informazioni su dove fosse.

Fuori dall'ospedale, Gioia e il professore sono seduti in macchina.

«E adesso che facciamo?»

«Non lo so, Gioia.»

«Magari l'hanno solo trasferita in un altro ospedale. Forse se cerchiamo ancora un po' sui giornali scopriamo dov'è.»

«Sì, forse sì. Ma adesso non ho molte energie, mi perdoni. La accompagno a casa, magari ci pensiamo domani.»

«Ehi, professore, non si può arrendere proprio adesso. Se fosse successo qualcosa di grave lo avrebbero scritto subito sui giornali e noi lo avremmo già trovato!»

«Può essere, ma a volte quando si parla di persone un po' anziane e quando passa diverso tempo fra l'incidente e...»

«...e?»

«Se la persona poi muore, a volte i giornali si dimenticano di dare la notizia.»

2.

Non è una persona superstiziosa, Gioia. Crede nei segni, però. E un segno forte e chiaro le arriva praticamente addosso, tipo TIR contromano, qualche giorno dopo aver scoperto l'incidente di Stella.

La dinamica è questa.

Alla fine del suo turno, Gioia sta spolverando i libri del settore 133.3, che nella classificazione decimale Dewey corrisponde a «Parapsicologia e occultismo. Arti divinatorie». Una cosa che le piace è leggere i titoli dei libri, perché a volte se ne trovano alcuni davvero strani e fantasiosi. Come quello che ha in mano ora: *Il libro delle risposte sbagliate.*

«E perché mai uno dovrebbe leggere il libro delle risposte *sbagliate*?» dice Gioia, sfilandolo dallo scaffale e scoprendo che è un libro che segue la stessa logica del *Libro delle risposte,* uno di quei manuali che apri a caso e dentro ci trovi frasi sibilline che, in teoria, dovrebbero essere la risposta alla domanda che nel tuo intimo ti stai facendo in quel momento: solo che ti dà le risposte sbagliate, o meglio inizia tutte le frasi con un «non».

«Non devi essere troppo paziente», legge in una pagina a caso.

«Non chiudere quella porta», in un'altra.

"Chissà, forse qui dentro troverò la non-risposta alla mia domanda se Stella è ancora viva", pensa. Poi chiude gli occhi e apre il libro verso il fondo. Lo riapre e legge: «Non perdere tempo».

«Seee, grazie tante, libro delle non risposte, questo lo sapevo anch'io!» fa Gioia, ma poi si rende conto che è abbastanza coerente col titolo, perché era decisamente una non-risposta. Quando lo sta riponendo, dall'altro lato dello scaffale vede due occhi che le sembra di conoscere: appartengono a una donna bassina e tozza che Gioia è sicura di aver già visto, anche se non ha ben chiaro dove. Così fa finta di restare ancora lì a spolverare e intanto butta l'occhio. È la donna però ad anticiparla perché, un secondo dopo, le fa: «Ci conosciamo?».

"Ma certo che ci conosciamo! È Pierangela Martini in arte Angie, la medium!" pensa Gioia, cui torna in mente il suo appartamento, il suo tè e soprattutto il suo potere di sembrare contemporaneamente una cialtrona e una che davvero riesce a vedere ciò che nessuno vede.

«Sono Gioia, non si ricorda? Sono venuta da lei l'anno scorso... il ragazzo del lago di Tramonti...»

«Ah, giusto! Gioia! Scusa, ma da me vengono talmente tante persone...»

Gioia annuisce, ma pensa che non deve essere poi questo granché, come medium, se non riconosce nemmeno le persone che ha di fronte.

«Buongiorno, come sta?» le chiede, sempre guardandola attraverso gli scaffali.

«Sono venuta a studiare», le risponde. In effetti, è il settore giusto. «E tu?» prosegue.

«Io lavoro qui», risponde Gioia.

«E quel ragazzo, alla fine... come si chiamava?»

«Luca.»

«Sì, ecco, Luca: Luca, come sta?»

«Eh, non saprei», commenta laconica Gioia.

«Capisco», fa Angie, prendendo un libro e andando verso l'uscita della stanza.

«Ma sei giovane, non ti preoccupare! Ci vediamo, allora», le dice, uscendo. Gioia la saluta, ricomincia a spolverare, riflette sul fatto che forse quella volta ha dato retta a una che è evidentemente una ciarlatana.

Ed è lì che lei ricompare nella stanza.

«È viva!» dice. Così, dal nulla.

«Come, scusi?»

«È viva e ti sta cercando!» ripete. Gioia la guarda, bocca mezza aperta. E infine Angie, prima di uscire definitivamente, le dice: «Non lo so. Ho avuto una sensazione. E mi è venuto da tornare qua e dirti così. Credo che tu sappia cosa significa, o che lo capirai molto presto».

3.

Quante cose non riusciamo a vedere, perché vediamo solo quello che vogliamo vedere?

Potrebbe essere questa la prossima domanda che Gioia farà al professore, quando tornerà a fare lezione.

È andata così.

Sera tardi, dopocena di un venerdì di fine aprile. La mamma di Gioia ha la serata libera dal lavoro, o forse le hanno ancora ridotto le ore, Gioia non ha capito bene. Fatto sta che sono a tavola insieme, TV accesa. Suona il campanello. La mamma aspetta il suo nuovo amico per uscire e così è lei che si precipita a rispondere al citofono. Però non è il suo amico, perché si volta verso Gioia e le fa, un po' delusa: «È per te!».

«E chi è, a quest'ora?»

«Un ragazzo, ha solo detto che è un tuo amico. Chiede se puoi scendere.»

Gioia va verso il citofono e intanto dice a sua mamma: «Se fosse un maniaco?».

«Ho un po' di esperienza in fatto di maniaci, fidati. È un ragazzo giovane, sembrava perfino un po' impacciato...» le fa sua mamma con annesso occhiolino che significa più o meno "dev'essere qualcuno a cui piaci!".

"Oddio! È Lo, è qui sotto!" pensa Gioia.

Gioia le fa cenno di dirgli di aspettare un attimo e si precipita in bagno a darsi una veloce aggiustata ai capelli e al viso. Quando si guarda allo specchio, però, capisce che le ci vorrebbe almeno un'ora per avere un aspetto decente, e conclude: «Lo, potresti una volta in vita tua avvisare quando stai per apparire?».

Gioia corre fuori dal bagno e poi fuori di casa, con sua mamma che le dice: «Non fare tardi, eh!».

Solo che quando arriva giù, il ragazzo che vede non è Lo.

«Lo so, tempi e modi sbagliati. Ma ho pensato che se non lo facevo stasera non lo facevo più.»

Gianluca Casali e Gioia sono seduti sul marciapiede sotto casa di lei. Non fa freddo: è una bella serata con tante stelle e i rumori della primavera che inizia.

«Cosa dovevi fare a tutti i costi alle dieci del venerdì sera, Casali?» gli chiede lei.

«Venire a chiederti scusa.»

Per mesi Gioia ha creduto che il mondo fosse fatto in un certo modo, con ruoli ben definiti, rigidi copioni a cui attenersi, e quelli come Casali erano gli stronzi di cui non ti puoi fidare, che dedicano tutta la propria esistenza al nobile scopo di fregare gli altri e di prendersi i meriti, di arraffare tutto il possibile, di calpestare il prossimo per innalzarsi più in alto di tutti. E invece lì fuori, sul marciapiede sotto casa, lontano dai suoi amici, lui le mostra un volto nuovo, diverso.

«Spada, so che sono fuori tempo massimo, so che meriterei non un bicchiere ma un secchio di spritz in faccia, ma mi dispiace infinitamente per quello che ti ho fatto.»

Gioia lo guarda con sospetto, alla ricerca del primo segnale dell'ennesimo voltafaccia improvviso. E giura a sé stessa che se lui la sta ancora prendendo in giro, non si sarà limitata a svuotargli un bicchiere addosso, ma andrà su, ne prenderà uno e glielo frantumerà direttamente in faccia.

«Casali, fammi un favore», gli dice, «se sei qui per lavarti la coscienza, ti prego non farlo, perché potrei davvero metterti le mani addosso!»

Lui non sorride come lei si aspetta, perché è esattamente questo che prevede il copione nel suo caso: buttarla sul ridere per addolcire sempre più l'immensa vigliaccata che ha ordito alle sue spalle le prime settimane di scuola. Anzi, tutto il contrario: si fa serissimo, adesso. E poi le dice: «Non credo di essermi mai sentito così tanto una merda come quel giorno».

Ma lo dice in modo talmente convinto che Gioia non può far altro che pensare: "Ehi, ma sta dicendo la verità!".

«Sì, ma scusa: se ti sei sentito così una merda, perché non sei mai venuto a scusarti, anzi hai ricominciato a trattarmi malissimo? Poi, perché quella sera mi sei praticamente saltato addosso? Ultimo, e scusa se sono scurrile, ma perché cazzo mi hai fatto una cosa così brutta?»

Adesso sì che sorride, Casali, ma è un sorriso amaro: «Non mi sono mai scusato prima di oggi perché era più facile fare come ho fatto. Perché sono un vigliacco, un bambino viziato del cazzo, ecco perché!».

Gioia ha un piccolo sussulto: non ricorda di aver sentito parole così vere da molto, molto tempo.

«Mi sa che per la prima volta nella storia io e te siamo d'accordo su qualcosa!» gli dice. «Ma mancano due risposte alle mie domande.»

«Allora ti rispondo prima all'ultima, va bene?»

«Ci sto.»

«C'è una cosa che forse non sai, Spada», fa lui, a un certo punto.

«Che cosa?»

«Non la sbandiero molto in giro, ma io sono il figlio del sindaco. Questa cosa del discorso inaugurale da fare ogni anno era in realtà un'idea partita proprio da lui, da mio padre. È dall'inizio del mandato che è nata questa iniziativa e, da quando mi sono iscritto a scuola, non ha fatto che ripetermi quanto fosse importante per lui che toccasse a me tenere il discorso dell'ultimo anno, perché tocca sempre a uno di quinta. Io in questi anni sono stato una delusione continua per lui: mi voleva primo della classe e i miei voti sono mediocri, mi voleva campione in qualche sport e io sono campione solo in bevute di spritz al sabato sera. Io faccio il duro e tutto quanto, ma è uno schifo guardare tuo papà e renderti conto che lo hai deluso. C'era una cosa, una cosa soltanto in cui sapevo di essere bravo, parlare davanti alla gente, poi arrivi tu e mi porti via proprio questo. Già mi stavi tremendamente sulle palle col tuo fare sempre l'alternativa, ascoltare musica di gente morta da trent'anni e vestirti in quel modo da chissenefrega-di-come-mi-vede-la-gente, in più arrivi qui e dopo sei mesi vinci un concorso e io arrivo terzo, vaffanculo!»

Gioia lo prende per un braccio e lo ferma: «Aspetta: partecipavi anche tu a quel concorso?».

«E meno male che quello snob sono io, eh! Non ti sei neanche accorta che ero sul palco insieme a te, quando ci hanno premiato?»

Gioia prova a fare mente locale, ma proprio non si ricorda. Lei sa perché: l'emozione di essere davanti a tutta quella gente di sicuro le aveva annebbiato la vista. Casali intanto continua.

«Quindi mi dico: ok, almeno il discorso non me lo porta via nessuno! Spataro me lo aveva anche promesso, alla fine dell'anno, e lo avevo già detto a papà. E proprio mio padre, una sera a cena, mi dice che verrà a sentirmi perché ancora non ho avuto le palle di dirgli che mi avevano sostituito. Mi sono vergognato tantissimo: sono andato fuori di testa all'idea che lui venisse lì e poi quel discorso non lo facevo io, e così ho deciso di fare quello che ho fatto.»

Gioia si ferma a guardare il suo compagno di classe e si sente improvvisamente molto stupida: davvero per più di un anno si è fatta rovinare la vita da lui e da quelli come lui? Davvero non si è mai accorta che in realtà, dietro qualche strato di stronzaggine, c'era un ragazzo spaventato come e più di lei? Un ragazzo che, come lei, viveva con il costante fardello di genitori che ce la mettevano tutta per rendergli la vita più difficile?

«Capito, hai un papà un po' così anche tu, insomma», gli fa, «certo sei in leggerissimo ritardo nel dirmi queste cose, ma ti perdono. Adesso mi vuoi finalmente dare la risposta all'altra domanda?»

Casali sorride.

«Spada, ti ho baciata perché sono un po' scemo. È questa la risposta. Quella sera mi era sembrato che ci stessi un po' provando con me, lo so che bisogna essere dei disagiati per pensare che una che ti rovescia uno spritz in faccia in realtà ci sta provando: ma mi sembrava di aver visto semaforo verde, quella sera, che ti devo dire!»

«Tu non hai visto semaforo verde, Casali, a te è caduto un semaforo in testa!»

«Sì, ma tu non ti sei mica tirata indietro! Ti sei lasciata baciare, o almeno così mi è sembrato!»

«Io stavo attraversando un momento strano, Casali. Non sapevo nemmeno io cosa mi stava succedendo. Tecnicamente, è come se avessi baciato una tipa in coma!»

Una macchina entra nel viale e parcheggia a pochi metri da loro. È l'amico della mamma di Gioia, che non li vede neanche e va verso il citofono.

«Quindi mi sa che ti devo delle scuse anche per quello, giusto?»

«No, per quello no, dai. Non potevi sapere come stavo», fa Gioia alzandosi. Si alza anche Casali, che dice: «Ah, quella sera poi è successa una cosa abbastanza assurda, quando sei andata via».

«Che cosa?»

«Che si avvicina questo tipo, che viene lì e mi chiede se sono il tuo ragazzo o cosa.»

«Un tipo? Che tipo?»

«Mah, non sembrava uno tanto a posto: aveva una felpa col cappuccio abbassato che quasi non riuscivo a vederlo in faccia. È venuto lì e mi ha fatto solo questa domanda e poi se ne è andato.»

«Ma come! E tu? Che cosa gli hai detto?»

«Be' sai come sono io, Spada! Lui era stato un po' maleducato, cioè voglio dire: chi ti conosce! E così io gli ho detto di sì, che ero il tuo ragazzo. E lui se n'è andato senza dirmi niente.»

La mamma di Gioia esce con il suo amico. Passandole davanti le fa un altro occhiolino, quanto mai fuori luogo in quel momento. La loro macchina si accende, parte. E Gioia dice a Casali: «Il resto te lo perdono, Casali. Ma questa cosa potrei non perdonartela mai!».

4.

«Pronto?»

«...»

«Chi parla?»

«...»

«Non mi dire che sei... sei Il Muto?»

«*Toc!*»

«Io pensavo che non ti avrei sentito più!»

«*Toc! Toc!*»

«Sai che questo gioco dovrà finire prima o poi, vero?»

«*Toc!*»

«Un giorno mi dovrai dire chi sei, sennò è una pericolosa ingiustizia. Anzi, io so già che è una pericolosa ingiustizia, perché credo di sapere abbastanza con certezza chi sei.»

«*Toc! Toc!*»

«Sì che lo so, perché ti sei un po' tradito, l'ultima volta che ci siamo visti. E io ci ho pensato e pensato e pensato, e alla fine ho capito chi sei.»

«*Toc! Toc!*»

«Certo, come no. Naturalmente tu negherai, ma certe cose una le sente. E quindi ti devo tirare le orecchie, perché hai fatto una cosa sbagliata. Anzi, fammelo dire: una cosa crudele e disonesta e da veri bastardi, perché io a un certo punto mi ero convinta tu fossi una certa persona e quindi facevo finta di non sapere chi eri, ma intanto ti parlavo come fossi quella persona!»

«*Toc! Toc!*»

«Fammi finire, per favore.»

«*Toc!*»

«Che strano, se usiamo questo modo di comunicare mi viene facile parlare con te. Quando ci chiamiamo normalmente di solito non è così semplice.»

«*Toc!*»

«Comunque, dicevo: è stata una cosa disonesta, perché è come se ti fossi trasformato in un ladro che si introduce in casa di notte e mi hai rubato le cose più preziose. Insomma, sono arrabbiata in un modo che non si può neanche descrivere con te, *papà*!»

«*Toc! Toc!*»

«È inutile che dici di non essere tu, io lo so che sei tu. Ti sei tradito quella sera che sei venuto a casa nostra in macchina, quando eri ubriaco. Ma tu mi sa che neanche te la ricordi. Comunque, se ti sto dicendo queste cose è perché in realtà sì, ti ripeto, sono arrabbiata tantissimo con te, e credo lo sarò per molto tempo ancora, però al tempo stesso ti voglio ringraziare.»

«...»

«Sì, ti voglio ringraziare. Perché ho conosciuto una persona. Cioè, in realtà la conoscevo già, ma in questo ultimo mese l'ho conosciuta proprio bene. Anche lui è un papà, solo un po' più vecchio di te. Lui sua figlia l'ha persa tanto tempo fa, nel senso che lei quando aveva sedici anni è scappata di casa e da allora non ha più avuto sue notizie. Be', lui si è, come dire, svegliato troppo tardi: all'inizio ha negato l'evidenza e si è autoconvinto che quella non fosse figlia sua, poi a un certo punto ha visto una sua foto e si è accorto che era praticamente identica a lui e a quel punto neanche sforzandosi poteva più credere ancora alla bugia che non fosse sua figlia. Mi sono spiegata?»

«*Toc!*»

«Quello che sto cercando di dirti è che questo signore, che poi è il mio professore di filosofia, da quel momento ha passato tutta la vita a cercare la figlia, e pensa a lei ogni giorno e sta davvero male. Quindi, be', ogni tanto io mi sfioro la cicatrice che ho dietro l'orecchio e penso a quello che è successo, e mi serve farlo perché quella cicatrice è tutto quello che io non voglio diventare, io non voglio essere come voi, non voglio fare finta, perché è questo che fate alla fine tu, la mamma e un sacco di altri come voi. Fate finta di amarvi, di crederci, di stare bene, e io non voglio, non sarebbe giusto, e ci stavo cascando, sai? Stava succedendo anche a me, anch'io stavo diventando così, una che fa finta, e tutto questo l'ho capito grazie a tante cose e una di queste sono le chiamate con te, per cui sì, penso di odiarti molto per quello che hai fatto, con le telefonate da Muto, ma alla fine tu forse cercavi solo di parlare con me. Hai scelto il modo più disonesto possibile, ma volevi starmi vicino. E quindi lo apprezzo, in qualche modo.»

«*Toc!*»

«Apprezzo un po' meno il fatto che dopo averti detto tutta questa roba tu continui a fare il muto. Non potresti giusto dirmi ciao, così almeno mi dai la conferma definitiva che sei tu? Potrei perfino perdonarti un millesimo, se lo facessi!»

«*Toc! Toc!*»

«Vabbè, tanto sai benissimo che prima o poi ci dovremo rivedere, quindi dovrai confessare, un giorno. Non farti problemi per me, vai se devi andare, rifatti una vita, che ne so, vedrai che io ce la farò.»

«*Toc!*»

«Ora devo andare, sono proprio davanti casa del professore. Ciao Muto!»

«*Toc!*»

5.

Il programma era semplice: due ore di lezione e poi la chiamata.

Certo, come no. Gioia sapeva che l'ansia di chiamare era così tanta che avrebbe guardato il telefono per tutta la lezione. In ogni caso, dato che l'idea era di dargli appuntamento sul tetto per il giorno seguente, di studiare per quel pomeriggio non se ne parlava: se avesse detto sì, non sarebbe riuscita a concentrarsi perché avrebbe pensato all'appuntamento; se avesse detto no, non si sarebbe concentrata per la depressione.

Appena Gioia mette piede in casa del professore però capisce che, di depressione, l'aria è già satura. Lo trova seduto in poltrona, due dita a sorreggere una tempia, sguardo perso nel vuoto.

«Ancora niente, eh?»

«No. Ho girato gli ospedali di Udine, di Treviso, tutti quelli in cui potrebbe essere stata trasferita. Non l'ho trovata.»

«Non capisco», fa Gioia, «non riesco proprio a capacitarmi del fatto che si rifiutino tutti di dare informazioni. Cosa costa dire semplicemente: "Ah, sì, l'abbiamo mandata lì?".»

«Purtroppo a volte ci sono persone che, per seguire le regole, si dimenticano di quello che è giusto», dice lui.

«Ho capito, ma un minimo di buonsenso! Ha provato a fingersi suo parente?»

«Certo, ormai è la mia prassi. Ma vogliono sempre un documento.»

«E fare come fanno nei film? Chiedere a qualcuno, non so, allungare qualche euro?»

«No, la corruzione non l'ho provata. Ma a chiedere sì. Ho chiesto a tutti.»

Gioia è seduta di fianco al professore e, guardando quel suo sguardo vitreo, capisce due cose: la prima è che la chiamata a Lo non la farà, dovrà pensarci da sola. La seconda è che il professore ha bisogno di essere tirato su.

«Che dice, le faccio un tè coi biscotti?»

Lui la guarda e sorride, ma non risponde. Gioia si alza e va in cucina, anche se ha il dubbio che non abbia sentito quello che gli ha detto. Versa l'acqua in un pentolino, poi le cade l'occhio su un foglio appoggiato lì, sul tavolo della cucina. C'è scritto solo *Cara Stella*, ma per il resto è tutto bianco, proprio come la lettera che gli era caduta dal libro, quel mattino a scuola.

"Ma quante ce ne saranno, di lettere così?" pensa. Così butta l'occhio sul cestino in cui intravede dei fogli simili accartocciati, ne prende un paio, li dispiega cercando di fare pianissimo per non farsi sentire.

Tutti uguali: *Cara Stella*, virgola, e poi bianco.

Gioia tiene un foglio in mano e guarda verso la porta in direzione dello studio dove il professore la sta aspettando, per controllare che lui non appaia sulla soglia. Nessun rumore proviene dall'altra stanza, per cui si mette a osservare i fogli bianchi stropicciati: guardandoli, paradossalmente, le sembrano pieni di parole. Parole non dette e non scritte, ma che ci sono, al punto che in quel bianco le sembra di non aver mai visto così tanto inchiostro tutto insieme. Allora prova a immaginarsi quanto può essere dura, per lui, ogni volta prendere uno di quei fogli, iniziare a scrivere e alla fine bloccarsi. Ed è quello che sta facendo anche lei con sua nonna Gemma: per paura di vederla, la evita, anche se avrebbe un milione di cose da dirle. All'improvviso le viene una paura folle che possa succedere la stessa cosa che è successa al professore: decidersi solo quando è troppo tardi. Andare da sua nonna e scoprire che non ha fatto in tempo a vederla per l'ultima volta.

Ecco perché, quando l'acqua bolle, Gioia ha già deciso cosa fare.

Torna nello studio con due tazze di tè caldo, le appoggia sul tavolino stando attenta a non sgocciolare, senza accorgersi che, nel frattempo, il professore si è addormentato sulla sua poltrona.

Si sposta in salotto, recupera una coperta, gliela appoggia delicatamente sopra il petto.

E poi esce.

6.

«Lo so: è una vita che non mi faccio vedere.»

Gioia è seduta di fianco al letto della nonna, al primo piano della casa di riposo Casa Serena, nel quartiere Torre. Lei è un po' diversa dall'ultima volta: più magra, senz'altro, e anche la sua pelle sembra come più dura, quasi fosse la pelle di qualcuno rimasto fuori al freddo.

«È che ho avuto tanto da fare», le dice, ma poi le sembra quasi di cogliere nello sguardo della nonna un che di storto. Allora ammette: «Balle, come direbbe il mio professore. Non *non vengo* qui perché ho da fare: è che se ti vedo così io poi sto male, capisci?».

Di nuovo, Gemma la guarda storto.

Stavolta commenta anche e dice: «Ggghhh!».

«Hai ragione, balla anche questa. O meglio, mezza balla. La verità sai qual è?»

«Gggghhh!»

«Ero io che stavo male, e non volevo che tu mi vedessi così. Perché se tu mi vedevi stare male, dopo stavo ancora peggio, capisci?»

«Ggggh!»

«Già, hai ragione: faccio fatica a capirmi pure io. Però adesso va meglio, sai? Il professore mi sta aiutando a recuperare tutte le materie.»

«Ghhhhh!»

«Ho anche ricominciato a fare fotografie. Piano piano, ma ci sto riuscendo. Qui dentro è pieno di soggetti interessanti, infatti mi sa che dopo esco un po' in giardino e faccio qualche scatto, se gli infermieri non mi cacciano per violazione della privacy o chissà che.»

«Ggggh!»

«Sì, lo so cosa vuoi sapere tu.»

«Ghhhh!»

«Vuoi che ti dica com'è finita con Articolo Determinativo.»

«Ghh!»

«È finita che non so se è finita. Abbiamo diciamo litigato. O meglio: ci siamo allontanati.»

«Ggghh!»

«Mi spieghi perché i rapporti sono così un casino? Perché succede che tu vuoi dire una cosa e l'altro capisce tutto diverso o magari sei tu che capisci tutt'altro? Succedeva anche a te con Alfredo?»

«Ggghhh!»

«Lo so. Devo darmi una mossa. Chiamarlo, scrivergli.»

«Gh!»

«Lo sapevo che mi avresti detto così. Va bene. Lo chiamerò. Magari mi farò aiutare dal professore. Anche se lui in questo momento non se la passa proprio da dio.»

«Gggh!»

«È un po' complicata da raccontare, nonna. Ti posso dire che voleva tanto parlare con una persona, e poi quando stava per farlo questa persona ha avuto un brutto incidente e adesso non sa più dove sia. Lui ha addirittura paura che, sì insomma, che sia morta.»

«Gggggh!»

«Gliel'ho detto anch'io! Ma non mi vuole ascoltare. È tanto giù perché aveva finalmente trovato il coraggio di andare da lei e poi quando ci siamo andati – sì, c'ero anch'io – abbiamo scoperto quello che ti ho detto.»

«Ggggh!»

«Proverò a sentirlo. Magari darmi una mano con Lo può aiutarlo a distrarsi, non lo so. Ora vado, Gemma, sono stata tanto contenta di rivederti!»

Gioia dà un bacio sulla fronte a sua nonna e poi le mette alle orecchie gli auricolari, facendo partire la versione operistica del *Lago dei cigni*.

«L'ho scaricata apposta per te. Sentirai che bella!» le fa, salutandola.

Quando esce dalla stanza, osserva con attenzione gli anziani che vede intorno a sé. Che strano, pensava che quel luogo le avrebbe fatto impressione, che avrebbe subito avuto voglia di scappare. Invece c'è un'invisibile bellezza in quelle facce raggrinzite, in quelle mani tremolanti – *shibui*, la chiamano in Giappone, la bellezza delle cose che invecchiano – non è *meno* vita tutta quella vecchiaia, anzi è *più* vita: ce n'è di più in quegli occhi liquidi di anziani che in moltissimi altri occhi giovani che ha visto. Forse perché c'è più desiderio, più nostalgia, più ricordi. Gioia non lo sa: sa solo che ognuno di quei vecchi che camminano nei corridoi sarebbe perfetto per una foto, così tira fuori dalla borsa la macchina fotografica. Ce n'è uno che cammina lentissimo, con l'infermiera vicino che lo invita a sedersi sulla sedia a rotelle, ma lui protesta, dice: «Meglio andare piano, ma con le mie gambe!». Dice proprio così, e a Gioia scappa un sorriso. Di nascosto, senza farsi vedere, gli scatta una foto.

Poi c'è una signora su una sedia, nel corridoio, e vicino a lei una donna più giovane che dai lineamenti non sembra una parente. Gioia osserva meglio e vede un cartellino con un nome: forse è una che lavora lì. Tiene la mano dell'anziana, se ne stanno ferme.

«Posso fare una foto alle vostre mani?» chiede Gioia, e la donna le fa cenno di sì.

Dopodiché Gioia butta l'occhio dentro qualche stanza, mentre cammina verso gli ascensori, le foto sui comodini in vecchie cornici anni Settanta, i gomitoli di lana con i ferri appoggiati al letto, un universo di vite e di cose, e capisce che è lì che deve venire a fare le foto da mandare al rettore dell'Accademia.

Nell'ultima stanza, vicino agli ascensori, Gioia intravede dei disegni appesi sopra un letto. La colpiscono perché sembrano fatti da un bambino, tremolanti e imprecisi, e ritraggono tutti lo stesso soggetto: cigni, o almeno così sembra.

Gioia mette la testa dentro la stanza e vede che, nel letto, c'è una donna che dorme. Con i capelli di due colori.

7.

La fa di corsa, perché solo di corsa la si può fare.

Dalla casa di riposo Casa Serena all'abitazione di Bove saranno almeno due chilometri, e inizia anche a piovere: ma Gioia corre, corre con il sorriso di chi ha una bellissima notizia.

Protezioni, come sempre, zero. Anche se ne avesse, poi, non le userebbe. È il grande vantaggio di chi vive senza ombrello: essere gli unici a conoscere il sapore un po' dolce della pioggia.

Ovviamente, data la natura catastrofica della sua iperattività immaginativa, lungo il percorso vede nella sua mente scene orribili, tipo lei che arriva a casa di Bove e lo trova esanime o cose del genere, ma la sua gioia è tale che, se anche accadesse, sarebbe in grado di resuscitarlo per costringerlo a venire da Stella.

Giusto qualche minuto prima è entrata nella sua stanza mentre lei dormiva. Poco dopo, a forza di piccoli colpi di tosse finti, è riuscita a svegliarla. Si è fatta dare bloc-notes e matita ed è riuscita a farsi spiegare cosa era successo: finito il ricovero dopo l'incidente, non essendo più in condizioni di stare in ospedale o in casa da sola, è stata trasferita dai medici in casa di riposo per il periodo di un mese. Appena l'anca si sistemerà, potrà tornare a casa sua. Il trauma cranico è stato brutto ma dopo una TAC si è visto che non aveva avuto conseguenze, e così è stata giudicata fuori pericolo.

«E questi cigni, cosa sono?» le ha chiesto a un certo punto.

Li aveva fatti Eleonora, quando era piccola. Disegnava sempre e solo cigni. Questi due sono quelli che sono riuscita a conservare in tutti questi anni. Qui ci sono dei volontari bravissimi, ho chiesto a uno di loro di andarmeli a prendere a casa, le ha scritto lei.

Gioia è rimasta in silenzio incantata davanti a quei disegni.

"Che c'è?" le ha fatto cenno Stella, con le mani e con la bocca.

«No niente, è che... sono proprio belli», ha risposto, e ha risposto così solo perché era davvero troppo complicato spiegare a parole quello che sentiva, a pensare quale specie di miracolo si presentasse davanti ai suoi occhi nella stanzetta di una casa di riposo.

Una figlia che non ha mai visto suo padre, da piccolina, disegna cigni su cigni.

Un padre che non ha mai visto sua figlia, da vecchio, si commuove ad ascoltare una musica che parla degli stessi uccelli.

Gli etiopi hanno una parola, *hadia*, che vuol dire un affetto così grande e così forte da superare le barriere del tempo, lo attraversa e arriva lo stesso a destinazione, di solito nei sogni, e lì come una voce sussurra parole che chiamano. Gioia ripensa ai *chakravâka*, i famosi uccelli che quando sono lontani di notte si chiamano a vicenda: solo che stavolta il loro canto non attraversa lo spazio ma il tempo, come se quella bambina di quattro anni stesse chiamando da laggiù il suo vecchio papà di quasi settanta. È un pensiero abbastanza folle, ma è questo che vede Gioia in quei disegni, mentre la musica risuona ancora nelle sue orecchie insieme alle parole del professore, ai suoi occhi lucidi, al suo mostrarsi fragile davanti a lei per la prima volta.

«Stella, io le devo dire una cosa: ma da un lato ho un po' paura di rovinarle la sorpresa, dall'altro che le venga un infarto. Tra le due mi sa che la prima è la meno peggio.»

Cosa caspiterina mi stai dicendo? le ha scritto lei in risposta, guardandola come avrebbe guardato una matta.

«No, niente. È che io vorrei portarle qui una persona. E credo lei sappia chi è.»

Così Gioia adesso è lì, tutta sudata e fradicia di pioggia, davanti a casa del professore, e spera che il sonno in cui è caduto un'oretta prima non sia così profondo, perché ha intenzione di trascinarlo a forza alla casa di riposo.

A dire il vero un infermiere le ha già fatto presente, quando lei glielo ha chiesto, che l'orario delle visite stava per finire, ma Gioia gli ha detto che lei sarebbe venuta comunque, quella sera stessa, e di fronte alle sue proteste ha avuto la risposta pronta: «A volte, per fare quello che è giusto, bisogna fare ciò che va contro le regole!».

8.

La cosa assurda è che non si dicono niente.

Mai, per tutto il tempo.

Lei perché non può, ovviamente. Ma nemmeno lui che potrebbe dice nulla.

Gioia e Bove arrivano al primo piano e lei gli indica la stanza.

«Quindi è questa», le fa lui, restando in piedi, fuori.

«Eh già.»

«E qui dentro c'è lei», dice.

«Eh già.»

«Lei Stella, dico. È qui dentro.»

«Eh già.»

Gioia non capisce se esita perché vuole dirle di lasciarli soli o cosa, così prova a dire: «Se vuole io vado da mia nonna, intanto. È proprio a questo piano, qualche stanza più in là». Lui la ferma per un braccio: «No, per favore, entra con me». Gioia non può fare a meno di notare che le sta dando del tu. E stavolta non sembra proprio essere un lapsus.

Stella è sveglia, quando entrano. Gioia si va a sedere sulla sedia appoggiata al muro, davanti al letto. Poi si rende conto che forse così rischia di essere un po' un terzo incomodo, e in più che la sedia può servire a lui, così alla fine la va a mettere di fianco al letto. Il professore si siede e Gioia fa qualche passo verso la finestra. La scena la vede riflessa sul vetro, perché fuori è scuro e si vede tutto, da lì, quasi fosse uno specchio.

Non dicono niente di niente. Ma, dal riflesso di quel vetro, Gioia vede quei due guardarsi negli occhi, il viso di lei tremare, con un'espressione che sembra quasi dire "ma cosa mi combini?", quello di lui accennare una specie di sorriso, solo coi lati delle labbra, e sembra quasi un "non te l'aspettavi, eh?". A un certo punto gli occhi di lei si fanno lucidi e sembrano quasi gli occhi di una ragazza, e anche i suoi, non più gli occhi di un vecchio professore, ridono e sono tristi allo stesso tempo, fino a che non li alza e guarda verso i disegni sopra il letto, li osserva per bene, poi li indica col viso.

Gioia interviene: «Li ha fatti Eleonora, da piccola».

Allora il professore guarda prima Stella poi i disegni, poi Gioia, poi di nuovo Stella, e piano piano la sua mano va verso il letto, con la mano di Stella ferma lì, lungo il corpo, sopra la coperta, lei nemmeno si accorge di cosa sta facendo lui, che alla fine quella mano gliela prende, gliela tiene, e nel momento in cui lei sente la mano di lui, il lucido dei suoi occhi si trasforma in una lacrima, una sola, che come una goccia cade giù.

Gioia vede quella goccia riflessa sul vetro e, senza che loro se ne accorgano, tira fuori la sua macchina digitale e scatta una foto, una soltanto, verso la finestra, così che si vedano sia gli alberi fuori sia il riflesso di quei due uno vicino all'altra, sul letto di una casa di riposo, i loro occhi che si guardano.

Poi, sempre senza farsi vedere, si gira ed esce dalla stanza. Corre da sua nonna, entra che sta ancora ascoltando dagli auricolari la musica che le ha messo un paio d'ore prima. Glieli toglie e le dice: «Ce l'ha fatta! È tornato da lei!».

La nonna muove leggermente la testa e, con un sorriso largo così, dice: «Ghhhh!».

9.

«Ehm!» fa a un certo punto Gioia, fuori dalla stanza, per attirare l'attenzione del professore.

«Cosa c'è Gioia?» le risponde lui, da dentro.

Gioia allora fa cenno al professore di alzarsi e di raggiungerla all'ingresso della stanza.

«Mi dica, deve andare?» le fa lui.

«No è che... si ricorda del nostro *quid pro quo*?»

«Sì, certo.»

Gioia gli spiega che c'è sempre quella famosa telefonata in sospeso.

«Se adesso è troppo preso da Stella posso chiedere alla mia amica Sara, eh!»

Il professore sorride, le fa l'occhiolino e le dice: «Mi aspetti giù in giardino. Arrivo subito».

«Va bene, allora vado.»

«Vada, signorina.»

«E se mi dice di no? E se si è stufato di aspettarmi e nel frattempo ha trovato un'altra ragazza, magari un'influencer tutta tatuata e bellissima?»

«Vorrà dire che ha perso una grande occasione. Ma non si preoccupi: vedrà che lui accetterà.»

«Come fa a esserne così sicuro, professore? Lei nemmeno lo conosce!»

«Diciamo che mi affido al mio intuito. Avanti, adesso chiami e gli dia questo appuntamento!»

Ha smesso di piovere e in cielo si aprono grandi squarci di sereno. Gioia ha sotto gli occhi il numero di casa di Lo, sperando che lui ci sia e soprattutto che sia lui a rispondere e non i suoi genitori. Dopo solo uno squillo, dall'altra parte rispondono, e Gioia d'istinto mette giù.

«Allora?» le fa il professore. «Non c'era nessuno?»

«No, è che mi sono spaventata e ho messo giù.»

«Lasci fare a me, per favore.»

Gioia passa il telefono al professore. Lui schiaccia il tasto verde e poi appoggia il ricevitore all'orecchio.

«Pronto, buonasera. Sono il professor Bove, lei è Luca?» gli sente dire Gioia. Ha uno strano sorriso, il professore, mentre lo dice. Lei però non riesce a sentire cosa dice chi c'è dall'altra parte.

«Perfetto, allora gliela passo subito!» fa Bove, porgendo il telefono a Gioia. Lei col labiale gli chiede: "È davvero lui?" e il professore annuisce, sempre con quel sorriso sardonico in viso.

«Ehi, Lo, ciao. Sono io», dice Gioia, con la voce che le trema un po'.

«Ciao», risponde lui. Solo così: «Ciao». Non è un buon inizio, ma forse è perché non si aspettava una chiamata da lei, e soprattutto non una chiamata introdotta da un professore che conosceva solo di fama. Così Gioia prende un bel respiro e dice: «Volevo solo chiederti se domani possiamo vederci sul tetto. Alle quattro», e intanto guarda il professore che la incoraggia a larghi cenni. Dall'altro capo del telefono, silenzio.

«Lo?»

Lui risponde, secco: «No».

Una sassata in fronte le avrebbe fatto meno male, mentre il professore le chiede sussurrando: «Che ha risposto?» e lei glielo riferisce. Allora Bove sussurra: «Gli chieda perché!». Gioia esegue: «Ah. Come mai no? Hai da fare?».

«No.»

«È perché non sono mai venuta quando me lo hai chiesto tu?»

«No.»

«Caspita, sei di molte parole eh? Lo so, è colpa mia, non

dovevo chiamarti così, ma siccome non sapevo se…» prova a spiegarsi Gioia, ma Lo la interrompe: «Ti ho vista».

«Mi hai vista? In che senso?»

«Nel senso che ti ho vista mentre ti baciavi con la persona più distante dell'universo da… boh, dalla Gioia che io ho conosciuto.»

Gioia rimane come paralizzata con quel telefono in mano: allora è vero, Lo ha pensato sul serio che ci fosse qualcosa fra lei e Casali. Tutto quello che riesce a dire alla fine è: «Ah. E quindi…».

«Quindi no, non vengo domani alle quattro sul tetto», risponde lui, e mette giù.

10.

«Io non capisco che cosa ci facciamo qui.»

Sembra il remake di un film già visto: Gioia e il professore sotto il palazzo sul cui tetto Gioia ha dato a Lo un appuntamento. Solo che stavolta lui ha già detto che non verrà.

«Se le dico che secondo me ci sarà, ci sarà!» le dice il professore, spingendola leggermente per il braccio perché si avvicini al portone.

«Ma come fa a esserne così sicuro, se nemmeno lo conosce?»

«Non si arriva alla mia età senza sviluppare almeno un po' di sesto senso sulle persone!»

Gioia lo guarda con sospetto: lui avrà anche un sesto senso sulle persone, ma lei sta imparando a sviluppare quello per le mezze verità. E a lei questa sembra proprio una di quelle.

Non c'è tempo però per ascoltare questi presentimenti: si sente lo scatto dell'interruttore della porta, e una signora anziana esce proprio in quel momento. Gioia con uno slancio tiene aperto il portone e, con la mano sulla maniglia, si volta verso il professore e dice: «Ma non può venire anche lei?».

«Io soffro di vertigini! Vada, si muova!»

Gioia allora entra nel palazzo, schiaccia il pulsante dell'ascensore. Poi lo prende e sale su.

"Non è che il professore e Lo si sono parlati?" si chiede lungo il tragitto. Se la risposta a questa domanda è sì, di sicuro è un buon segno, perché il professore sembrava davvero sicuro che lui ci sarebbe stato.

Solo quando è su e apre la porta che dà sul tetto, e soprattutto quando si rende conto che Lo non c'è, Gioia capisce perché non è voluta più salire qui: perché in quel posto sono successe troppe cose belle, e lei non voleva rovinarle. Non è scaramanzia: è che non vuole sporcare un ricordo. Non vuole se ne sovrapponga un altro, perché sa che il brutto ricordo alla lunga vince sempre sul bello, se il brutto è quello che viene dopo.

È fatta così, Gioia: per lei i posti sono come persone. Sono vivi, respirano. Parlano, soprattutto. Specie se in quei posti sono successe cose importanti: allora diventano come dei luoghi sacri o, come li chiamano i tuareg del deserto, dei *metenkal*, un luogo protetto da una montagna che, se conosci la strada, ti conduce a un popolo nascosto, con le sue case e la sua vita che brulica. Ecco cosa sono quel tetto, e poi la chiesetta vicino al BarA, e adesso anche il fiorista del centro e il muretto del municipio: luoghi banali, sotto gli occhi di tutti, ma che in realtà nascondono una vita che si agita, voci, odori, istanti.

Adesso lo sguardo le cade sul punto in cui, distesi, un giorno di primavera c'erano Lo e lei. I suoi occhi guardavano il cielo così grande, che sembrava tanto vicino. Poi butta lo sguardo nella piccola fessura dove un giorno aveva lasciato un biglietto e trovato poi la risposta, qualche giorno dopo. Ci va vicino per sfiorarla con le dita, sentire coi polpastrelli il ruvido del cemento frantumato e pensare a quanta vita ci può stare, in un buco così piccolo.

"Strano, però, il buco adesso mi sembra più grande", pensa, mettendoci la mano. Così si mette in ginocchio e guarda la fessura sul muro più da vicino: sì, è vero, è grande almeno il doppio.

Per curiosità, Gioia la mano ce la infila proprio dentro: sarebbe bello se qualche altro ragazzo o ragazza l'avesse usata come loro, per scambiarsi della corrispondenza, anche se sa che è impossibile.

Ora che la mano ce l'ha dentro, però, scopre che qualcosa c'è.

Sembra un pacchettino, ed è proprio in fondo al buco. Con un po' di difficoltà Gioia lo tira fuori: dà l'idea di essere un libro, chiuso in normalissima carta da pacchi avvolta con dello spago.

Sulla carta da pacchi, una scritta, datata qualche settimana prima:

La felicità è una cosa che cade.

Una volta una persona mi ha detto che si scriveva questa frase sul braccio tutti i giorni perché le serviva a ricordarsi che la maggior parte della bellezza del mondo se ne sta nascosta lì: nelle cose che cadono, nelle cose che tutti buttano via.

Alla fine aveva ragione lei: nei rifiuti, a volte, si trovano cose bellissime.

Gioia scarta il pacco che avvolge il libro, ma solo quando lo ha scartato scopre che non è un libro.

È il suo quaderno di parole intraducibili. Quello che aveva buttato via.

11.

«Che sia un tipo singolare, su questo non ci sono dubbi, signorina. Ma, come lei sa, io ho una certa predilezione per i tipi singolari. Il plurale ha l'imperdonabile difetto di essere anonimo.

«Si è presentato a casa mia qualche settimana fa. Io stavo cercando per l'ennesima volta di scrivere una lettera a Stella. "Lei non mi conosce", mi ha detto quando gli ho aperto. L'ho fatto entrare.

«"Mi chiamo Luca", ha detto. "Luca De Paolo. Ma forse lei ha sentito parlare di me come Lo."

«Mi ha raccontato tutta la storia. Camminava su e giù tutto il tempo, sembrava parecchio agitato. Aveva l'aria di chi ha combinato un guaio e non sa come sistemarlo.

«Il guaio era stato dirle delle bugie. Che lei – Gioia – non si fidava più di lui. Così ha chiesto a me di fare qualcosa, di provare ad avvicinarla, a darle una mano. Mi ha detto che da mesi la stava seguendo, ma non aveva mai avuto il coraggio di farsi avanti. Che si era rimesso a studiare, a frequentare dei corsi serali, che stava meglio, insomma, e che voleva provare a sistemare le cose con lei, solo che lei non glielo permetteva. Che non gli credeva più.

«Così ha chiesto a me di provarci. Era preoccupato, aveva paura fosse anche colpa sua se lei aveva... sì insomma se si era un po' persa per strada. Io gli ho detto che anche fra noi due la situazione non era esattamente rosea, ma mi ha guardato in un modo che non ho saputo dire di no. In ogni caso era una cosa che sapevo di dover fare, prima o poi.

«Gli ho lasciato il numero di casa. Mi chiamava ogni sera,

voleva sapere se ero riuscito a parlarle. Insisteva perché io non mollassi la presa. Se anche avessi voluto mollarla, lui me lo avrebbe impedito.

«È davvero fortunata sa, Gioia? È un bravo ragazzo. Certo, non posso dire che sia stabile. Ha come il vento negli occhi. Ma anche il vento prima o poi diventa brezza. Bisogna solo dargliene il tempo. Saper aspettare. Il che, per quel che ci ho capito io, è forse il migliore sinonimo di amare.

«Per cui sì, dev'essere successo qualcos'altro che non so, perché io è un po' che non lo sento più. Ma faccia tutto quello che è in suo potere per parlargli, per chiarirvi. Perché mi è bastato incontrarlo una volta e parlarci qualche altra al telefono per capire che non ci sono dubbi su questo: sarà anche mezzo matto, quel ragazzo, ma è noce, non è pasticcino.»

12.

«E quindi non è venuto?»

«No, Sara, niente da fare.»

«Però ti ha fatto trovare il quaderno. Quello che avevi buttato via una vita fa.»

«Giusto, ma... ti puoi spostare che sento disturbato?»

«Sì ora mi sposto. Tu parla, intanto, io ti ascolto.»

«Non c'è molto da dire. Era il mio quaderno, questo vuol dire che lui lo ha preso dai rifiuti e lo ha tenuto con sé per tutto questo tempo!»

«E tu l'hai trovato in una fessura del muro, sul tetto.»

«Sì, ma per quel che ne so io, ce l'ha lasciato un po' di tempo fa.»

«Quindi dici che è per via di Casali, che non si è fatto vivo? Perché vi ha visto e ha pensato che ci fosse qualcosa fra voi?»

«Non è che lo dico: ne sono praticamente sicura.»

«Sì ma Bove come faceva a sapere che lui sarebbe venuto? Cioè: come faceva a esserne così sicuro?»

«Perché, ti spiego: in questi mesi Lo ha cercato il prof. È stato lui a spingerlo a venirmi a cercare in autobus. Lo mi seguiva da un sacco di tempo, solo che non si faceva mai vedere. Aveva capito che stavo male, ma non poteva avvicinarsi a me, in più aveva paura che io lo mandassi via, e così si è affidato alla persona di cui secondo lui mi fidavo di più. Però è da un bel po' che lui e il professore non si sentono.»

«Ah, e quindi?»

«Il professore non sapeva che Lo mi ha visto con Casali. Non sapeva che Lo da quella sera ha smesso di seguirmi e di andare sul tetto ad aspettarmi ogni giorno alle quattro. Dava per scontato che, dopo tutto quello che aveva fatto per me, non vedesse l'ora di avere una mia chiamata o di vedermi.»

«Adesso cosa farai?»

«Eh, è qui che entri in gioco tu.»

«Io.»

«Sì, be': so che sono già in debito con te, Sara, ma dovresti chiamarlo. Spiegarglielo tu, come stanno le cose. Soprattutto dirgli che la cosa di Casali non esiste e non è mai esistita.»

«Ah, e poi?»

«Poi gli devi chiedere se vuole vedermi e, se sì, che ti dica un posto e un'ora, e io sarò là.»

«Va bene, Rossa. Lo farò.»

«Grazie, Sara. Sei davvero un'amica.»

«Lo so.»

«Ahia.»

«Che c'è?»

«Sono arrivata sotto casa e c'è di nuovo la macchina di mio papà. Spero che non sia ubriaco come l'ultima volta. Ti lascio, ti scrivo dopo.»

«Ok, Rossa, ti faccio sapere cosa dice Lo.»

«Ah, e se magari non vuole o non se la sente o non ti sembra convinto, digli questa parola.»

«Che parola?»

«*Neach-gaoil.*»

«*Neach*... che?!»

«Te la scrivo via messaggio, ok? Lui capirà.»

13.

Il padre di Gioia è seduto in macchina come l'ultima volta, ma almeno non ha bevuto.

«Ciao Gioia», le fa. Lei resta fuori dalla macchina. Si ferma e risponde al saluto dicendo solo: «Papà...».

«Senti, volevo scusarmi per l'altra volta. Spero di non aver detto delle sciocchezze. Sai, ero un po' giù e...»

«Non ti preoccupare. L'importante è che poi non ti sei messo a guidare in quelle condizioni», gli fa lei.

Restano lì, in silenzio, lui in macchina lei fuori, fino a che Gioia dice: «Ancora non lo vuoi dire, eh?».

«Che cosa?»

«Be', l'altra volta mi avevi detto che dovevi confessarmi una cosa...»

«Ah già. Giusto», fa lui. Gioia esulta appena appena dentro di sé, perché finalmente la storia delle telefonate col Muto sta per finire. Ci è voluto un bel po' a fargli sputare il rospo, ma alla fine ce la sta facendo.

«Allora? Vogliamo dare un senso a questa cosa?» prova a dargli la spinta finale.

«Ok», fa lui, uscendo dalla macchina, e proprio in quel momento il telefono di Gioia vibra nella borsa: è un messaggio. Lei approfitta del momento di pausa nella conversazione per vedere se per caso è Sara che le sta già per dare una risposta da parte di Lo, ma poi vede il nome del mittente sul display.

Il Muto.

Gioia guarda il padre: per un secondo prova a ipotizzare

che glielo abbia mandato di nascosto dalla macchina, ma è impossibile. Così gli chiede: «Co... cosa dovevi dirmi?».

«Niente. È che alla fine mi sa che anch'io ho trovato una persona», le risponde.

«Ah. Era questo. Solo questo.»

«Be', "solo"», dice suo padre, «sai, è una brava persona. Non che tua madre non lo sia, eh? Solo che insieme proprio non ci riusciamo a stare. Questa persona, invece, mi ha letteralmente aperto in due, mi ha fatto parlare tanto. Sono fuori tempo massimo, lo so, ma volevo scusarmi con te. Sono stato proprio un padre di merda, c'è poco da dire. Un padre di merda.»

Gioia non dice niente. Metà per lo stupore di avergli appena sentito dire una cosa così sincera, metà perché l'unica parola che potrebbe dire è: "Effettivamente...".

«E poi, sai», prosegue lui, «da una vita io vado e vengo. Tua mamma e io ci lasciamo ogni due per tre, e magari tu ti aspettavi che anche questa volta sarei tornato. Volevo essere io a dirti che stavolta non tornerò, insomma.»

Gioia sorride. Alla fine è meglio così. «Be', sono contenta per te», gli fa.

«Tu puoi venire a trovarci quando vuoi, eh!» le dice lui, e fa una cosa che non faceva da quando Gioia era bambina: la abbraccia. La cosa che più la sorprende è che lei non si ritrae per niente e si lascia abbracciare.

Il telefono vibra ancora, però.

«Guarda che puoi rispondere, se ti va», le dice il padre. Gioia da un lato vorrebbe rimanere ancora lì a godersi il primo momento in cui non odia suo padre dopo mille anni, dall'altro la curiosità di capire che succede nel suo telefono è troppa.

«Io andrei su, se non ti dispiace», gli dice. Lui annuisce, le dà ancora una piccola carezza, e nel farlo senza accorgersene le sfiora la cicatrice dietro l'orecchio. E la cosa bella è che neanche Gioia se ne accorge.

«Notte, Gioia», le dice.

«Notte, papà.»

Gioia corre verso casa, solo che la fretta di leggere i messaggi è così tanta che non ce la fa ad aspettare e li apre mentre è sulla porta, prima di inserire la chiave.

Ciao Gioia
ti va se ci vediamo?

Gioia legge il secondo messaggio:

Così finalmente vedrai chi sono.
Ti aspetto al bar dove vai sempre, domani alle quattro in punto.
Il Muto

Gioia li legge almeno tre volte di fila, chiedendosi se sia il caso di chiamare o, anche se può essere un po' rischioso, andare all'appuntamento. Poi le viene in mente che il posto scelto è il suo bar, dove c'è Giovanna, e quindi che anche se fosse un maniaco serial killer dovrebbe prima passare sul corpo della sua amica: insomma che non c'è pericolo.

"Potrei chiedere anche a Sara di venire con me", pensa, mentre sale le scale che portano al piano di sopra. Non vede l'ora di stendersi sul letto e porre fine a quella giornata assurda in cui ha vissuto più vita che negli ultimi mesi messi insieme.

Quando sta per entrare è il momento di un nuovo déjà vu: per terra ci sono dei sassolini. Gioia allora apre la porta della camera e, sul letto, disteso con le mani dietro la nuca, c'è un ragazzo. Che le dice: «Ciao Cosa».

14.

«Ciao, Articolo Determinativo.»

«Ti ricordo che Lo è anche un pronome. È un po' più breve da pronunciare, sai?»

«Prenderò nota. Come mai da queste parti?»

«Ho fatto casino col navigatore, sai com'è.»

«Eh, devi stare attento. Hai la tendenza a perderti tu, non so se te ne sei accorto.»

«In effetti sì.»

«Hai un senso dell'orientamento un po' di merda, mi sa.»

«Vero. E poi, Cosa, ti becco ogni volta che mi perdo, lo avevi notato?»

«Che coincidenza, io invece mi perdo ogni volta che ti trovo.»

«Bella questa.»

«Grazie, Lo. E, a proposito di "cosa". Ne ho qui una per te. Volevo dartela da un po', ce l'avevo anche oggi pomeriggio, sul tetto, all'appuntamento a cui non sei venuto.»

«Non sono venuto perché non sapevo certe cose. Adesso le so.»

«Sì infatti: come hai fatto a saperle? Ho detto a Sara di chiamarti al massimo cinque minuti fa!»

«Il tuo professore, Cosa.»

«Ah, lui. E quindi ti ha detto anche che io...»

«Sì.»

«E poi che io...»

«Sì. Tutto. E mi ha anche dato una cosa per te.»

«Che cosa?»

«Te l'ho appoggiata lì, sulla scrivania.»

«Una lettera?»

«Dice di dirti che, forse, almeno questa la leggi e non la butti via. Adesso mi dici che cos'è questa cosa che mi volevi dare?»

«Io?»

«Hai detto che dovevi darmi una cosa da un po'.»

«Ah, sì, ecco. Vorrei la mettessi nel tuo barattolo di sassi.»

«Una *noce*? E perché una noce?»

«Un giorno magari ti spiego, se ti va.»

«Va bene, Cosa. Adesso vieni qui, però.»

15.

A volte ci dimentichiamo di ricordare. Più o meno come andare in bicicletta: se non ne prendi in mano una per anni, poi hai l'impressione di non sapere più come si fa. Ma il giorno in cui rimetti il sedere su un sellino, basta un attimo: ti ricordi che ti ricordi. Che sai ancora come si fa.

La prima cosa che Gioia si ricorda di ricordare è *Oogstrelend*. È una parola olandese, e significa accarezzare, ma non con le mani. *Oogstrelend* è accarezzare con lo sguardo, ed è esattamente questa carezza che sente addosso, e non le arriva dalle mani ma dagli occhi di Lo, come se non fosse mai andato via da quel letto da dove ora la osserva col suo solito sorriso un po' beffardo che non sai mai se baciarlo o prenderlo a sberle.

La seconda cosa che Gioia si ricorda di ricordare è *caim*: in scozzese è una specie di cerchio invisibile, disegnato con la mano intorno a una persona per dirgli che è amata e considerata, che dentro quel cerchio è protetta. *Caim* è un gesto che non ha bisogno di parole, è un modo di dire a qualcuno che se là fuori ci sarà tempesta, lì dentro quel cerchio sarà pace: che se là fuori farà guerra, lì dentro sarà amore.

La terza se la ricorda quando è lì, vicino a lui, distesi e rivolti l'uno verso l'altra, ed è *cafuné*, una parola portoghese che significa passare dolcemente le dita fra i capelli della persona amata.

Infine, poco prima che le loro labbra si incontrino, quando proprio manca solo un centimetro e lui si ferma, lei gli occhi già chiusi e il respiro bloccato, lui le dice: «Ehi». Solo così: «Ehi».

Allora lei riapre gli occhi e incrocia i suoi, solo che sono così vicini che diventa quasi strabica e allora allontana un attimo la sua testa, e nel silenzio della stanza Lo le dice: «Ciao». E lei gli risponde: «Ciao». Lì, proprio lì, Gioia si ricorda che quello è il suo posto e quello di Lo, a quella esatta distanza lì: abbastanza vicini da potersi sempre sentire, e lontani abbastanza da potersi sempre cercare.

16.

«Quindi, Cosa? Dove eravamo?»
«Quando?»
«L'ultima volta che sono stato qui. Dove eravamo?»
«Più o meno qui, solo distesi ai piedi del letto. E con un po' più di vestiti addosso. Non ricordi?»
«Sì, ho un vago ricordo. Mi pare di ricordare anche che, poco prima, di vestiti addosso non ne avevamo. Proprio come adesso.»
«Ah, quindi la memoria ti funziona, Lo.»
«Solo per le cose importanti.»
«E cos'altro di importante ti ricordi?»
«Vuoi la lista?»
«Non sarebbe male, no.»
«Dunque, vediamo. Che adori i Pink Floyd, che la tua parola preferita è *magari*, che fai delle foto bellissime, che sei la mia ragazza e io sono il tuo ragazzo.»
«Sì, dai, la memoria non è male.»
«E mi pare di ricordare anche che eravamo un po' più vicini, quella volta.»
«Ah sì?»
«Sì. Quindi adesso mi avvicino un po'.»
«E non è che poi sparisci di nuovo?»
«No, stavolta no. E tu? Tu sarai ancora qui, domani?»
«Se mi dici che verrai, sì.»

17.

Cara Gioia,

spero che questa lettera non faccia la fine di tutte le altre. Ma, visto lo speciale postino che ho scelto, ho fiducia che potrà arrivare a destinazione ed essere letta.

Se le scrivo è per dirle che non mi sono dimenticato della domanda che mi ha fatto quel giorno in cortile, una delle ultime, una a cui non sono mai riuscito a rispondere. Ricorda? Mi ha chiesto: quand'è che si diventa grandi?

Io non le ho risposto perché per la prima volta non avevo la più pallida idea di cosa dire. Io non lo sapevo quand'è che si diventa grandi. E sarò sincero: non lo so nemmeno adesso.

Ci ho pensato e ripensato e ripensato, e solo quando ho stretto la mano della donna più importante della mia vita, sul letto di una casa di riposo, ho capito qual è la risposta alla sua domanda.

Non è importante diventare grandi. Importante è salvarsi.

Vede, Gioia, dentro di lei c'è qualcosa di prezioso. Dentro di me. Dentro ognuno di noi. È come una specie di fuoco che brucia forte quando siamo bambini, e cresce di calore e intensità quando siamo giovani. Il nostro compito è prendere quel fuoco e portarlo dall'altra parte.

Non mi chieda cosa sia questo fuoco, né dove sia questa "altra parte". So solo che ci sono.

Poi arriva il mondo, con i suoi venti e le sue piogge, e ce la mette tutta per spegnerlo, per trasformarci, per farci diventare quello che non siamo.

La domanda non è come si diventa grandi, ma come ci si salva. Non quando si cresce, ma quando si è al riparo dal vento e dalla pioggia. Quando sai di aver portato in salvo quel fuoco dall'altra parte e di averlo tenuto vivo.

Così mi permetto, qui, di darle quella famosa risposta.

Sei salvo quando non hai tutti i giorni voglia di scappare da dove sei. Ma hai sempre voglia di andare a vedere che cosa c'è oltre.

Sei salvo quando staresti bene con quello che hai, ma non rinunci a desiderare qualche cosa di più. Sei salvo quando la cosa che desideri più di tutto, alla fine, non è neanche una "cosa".

Sei salvo quando possono riderti alle spalle quanto vogliono. Anzi, più lo fanno e più ti danno forza.

Sei salvo quando hai qualcosa da perdere, ma giochi lo stesso, perché ti sai concentrare su quello che ancora puoi vincere.

Sei salvo quando ridi.

Sei salvo quando ti incazzi ancora, se vedi qualcosa di sbagliato.

Sei salvo quando hai ancora motivi per mettere il vestito buono e uscire.

Sei salvo quando se c'è da ballare balli, anche se quando balli fai ridere.

Sei salvo quando dici più spesso «m'importa» che «chi se ne frega».

Sei salvo quando saluti qualcuno per strada anche senza conoscerlo.

Sei salvo quando canti.

Sei salvo quando hai ancora posti da vedere, e ancora almeno un buco dove tornare.

Sei salvo quando fermi la macchina solo per uscire e guardare un tramonto.

Sei salvo quando lasci ancora che un libro, un film o una canzone ti scombinino le cose.

Sei salvo quando non ti dimentichi mai, mai che sei un piccolo stupido puntino buttato lì in un libro di miliardi di pagine.

Sei salvo quando ti ricordi sempre, però, che anche un puntino può cambiare, se non tutto il libro, almeno una frase.

E, a volte, perfino tutta la storia.

Grazie per avermi insegnato così tanto
Francesco

18.

Ore quattro meno cinque, Gioia seduta al tavolino sotto la terrazza del BarA, controlla l'orologio sul cellulare ogni dieci secondi circa. Davanti a lei, un ragazzo con cappuccio di nome Lo: è in piedi che tira freccette contro il bersaglio sul muro.

«Non è che è quel tipo, Il Muto? Coso, là, come si chiama?» le fa lui, tirando una freccetta.

«Casali vuoi dire?»

«Eh.»

«Non ti facevo geloso, sai?»

«Non è gelosia. È *attenzione*, la mia.»

«Certo, certo.»

Ore quattro meno quattro.

Gioia ha provato a pensare a chi potrebbe essere, ma alla fine ha rinunciato, perché ha esaurito i sospetti. A meno che non sia davvero il suo professore, che era poi fra i primi a cui aveva pensato, quando ancora arrivavano le prime chiamate.

Quattro meno tre.

Oppure potrebbe essere stato davvero Lo, solo che al momento buono di ammetterlo, quel giorno davanti all'entrata dell'autobus, si è tirato indietro.

"Naaah", pensa Gioia.

Lo tira un'altra freccetta e *tum!*, la manda esattamente al centro.

«Non vuoi fare un tiro anche tu?» le chiede. «In nome dei vecchi tempi!»

Gioia controlla l'ora, si alza, prende una freccetta. Chiude un occhio e Lo le si mette di fianco, così vicino che sente l'odore del suo respiro, e tanto basta per distrarla e farle lanciare la freccetta direttamente sul muro.

«Vedo che certe cose non cambiano mai!» fa lui.

Gioia gli dà una gomitata, ma lui le blocca il braccio e poi la stringe a sé. Si guardano un attimo negli occhi.

«Avanti, tirane una tu, adesso», gli fa lei.

Lui la lancia direttamente da lì, senza guardare, dicendo: «*No look!*», ma anche la sua finisce sul muro.

«Visto? Anche tu non sei così bravo come credi, se c'è qualcuno che ti distrae», dice Gioia, ma la sua frase finisce direttamente dentro un bacio, che dura dalle quattro meno tre alle quattro meno due e poi alle meno uno, fino a che Gioia si dimentica di guardare l'ora e arrivano anche le quattro in punto, e mentre le sue labbra sono ancora attaccate a quelle di Lo, sente chiamare il suo nome.

«Gioia?»

Lei si stacca da lui, si volta verso il punto da dove proviene la voce, che è una voce femminile.

«Sì?»

«Ciao», dice lei. È una donna di circa cinquant'anni, indossa gonna di jeans e camicetta. Dalle poche parole che dice, si percepisce una specie di accento francese. Gioia non l'ha mai vista, eppure le ricorda qualcuno.

«Ma... ci conosciamo?» le chiede. La donna allora si siede a un tavolino e poi sposta una sedia, come per invitare Gioia a sedersi.

«Sì, in un certo senso sì. Dovresti avermi salvata con il nome Il Muto, sul tuo cellulare», le fa. Ha davvero l'accento francese, e quando Gioia si siede e la vede da vicino, per poco non le viene un infarto.

«Tu?! Cioè: lei?!»

«Sì, io. E puoi continuare a darmi del tu, se vuoi.»

Si siede anche Lo, adesso, di fianco a Gioia, e la guarda.

«Ehi, assomiglia un sacco al tuo...» dice. Ma Gioia non gli fa finire la frase, lo blocca dandogli una piccola sberla sulla gamba. La donna allora le porge la mano.

«Piacere, Eleonora.»

19.

«Se ti dovessi raccontare la mia vita, non basterebbe quest'estate per raccontarla tutta. Comincio dalla fine, allora.

«Sono tornata qui circa un anno fa. Il mio ultimo compagno se ne è andato e con lui anche l'ultima riluttanza a un pensiero fisso che avevo da sempre. Lo scacciavo, non lo stavo a sentire, facevo finta di essere nata a sedici anni e che tutta la mia vita prima di quei sedici anni non fosse mai esistita. Be', non era così.

«Volevo conoscerlo. Vedere che faccia aveva. Capire perché non aveva mai voluto sapere niente di me. Perché quando tuo padre si rifiuta di riconoscerti puoi anche essere la persona più forte del mondo – cosa che io non sono – ma la conclusione logica alla fine è che lui non ti voleva, e che se non ti voleva è colpa tua.

«Quanto ho odiato mia mamma, per anni. Sono arrivata perfino a pensare, a un certo punto: ma perché mi hai messo al mondo? La odiavo perché non riusciva a stare lontana dalla droga, la odiavo perché non era riuscita a darmi un papà, la odiavo perché pretendeva di tenermi stretta a sé, di chiudermi in una specie di gabbia. Ero giovane e da giovani è facile trovare qualcuno da odiare.

«Ah be', giusto, che te lo dico a fare.

«Lei nemmeno sospettava che vita facessi io. Non ha mai saputo niente, perché io ero davvero un brutto soggetto, il tipo di figlia che non augurerei a nessuno. Dentro di me sapevo che prima o poi me ne sarei andata. Era solo questione di quando.

«Il quando è arrivato un giorno, in un modo che non

avrei mai pensato. Io credevo sarebbe successo come in certi film, hai presente, con l'adolescente che scappa di casa in autostop, vive nelle stazioni dei treni, finisce in un monolocale putrido con altri cinque scappati di casa come lei, cose così. E invece è stato dentro una macchina calda e pulita, mano nella mano con l'uomo di cui mi ero innamorata.

«Mia mamma non si è accorta di niente. Eravamo a un funerale, pensa te, era morto non mi ricordo quale sconosciuto zio di secondo grado. Tutti i parenti in casa, io che per una volta in vita mia mi vesto un pochino bene, lui in questo completo nero. Era un amico di famiglia di quello zio. Trentacinque anni, sposato e separato. Lo vedo che mi guarda da lontano, mi sento un po' in imbarazzo e un po' mi piace. Non ci diciamo niente, ma dopo due giorni me lo vedo fuori da scuola, fintamente per caso. Parliamo, parliamo tantissimo. È questo che mi ha fatto perdere del tutto la testa: gli altri ragazzi ci provavano subito, e invece lui sembrava non pensarci neanche. Cioè, io lo vedevo come mi guardava, ma non mi ha mai sfiorata nemmeno da lontano.

«Ci vedevamo di nascosto, ovviamente. Mi portava in campagna con la macchina. In posti che sapeva lui, dove non c'era mai nessuno. E ridevamo, dio quanto ridevamo. È stato un vero gentiluomo, perché non mi ha mai fatto pressioni di nessun tipo, non mi voleva neanche baciare.

«Lui voleva aspettare. Lui voleva che compissi diciotto anni, dopodiché saremmo stati liberi di fare quello che volevamo. Ma io non ne volevo sapere. Non so perché, ho imparato a dare la colpa ai miei sedici anni, ma si invecchia, grazie al cielo, e invecchiando ho capito che la mia non era fretta di farmi un futuro ma paura, anzi terrore, di restare inchiodata al passato.

«Un giorno gli ho detto: "Portami via di qui". Lui ha detto di no, che non era ancora ora, e allora io ho fatto una cosa di cui mi pento ancora oggi, perché lui era una persona buona e non si dovrebbe mai fare del male alle persone buone. Gli ho detto che l'avrei lasciato, se non mi avesse portato via.

«Siamo partiti di notte, anzi all'alba. Ho chiamato mia mamma da una cabina sotto casa di lui, che viveva dalle parti della stazione. Siamo andati a vivere in una casa dei suoi genitori, giù in Puglia. Eravamo giovani e innamorati. Gli anni più belli di tutta la mia vita.

«Non posso raccontarti tutto, ti ripeto, perché ci vorrebbero davvero due mesi. Anni belli ma complicati, perché io non potevo quasi uscire di casa: sai, c'era sempre il rischio che si venisse a sapere chi ero, da dove venivo e che cosa mi era successo. Fatto sta che il suo lavoro a un certo punto gli dà una grande possibilità: trasferirsi a Parigi. Cioè, ti rendi conto? Io a ventitré anni, insieme all'uomo che amavo, in un appartamento di Parigi! Un sogno. Mi sembrava pazzesco che la mia vita, cominciata così male, avesse preso quella piega; riuscii davvero a convincermi che il passato non esisteva più, che non c'era più niente di tutto quanto successo prima di incontrare lui.

«Ma mi sbagliavo, ovviamente. Lui rincasava sempre più tardi. Io facevo fatica a trovare un lavoro. Passare tanto tempo da soli senza fare niente è pericoloso, perché la testa viaggia e a un certo punto si formano idee che non ti fanno dormire la notte. La mia era che lui mi tradisse con una collega.

«Litigi, urla, silenzi, poi fare la pace, poi ancora litigi, urla e silenzi, fino a che non arrivai al punto di seguirlo quando andava al lavoro. E mi sbagliavo, non mi tradiva con nessuna. Ma ormai avevo rovinato tutto, e lui mi lasciò.

«Parigi era troppo grande e avevo troppi motivi per andarmene. Tornare qui era fuori discussione: sapevo che prima o poi qualcuno mi avrebbe trovata, e tutto volevo tranne che tornare alla vita di prima, fosse anche solo per un istante.

«Così un giorno incontrai per caso una collega di lui. Mi disse che sapeva di un lavoro perfetto per me: maestra di italiano in una scuola privata multilingue. Avrei dovuto solo superare un piccolo esame, ma non c'erano altre candidate e quindi il posto era praticamente già mio. Certo, un po' lontano, perché sarei dovuta andare a vivere a quattrocento chilometri da lì, a Nantes.

«E io dissi: "Sì, perché no".

«E così andai, mi trasferii lì. Mai in tutta la mia vita avrei pensato di fare la maestra, e soprattutto che mi piacesse; invece dopo solo due giorni capii che era esattamente quello che volevo fare. I geni significheranno pure qualcosa, no?

«Ho vissuto lì fino a un anno fa. Ho avuto altre storie, ma figli mai. Ho insegnato in diverse scuole e l'anno scorso il mio ultimo compagno, quello con cui ho vissuto negli ultimi dieci anni, è venuto a mancare a causa di una malattia.

«Mia mamma: non sai quante volte ho pensato a lei. Ma non sono mai riuscita a tornare. Quando ero giovane perché la odiavo, quando sono cresciuta perché mi vergognavo troppo del male che le avevo fatto andando via. Fare la maestra mi ha fatto conoscere moltissime storie di bambini e di bambine. Ho smesso di volere male a mia mamma quando ho capito che lei ha sempre fatto quel che ha potuto. Solo che era troppo tardi, e io sapevo di averle spezzato il cuore. Ci ho provato, eh? Non sai quante volte ho cercato i voli. Poi quando dovevo cliccare su acquista biglietto mi bloccavo sempre, spegnevo tutto. Non ce la facevo.

«E poi a un certo punto, in un giorno come un altro, una telefonata.

«È l'ultima scuola in cui ho insegnato: mi dicono che si è presentato lì un signore un po' buffo, un italiano. Diceva di essere mio padre, e che mi stava cercando da trent'anni. Aveva con sé una foto, una foto di me da ragazzina.

«Io ho detto loro che sicuramente si sbagliava, ma mi sono fatta lasciare il suo nome. E allora ce l'ho fatta: sono tornata qui, col primo volo. Ho preso in affitto una stanza per tre settimane.

«L'ho cercato e l'ho trovato subito. Mi sono messa a spiarlo, da lontano. Solo quello volevo fare: vederlo. Vedere che faccia avesse. O almeno così me la raccontavo, perché in realtà se avevo fatto tutta quella strada era per capire, finalmente, l'unica cosa che non avevo mai capito: perché se n'era andato?

«Non mi quadrava, capisci? Se un padre non ti riconosce, se si rifiuta di venire anche solo a vederti, perché avrebbe dovuto cercarmi per trent'anni? Allora mia madre mi aveva mentito, pensai. Forse le cose non stavano come avevo sempre creduto.

«E poi vedo te.

«Vedo che c'è questa ragazza che va a trovarlo, una ragazza con i capelli rossi, e ho subito capito che provava affetto per te.

«Posso dirtelo? Ti ho invidiata tanto, sai?

«Un giorno allora ho deciso di seguirti. A un certo punto sei venuta qui, proprio in questo bar. Io mi sono seduta al bancone, ho ordinato. Poco più in là c'era un signore ubriaco che vi infastidiva, non so se ti ricordi. A un certo punto tu hai dato alla barista il tuo numero di telefono. Io ho ascoltato tutto. Senza farmi vedere, me lo sono scritto.

«Non so perché ho iniziato a farti quelle chiamate. Forse speravo di sapere quante più cose possibili su di lui. Però non potevo parlare, non volevo correre il rischio che lui sapesse di me. L'idea era in qualche modo di farti parlare di lui, e così mi sono inventata quel sistema per dirti sì e no bussando su qualcosa. Ti sarai accorta, a volte era un tavolo, a volte un muro. Era divertente, a modo suo, e grazie a quel metodo sono riuscita a farti arrivare più o meno dove volevo io, mi hai detto praticamente tutto quello che mi interessava sapere. Se mi chiedi perché poi ho continuato a farti quelle telefonate, la risposta vera è solo una: mi stavi simpatica. Non so, mi rivedevo in te. Nei tuoi dubbi, nelle tue paure. E quando sono tornata in Francia, ho preso l'abitudine di chiamarti anche da lì, ogni tanto.

«Fino a che non mi hai detto quella cosa. Un giorno, durante l'ultima chiamata che ti ho fatto, mi hai detto che avevi scoperto una cosa. Il tuo professore aveva abbandonato una figlia, si era rifiutato di riconoscerla. Aveva sempre vissuto lì, lo aveva sempre saputo, ma non aveva mai voluto sapere niente di lei.

«Era la conferma che cercavo: allora lui aveva sempre saputo di me. Era lui che non aveva voluto esserci. Basta, non avevo bisogno di altro. E così ho smesso di chiamarti.

«Perché ti ho risentita l'altro giorno? Non ci crederai,

ma in Francia poche settimane fa è uscito un libro: si intitola *Les mots qui nous manquent*, che in italiano significherebbe "le parole che ci mancano". È un libro interamente fatto da parole intraducibili. Mi aveva molto colpito quella tua strana collezione di cui mi parlavi ogni tanto, e così l'ho subito acquistato. Tieni, te ne ho portata una copia. Lo so, è in francese, ma secondo me si capisce quasi tutto, e per il resto ti puoi aiutare con Google.

«Fatto sta che trovo questo libro e mi vieni in mente tu. Sai quando hai delle sensazioni? Io avevo la sensazione che dovevo risentirti. E così ho premuto il tasto e poi ho sentito la tua voce. Di nuovo quel giochino, lo so un po' sadico, di parlare stando zitta. E tu mi hai detto quelle cose. Mi hai parlato del professore, di quanto stava male per questa figlia che aveva perso. Mi hai dato quello che in fondo avevo sempre sperato di trovare: una risposta.

«Mi è bastata quella chiamata. Sono tornata qui. Ti ho scritto. E alla fine eccomi.

«Sono venuta per chiederti un favore, se puoi.

«Io vorrei tanto incontrarlo. Ma non voglio presentarmi davanti a lui, così. So che è irrazionale, ma ho paura che magari reagisca in modo inaspettato, che faccia una brutta faccia, non lo so. Non sopporterei di vedere un segno che la cosa non gli faccia piacere. Vorrei che ci fosse qualcuno che lo avvisa, che glielo dice, insomma. E ovviamente ho pensato a te.

«Lo faresti?

«Dimmi, Gioia, lo faresti?»

FINALE

C'è una ragazza coi capelli rossi, in un treno.

Il treno è diretto a Firenze. L'indomani iniziano le lezioni dell'università. È riuscita a entrare grazie a una foto fatta dentro una casa di riposo.

La foto è nella sua valigia. Ritrae due anziani, mano nella mano, riflessi nel vetro di una finestra.

C'è un ragazzo con una felpa, nello stesso treno. Ha ancora il vento negli occhi, ma adesso è brezza. La sua mano tiene la mano di lei. In valigia ha un barattolo pieno di sassi. Dentro il barattolo, oltre ai sassi, anche una noce.

Fuori dal finestrino, fino a poco fa, un uomo e una donna. Erano i genitori di lui. Sorridevano e salutavano con la mano. Lei a un certo punto ha sussurrato qualcosa, e lui ha risposto: «Ce la faranno, vedrai».

C'è una ragazza tutta vestita di nero, che sotto un cavalcavia sta scrivendo con una bomboletta MARIKAMORE. È una parola che ha inventato lei, ed è il suo regalo di compleanno per la sua ragazza.

C'è una donna coi capelli di due colori che è seduta al tavolone della stanza dei giornali della biblioteca pubblica. Con sé ha un fiore, fresco, che qualcuno le ha lasciato stamattina davanti alla porta di casa. È un fiore di loto, che da secoli è il fiore che più di tutti significa: rinascita.

C'è una donna, in piedi davanti a un albero, su cui appesa c'è una foto di lei da bambina. È il tramonto, e il rosso del cielo si appoggia sulle foglie e sul tronco. È una bella serata di fine estate.

Lei si volta, e guarda la persona in piedi dietro di lei. È un vecchio professore di filosofia.

Lui la guarda a sua volta, e poi fa due passi verso di lei.

Alla fine, le prende la mano e le dice: «Andiamo. Tua mamma ti aspetta».

Il ragazzo e la ragazza scendono dal treno. Appoggiano i bagagli a terra, si fermano.

«Non sarà facile, lo sai vero?» gli fa lei.

«Lo so.»

«Avremo voglia di scappare.»

«Lo so.»

«A volte anche di mollare tutto.»

«Lo so. Nient'altro?»

«No, a posto così.»

«E allora andiamo, Cosa. È il nostro momento adesso.»

«Sì. Andiamo.»

Prendono i loro bagagli e vanno, felici contro il mondo.

NUOVO DIZIONARIO DELLE PAROLE INTRADUCIBILI DI GIOIA SPADA
(in ordine assolutamente casuale)

Drachenfutter (tedesco), il "regalo del drago", ossia il regalo che si fa per farsi perdonare qualcosa che si è combinato, ma non ancora confessato.

Tuča (russo), un nuvolone nero che porta pioggia.

Viraha (hindi), essere innamorati dell'altro solo quando si è separati, sentire forte l'amore solo nel distacco.

Song (lingua parlata a Ifalik, un'isola dell'oceano Pacifico), la rabbia che ti viene quando hai la percezione di aver subito un'ingiustizia.

Shibui (giapponese), la bellezza delle cose che invecchiano.

Ya'aburnee (arabo), la speranza meravigliosamente macabra che la persona che ami viva più di te, perché sarebbe estremamente difficile vivere senza di lei.

Augenblicksgott (tedesco), una divinità minore che ti passa di fianco e in un attimo, il tempo di un battito di ciglia (*augenblick* è appunto lo sbattere delle palpebre), ti suggerisce una risposta che cercavi da tempo, un ricordo, un'idea, qualcosa che hai passato anni a cercare e poi ci metti un istante solo a trovare.

Querencia (spagnolo), il posto in cui ci si sente pienamente sé stessi e dal quale si trae la forza, perché ci si sente a casa.

Notwendigkeit (tedesco), ciò che non potrebbe essere altrimenti.

Matutolypea (inglese), la tristezza mattutina, l'avvilimento che ti prende ogni tanto appena sveglio e ti fa venire voglia di restare tutto il giorno sotto le coperte, al riparo dal mondo.

Cafuné (portoghese), passare dolcemente le dita fra i capelli della persona amata.

Caim (scozzese), un cerchio invisibile di protezione disegnato con la mano intorno a un essere per ricordargli che è amato e considerato, anche nei periodi più neri.

Jung (coreano), un'amicizia che resta tale anche dopo innumerevoli discussioni.

Hadia (etiope), un affetto così grande e così forte da superare le barriere del tempo e arrivare lo stesso a destinazione, di solito in sogno, e, come una voce, sussurrare parole di richiamo.

Brillenbrillanz (tedesco), la subitanea, elettrizzante sensazione di vederci chiaro con un paio di occhiali nuovi.

Daguerrologue (slang inglese), quando ti metti a guardare vecchie foto e hai un dialogo con il te stesso che eri.

Pâro (slang irlandese), la sensazione che qualunque cosa tu faccia sia sempre in qualche modo sbagliata.

Schubladenbrief (tedesco), la lettera che scrivi e che non spedirai mai.

Torschlusspanik (tedesco), panico del portone che si sta chiudendo, l'ansia che deriva dalla sensazione che sia troppo tardi per fare le cose, che si è ormai troppo vecchi e che alcune occasioni sono perse irrimediabilmente.

Amtsangst (tedesco), irrazionale senso di colpevolezza anche se non hai fatto niente di male.

Straussmanöver (tedesco), la strategia difensiva a breve termine di negare semplicemente l'evidenza.

Salagok (inuit), la neve giovane e nera perché è sporca.

Tiam (farsi), la scintilla negli occhi quando ci piace qualcuno.

Hajnalpír (ungherese), il primo rossore che appare in cielo quando il sole comincia a tramontare.

Chakravâka (sanscrito), uccelli acquatici che vivono in coppia che di notte si chiamano a vicenda quando sono separati.

Schwellenangst (tedesco), la paura di affrontare l'ignoto, di aprire una nuova porta.

Warmduscher (tedesco), chi preferisce sempre una doccia

tiepida: una persona che non vuole mai uscire dalla propria zona di comfort, che rifugge sia la troppa felicità sia gli eccessivi dispiaceri.

Aerekjaer (norvegese), un orgoglio eccessivo, portato all'estremo, che può spingere una persona a morire piuttosto che chiedere aiuto.

Sciamachy (inglese), lottare contro dei nemici immaginari, contro la propria ombra.

Soviest (russo), il cuore ci detta una cosa, però ne desideriamo un'altra. A quel punto interviene il *soviest*, che è la voce che ci dice che cosa è giusto fare.

Ilinx (greco), strana eccitazione che si prova a distruggere qualcosa.

Psithìrisma (greco), il suono che fa il vento quando passa tra le foglie.

Lippenhaftung (tedesco), la persistente sensazione del primo bacio.

Anagapesis (inglese), non essere più innamorati della persona che prima si amava.

Gymnophoria (inglese), la sensazione che una persona ti spogli a livello mentale.

Nagashime (giapponese), guardare furtivamente una persona, distogliere gli occhi, poi guardarla di nuovo per esser certi di aver attirato la sua attenzione.

Huijijiyi (mandarino), non andare dal medico per paura di scoprire di essere malati.

Fylleangst (norvegese), la paura di aver fatto qualcosa che non sai cos'è.

Haragei (giapponese), parlare in modo chiaro, inequivocabile, ma senza usare le parole: la connessione che si crea a volte fra alcune persone che riescono a comunicare semplicemente a piccoli gesti, sguardi; una sorta di telepatia dettata dall'affetto o da una particolare affinità elettiva.

Tacenda (latino), le cose che bisogna tacere, che è meglio non dire direttamente.

Glossofobia (italiano), la paura di parlare in pubblico.

Ataoso (spagnolo centroamericano), una persona che riesce a trovare problemi ovunque. Qualcuno che perfino quando va tutto liscio si preoccupa perché gli sembra strano che vada tutto liscio.

Kacakka (lingua tulu dell'India), il rumore della pietra che cade nel fango.

Blart (gaelico), cadere dritti nel fango.

Atorarse (messicano), quando cadi perché smetti di funzionare, perché senti che hai il motore che ti và in panne e lì è come sfaldarsi.

Kìrìpa (senegalese), cadere e finire in ginocchio, quindi in qualche modo cadere e perdere tutto quello che avevi.

Ijirashii (giapponese), il restare colpiti e commossi nel vedere che una persona parte in svantaggio ma riesce a superare un ostacolo o a portare a termine un'impresa degna di elogi.

Kilig (lingua tagalog delle Filippine) è la parola che descrive la sensazione di avere le farfalle nello stomaco.

Aizō (giapponese), amore e odio, o odio e amore. Tutto insieme.

Żal (polacco), la rabbia e insieme la malinconia che scaturiscono da una perdita irreparabile.

Kaukokaipuu (finlandese), la nostalgia di un posto in cui non siamo mai stati.

Sonntagsleerung (tedesco), la depressione della domenica pomeriggio.

Gigil (linga tagalog delle Filippine), la voglia di far male a qualcuno, da quanto desideri stringerlo.

Kekau (indonesiano), svegliarsi da un incubo.

Basorexia (inglese), il desiderio irrefrenabile di baciare qualcuno.

Karelụ (hindi), quei segni sulla pelle che ti vengono quando indossi qualcosa di troppo stretto.

Abhiman (sanscrito), quella rabbia che proviamo quando a farci del male è qualcuno che amiamo, quando qualcuno che amiamo ci provoca un dolore e al tempo stesso non riusciamo a fare a meno di amarlo.

Samlunano (esperanto), chi viene dalla stessa luna: si dice di persone che sono strane per tutti, ma che fra di loro si riconoscono.

Bloßë (tedesco), mettersi a nudo, scoprire il proprio punto debole. I tedeschi la usano nella scherma, proprio per indicare il momento in cui permetti al tuo avversario di colpirti e farti male.

Mononoke (giapponese), una situazione assurda, inspiegabile razionalmente.

Kairòs (greco), l'esatto istante, il momento giusto, quello irripetibile che accade una volta soltanto e poi non accade più.

Ohrwurm (tedesco), quel ritornello, quella canzone, quella musica che senti al mattino e poi non te la levi più dalla testa.

Fremdschämen (tedesco), l'imbarazzo che proviamo quando a finire in una situazione incresciosa è un nostro amico o amica, una specie di vergogna di riflesso.

Kyrvänsyylä (finlandese), che ha le pustole sul pene.

Kùkulabbi (islandese), una merda che cammina su due gambe.

Schnüffler (tedesco), significa uno a cui piace frugare nella merda.

Govnoed (russo), uno a cui piace mangiare la merda.

Asaṃkhyeya (sanscrito), impossibile da contare, il numero più alto che si possa concepire.

Pūangi (maori), la sensazione di avere lo stomaco in fondo ai piedi, tipica di quando sei in aereo e ci sono dei cali di pressione o quando sali sulle montagne russe.

Alkhilaba (arabo), quella sensazione di quando il cuore è d'accordo e dice di sì, mentre c'è al tempo stesso l'oscura cavità addominale che dice di no.

Meraki (greco), quando ti impegni così tanto nel fare qualcosa che poi, quando hai finito, dentro ci vedi una parte di te.

Buksvåger (svedese), due persone che si conoscono e che hanno avuto lo stesso ragazzo.

Dokidoki (giapponese), quei battiti accelerati del cuore a causa di una brutta sorpresa.

Mokita (lingua kilivila della Nuova Guinea), una verità che tutti conoscono ma che nessuno ha il coraggio di dire.

Muwaswas (arabo), quando sei ossessionato dalle tue delusioni.

Lìtost (ceco), quella specie di rabbia che ti viene per chi ti sorprende in un momento difficile, o in un momento in cui fai qualcosa di sbagliato.

Alessitimia (italiano), l'incapacità di dare un nome a quello che si prova, una specie di analfabetismo sentimentale.

Eheren (tuareg), quella linea bianca che spunta all'orizzonte al termine della notte.

Latah (indonesiano), l'abitudine incontrollabile a dire cose imbarazzanti.

Lalochezia (inglese), il senso di sollievo che si prova dopo aver imprecato o usato un linguaggio volgare.

Koi no yokan (giapponese), quando vedi una persona e anche senza conoscerla senti che tu e lei siete in qualche modo destinati a stare insieme. Neanche ci devi parlare, ci scambi solo mezzo sguardo, e già sei sicuro che succederà così, come una premonizione.

Oime (giapponese), quel disagio che si prova quando qualcuno ci ha fatto un regalo o un favore e non ci siamo ancora sdebitati.

Bammelbegierde (tedesco), l'attrazione inesorabile che a volte tutti abbiamo per qualcosa di cui abbiamo paura o che riteniamo potenzialmente spiacevole.

Greng-jay (thailandese), quando sei riluttante o proprio addirittura ti rifiuti di accettare l'offerta di aiuto da parte di qualcuno per via del disagio che gli provocheresti.

Textpectation (inglese), il senso di ansia avvertito in attesa della risposta al messaggio inviato.

Oogstrelend (olandese), accarezzare con lo sguardo, solo con lo sguardo.

Monachopsis (inglese), la persistente sensazione che, ovunque vai, sei comunque fuori posto.

Whānau (maori), la famiglia oltre la famiglia, le persone che senti come famiglia anche senza che ci sia alcun legame di sangue.

Aimonomia (inglese), la paura di dare un nome a qualcosa, perché senti che se glielo dai, poi un po' quella cosa sparisce, perde la sua magia.

Neach-gaoil (gaelico), la persona che vive dentro il tuo cuore.

NOTA DELL'AUTORE

Le parole «Rimango in mezzo alle onde, lontano dalle sponde / cerco il mio buon umore, ma lui si nasconde» vengono dalla canzone *La Ballata del dubbio pt. 3*, tratta dall'album di Gemitaiz *QVC Vol.5 Mixtape*, Tanta Roba, 2014.

«È proprio dove niente luccica che vedo l'oro / e proprio a me non mi ci vedo lì, ci vedo loro» invece sono della canzone *Vendetta* di Marracash, tratta dall'album *Status*, Universal Music Group, 2015.

«E tu sei il cigno nero stanco di seguire il branco/ il cuore grande quanto il sole, ma freddo come il marmo» sono parole della canzone *Cigno nero* di Fedez, feat. Francesca Michielin, Epic Records 2013.

Il libro *Les mots qui nous manquent* di Yolande Zauberman e Paulina Mikol Spiechowicz esiste davvero, ed è stato tradotto in italiano con il titolo *Non ho parole. Espressioni curiose da tutto il mondo* (Armenia, 2017).

Il libro delle risposte sbagliate, invece, non esiste. Ma se qualcuno vuole può provare a scriverlo. Se poi diventa un bestseller, magari mi offre una birra!

Quando il professore è da solo davanti alla foto della figlia nel parco, legge una poesia di cui nel romanzo è citato l'ultimo verso. La poesia si intitola *O que vento não levou* (*Co-*

sa non ha preso il vento), ed è di Mário Quintana (in traduzione italiana non so se si trova, io l'ho trovata solo in versione originale in portoghese, tratta dalla raccolta *Da preguiça como método de trabalho*, Alfaguara, 2013).

Eccone una traduzione fornita dal sito internet del Centro Cultural Tina Modotti di Caracas.

Alla fine scoprirai che le cose più leggere son le uniche
che il vento non è riuscito a portar via
un ritornello antico
una carezza al momento giusto
lo sfogliare un libro di poesie
l'odore stesso che aveva un giorno il vento.

RINGRAZIAMENTI

Questa storia all'inizio era un file PDF che ogni tanto portavo in classe e leggevo ai miei studenti e alle mie studentesse, fingendo fosse di un fantomatico scrittore mai esistito. Poco dopo qualcuno di loro mi ha chiesto di avere quel file, e così ha iniziato a girare, clandestinamente.

Se oggi quel PDF è diventato due romanzi, quindi, devo prima di tutto ringraziare tutti e tutte loro, che hanno voluto bene a Gioia fin da subito e con i loro messaggi mi hanno convinto a crederci.

Per cui, eccovi qui.

Grazie a Enrico Marchi, Clara Zorzin, Giulia Taiarol, Francesca Princivalli, Giorgia Verona, Alessandro Del Savio, Ilaria Giacometti, Eldina Bekirovska, Elisabetta Macrì, Roberta De Chiara, Teona Zavate.

Grazie a Silvia Bovio che era lì nell'esatto momento in cui Gioia è nata.

Grazie a Eleonora Trevisan, che un po' è Gioia.

Grazie a tutti i miei studenti e le mie studentesse: siete la mia *whānau.*

Grazie a tutta la mia casa editrice per avermi aiutato a trasformare tutti i miei fili sparsi in trame e storie: a Elisabetta Migliavada, Adriana Salvatori, Alessandro Mola, Paolo Zaninoni, e poi a tutto l'ufficio stampa, a Giulia Marzetti, Rosanna Paradiso, Cecilia Ceriani, Franco Pugnaloni.

Grazie a Ila Marzi, che ha cresciuto Gioia bambina.

Grazie alla mia agente Laura Ceccacci, che con i suoi con-

sigli mi ha aiutato a vedere meglio Gioia e a raccontarla così com'è.
Grazie a Stefano Mauri. Quella copertina l'ho appesa sul soffitto, sappilo.

Grazie ai tanti amici che ho avuto la fortuna di trovare in questo mondo dei libri: Alice Basso, Matteo Bussola, Salvatore Basile, Tommaso Fusari, Simone Tempia, Federico Taddia, Cristina Caboni, Paolo Longarini, Alessandro Barbaglia, Guido Marangoni.
Grazie a Nicolò Govoni, che sta cambiando il mondo.

Grazie a tutti i librai e le libraie d'Italia.

Grazie a Pinocchio, alla «Settimana Enigmistica», alle noci e ai pasticcini, a Claude Monet, a Seneca e anche a Lucilio, grazie a Dike, Fobos e Afrodite, a *Stranger Things*, alle BMX, a Édouard Boubat, Hannibal Lecter, Roger Waters, David Gilmour, Richard Wright, Nick Mason e ovviamente a Syd Barrett, grazie a Mina, David Bowie, Rainer Maria Rilke, Mário Quintana, a Pëtr Il'ič Čajkovskij, a Macaulay Culkin, a Luis Fonsi, a Claudia Schiffer e a Elsa di *Frozen*.

Grazie alla persona misteriosa che, durante l'estate del 1996, mentre preparavo gli esami di maturità, mi ha chiamato per qualche settimana e, proprio come Il Muto di questo libro, mi parlava solo a colpi di «*toc!*» e «*toc! toc!*».

Grazie a mia mamma Anna, mio padre Giovanni, mio fratello Rudy.
Grazie ad Alessandro, Giuseppina, Giulio.

Grazie a Gaia Sofia e a Bobby.
I perché sono sparsi ovunque per casa e fra tutte le parole che scrivo ma, se dovessi sceglierne uno, è questo: siete la mia gioia. Con voi cado sempre felice.

Enrico Galiano

EPPURE CADIAMO FELICI

Il suo nome esprime allegria, invece agli occhi degli altri Gioia non potrebbe essere più diversa. A diciassette anni, a scuola si sente come un'estranea tra i suoi compagni. Perché lei non è come loro. Non le interessano le mode, l'appartenere a un gruppo, le feste. Ma ha una passione speciale che la rende felice: collezionare parole intraducibili di tutte le lingue del mondo, come *cwtch*, che in gallese indica non un semplice abbraccio, ma un abbraccio affettuoso che diventa un luogo sicuro. Gioia non ne hai mai parlato con nessuno. Nessuno potrebbe capire. Fino a quando una notte, in fuga dall'ennesima lite dei genitori, incontra un ragazzo che dice di chiamarsi Lo. A mano a mano che i due chiacchierano, Gioia, per la prima volta, sente che qualcuno è in grado di comprendere il suo mondo. Per la prima volta non è sola. Quando i loro incontri diventano più attesi e intensi, l'amore scoppia senza preavviso. Senza che Gioia abbia il tempo di dare un nome alla strana sensazione che prova. Ma la felicità a volte può durare un solo attimo. Lo scompare e Gioia non sa dove cercarlo. Perché Lo nasconde un segreto. Un segreto che solamente lei può scoprire. Solamente Gioia può capire gli indizi che lui ha lasciato. E per seguirli deve imparare che il verbo amare è una parola che racchiude mille e mille significati diversi.

Finito di stampare nel mese di luglio 2022
da Grafica Veneta s.p.a., Trebaseleghe (PD)

Questo libro è stampato col sole

Azienda carbon-free